PENNY WARNER

MORDSGEBÄRDE

PENNY WARNER

MORDSGEBÄRDE

EIN FALL FÜR CONNOR WESTPHAL

AUS DEM AMERIKANISCHEN VON
TRIXI FLÜGEL

SIGNUM

Die Originalausgabe des Buches erschien 1998 unter dem Titel „Sign of Foul Play“ bei Bantam Books, New York.

Die Deutsche Bibliothek - CIP-Einheitsaufnahme

Warner, Penny:
Mordsgebärde : ein Fall für Connor Westphal / Penny Warner.
Aus dem Amerikan. von Trixi Flügel. - Seedorf ;
Hamburg : Signum, 2000
ISBN 3-927731-76-5

Schloßstraße 4, 23883 Seedorf
Hans-Albers-Platz 2, 20359 Hamburg
Tel. 040 - 319 21 40, Fax 040 - 319 62 05

Redaktion: Stevie Schmiedel, Karin Wempe, Meike Vaupel
Einband: Katrin Hinrichs
unter Verwendung eines Fotos von Anke Petersen
Herstellung: Fuldaer Verlagsagentur
Printed in Germany

ISBN 3-927731-76-5
Originalausgabe: ISBN 0-553-57587-2
Bantam Books, New York

Für Ed und Connie Pike – meine Ratgeber,
meine Helfer, meine wunderbaren Eltern.

So don’t blame me for what I’ve done,
I don’t deserve your curses,
And if for any cause I’m hung,
Let it be for my verses.
Black Bart

Straft mich nicht für meine Taten,
Den Fluch verdien’ ich nicht,
Und soll ich in der Hölle braten,
Dann sei’s für mein Gedicht.
Black Bart

1

Der Ruck kam aus dem Nichts.

Ich schoß in die Senkrechte und fühlte die Matratze meines Bettsofas unter mir beben.

Eine zweite Wucht traf mich. Casper, meine Hörhündin, sprang aufs Bett, um Schutz zu suchen, aber ich fürchtete mich zu sehr, um meinen zitternden Husky trösten zu können.

Der heftige Stoß, gefolgt von einem rüttelnden Nachbeben, dauerte fast eine Minute. Reichlich Zeit, sich darüber klar zu werden, daß diese Achterbahnfahrt nicht zu meinem heißen Traum von einem Piraten mit bloßer Brust gehörte, der bis auf seine Augenklappe verdächtige Ähnlichkeit mit meinem neuen Büronachbarn besaß. Reichlich Zeit, um irgendwelche Schutzmaßnahmen zu ergreifen.

Aber ich konnte mich nicht rühren. Ich saß da und krallte eine Hand in die Patchworkdecke meiner Urgroßmutter und die andere an das Bettgestell und sah, wie die Kristallampe an der Decke im frühen Morgenlicht sanft hin- und herschwankte.

„Oh Gott, das war ein Hammer!"

Ich suchte das Zimmer nach Spuren der Zerstörung ab und erwartete zusammengebrochene Bücherregale, heruntergefallene Bilder, in tausend Stücke gesprungene Kosmetiktiegel oder sogar einen Riß in der Wand. Aber bei meiner flüchtigen Prüfung konnte ich keine ernsthaften Beschädigungen entdecken. Ein paar eingerahmte Comics hingen etwas schief, eine leere Flasche *Sierra Nevada*-Bier war vom Fernseher heruntergesprungen, mein Hörgerät, das ich manchmal im linken Ohr trage, um hohe und tiefe Frequenzen aufzufangen, war ein paar Zentimeter von seinem Platz auf dem Beistelltisch weggehüpft und eine Ausgabe meiner Zeitung – die *Eureka!* – war von meinem Bett auf den Fußboden gerutscht.

Ich wischte mir mit dem Laken die schweißnasse Stirn und tätschelte Casper, die nicht von meinem Schoß herunter wollte. Vorsichtig legte ich mich wieder hin. Super Reflexe, Connor, sagte ich mir, und erinnerte mich an irgend etwas über Türrahmen aus einem Artikel über Erdbebenvorsorge, den ich mal für die *San Francisco Chronicle* geschrieben hatte. Ich sollte meine Arbeit wirklich ernster nehmen.

Ich mag keine Erdbeben. Für eine gebürtige Kalifornierin ist das ungewöhnlich. Für uns sollte das eigentlich ganz normal sein – alles halb so schlimm. Wir sind mit Erdbeben aufgewachsen, also erwartet man von uns, daß wir die Köpfe aus den Trümmern recken, uns umsehen und sagen, „Wie? War da was? Ich hab nichts gemerkt."

Ich sollte wirklich daran gewöhnt sein. Hier im Goldgräbergebiet haben wir dauernd Beben, aber die meisten sind zu schwach, als daß man sie spüren würde. Die großen sind nicht so häufig. Aber anders als die meisten Hörenden bin ich sehr visuell orientiert. Ich muß den Eindruck haben, fest mit dem Boden verankert zu sein, sonst bekomme ich so ein merkwürdiges Gefühl, als ob ich von diesem Planeten abgeschnitten wäre. Das habe ich sowieso oft genug, weil ich gehörlos bin. Aber wenn die Erde außer Kontrolle gerät, dann erschüttert sie sozusagen meine Fundamente.

Ich schaute aus dem Fenster und sah die Eichen durch die Webgardinen schimmern. Die hatte mir meine Mutter geschenkt, als ich vor einigen Monaten den alten Diner hier zu meiner Heimat gemacht hatte. Die Restaurierung hat mich viel Arbeit gekostet, aber der Claim Jump Diner ist eine ideale Wohnung für mich. Die meiste Zeit verbringe ich in dem großen Hinterzimmer, das von der Küche abgeht, und das jetzt meine Schlafcouch, Computer, Fernseher, Schreibtelefon und die sorgfältig gehegte Comicsammlung beherbergt.

Ich holte tief Luft und sog den markanten Geruch ein, von dem Flat Skunk seinen Namen hat. Draußen sah es wieder nach einem schwülen Augusttag in der nordkalifornischen Sierra Nevada aus. Ich sah nach den Leuchtziffern auf meinem Wecker – 6:04 –, schloß die Augen und versuchte, auf das Piratenschiff zurückzukommen. Muß wohl funktioniert haben. Als ich wieder etwas mitbekam, rüttelte der Vibrationswecker energisch an meinem Bett und es war sieben Uhr morgens.

„Haffu daf Erbem bepfe Mach geschpfüa?" fragte ich Casper, die vor lauter Aufregung, mir beim Zähneputzen zusehen zu dürfen, mit dem Schwanz wedelte. Ich glaube, sie verstand meine Frage, ob sie das Erdbeben gespürt hätte, trotz der ganzen Zahnpasta im Mund. Als ich das Wort „Erdbeben" gebärdete, sprang sie ins Bett zurück und steckte ihre Schnauze unter die Decke.

Solche Unterhaltungen haben wir oft. Sie ist ein Hörhund, abgerichtet in Gebärdensprache und darin, mich auf gefährliche Situationen aufmerksam zu machen, die mit Warngeräuschen zusammenhängen. Wir sind schon fast ein Jahr zusammen – seit ich ins Mother-Lode-Gebiet gezogen bin. Sie bellt, wenn etwas nicht stimmt, und ich sehe dann ihren Kopf hochschnappen, auch wenn ich die Geräusche nicht hören kann. Dann weiß ich, daß etwas los ist.

Ich erinnere mich noch vage daran, wie Hundegebell klingt. Ich verlor mein Gehör durch eine Gehirnhautentzündung als ich vier Jahre alt war, und manchmal höre ich noch „Phantomgeräusche". Ähnlich wie die „Phantomschmerzen", die Amputierte in dem nicht mehr vorhandenen Körperteil fühlen, sind „Phantomgeräusche" Hörerinnerungen. Sie kommen dann vor, wenn ein Geräusch erzeugt wird, das man früher gut kannte. Casper füllt die Lücken für mich aus. Sie führt mich zu ungewöhnlichen Geräuschen, von denen ich ihrer Ansicht nach wissen sollte, wie eine laute Hupe, ein Dauersummer an der Waschmaschine, ein Tiefflieger am Himmel oder ein Countrysänger im Fernsehen.

Sauber und den Bauch voller Zimtcroissant und hausgemachtem Schok-Mok zog ich ein T-Shirt mit dem Slogan „Tagebau verhindert Waldbrände", Jeans und schwarzweiße Turnschuhe an – mein liebstes Busineß-Outfit. Nach einem heftigen Kampf mit der Haarbürste sprang ich auf mein Rad und fuhr den knappen Kilometer in die Stadt.

Die *Eureka!*-Redaktion, in der ich meine Wochenzeitung schreibe und verlege, residiert im Obergeschoß des früheren Penzance-Hotels in Flat Skunk. Einst ein Bordell für die einsamen Goldgräber, die auf der Suche nach Reichtümern ins Goldgebiet strömten, beherbergt das Hotel heute unten Boutiquen und Läden und oben Büroräume.

Ich stieg die Außentreppe zum ersten Stock hinauf, den ich mit zwei weiteren Mietern teile, und betrat den Flur, der zu meiner Zeitung, Dan Smiths temporärem

Wohnsitz und Jeremiah Mercers Laden für Comics, Surf- und Skateboardzubehör führt.

Ich schaute bei Dan vorbei, um guten Morgen zu sagen und nachzusehen, wie er das Erdbeben überstanden hatte, aber die Tür war abgeschlossen und das Zimmer hinter dem Milchglasfenster dunkel. Dan ist erst seit ein paar Monaten in Flat Skunk, aber nachdem wir gemeinsam das Verschwinden seines Halbbruders untersucht haben, sind wir gute Freunde geworden.

Ich wollte gerade den Schlüssel ins Schloß stecken, als ich merkte, daß meine Tür offen war. Vorsichtig lugte ich hinein und musterte den Hinterkopf des blonden jungen Mannes, der an meinem Computer saß.

„Gewinnst du?" sagte ich und erschreckte ihn fast zu Tode. Die Animation auf dem Bildschirm verschwand in einer Rauchwolke. „Hoppla! Ich wollte dich nicht in die Luft sprengen."

Miah lächelte schuldbewußt. „Ich hab bloß …," fing er an zu gebärden, aber seine Finger blieben in der Luft hängen.

„Ich wußte gar nicht, daß ich *Myst* auf meinem Computer habe. Erstaunlich. Noch erstaunlicher ist allerdings, daß du zu früh da bist!"

„Nach dem Erdbeben heute morgen konnte ich nicht mehr schlafen. So eine Aufregung!"

Miah ist total süß. Seinen Slang verstehe ich manchmal nicht, selbst wenn er gebärdet, aber ich liebe diese Haartolle, die ihm dauernd ins Gesicht fällt. Zu dumm, daß er erst fünfundzwanzig ist. Mit siebenunddreißig muß ich wirklich irgendwo haltmachen.

Miah hilft mir bei kleinen Büroaufgaben und ich helfe ihm, die Miete für seinen Laden zu zahlen. Ich bin zwar eine ziemlich gute Lippenleserin, aber einen anständigen Dolmetscher kann ich immer gebrauchen. Miah hat genügend Gebärdensprache gelernt, um für mich dolmetschen zu können, wenn nuschelnde Kunden vorbeikommen.

„Irgendwas mit deinem Laden passiert?" gebärdete ich.

„Paar Comics aus den Regalen gefallen. Einige Skateboards und ein Surfbrett umgekippt. Nichts Ernstes."

Miah und ich lieben beide alte Comics und neue Computerprogramme. Er hat seinen Laden, in dem er Comics, gebrauchte CDs, recycelte Computerspiele und Skateboards verkauft – er bringt mir gerade das Skateboardfahren bei –, und nebenbei arbeitet er an seinen eigenen Erfindungen. Er hat ein Computerprogramm entwickelt, mit dem ich mein Schreibtelefon über die Computertastatur bedienen kann. Sein neuestes Projekt ist ein Erdbebenfrühwarngerät aus zwei Kaffeebüchsen, einem alten Fliegengitter und ein paar Tassen Sand.

Außerdem ist er der Sohn des Sheriffs von Flat Skunk, was für die Polizeikolumne meiner Zeitung ganz praktisch ist. Nicht, daß die in dieser alten Goldgräberstadt sehr aufregend wäre. Die Tage des rauschhaften Goldfiebers sind nur noch Schatten der Vergangenheit. Heutzutage gibt es nur Streit im Suff, öffentliche Ruhestörung, unbedeutende Fälle von Vandalismus und kleinere Drogenrazzien.

„Beben wie groß?" gebärdete ich mit einer Hand und ging mit der anderen die Post durch. Ich schaute auf, um seine Antwort zu sehen.

„Der Mensch im Radio hat gesagt, es waren zwei. Eins gestern abend, um halb zwölf ungefähr – das war fünf-Komma-irgendwas –, und noch eins heut morgen – vier-Komma-sechs. Und dann gab's noch ein paar Nachbeben."

„Wie haben sich deine Büchsen geschlagen?" gebärdete

ich. In ASL, der Amerikanischen Gebärdensprache, hieß das wörtlich: „Büchsen, was-machen? Kaputt? Okay?"

„Ganz gut. Haben definitiv Bewegung angezeigt, bevor das Beben losging."

„Das Ding könnte eine echte Goldgrube sein, wenn du einen Weg findest, es zu vermarkten."

Ich sah mich im Büro nach Spuren des Erdbebens um. Im großen und ganzen sah alles genauso durcheinander aus, wie ich es gestern abend hinterlassen hatte. Ein paar Bücher waren vom Regal gefallen, in dem sich Computerliteratur, Presseverbands-Handbücher und ein oder zwei Krimis für die Saure-Gurken-Zeit bei der *Eureka!* befinden. Ein Poster von Spike und Mikes „Festival of Animation" war zu Boden geschlittert und lehnte nun schief an der Wand. Meine Venusfalle hatte leider durch einen Sturz vom Fensterbrett einen frühen Tod gefunden. Wahrscheinlich hatte sie vor lauter Depressionen Selbstmord verübt – ich vergaß nämlich immer, sie zu gießen.

Ansonsten schien es aber keine ernsthaften Schäden gegeben zu haben. Ich hoffte nur, daß dieses klapprige alte Gebäude, das kurz nach der Ankunft der Goldgräber Ende des vorigen Jahrhunderts errichtet worden war, auch dem nächsten Beben standhalten würde. Als das Haus damals hochgezogen wurde, wußte man noch nichts von Erdkrustenverwerfungen und erdbebensicherer Bauweise.

„Was ist mit diesem Stapel Nachrichten?" fragte ich Miah, der sich auf seinem Stuhl hin- und herdrehte.

Er zuckte die Achseln und gebärdete: „Heut morgen haben eine Menge Leute angerufen. Wollten ihre Erdbebenschäden melden. Sich erkundigen, ob du einen Fotografen vorbeischicken könntest, um Bilder für die Zeitung zu machen. Mrs. Galentrees Schornstein ist eingestürzt.

Hat ihren Blumengarten zerstört und den Kater erschreckt. Sie hat ihn seitdem noch nicht wieder gesehen. John Douglas' Pickup-Laster ist den Hügel runtergerollt und in die Wand vom Nugget reingefahren. Das Café ist nicht ernsthaft beschädigt, aber Mama Cody war sehr aufgeregt. Hatte angeblich wieder einen Herzanfall, als sie den Kuchenteig gerührt hat. Der Laster ist ziemlich eingedetscht. Oh, und Sluice Jackson traut sich nicht, sein Klohäuschen zu benutzen."

„Na, das ist schon mal ein Bild, das nicht auf der Titelseite der *Eureka!* erscheinen wird. Sonst noch was?"

Wie aufs Stichwort blinkte die Lampe am Telefon. Miah nahm auf und begann, sowohl seinen Teil der Unterhaltung als auch den des Anrufers zu dolmetschen.

„Es ist Dan", gebärdete er.

Ich nickte. Wahrscheinlich benutzte er ein Autotelefon von der Truax-Baustelle. Er hatte da vorübergehend einen Job angenommen, nachdem er in Flat Skunk angekommen war. Er wollte wohl, daß ich seine Katze füttere oder so etwas. Cujo mag mich nicht, und das beruht ganz auf Gegenseitigkeit. Dan behauptet, das wäre bestimmt bloß ein Mißverständnis. „Was er wollen?" gebärdete ich.

Miah übersetzte Dans Worte in Gebärdensprache. „Connor. Komm lieber zur Truax-Baustelle. Ich glaube, du willst das hier sehen."

Ich machte die Gebärde „wofür?", indem ich meinen Zeigefinger ein paarmal von der Schläfe nach außen drehte. Miah sagte etwas ins Telefon, nickte dann und zog den Hörer von seinem Ohr weg, als ob er ihm weh täte.

„Was ist los?" Ich drehte meine Handflächen mit vorstehenden Mittelfingern nach oben.

Miah legte den Hörer auf. „Er wollte es nicht sagen, aber

er klang aufgeregt. Sagte, du solltest dich beeilen, wenn du eine Story für deine Zeitung haben willst. Das Truax-Gebäude ist dieses Hochhaus, das sie drüben am Highway 49 bauen, stimmt's? Hat bestimmt was mit dem Erdbeben zu tun."

Hochhaus. So hatte John Cross, Reporter beim *Mother Lode Monitor*, das vierstöckige Bauprojekt in seinen wöchentlich erscheinenden Artikeln genannt. Ich schnappte mir meine Kamera und stopfte die restlichen Telefonnachrichten in meinen Rucksack. Auf dem Weg zur Tür bat ich Miah, Recherchen über die Calaveras Fault anzustellen, die Erdverwerfung, die wie eine heiße Goldader unter dem Mother Lode entlangläuft.

Ich sprang auf mein Rad und fuhr nach Hause, um meinen 57er Chevy Bel Air zu holen. Die Strecke zur Truax-Baustelle war zu weit und zu hügelig für Pedalantrieb. Ich fuhr die Main Street bis zur Einmündung in den Highway 49 hinunter, etwa fünf Kilometer vom Zentrum entfernt, und folgte der gewundenen Straße weitere acht Kilometer bis zur Abzweigung nach Thunder Camp.

An der unbefestigten Auffahrt, die zu dem Rohbau führte, standen mehrere offizielle Fahrzeuge, einschließlich Krankenwagen, Feuerwehr und Sheriff Elvis Mercers Streifenwagen. Das Gelände war mit gelbem „Kein Durchgang"-Flatterband abgesperrt worden. Etliche Bauarbeiter standen am Rand, gestikulierten und schüttelten die Köpfe, doch die Baustelle selbst war eigenartig still und verlassen.

„He, Süße." Ein kurzgewachsener, sonnengebräunter, muskelbepackter Mann kam aus einer Horde von Bauarbeitern hervor, die mit orangenen Neonwesten, mit rotem Lehm verkrusteten Jeans und gelben Schutzhelmen ausgerüstet waren. Sein T-Shirt spannte über der Brust. Die Aufschrift lautete: „Bier – nicht bloß zum Frühstück."

Ich lächelte ihn leicht gezwungen an und trat einen Schritt weiter auf ihn zu. Oft stelle ich fest, daß ich, wenn ich jemanden respektvoll behandle, auch eine entsprechende Reaktion bekomme. Bei diesem Typen war ich mir da nicht so sicher. „Wer ist denn hier der zuständige Leiter?"

„Das, was du brauchst, kann ich viel besser, Süße." Der Kerl, den seine Kollegen auch noch durch ihr Grinsen anspornten, brauchte ganz offensichtlich eine Schnellektion in Umgangsformen. Angesichts des mageren Ausgangsmaterials eine ziemlich harte Aufgabe.

Ich holte mein Klemmbrett heraus, das ich immer dabei habe, wenn ich irgendwie offiziell aussehen will. „Ich komme vom … ASGA – dem Amt für Sicherheit und Gesundheit am Arbeitsplatz. Wir haben da eine Beschwerde über Bauarbeiter vorliegen, die hier in der Gegend Frauen sexuell belästigt haben sollen. Mein Vorgesetzter erwähnte jemand namens …" Ich las den Namen, der in Schablonenbuchstaben auf die Brusttasche seiner Schutzweste gemalt war: „Jake Passage. Oh! Das müssen dann wohl Sie sein."

Er wich zurück. Ich hob die Augenbrauen, ließ es aber dabei bewenden. Schließlich war ich wegen etwas anderem hier. Er deutete kurz auf den Rohbau. „Da drüben. Nehmen Sie die Treppe zum Keller. Da finden Sie, was Sie suchen." Ich schaute in die Richtung, in die er gezeigt hatte, und sah die Betonstufen am anderen Ende des Raums.

„Danke", sagte ich mit einem kurzen Lächeln – und ging los.

Passage packte mich am Arm, bevor ich auch nur zwei Schritte gemacht hatte.

„Hören Sie denn nicht zu? Ich hab doch gesagt, daß Sie da nicht ohne Helm rein können." Er sah mich eigenartig an. Diesen Blick kannte ich. Er hatte etwas gesagt, als ich ihm den Rücken zudrehte, und fragte sich jetzt, warum ich nicht reagiert hatte.

Ich nickte, und er warf mir seinen gelben Schutzhelm wie eine Frisbeescheibe zu, etwas heftiger als nötig.

Ich fing den Helm auf, aber dabei fiel mir das Klemmbrett herunter. Es landete im Dreck und präsentierte jedem, der sie lesen wollte, meine Einkaufsliste. Ich riß es schnell wieder an mich und setzte den eleganten Kopfschutz auf. Er war zu groß, zu schwer, äußerst unangenehm zu tragen, und außerdem paßte er nicht im mindesten zu meinem Outfit.

Ich duckte mich unter der Polizeiabsperrung durch und kletterte die Stufen in den Keller hinunter, wo ich Sheriff Mercer in einer kleinen Gruppe von Leuten stehen sah, die einen offiziellen Eindruck machten. Sie beobachteten mein Herankommen und unterbrachen ihre anscheinend intensive Diskussion. Außer dem Sheriff von Flat Skunk und meinem Büronachbarn Dan Smith erkannte ich noch Harlan Truax, den Eigentümer meiner Konkurrenzzeitung, des wochentags erscheinenden *Mother Lode Monitor*. Der Rohbau hier sollte die zukünftige Heimat seiner Zeitung werden. Die dichtgedrängte Meute wich leicht auseinander, als ich bei ihnen ankam.

„Hi, Sheriff, hi, Dan." Ich nickte den anderen zu. „Was ist denn los? Gibt's einen Erdbebenschaden, von dem meine Zeitung vielleicht –"

Als der Sheriff zurücktrat und mir den Blick freimachte, stockte ich mitten im Satz.

Ein Mann lag unglücklich zerknautscht auf dem Kellerboden – der Kopf auf dem kalten Beton halb zerschmettert, und sein Blut nach allen Seiten verspritzt. Ein Moniereisen ragte aus seinem blutgetränkten Rücken heraus. Er war aufgespießt worden.

2

Ich starrte auf den Toten hinunter und konnte den Blick nicht losreißen. Sein blutiger Kopf lag mit einer Seite auf den Beton gepreßt, der Mund in einem verdrehten Grinsen weit geöffnet. Aus einem offenen, blinden Auge tränte geronnenes Blut, das andere war geschlossen. Er schien in einem ewigen Zwinkern gefangen. Ein dunkler Fleck umrahmte seinen restlichen Umriß auf dem hellen Kellerboden.

Am irritierendsten war seine Haltung – die Pfählung hatte ihn in eine merkwürdig geformte Pyramide verwandelt.

Auf einmal leicht benommen, suchte ich Halt. Dan griff nach meinem Arm und hielt mich ganz fest. Ich holte tief Luft und zwang meine Augen von dem gräßlichen Anblick weg, der mir bestimmt noch wochenlang Alpträume bescheren würde.

„Was … was ist passiert? Wer ist das? Wie …“ Ich sah wieder gebannt zu dem Toten hin und zog eine Grimasse. „Sein Rücken …“

Endlich regte sich mein Reporterinstinkt. Ich machte mich von Dan los und zeigte auf den Stahlspieß, der aus dem Rücken des Mannes ragte. „Was um Gottes Willen ist das?“

Jemand tippte mir auf die Schulter. Ich fuhr erschrokken herum und sah einen kleinen, zierlichen Mann, der ebenfalls ein Klemmbrett hielt. Als seine Lippen sich bewegten, bekam ich eine heftige Mundwasserwolke ab.

„Ich habe gefragt, was Sie hier zu suchen haben? Sie dürfen nicht in diesen Bereich. Das ist *Sperrzone*.“

„Immer mit der Ruhe, Freundchen", sagte Dan, drehte sich zu mir um und sprach mich direkt an. „Bist du okay?"

Ich nickte und sah dann dem Mann mit dem Klemmbrett in die Augen. Statt irritiert sah er jetzt peinlich berührt drein. Ich erkannte den Gesichtsausdruck – der begegnet mir oft bei Hörenden, denen plötzlich klar wird, daß ich gehörlos bin. Vielleicht hat es mit dem leicht nasalen Klang meiner Stimme zu tun. Die meisten Hörenden denken bloß, daß ich aus dem mittleren Westen komme.

„Mein Name ist Connor Westphal. Ich bin die Besitzerin der *Eureka!*, der Wochenzeitung, die im Mother Lode verteilt wird." Ich streckte meine Hand aus. Er ignorierte sie, hielt sein Klemmbrett fest umklammert und sah den Sheriff an, der bestätigend nickte.

„Na, *das* hat uns ja grade noch gefehlt. Eine *Reporterin*. Würden Sie ihr bitte sagen, daß sie weiter weggehen soll? Wir wollen doch nicht, daß sie hier Beweismaterial durcheinanderbringt." Er wandte sich an Sheriff Mercer und betonte bestimmte Wörter, indem er hin und wieder die Lippen fest zusammenpreßte. Ich musterte ihn – er war fast zwanzig Zentimeter kleiner als meine einsdreiundsiebzig, und eine kleinere Hosengröße hatte er bestimmt auch. Mit dem würde ich im Zweifelsfall fertig werden.

„Nun beruhigen Sie sich mal, Dinkelspiel. Sie hat ein Recht, hier zu sein."

Ich lächelte Sheriff Mercer zu. Seitdem ich nach Flat Skunk gezogen war und seinen ziellosen Sohn als Assistent bei der *Eureka!* eingestellt hatte, hatte der Sheriff mich immer in meinen Bemühungen unterstützt, eine ehrliche und informative Zeitung zu machen. Über sonntäglichen Abendessen, getauschten Videos und gemeinsamen Brettspielen waren wir Freunde geworden. Seit seine Frau ihn verlassen hatte, gab ich ihm hin und wieder einen Tip für eine Verabredung, während er mich in die Geheimnisse der Polizeiarbeit einweihte.

„Sagen Sie doch bitte Mr. Dingleberry –"

„Dinkelspiel! Das ist kein Name, über den man sich lustig machen kann. Sagen Sie ihr, daß ich ein Nachfahre von James Dinkelspiel bin, dem ersten Wells-Fargo-Vertreter in Calaveras County."

„Na, dann sagen Sie ihm, daß ich gehörlos bin, nicht beschränkt, und daß ich gar nicht die Absicht habe, diesem ..." ich gestikulierte zu der Leiche am Boden hin, „... da noch näher zu kommen." Der Blick auf den Toten lenkte mich erst einmal von meinem Ärger über den Klemmbrettmenschen ab. „Was ist passiert, Sheriff?"

Sheriff Mercer stopfte sein Hemd fester in die Hose. Das ist so eine Angewohnheit von ihm, wenn er mit irgend etwas Unangenehmen konfrontiert wird. Seitdem er wieder Single ist, sorgt er sich sehr um sein Aussehen. Die fettlose Diät, die er ausprobiert hat, scheint seiner Taille zu helfen, aber das Doppelkinn macht einen ziemlich dauerhaften Eindruck. Ich sollte wohl besser damit aufhören, ihm sonntags meine Spezial-Fettucine zu servieren.

„Weiß nicht genau. Die Patho ist auf dem Weg hierher. Wahrscheinlich ein Unfall. Wie hast du denn so schnell davon gehört, C.W.? Wir sind grade erst angekommen."

Ich versuchte, geheimnisvoll auszusehen, vielleicht sogar allwissend. „Gehörlose haben einen sechsten Sinn, Sheriff, das weißt du doch. ESP oder so was. Wir versuchen aber, nicht damit anzugeben. Ihr ‚Hörigen' werdet dann immer so neidisch."

Ich hatte natürlich jede Menge davon, aber ich kann auch meine anderen Sinne gut einsetzen – vor allem den

Gesichts- und Geruchssinn. Ich wußte, daß der Sheriff zum Frühstück Kaffee und einen Zwiebelbagel gehabt hatte – das war auf seinem Hemd deutlich zu sehen –, daß er heute morgen zuviel Eau de Cologne benutzt hatte und schon wieder an den Zigarren gewesen war.

Und was die Erklärung für meine Anwesenheit anging, so hatte ich nicht vor, meine Quelle preiszugeben. Wer es wissen wollte, brauchte natürlich Dan bloß anzuschauen. Abgesehen davon, daß er sich nervös den blondgefleckten dunklen Bart kratzte und seine kräftigen Arme in Abwehrhaltung verschränkt hielt, versuchte er, einen schuldbewußten Ausdruck in seinen blauen Augen zu unterdrükken, während er auf die goldenen Gebirgsausläufer der Sierra hinaussah. Es stand ihm auf den ganzen Körper geschrieben.

Ich sah zu dem Toten zurück. So sehr er mich abstieß, übte er doch auch eine gewisse Faszination aus. Mir war noch nie eine frische Leiche untergekommen. Im letzten Jahr hatte es in Flat Skunk ein paar Todesfälle gegeben, aber ich war den Leichen nur bei den Begräbnissen begegnet, nachdem das Bestattungsinstitut sie runderneuert hatte. Ich hatte noch nie einen Toten gesehen, der gerade erst gestorben war, und noch dazu auf so grausige Weise.

Der Klemmbrettmensch schwenkte seinen Notizblock. „Na jedenfalls ist dieser Bereich hier *Sperrzone*, bis der Coroner eintrifft. Würden Sie ihr *bitte* sagen, daß sie gehen muß?“ Er wandte sich an den Sheriff, als ob ich gar nicht da wäre.

Da ich seinem theatralischen Gehabe nicht noch weiteres Futter bieten wollte, drehte ich mich zu Sheriff Mercer um und fragte ihn, ob ich mich bis zur Ankunft des Coroner im Gebäude umsehen könnte. Ich benutzte den Vorwand, nach Anzeichen von Erdbebenschäden für meinen Zeitungsartikel suchen zu wollen.

Das neue „Hochhaus“ hatte bei den Einwohnern im nahen Skunk für ziemlichen Stunk gesorgt. Fast hatte es dazu gereicht, sie von ihren Barhockern herunterzuholen, um gegen das Eindringen dieses Gebäudes in ihre alte Goldrauschstadt zu protestieren. Für mich gehörte auch das zu der Story – die Möglichkeit, daß der Unfalltod des Opfers vielleicht durch unsichere Bauweise auf einem erst kürzlich nachgewiesenen Erdbebengebiet verschuldet worden war. Es würde natürlich etwas Arbeit kosten.

Bevor er auf meine Bitte reagieren konnte, wurde der Sheriff schon wieder von dem Mann mit dem Klemmbrett unterbrochen. „Solange Sie aus *diesem* Bereich herausbleiben, bis der Coroner kommt. Danach ist das ASGA nicht mehr für Sie verantwortlich. Dann kann sich der *Coroner* mit Ihnen herumschlagen.“

Ich hatte mich noch nie mit einem Coroner herumgeschlagen, aber es klang nicht sehr angenehm. Ich wandte mich ab und überlegte, wo ich mit meiner Suche beginnen sollte.

„Wie wär's mit einer kleinen Führung?“ schlug Dan vor, nachdem er mir auf die Schulter getippt hatte. „Die Bauarbeiten stehen still, bis der Coroner da ist, und ich muß nicht unbedingt hier herumhängen. Leichen vertragen sich gar nicht gut mit einem Kater.“

„Bißchen zu viel *Sierra Nevada* gestern abend?“

„Ich würde ja lächeln, aber es tut einfach zu weh, den Mund so weit aufzureißen.“ Er klopfte sich statt dessen auf seinen flachen Bauch. „Ich brauch sowieso ein bißchen Bewegung. Ich war nicht gerade in Bestform, als ich diesen Job angenommen hab.“

Dan war vor kurzem von New York nach Flat Skunk gezogen, mit einem Zwischenstop in New Mexico. Er war erst Polizist und dann Dozent an einer Strafanstalt. Nachdem er aus verschiedenen Gründen aus beiden Jobs hinausgeflogen war, zog er weiter nach Westen und beschloß zu bleiben. Da er keine Lust hatte, wieder Polizeiarbeit zu machen, hatte mir Dan neulich erzählt, daß er solange auf der Truax-Baustelle arbeiten wollte, bis er sich darüber klar war, was er mit seinem Leben anfangen sollte. Er scheint sich zwar allmählich von den Ereignissen der Vergangenheit erholt zu haben, aber ich bin trotzdem emotional ein bißchen auf Distanz geblieben. Das war gar nicht leicht – Dan hat den Geist eines Dichters im Körper eines Bauarbeiters. Bei mir ist es noch nicht so lange her, daß eine fünfjährige Beziehung mit dem falschen Typen in die Brüche ging, und das hat mich etwas abgestumpft.

„Ich dachte, ich könnte vielleicht nach ein paar Rissen in der Rohbaukonstruktion suchen", sagte ich. „Nachsehen, ob das Erdbeben irgendwelche Schäden verursacht hat. Wenn dieser Typ wirklich während der Erschütterung gefallen ist, gibt es mit der Konstruktion vielleicht ein paar ernsthafte Probleme." Ich war dankbar für die Ablenkung, aber ich fühlte mich immer noch etwas wacklig, als ich Dan eine weitere Treppe hinauf folgte.

„Du willst also eine Story über das Erdbeben machen?" drehte sich Dan fragend zu mir um.

„Na, die eigentliche Story ist der Tod dieses Typs. Aber das Erdbeben spielt da vielleicht rein. Hast du irgendeine Idee, wie es passiert ist?"

„Wenn die Erdkruste –"

„Nicht das Erdbeben. Wie er gefallen ist!"

Dan grinste. „Eigentlich nicht. Das Erdbeben könnte

ihn aus dem Gleichgewicht gebracht haben. Oder vielleicht war er betrunken und ist vom ersten oder zweiten Stock gefallen. Der Coroner kann uns bestimmt was dazu sagen."

„Hast du seinen Anzug bemerkt? Sah teuer aus. Der scheint mir nicht der typische torkelnde Säufer zu sein. Eigentlich sah er sogar wie jemand ziemlich Wichtiges aus."

„Dann ist er vielleicht gestolpert. Vielleicht ist er gesprungen." Dan blieb stehen und sah mich demonstrativ an. „Was willst du denn hören? Daß ihn vielleicht jemand geschubst hat?"

„Hältst du das für möglich?"

Dan zuckte die Achseln. „Bißchen merkwürdiger Ort, um jemand auszuschalten."

„Weißt du, wer er ist? Hat er hier gearbeitet?"

„Er gehört nicht zu Truax' Leuten, soviel kann ich dir jedenfalls sagen. Wenigstens nicht zu den Bauarbeitern."

„Ich frage mich, was er so früh am Morgen hier wollte", sagte ich.

„Woher weißt du, daß es heute morgen war? Vielleicht war's auch gestern abend."

Ich ging auf die Kante des Fahrstuhlschachts zu. „Was, wenn er ungefähr so gestanden hätte. Und dann hat er durch das Erdbeben das Gleichgewicht verloren – und ist runtergefallen." Ich machte eine gebärdete Geste des Fallens, zwei Finger, die sich in einer Spirale abwärts bewegen.

„Du meinst, Tod durch schlechtes Timing?"

Ich schauderte. „Ich hasse Erdbeben. Da gerät alles so völlig außer Kontrolle."

Dan sah mich erstaunt an. „Du und außer Kontrolle, Connor Westphal? Ich dachte, ihr Eingeborenen hättet die Erdbeben sozusagen im Blut. Ich persönlich finde sie eigentlich ganz spannend."

„Spannend! Wie kannst du so was sagen? Bei dem Erdbeben 1906 in San Francisco sind siebenhundert Menschen umgekommen. Ich hatte immer Angst vor dem Big One, die ganze Zeit, die ich da gelebt hab."

Dan lächelte und amüsierte sich offenbar über meine Reaktion. „Das lag an schlechter Bauweise, daran, daß auf Aufschüttungen gebaut wurde, und noch an ein paar anderen Problemen. Heute sind die Gebäude viel stabiler. Ich hab bei der Arbeit hier viel gelernt. Heute muß alles ‚erdbebensicher' sein. Außerdem, sieh's doch mal von der positiven Seite. Ich hab mir sagen lassen, daß nach einem Beben mehr Aufgebote bestellt werden als irgendwann sonst. Und neun Monate später werden mehr Babys geboren. Anscheinend weckt das gei..., äh, romantische Gefühle."

Ich fühlte, wie mein Dekolleté heiß wurde. Daran lassen sich meine Gefühle immer ganz leicht ablesen. Wenn mir etwas auch nur das kleinste bißchen peinlich ist, flammt es sofort auf wie eine Leuchtreklame. „Na, noch so ne Aufregung wie das Beben heute morgen und ich zieh in die Antarktis. Das ist die einzige erdbebenfreie Zone auf der Welt."

„Tja, aber dann mußt du wegen der Lawinen Angst haben, und vor dem Yeti und ..."

Ich wandte mich ab, stieg noch eine Treppe hinauf und betrat den zweiten Stock. Als ich mich unter einem niedrigen Balken duckte, fiel mir der blöde Helm herunter.

„Verdammt!" sagte ich und hob den kreischgelben Kopfschutz vom Betonboden auf. „Muß ich dieses Metalldings tragen? Der ist bleischwer."

„Also zunächst mal sind die Dinger nicht mehr aus Metall, sondern aus Kunststoff. Und zweitens weiß man nie, wann einem ein dreitausend Pfund schwerer Doppel-

T-Träger auf den Kopf fallen könnte. Du mußt ihn tragen. Es ist gesetzlich vorgeschrieben."

Die Art, wie er das sagte, brachte mich zum Lachen. Ich konnte mir gar nicht denken, warum ich mich bei ihm nicht stärker gehen lassen konnte. Hatte das wirklich mit Kontrolle zu tun? Wir gingen durch das zweite Stockwerk und ich wurde allmählich lockerer und hatte den zerfleischten Toten drei Stockwerke unter uns schon fast vergessen. Dan zeigte mir ein paar von den erdbebensicheren Eigenschaften des Gebäudes, und ich erwischte mich dabei, daß ich seine wohlgeformten Arme betrachtete, die durch die weichen T-Shirt-Ärmel betont wurden.

Er fing meinen Blick auf und merkte, daß ich schon seit ein paar Minuten nicht mehr seine Lippen abgelesen hatte, sondern nur noch seine Körpersprache. Sofort war ich wieder angespannt und dieses merkwürdige Kitzeln lief mir Arme und Rücken hinunter. Ob ich von der plötzlichen Hitzewallung in meinem Körper wohl im Dunkeln leuchten würde? Ich suchte nach einer Ablenkung.

„Wie sicher ist denn so ein Gebäude überhaupt bei einem Erdbeben? Ich meine, was würde passieren, wenn wir ein Beben Stärke sieben oder sogar acht gehabt hätten?"

„Siehst du die Drähte da?" Er zeigte zur Decke, die durch eine Öffnung über uns zu sehen war. Ich schaute hoch und sah hunderte etwa einen Meter lange Drähte, die überall aus der Decke herausragten.

„Die sind alle mit Rohren, Leitungen, Deckenleuchten und so was verbunden. Wenn das Gebäude erschüttert wird, kann dir die Decke nicht auf den Kopf fallen."

„Da mach ich mir gar keine Sorgen. Ich hab doch diesen Schutzhelm auf, du erinnerst dich? Wie hast du denn so schnell dieses ganze Zeug gelernt?"

Er zuckte die Achseln. „Ich hab am College ein bißchen leichte Zimmerarbeit gemacht, um mir die Studiengebühren zu verdienen. In New York gibt's auch Erdbeben, weißt du. Die habt ihr Kalifornier nicht erfunden, so gern ihr das hättet."

„Das haben wir auch nie behauptet. Wir haben sie bloß perfektioniert."

Ich folgte ihm die Treppe hinunter in den Keller zurück, wo die Gruppe der Offiziellen immer noch beisammen stand.

„Was würde passieren, wenn das Big One kommt?" fragte ich.

„Kommt drauf an. Dieses Fundament ist eine sogenannte Schwimmgründung. Das ist, wenn –" Dan blieb abrupt ein paar Meter vor der Menschengruppe stehen und kniete sich auf den Betonboden. „Oh, Scheiße!"

„Ist was nicht in Ordnung?"

„Es ist gerissen. Volle Kanne. Verdammt! Und das war ganz frisch gegossen. Ich wußte ja, daß diese angeblich ‚ruhende' Verwerfung uns Ärger machen würde, trotz all der Vorsichtsmaßnahmen."

„Müßt ihr das alles wieder aufgraben?"

„Genau. Der Beton ist vertikal aufgerissen – da, siehst du? Das soll bei Stahlbeton eigentlich nicht passieren. Wir werden das mit dem Preßlufthammer rausholen müssen, die Moniereisen entfernen, neue Eisen legen und den Beton neu gießen. Das gibt Überstunden. Truax kriegt bestimmt wieder einen Anfall."

„Müßt ihr den ganzen Boden wieder aufgraben?"

„Nein, nur diesen Teil hier, es sei denn, es gibt noch mehr Schadstellen. Aber das hier ist ja schon nervig genug."

Er stand auf, bürstete sich die Knie seiner abgewetzten Jeans ab, warf einen Blick zu Truax hinüber, der nach ihm äugte, und sah mich dann ganz ruhig an.

„Hör mal, wenn du für deine Erdbebenstory mehr über die Konstruktion dieses Gebäudes wissen willst, ich hab Fotos von der Grundsteinlegung bis jetzt. Du kannst sie dir gerne anschauen, wenn du meinst, daß sie relevant sind. Aber jetzt melde ich das hier besser erstmal meinem Vorarbeiter. Soll der sich doch mit Truax herumschlagen."

„Du hast Bilder von den Bauarbeiten?"

„In meinem Büro. Ich hab ein bißchen fotografiert und Boones Dunkelkammer benutzt. Künstlerisch recht wertvoll, wenn ich mal so sagen darf. Ein bißchen Ansel Adams mit einem Hauch Man Ray. Ich bring sie heute abend mal rüber."

„Und wann wirst du aufhören, in diesem Büro zu schlafen, und dir ein richtiges Zuhause anschaffen?"

„Wie dein Diner? Das Büro ist doch prima. Alle Annehmlichkeiten einer Wohnung bis auf die Dusche, und die gibt's in der Sporthalle. Wo sonst findest du eine Bude mit eingebauter Dunkelkammer?"

Die Dunkelkammer seines Bruders kannte ich. Ich benutzte sie regelmäßig, wenn ich meine eigenen Aufnahmen für die *Eureka!* machte. Bevor ich das Argument überbieten konnte, kamen zwei Beamte in weißen Kitteln am Unglücksort an.

Ich ging schnell auf den Kreis der Zuschauer zu und bereute es sofort. Einer der Weißkittel hob gerade das Jackett des Toten an. Das enthüllte viel mehr von dem aufgespießten Körper, als meine Eingeweide wissen wollten.

3

Ich zwang meinen Blick von dem Toten fort und sah auf. Eine Frau im weißen Kittel stand mir gegenüber. „Dr. Arthurlene Jackson, Ärztliche Leichenbeschauerin Calaveras County“ stand auf ihrem Namensschild. Wohl nicht mit unserem Stadtexzentriker Sluice Jackson verwandt, nahm ich an. Mit ihrer walnußfarbenen Haut und ihren glänzenden kaffeebraunen Augen sah Dr. Jackson eher wie ein Model aus als wie eine Rechtsmedizinerin. Leicht abzulesende rotgefärbte Lippen umrahmten strahlend weiße Zähne, mit denen man ein Dutzend Zahnpastasorten hätte verkaufen können. Sie trug den nichtssagenden weißen Arztkittel wie ein Designerstück, mit einem Gürtel um ihre schmale Taille und hochgeschlagenem Kragen. Millionen glänzender schwarzer Locken waren in einem riesigen Knoten auf ihrem Kopf zusammengefaßt, locker umschlungen von einem bunten Band.

Sie sah mich kurz an und wandte sich dann wieder der Leiche zu. Vielleicht hatte ich sie mit dem Laut abgelenkt, den ich unwillkürlich ausgestoßen hatte, als ich sah, wie das Moniereisen aus dem blutigen Rücken des Mannes herausragte. Glücklicherweise war Dinkeldingsbums, der Klemmbrettmensch, nirgendwo zu sehen, um mich wegzueskortieren. Aber die Aktivität hatte deutlich zugenommen. Rettungshelfer, Sanitäter, Gerichtsfotografen, der Assistent des Coroner und ein weiterer Sheriff aus dem benachbarten Thunder Camp waren eingetroffen, zusammen mit einer Handvoll Leute, die ich nicht identifizieren konnte.

Eine Frau, die eher für ein Grateful-Dead-Konzert als für eine Baustelle angezogen war, hielt ein Notizbuch in den Händen und kritzelte wie wild. Ich erkannte sie von dem Foto, das manchmal über ihrer Spalte im *Mother Lode Monitor* abgedruckt war – Harmony Malakoff, Klatschkolumnistin. Ich fragte mich flüchtig, was sie wohl als Aufhänger nehmen würde, während ich versuchte, mein Frühstück wieder im Magen zu versammeln. Der metallische Blutgeruch ging mir durch und durch.

Ich zog mein eigenes Notizbuch und den Kassettenrecorder aus meinem Rucksack heraus, als Dr. Jackson ihre Aufmerksamkeit wieder dem Toten zuwandte, der wie ein riesiger Schmetterling auf den Betonboden gespießt war. Sie vergewisserte sich kurz, ob der Fotograf fertig war, dann zog sie ein Paar Latexhandschuhe über ihre schlanken, schmucklosen Finger. Sie kniete sich hin und begann mit der Untersuchung des Toten. Eines seiner Handgelenke sah sie sich ein paar Sekunden länger an. Sie legte die Hand sorgsam zurück, als ob sie dem Mann nicht noch mehr Schmerzen zufügen wollte. Schließlich untersuchte sie das Gebiet um die Pfählungsstelle herum und schälte das ehemals weiße Seidenhemd des Opfers ab, das jetzt ein Kreismuster in verschiedenen Rottönen trug.

Mein Magen protestierte wieder, als Dr. Jackson das blutige Hemd langsam hochzog. Der Geruch wurde durch die Freilegung noch stärker, und ich hielt den Atem an. Der Rücken des Mannes war fast so weiß wie der Betonboden, gegen den er gepreßt lag. Die teigige, marmorähnliche Farbe seiner Haut sah unnatürlich aus, als ob man ihn aus fleckigem Ton geformt hätte. Ich zwang mich zu einer Lungenfüllung Luft und versuchte, mich auf die Lippen der Rechtsmedizinerin zu konzentrieren, während ich sie in ihr eigenes kleines Diktiergerät sprechen sah.

Ich stellte meinen Recorder als Stütze für meine Ablesekünste an und machte mir hin und wieder schnell eine Notiz. Ich würde mir das Band von Miah transkribieren lassen, wenn ich ins Büro zurückkam. Die meisten guten Lippenleser verstehen nur dreißig bis vierzig Prozent korrekt, manchmal fünfzig, wenn die Lippen gut zu lesen sind. Der Rest ist Raten. Es ist erstaunlich, wie viele Münder überhaupt nicht zu entziffern sind, sogar wenn sie nicht von Kaugummi, Essen, Schnurrbärten oder nervösen Ticks entstellt werden. Die größte Kommunikationsbarriere im Mother Lode ist das Tabakkauen. Glücklicherweise gehörte Dr. Jackson nicht zu den Süchtigen. Ich klinkte mich mitten im Satz wieder ein.

„... zwölfzölliger Rundstahl scheint die Mitte der Brusthöhle durchdrungen zu haben, wobei das Herz verletzt wurde, und ragt unter der linken Scapula heraus. Nach dem Fortschreiten der Totenstarre zu urteilen, in Verbindung mit der kühlen Temperatur am Morgen und der Lividität des Blutes auf der ventralen Körperseite, scheint der Tod ...“ – sie sah auf ihre Armbanduhr –, „... vor etwa acht bis zwölf Stunden eingetreten zu sein.“ Sie hielt inne und fügte dann hinzu: „Wahrscheinlich um fünf Minuten nach halb zwölf.“

Ich dachte, ich hätte mich verguckt. Sie konnte doch nicht die genaue Zeit genannt haben.

Dan mußte mein verdutzter Gesichtsausdruck aufgefallen sein. „Stimmt was nicht?“

„Die Rechtsmedizin muß große Fortschritte gemacht haben, wenn sie die exakte Todeszeit benennen kann“, flüsterte ich. „Wie kann sie nur so präzise sein?“

Dan zeigte auf den Arm des Mannes. Die Uhr. Die hatte sie sich angesehen, als sie sein Handgelenk hochhielt. Ich hatte mich so sehr auf ihre Lippen und ihre Körpersprache konzentriert, daß mir der offensichtliche Hinweis entgangen war.

„Ich dachte, sowas passiert nur im Film", murmelte ich und wandte meine Aufmerksamkeit wieder Dr. Jackson zu.

„Die Position des Toten und seine Nähe zur Wand des Gebäudes deuten darauf hin, daß er vermutlich ..." Dr. Jackson sah zu den Stockwerken über ihr hoch, und ich bekam ein Stück nicht mit. Ich stieg wieder ein, als sie sich wieder zu uns umdrehte. „... einer Höhe von etwa sechs bis achtzehn Metern fiel, je nachdem, in welchem Stockwerk er sich befand. Anscheinend schlug er gleichzeitig auf das Moniereisen und den Betonboden auf. Ich würde sagen, daß der Tod unmittelbar eintrat, doch ob es durch den Schlag auf den Kopf oder den durchbohrten Brustkorb geschah, werde ich erst durch die Obduktion sicher klären können." Sie schaltete das Aufnahmegerät ab. Ich ließ meins laufen. „Und vielleicht nicht einmal dann", fügte sie, fast wie zu sich selbst, hinzu.

„Sind Sie sicher, daß er gefallen ist?" platzte ich heraus.

Dr. Jackson sah mich ausdruckslos an. Vielleicht gehörte sie zu den Hörenden, die meine Aussprache nicht verstehen können. Ein Sprachtherapeut sagte mir einmal, daß ich „hauchig monoton, mit nachlässigen Vokalen und explosiven Konsonanten" spreche. Was immer das heißen sollte. Ich formulierte die Frage neu, falls ich mich unklar ausgedrückt hatte.

„Ich meine ... hätte ihn jemand gestoßen haben können? Oder könnte er gesprungen sein?"

„Das ist möglich", sagte Dr. Jackson und sprach auf einmal ganz klar und direkt zu mir. „Aber der Zeitpunkt des Todes war höchstwahrscheinlich etwa fünf Minuten nach halb zwölf. Ich glaube, das war ungefähr die Zeit, als das Erdbeben letzte Nacht passierte." Sie sah zu Sheriff Mercer hinüber, der bestätigend nickte. „Meiner Ansicht nach macht das einen Sturz am wahrscheinlichsten. Oberflächlich betrachtet gibt es keine offensichtlichen verdächtigen Anzeichen. Es wurde kein Abschiedsbrief gefunden, richtig?" Wieder sah sie den Sheriff an.

Ich schlug schnell eine Seite in meinem Notizbuch um und kritzelte alles auf, was sie sagte, obwohl ich es gleichzeitig auf Band aufnahm. „Wissen Sie, wer der Mann war?"

„Entschuldigen Sie, Sie sind ...?"

„Mein Name ist Connor Westphal. Ich gebe die Zeitung *Eureka!* heraus. Sie sind Dr. Jackson, der Coroner?" Ich streckte eine Hand aus, aber sie ignorierte sie. Aus dem Augenwinkel erhaschte ich eine schnelle Kopfbewegung von Harmony Malakoff, der Reporterin vom *Monitor*.

„Genaugenommen bin ich die Ärztliche Leichenbeschauerin, nicht der Coroner. Nein, wir haben noch keine Identifizierung. Es wurden keine Ausweisdokumente bei der Leiche gefunden, stimmt's, Sheriff? Und bis jetzt hat ihn niemand erkannt."

Bevor ich mir meine nächste Frage überlegen konnte, kamen die Fachleute und begannen damit, die Leiche einzusammeln. In Minutenschnelle hatten sie Hände, Füße und Kopf des Toten in Plastikbeutel verpackt, die Leiche in einer milchweißen Plastikhülle mit Reißverschluß verstaut und in den wartenden Krankenwagen verfrachtet. Die kleine Menschenmenge stand da und beobachtete die formelle Prozedur. Ich sah Jake Passage, den bulligen Bauarbeiter, der mich nicht hineinlassen wollte, etwas abseits in einem intensiven Gespräch mit dem Klemmbrettmenschen vom ASGA stehen. Ich konnte nicht erkennen, was sie sagten, aber nach der Körpersprache zu urteilen, mußte es ziemlich hitzig zugehen.

„Sie bringen ihn wohl in die Leichenhalle, nehme ich an …“, sagte ich zu Dan, als die Leiche in dem Krankenwagen verschwunden war, aber Dan war ebenfalls verschwunden. Ich suchte die auseinanderdriftende Menge ab und entdeckte ihn schließlich einige Meter weiter weg. Er sprach mit dem kleinen, übergewichtigen Mann mit dem roten Gesicht und dem teuren Anzug. Harlan Truax, Herausgeber des *Mother Lode Monitor*. Seine Visage war jeden Werktag auf der Seite mit dem Editorial zu sehen. An den Gesten und Gesichtsausdrücken beider Parteien konnte ich ablesen, daß auch dies keine angenehme Unterhaltung war. Truax ging beim Sprechen energisch auf und ab und stocherte mit seinem geschwollenen, mit Ringen beladenen Mittelfinger in der Luft herum.

Ich ließ meinen Blick über die dünner werdende Menge schweifen und sah Sheriff Mercer mit Harmony Malakoff reden. Mit ihrem langen Batikrock, Wildseidentop, Birkenstocksandalen und einer guatemaltekischen Tasche sah sie wie ein New-Age-Hippie aus. Sie schrieb energisch alles auf, was der Sheriff sagte. Aus dieser Entfernung konnte ich die Lippen der beiden nicht von der Seite ablesen. Es ist schon von vorn schwierig genug. Aber ich war mir plötzlich ganz sicher, daß sie sich *meine* Story holte.

Gerade wollte ich auf das Paar zugehen, als ein Mann mit Pferdeschwanz, khakifarbenen Dockerhosen und einem Jeanshemd stirnrunzelnd das Interview unterbrach. John Cross, der Kriminalreporter des *Monitor*, war endlich angekommen. Seine Lippen konnte ich zwar nicht lesen, aber sein Gesichtsausdruck war eindeutig. Nach einer kurzen Besprechung mit Harmony steuerten beide auf Harlan Truax zu, der jetzt alleine dastand und auf den Platz starrte, an dem der Tote gefunden worden war.

„Sheriff!" rief ich, als er den Weg zur Straße einschlug.

Er drehte sich um und winkte mit einem Arm, ging aber weiter auf seinen Streifenwagen zu. „Ich muß los, C.W. Komm später im Büro vorbei." Das war, glaube ich, was er sagte. Eigentlich sagte das Winken schon alles.

Ich klappte mein Notizbuch zu und ging mit einem eigenartig unwirklichen Gefühl zu meinem Chevy zurück. Ich öffnete die Tür, schwang mir den Rucksack über die Schulter und wollte gerade ins Auto springen, als ich eine Frau so um die fünfzig bemerkte, in einem Sportdreß mit Goldverzierung und Pailletten. Sie ging in ein paar Metern Entfernung langsam am Rand der Baustelle entlang und schlurfte bei jedem Schritt mit ihrem Fuß durch den angesammelten Müll im „Rinnstein" der roten Sandstraße. Sie machte das nicht wie zum Zeitvertreib, sondern ganz präzise und systematisch.

Ich stieg ins Auto, setzte meine Sonnenbrille auf und drehte meinen Kopf ein wenig aus ihrer Richtung, damit sie mich nicht beim Glotzen erwischte. Aber ich folgte immer noch ihren eigenartigen Bewegungen. Von Zeit zu Zeit drehte sie sich um, als ob sie nach jemand suchte, und fegte dann weiter mit der Spitze ihres Goldlamé-Laufschuhs den Weg frei.

Neugierig beobachtete ich sie weiter im Schutz meiner Sonnenbrille. Ein paar Augenblicke später blieb sie plötzlich stehen, warf einen schnellen Blick nach allen Seiten und ließ sich in die Hocke fallen. Sie fegte den Sand weg, nahm etwas hoch, das etwa so groß wie ein kleiner Bleistift war, und hob es dicht am Körper auf Taillenhöhe. Sie drehte es langsam und bedächtig in der Hand hin und her. Dann runzelte sie die Stirn und sagte etwas, das wie „Nanny" oder „Nancy" aussah.

Sie stopfte den Gegenstand in ihre ebenfalls goldfarbene Handtasche und sah sich nochmals um. Diesmal bemerkte sie, daß ich sie beobachtete. Ich überlegte, ob ich aussteigen und sie ansprechen sollte, aber sie ging schnell in die andere Richtung weg. Ich zuckte in Gedanken die Achseln, startete den Wagen und fuhr die Straße hinunter. Als ich schnell einen verstohlenen Blick in den Rückspiegel warf, war sie verschwunden.

Merkwürdig, dachte ich. Ich fragte mich, wer sie war – und was sie im roten Mother-Lode-Sand gefunden hatte, ganz dicht bei der Stelle, an der ein Mann zu Schaschlik geworden war.

Auf der Fahrt zurück in die Stadt dachte ich mir die tollsten Überschriften und Einleitungen für meine Story aus: „Fremder während Erdbeben aufgespießt", „Die Erde bebt – ein Mann liegt still" und meine persönliche Lieblingsversion: „*Eureka!*-Herausgeberin klärt mysteriösen Tod auf".

Ganz ruhig, Connor, sagte ich mir, wahrscheinlich laut, wie es meine Gewohnheit war. Du schreibst nicht für den *Enquirer.* Aber ich konnte bestimmt eine interessante Story daraus machen, wenn ich sie vor Cross, Malakoff und dem *Mother Lode Monitor* drucken konnte. Wir boten unseren Lesern zwar eigentlich unterschiedliche Dinge an – der *Monitor* machte mehr Tagesreportage und aktuelle Neuigkeiten, ich brachte eher historische Hintergründe und Features –, aber das hier war eine Story, die ich für meine Zeitung haben wollte.

Ich parkte hinter dem Penzance-Hotel und stieg die Treppe zu meinem Büro hoch. Miah tippte immer noch fleißig auf der Tastatur herum, der Gute. Das dachte ich jedenfalls, bis er von seinem Stuhl aufsprang, die Faust reckte und etwas sagte, das nach einem emphatischen „Ja!“ aussah.

„Das muß ja ein ziemlich aufregender Artikel sein, an dem du da arbeitest. Endlich die richtige Formulierung gefunden?“

Miah setzte sich wieder, grinste schuldbewußt und schaltete auf Gebärdensprache um. „Tut mir leid, Chef. Ich bin total süchtig nach diesem Spiel.“

„Ich hab mich mit deinem Problem befaßt, Miah. Ich hab dich für ein ‚*Myst*-frei in zwölf Schritten‘-Programm drüben in der Elks Hall angemeldet. Vielleicht können die dir helfen. Und nenn mich nicht Chef!“

„Ja, Chef“, sagte er. Das ist eine Dauerfrotzelei bei uns, weil wir beide Superman-Fans sind.

„Gab's irgendwelche Neuigkeiten während ich weg war, abgesehen von der Invasion des Planeten?“

„Nö. Was passiert? Erdbebenschaden?“ Das war das Wesentliche. In ASL, der Amerikanischen Gebärdensprache, braucht man keine überflüssigen Worte.

Ich erzählte die Story mit den Händen, ein bißchen Mimik und Körpersprache, um die Bilder klarer zu machen. Er wurde immer aufgeregter, als ich ihm die Entdeckung des Toten in Gebärden schilderte.

„Bis jetzt gibt es noch nicht sehr viele Informationen. Ich muß noch ein paar Sachen herausfinden, um die Story zu vervollständigen. Die Leichenbeschauerin –“

Ein Lichtblitz vom Flur unterbrach mich. Die Bürotür ging auf und Dan stand mit ein paar Bechern Kaffee auf der

Schwelle. Er nickte Miah zu, stellte die Becher auf meinem Schreibtisch ab und nahm sich den Klappstuhl, der an der Wand lehnte. Miah preßte die Lippen zusammen und griff nach dem Telefon. Dan hielt es wahrscheinlich für ein Lächeln. Miah mag Dan nicht besonders. Ich weiß nicht, warum. Na ja, okay, ich weiß schon, warum. Ich glaube, Miah ist in mich verschossen. Er ist wirklich süß. Wenn ich bloß nicht alt genug wäre, seine ... ältere Schwester zu sein.

„Was machst du denn hier? Ist die Arbeit auf der Baustelle komplett eingestellt worden?“ fragte ich Dan, als er sich den roten Baustellendreck von seiner 501-Jeans bürstete.

„Nur für diesen Vormittag. Sheriff Mercer möchte sich noch etwas umsehen. Nach der Mittagspause sollen wir weiterarbeiten. Nicht mal ein Toter kann Harlan Truax davon abhalten, sein Gebäude fertigzustellen.“

Ich hatte Harlan Truax nie selbst getroffen, aber ich wußte ein bißchen was über ihn. Er ist ein ziemlich großspuriger Verleger, dessen Vorfahren seit dem Goldfund bei Sutter's Mill 1849 im Goldgräbergebiet gelebt haben. Verheiratet ist er mit einer Angehörigen der oberen Zehntausend namens Blenda, hat eine Tochter mit einem genauso ungewöhnlichen Namen, den ich mir nie merken kann, und besitzt ziemlich viel Grund und Boden entlang des Gold-Highway.

Ab und an finde ich in meiner Post ein fadenscheiniges Angebot, meine Wochenzeitung aufzukaufen. Mag ihm meinetwegen das halbe Mother Lode gehören, aber die *Eureka!* wird er nie übernehmen! Schließlich war ich hauptsächlich nach Flat Skunk gezogen, um mein Wochenblatt machen zu können.

„Ich hab gesehen, wie du auf der Baustelle mit Truax gesprochen hast. Er schien ein bißchen aus der Fassung zu sein.“

„Das kannst du laut sagen. Allerdings regt er sich mehr über die eingebüßte Zeit und die Lohnkosten auf als über den armen Kerl, der in seinen Beton gebissen hat. Übrigens habe ich herausbekommen, wer der Tote ist. Jemand hat seine Brieftasche gefunden."

Miah, der telefoniert hatte, während ich mich mit Dan unterhielt, winkte mir hinter Dans Rücken zu. Er fingerte ein paar Buchstaben und erklärte mir dann in Gebärden, daß diese Information gerade von seinem Vater, Sheriff Mercer, über das Schreibtelefon hereingekommen war.

Ich schloß die Augen, preßte meine Finger an die Schläfen, öffnete die Augen wieder und sagte langsam: „Cullen Delancy?"

Dan grinste verblüfft. „Ihr Gehörlosen habt ja wohl wirklich einen sechsten Sinn, was? Du kannst ja Gedanken lesen!"

„Deine nicht. Zu unordentlich da drin."

„Na, jedenfalls schaffst du's, meine Gedanken durcheinanderzubringen. Wie hast du's rausgekriegt?"

Ich blickte zu Miah hinüber, der verschwörerisch strahlte. „Du weißt ja, daß ich meine Quellen nicht preisgeben darf. Und wer ist dieser Cullen Delancy?"

„Aha. Es gibt also doch etwas, das du nicht weißt. Einer von den Bauarbeitern, Jake Passage, hat die Brieftasche des Typen ein paar Meter außerhalb des Gebäudes gefunden. Da war ein Ausweis von der Bezirksverwaltung drin. Er war der Bodenmechaniker. Ich hab seinen Namen überall auf den Bauplänen gesehen, ich hab ihn bloß nie kennengelernt. Allerdings weiß niemand, was er mitten in der Nacht da draußen wollte. Außer natürlich, du weißt es."

Ich schüttelte den Kopf und sah aus dem Fenster auf die Main Street unter uns. Ich konnte sehen, wie die Hitze vom schwarzen Asphalt aufzusteigen begann. Zwei Touristen hatten sich in den Schatten der alten bretterverkleideten Häuser geflüchtet, die mit Antiquitätengeschäften, Bekleidungsboutiquen, Geschenkläden und einem Eiscafé prangten. Sie zeigten auf den Delikatessenladen und gingen dann den holzbeplankten Bürgersteig zum Nugget Café hinauf. Als sie in dem einfachen Coffee Shop verschwunden waren, drehte ich mich wieder zu Dan zurück. Er hatte diesen Ausdruck auf dem Gesicht, der sagen will: Du hast mal wieder nicht zugehört, Connor.

„Wie bitte?" sagte ich.

„Ich hab gesagt, ich sollte besser los. Muß noch ein paar Anrufe erledigen, wegen des Teils vom Kellerboden, den wir reparieren müssen." Er stand auf und strich seine Jeans wieder glatt. „Ich seh dich dann heut abend?"

Ich sah ihn verständnislos an.

„Um dir die Fotos von der Baustelle zu zeigen?"

Das hatte ich ganz vergessen. Ich nickte und schaute ihm nach, als er aus der Tür ging. Miah sah meinen gebannten Blick und schüttelte den Kopf. Manchmal schien auch er einen sechsten Sinn zu haben.

Ich lachte, wahrscheinlich laut genug, um Tote zu wecken.

4

Um eins gab ich den Versuch auf, den Coroner, den Sheriff, den Bauaufseher, die Sanitäter oder auch nur Harlan Truax zu erreichen. Der einzige mit einem Schreibtelefon war Sheriff Mercer, also setzte ich Miah für die übrigen Anrufe ein – alles Sackgassen. Es war Zeit für eine Pause.

„Wie wär's mit Mittagessen? Wir könnten dieses neue asiatische Restaurant neben dem Nugget ausprobieren – wie hieß das doch gleich? Hard Wok Café. Ich hab einen Gutschein aus der *Eureka!* vom letzten Wochenende."

Miah schüttelte den Kopf, schob sich eine Haarlocke aus den Augen und gebärdete: „Geht nicht. Muß noch einen Haufen Comics sortieren, bevor ich heute nachmittag den Laden aufmache. Bring mir einen Sushiburger mit. Durch, bitte."

In seinem Laden „Fish Out of Water" am anderen Ende des Flurs hat Miah „Kinderöffnungszeiten", wie er es nennt. Er würde mal ein smarter Geschäftsmann werden. Er weiß, daß es sich nicht lohnt, den Laden aufzumachen, wenn die Kunden noch in der Schule sitzen.

Kurz nach eins kam ich ins Hard Wok Café. Abgesehen von zwei Jungs, die ich aus dem „Hook and Ladder"-Eisenwarengeschäft kannte – „wenn wir's am Lager ham, ham wir's da" –, war der Laden wie ausgestorben. Und besser würde das Geschäft in Flat Skunk wohl auch nicht werden. Die Leute hier sind für Veränderungen nicht sehr zu haben. Sie mögen keine trendigen neuen Restaurants, sie mögen kein New-Wave-Dekor, und sie mögen ganz bestimmt keinen rohen Fisch. Genauso, wie sie Hochhäuser nicht schätzen. Ich gab dem Laden zwei Wochen, bevor daraus eine weitere Cowboybar wurde.

Ich überquerte den schwarz-weiß gefliesten Boden und setzte mich in eine harte Holzsitznische, die glänzend schwarz gestrichen war. Die rosa Neonleuchten darüber spiegelten sich in der glänzenden Speisekarte, auf der Fischhäppchen wie „Harakiri-Bissen", „Sayonara-Snacks" und „Godzilla-Bällchen" standen.

Während ich nach irgend etwas suchte, das nicht nach Angelköder klang, brachte der Kellner in Karatekostüm und Strubbelfrisur Tee an den Tisch. Ich bestellte schließlich einen Shrimpssalat, der auf „Nixenschwänze" umgetauft worden war. Bevor ich mich auf der steinharten Sitzbank häuslich einrichten konnte, fiel ein Schatten auf meine Speisekarte. In der Erwartung, wieder den Kellner zu sehen, schaute ich auf, aber statt seiner stand die batikgemusterte Frau vor mir, die ich auf der Baustelle gesehen hatte – Harmony Malakoff. Mit einer dünnen, blassen Hand hielt sie einen winzigen Sakebecher umklammert. Ich konnte ihre Adern durch die durchsichtige Haut hindurch sehen, die erste Alterungsspuren aufwies. Ihr Mund war klein, mit schmalen Lippen und einer Andeutung von feinen Fältchen in den Mundwinkeln. Schon bevor sie sprach, wußte ich, daß das Ablesen bei ihr schwierig sein würde.

Sie streckte ihre freie Hand aus. „Hi. Mein Name ist Harmony Malakoff, *Mother Lode Monitor*. Sie sind Connor Westphal, die *Eureka!*, stimmt's?"

Ich nahm ihre Hand. Sie war kalt und trocken, mit einer Schwiele an der Mittelfingerkuppe. Unbedingt ein Mitglied der schreibenden Zunft.

„Darf ich mich zu Ihnen setzen?" Ohne auf eine Antwort zu warten, setzte sie sich mir gegenüber. „Vielleicht haben Sie mein Kürzel schon gesehen? Ich mache überwiegend Lokalnachrichten, Features, so was in der Art. Ich hab auch eine wöchentliche Kolumne."

Ich nickte.

Sie wollte fortfahren. „Als ich Sie heute morgen da auf der Baustelle gesehen hab, hab ich –" Sie hielt abrupt inne, fuhr sich mit der Zunge über die Zähne, nahm das auf Hochglanz polierte Messer vom Tisch, hielt es sich vor den Mund und bleckte die Zähne vor dem Spiegelbild.

„Hab ich was an den Zähnen? Sie starren mir so auf den Mund."

„Nein, nein", erklärte ich. „Ich lese von Ihren Lippen ab. Ich bin gehörlos."

„Oh!" Sie legte das Messer wieder hin und sah erleichtert aus, daß ihr kein Hygienefauxpas unterlaufen war. „Ist ja toll … ja, ich bewundere Ihre kleine Zeitung wirklich. Ich finde, Sie leisten da ganz tolle Arbeit für –" Sie unterbrach sich. Für eine Gehörlose? Für eine Frau? Für eins dreiundsiebzig?

„Für die Gemeinschaft", ergänzte sie schnell. Gut gerettet.

„Danke", sagte ich bloß. Lippenlesen ist so anstrengend, daß ich für Smalltalk nicht sehr zu haben bin. Noch dazu mit einer Konkurrentin. „Was kann ich für Sie tun, Harmony?"

„Na ja, wie ich schon sagte, ich hab Sie da auf der Baustelle gesehen, wissen Sie, wo der Typ umgekommen ist. Ich hab darüber berichtet, weil der Kriminalreporter, John Cross, heute morgen nicht zur Arbeit erschienen war."

Ich blinzelte. John Cross hatte ein Händchen dafür, mir

bei den wichtigen Stories im Mother Lode zuvorzukommen. Er hatte natürlich den Vorteil, für eine Tageszeitung zu schreiben.

„Na, jedenfalls dachte ich mir, daß Sie auch eine Story über den toten Typ machen."

Ich blinzelte wieder. Bei ihrem abgehackten Sprechtempo riskierte ich dabei, etliche Worte zu verpassen. Zum Glück kam der Kellner, um ihre Bestellung aufzunehmen.

„Was nehmen Sie?" fuhr Harmony fort. „Die beiden Jungs da drüben empfehlen die ‚Majordomo-Platte'. Das ist glaube ich ein bißchen von allem, was so an der Küste angeschwemmt wird!" Sie winkte zu Mutt und Jeff an der Bar hinüber und drehte sich dann wieder zu mir. Ich sagte ihr, ich hätte schon den Shrimpssalat bestellt.

Während Harmony sich mit dem Kellner beriet, nippte ich an dem *Sapporo*-Bier, das er mir gebracht hatte, und schaute aus dem Fenster auf das Penzance-Hotel. Als Septimus Penzance das Hotel baute, kurz nachdem die Goldsucher eingefallen waren, hatte er ein anständiges Gasthaus im Sinn, in dem die Goldgräber ihre Familien einquartieren konnten. Es lief dann allerdings etwas anders, weil die Goldgräber ohne ihre Familien kamen. Mit der Zeit begann das Hotel, eine andere Art von Erholung von der Kälte, Armut und Einsamkeit des Goldgräberdaseins anzubieten, dank der Fandangotänzerinnen, die ihre eigene Form von Goldgräberei betrieben. Das alte Hotel hatte schon eine Menge erlebt, und allmählich sah man ihm sein Alter an. Als ich wieder zum Tisch schaute, war der Kellner verschwunden und Harmony sah ebenfalls auf die andere Straßenseite.

„Ich frage mich, wie erdbebensicher so ein altes Gebäude ist. Diese ganzen Ziegelsteine ... Gott, da möchte ich lieber nicht drin sein, wenn das Big One kommt."

„Die meisten Gebäude sind glaube ich nachträglich mit irgendwelchen Erdbebenschutzmaßnahmen ausgerüstet worden. Ich mach mir keine großen Sorgen“, log ich.

„Oh! Ist Ihr Büro da drin? Ist ja toll … He, haben Sie die beiden Beben letzte Nacht gespürt?“

„Das erste hab ich nicht gemerkt. Glatt verschlafen. Aber das zweite hab ich gespürt.“

„Sie haben das erste verschlafen? Wie konnten Sie? Das war riesig!“ Sie schwieg einen Moment und sagte dann: „Oh! Weil Sie gehörlos sind! Wie wachen Sie denn morgens auf? Einen Wecker können Sie doch nicht benutzen, stimmt's? Wenn ich keinen Wecker hätte, der mich morgens aus dem Bett holt, dann würde ich bestimmt den ganzen Tag verschlafen!“

„Ich habe einen Vibrationswecker. Nennt sich ‚Shake Awake‘. Man stellt die Zeit ein und wenn er losgeht, wird das Bett gerüttelt. So ähnlich wie ein kleines Erdbeben.“

„Ist ja toll.“ Harmony verdaute die Information zusammen mit der Angelköderplatte, die der Kellner vor ihr hingestellt hatte. Heißhungrig verschlang ich meinen Shrimpssalat.

Der Kellner kam, um Harmony Sake nachzuschenken, den er aus einer großen Plastikflasche in Fischform herausspritzte. Harmony und ich aßen eine Weile, ohne etwas zu sagen. Das hielt nicht lange an. Nach ein paar Bissen begann sie, ihre Lebensgeschichte zu erzählen. Aufgewachsen in L.A., Einzelkind, beide Eltern gestorben, aber sie hatten ihr eine großzügige Monatsrente vermacht, mit der sie ihr mageres Zeitungsgehalt aufbessern konnte. Ohne Abschluß vom College abgegangen, den Job beim *Monitor* bekommen, sich vom Laufmädchen über Korrektorin bis zur Klatschkolumnistin hochgearbeitet.

„Schauen Sie sich nicht um, aber der Typ da drüben, der mit dem Overall, starrt Sie ganz komisch an." Harmony deutete mit dem Kopf zu den Männern an der Bar hinüber.

Ich widerstand der Versuchung, mich umzudrehen.

„Tja, sind Sie eigentlich mit jemand zusammen? Es stört Sie hoffentlich nicht, wenn ich frage. Mein Papa hat immer gesagt, daß ich meine Nase ständig in anderer Leute Angelegenheiten stecke. Wahrscheinlich bin ich deshalb Reporterin geworden. Ich hab grad mit dem Typen Schluß gemacht, von dem ich erzählt hab – dem, der sonst die Kriminalberichte macht."

Ich war mir nicht ganz sicher, ob mir ihre offenherzige Konversation gefiel. Aber ich war mir auch nicht sicher, daß sie das nicht tat. Ihre Offenheit war ganz erfrischend. Es war schon ziemlich lange her, daß ich so einen Schwatz „unter Freundinnen" gehabt hatte. Und schließlich, rief ich mir ins Gedächtnis zurück, war diese Frau eine Konkurrentin. Ich fragte mich, was sie wohl von mir wollte.

„Ich war eine Weile mit jemand zusammen, als ich in San Francisco gelebt hab, aber das ist nicht gut gegangen. Und jetzt fällt es mir schwer, etwas Neues anzufangen. Vielleicht, weil ich so viel mit der Zeitung zu tun hab."

Harmony nickte. „Ist auch nicht einfach, hier jemand kennenzulernen. Die meisten sind doch faule Landeier."

„Faul?"

„Na, reaktionäres Bauernpack, Sie wissen schon. Der Typ heute auf der Baustelle war ganz niedlich. Mit diesem blondgefleckten Bart? Mann, diese Arme. Mjam!"

Ich lächelte und beschloß, von meiner Freundschaft mit Dan Smith nichts zu erzählen.

„John, der, mit dem ich grad Schluß gemacht hab, der sieht so'n bißchen aus wie Tom Cruise, bloß mit Zopf. Aber er ist so schrecklich selbstsüchtig. Mann, war ich wütend, als er heute auf der Baustelle auftauchte! Ich wollte diese Story so gerne haben. Truax ist manchmal ein richtiger Scheißkerl. Was ich wirklich machen möchte, wäre eine Story über das Tagebauprojekt drüben in Volcano. Haben Sie schon mal was von den Mokelumne-Säuregruben gehört, da unten bei der alten Münze? Ach Gott, das sollte ich Ihnen gar nicht erzählen. Sie schnappen mir das bestimmt weg."

Ich schüttelte den Kopf. „Machen Sie sich keine Sorgen. Das ist nicht mein Gebiet."

„Jedenfalls soll das die größte Giftmüllkippe in den Staaten sein. Zwischen 1850 und den frühen Dreißigern hat man dort etwa hundertdreißig Millionen Liter Chemikalien abgeladen, alles von der Goldbearbeitung für die Münze."

Sie sprach, als ob sie aus einem Propagandablättchen vorläse. „Klingt nach einer guten Story." Ich fragte mich flüchtig, ob die stetig forschende *Eureka!* von dieser Story wissen sollte.

„Oh ja, aber jetzt haben wir erstmal diesen toten Typen. Mit der Story sollte ich aus der Klatschkolumne rauskommen, wenn ich es schaffe, John für ne Weile abzulenken. Sie wollen das wahrscheinlich auch bringen?"

Ich zuckte die Achseln. Ich wollte nicht zu viel sagen, ich wußte ja noch nicht, was sie vorhatte. „Meine Zeitung kommt ja erst am Wochenende raus", sagte ich, um das Ganze erst einmal herunterzuspielen. „Bis dahin ist es wahrscheinlich Schnee von gestern."

Sie nickte. „Ja, Sie haben recht. Ich hab heute morgen mit Sterling gesprochen, und sie sagte –"

„Sterling?“ Bei dem Namen klingelte es irgendwo.

„Sterling Truax. Die Tochter vom Boß. Sie war in der Redaktion, als ich zurückkam. Na, jedenfalls hab ich sie gebeten, ein gutes Wort für mich einzulegen. Sie ist wirklich ein liebes Mädchen, auch wenn sie ein bißchen, na ja, Sie wissen schon ...“ Harmony preßte die Lippen ganz fest zusammen, als ob sie die Worte einsperren wollte, aber sie klopfte sich leicht an die Schläfe.

Ich hob eine Augenbraue.

Sie lehnte sich vor, als ob sie Angst vor Lauschern hätte, und zerrte ihren Mund beim Sprechen weit auseinander. Ich hatte den Eindruck, daß sie flüsterte. „Sie hatte einen Nervenzusammenbruch, wissen Sie, oder wie immer man das jetzt nennt – Depressionen. Ich glaub, sie nimmt Aufputschpillen. *Prozac*. Eine Weile hatte sie es da wirklich schwer.“

„Tatsächlich. Was ist denn passiert?“

„Weiß ich nicht. Sie spricht nicht darüber. Ich hör bloß, was so gemunkelt wird. Die Redaktion ist der denkbar schlechteste Ort, um ein Geheimnis zu wahren. Schlimmer als ein Frisiersalon. Aber natürlich hat sie jetzt ihr eigenes Unternehmen, das hat ihr bestimmt ihr Vater finanziert. Scheint ganz gut zu laufen.“

Harmony vertilgte den letzten Bissen ihres Mittagessens und winkte den Kellner heran. Sie wollte die Rechnung übernehmen, aber ich bestand darauf, meinen Anteil selbst zu bezahlen. Ich mache nicht gern Schulden. Auf dem Weg nach draußen in den mittlerweile drückenden Sonnenschein winkte Harmony den Männern an der Sushibar zu.

„Ich mag Flat Skunk. Hier gibt es so viele süße Geschäfte. Thunder Camp – da wohn ich – hat so gut wie gar nichts zu bieten. He, wollen Sie mit mir in den Antiquitätenladen da drüben einfallen? Da hab ich diese total coole Statue gesehen, die sich toll auf meinem Schreibtisch machen würde."

Ich hatte wirklich weder Zeit noch Lust, Antiquitäten kaufen zu gehen und entschuldigte mich, als wir über die Straße auf „Been There, Done That Antiques" zusteuerten. Beau Pascal, Besitzer der „Mark Twain Slept Here"-Frühstückspension, verließ gerade das Geschäft, als wir ankamen. In seinen mageren Armen hielt er einen großen Frisierspiegel. Das Glas hatte lauter feine Sprünge, so daß das Spiegelbild dunkel und verraucht wirkte. Der Golddrahtrahmen sah aus, als ob er aus der Blütezeit des Goldrauschs stammte. Beau hatte einen Blick für historisches Kunsthandwerk. Seine Pension war voll davon.

„Connor! Ich bin ja so froh, daß ich dich treffe. Hast du schon die Neuigkeit gehört?" Ich nickte, aber bevor ich etwas sagen konnte, streckte Harmony Beau ihre Hand hin. Ich machte sie miteinander bekannt und fragte mich, ob Harmony sich in die Flirtroutine werfen würde, die sie bei den beiden Männern und sogar dem Kellner im Restaurant so nonchalant demonstriert hatte. Aber anscheinend spürte sie, daß Beau kein Interesse hatte. Statt dessen behandelte sie ihn wie eine gute alte Freundin.

„Ich *liebe* diesen Spiegel! Der ist ja so herrlich viktorianisch! Was hat er gekostet?"

Beau lehnte sich zu Harmony und wisperte ihr eine Summe ins Ohr. Sie kicherte entzückt und gab ihm einen neckischen Klaps auf den Arm.

„Das ist er aber auch wert!" sagte sie. Ich sah auf die Uhr und verpaßte den Rest der Verbrüderung.

Beau und ich hatten uns beinahe sofort nach meiner Ankunft in Flat Skunk angefreundet. Da hatte ich in seiner

Pension gewohnt, bis mein Diner so weit renoviert war, daß man darin wohnen konnte, und wir waren beide Außenseiter in der Stadt: ich, weil ich gehörlos bin, und Beau, weil er schwul ist. Wenn er sich nicht um die Pension kümmert oder Antiquitätenshoppen geht, schreibt er historische Romane, die im Mother Lode spielen. Er macht sich allmählich einen Namen. Das heißt, Pascal Beaumont, sein Pseudonym, macht sich einen.

Beau faßte mich am Arm. „Connor, was hast du denn gehört?"

Harmony unterbrach uns wieder und erzählte ihm alles, was sie wußte, einschließlich den Namen des Opfers – Cullen Delancy. Da blieb mir nichts mehr hinzuzufügen, außer: „Ja, das ist es so in etwa."

Beau zog ein mitleidiges Gesicht. „Der Arme. Bestimmt hat ihn das Erdbeben zu Fall gebracht. Gott sei Dank hat die Pension gut standgehalten. Nirgends Risse, aber ein Kristallglas hab ich eingebüßt, das hatte ich auf der Kante einer Chiffonniere stehenlassen. Oh, und eins von den Goldgräbergeräten ist runtergefallen und hat den Holzboden eingedellt. Aber sonst ist alles in Ordnung. Meine Gäste kamen alle in die Halle gelaufen und ich mußte sie beruhigen. Außer einer, die hat beide Beben verschlafen. Muß wohl eine gebürtige Kalifornierin sein."

Harmony sah mich an. „Sie sind anscheinend nicht die einzige hier, die einen gesunden Schlaf hat."

Während die beiden sich weiter über Antiquitätenpreise, Schnäppchen und Fundorte austauschten, kehrte ich in Gedanken noch einmal zu der Baustelle zurück. War das Erdbeben wirklich stark genug gewesen, um einen Mann zu Fall zu bringen? Ich ließ den Namen Cullen Delancy über meine Zunge wandern und fragte mich, was ihn mitten in der Nacht auf die Baustelle getrieben hatte. War er irgendwelchen Machenschaften auf der Spur? Ich kam wieder zu mir, als Beau mich am Arm stupste.

„Ich muß los! Weiter Bücher schreiben, Historie ausschmücken, Mieder zerfetzen. Bis später."

Ich mußte auch langsam wieder an die Arbeit gehen. Ich versprach Harmony vage, in Kontakt zu bleiben, dann gingen wir alle unserer Wege.

Zurück im Büro nahm ich mir vor, mit Sheriff Mercer zu reden. Man bekam ihn schwer zu fassen, also hinterließ ich eine Nachricht auf seinem Schreibtelefon. Ich versuchte auch ein paarmal, die Rechtsmedizinerin zu erreichen, aber sie hatte kein Schreibtelefon im Büro. Den restlichen Nachmittag verbrachte ich mit dem Studium der neuesten Unterlagen zur Erdbebenforschung, die Miah aus Bibliothek und Internet gezogen hatte. Der einzige Aufhänger, der mir bis jetzt einfiel, war die Notwendigkeit verstärkter Sicherheitsmaßnahmen auf Baustellen für den Fall eines Erdbebens. Ähm, ja.

Ich tippte das ein, was ich hatte. Es war nicht viel, dauerte aber trotzdem Stunden. Ich sah das Potential für eine gute Story, da wollte ich meine Recherchen gründlich machen. Und nach der Begegnung mit Harmony Malakoff sollte es besser werden, als alles, was der *Monitor* auf die Beine stellen konnte. Das war der Konkurrenzgeist in mir. Schließlich war ich erschöpft von meinem langen Tag, schaltete den Rechner ab und packte meine Sachen. Als ich Arbeit für zu Hause in meinen Rucksack stopfte, fiel mein Blick auf einen Briefumschlag, halb verdeckt unter meinem Notizbuch, das ich auf den Schreibtisch geschmissen hatte. Er sah fremd aus, und es stand mein Name darauf.

Ich sah den Umschlag eine Weile unverwandt an, dann drehte ich ihn um und schob meinen Daumen unter die gummierte Klappe. Ich machte ihn auf, zog ein kleines, weißes Blatt Papier hervor und las die Botschaft in Druckbuchstaben:

„Bleiben Sie weg, wo Sie nichts zu suchen haben."

Die Drohung machte mir keine Angst, ich war bloß neugierig, wie jemand in mein Büro gekommen war, um den Umschlag auf meinen Schreibtisch zu legen. Wahrscheinlich dieser Dingleberry-Typ. Vielleicht hatte Miah ihn hereingelassen. Ich mußte ihn danach fragen. Aber fürs erste machte sich mein Magen bemerkbar. Ich hatte den ganzen Tag noch nichts gegessen, mal abgesehen von dem Salat. Der zählte nicht. Zeit für ein Nugget-Special.

Ich packte die Nachricht in meinen Rucksack und hatte kurz wieder das Bild von Jake Passage und Dinkelspiel im Gespräch auf der Baustelle vor mir. Hatte diese Nachricht vielleicht etwas mit den beiden zu tun?

Bevor mein mißtrauisches Gehirn Überstunden machen konnte, ging ich über die Straße zum Nugget Café und atmete einen Hauch von Skunk in der Abendluft. Das Café war beinahe leer, als ich hineinging. Kein Wunder. Es war schon nach sieben. Die, die nicht gleich von der Arbeit nach Hause gefahren waren, saßen jetzt bestimmt auf den Hockern der einschlägigen Bars.

Jilda Renfrew, die junge Kellnerin, die eigentlich Maniküre werden wollte, nahm meine Bacon-Sandwich-Bestellung auf. Mit ihren fünf Zentimeter langen Fingernägeln war es bestimmt gar nicht so einfach, die Buchstaben auf den Block zu bekommen, aber sie machte das prima. Praktischer waren die Nägel, wenn sie sich ihr kastaniengetöntes Haar hinter die Ohren strich, ein Fädchen von ihrem engen, roten Nugget-Café-T-Shirt pflückte und auf die Kuchenauswahl unter der Plastiktortenhaube deutete.

Ich nahm einen Bissen von dem Sandwich, das vor Baconfett, Tomate und Mayonnaise nur so triefte, und spülte ihn mit einem *Sierra Nevada* hinunter. Aus dem Augenwinkel beobachtete ich, wie sich ein junges Paar in der Nachbarnische einmal wieder so richtig seinen Kindern widmen wollte: Kaum sahen die Eltern weg, leckte der kleine Junge seiner jüngeren Schwester übers Gesicht. Ich sah sie schreien, halb vor Angst, halb vor Begeisterung.

„Iiiihhh! Mama! Er hat mich angesabbert!" Sie wischte sich das Gesicht mit dem Ärmel und versuchte, zurückzulecken.

Nachdem Jilda Kaffee nachgeschenkt hatte, kam sie zu mir und setzte sich auf die Bank gegenüber, so daß ich die Familie nicht mehr sehen konnte. Ich hatte so das Gefühl, daß sie über die neuesten Nachrichten reden wollte, neugierig, ob ich vielleicht mehr Einzelheiten wüßte. Leider wußte ich genauso viel – oder wenig – wie sie. Das war immer so in Flat Skunk. Manchmal dachte ich wirklich, daß diese Stadt gar keine Zeitung brauchte. Jeder wußte immer schon alles, bevor die Nachricht im Druck erschien.

Als ich das Café eine halbe Stunde später verließ, kam gerade eine alte Frau herein. Ich hielt ihr automatisch die Tür auf, und sie nickte dankend. Noch eine Touristin, dachte ich, und ließ die Tür zufallen. Im Sommer wimmelte die Stadt nur so davon. Als ich am Fenster vorbeiging, sah ich sie in der Nische, die ich gerade frei gemacht hatte, wie sie den beiden Kindern mit den Fingern zuzappelte. Irgendetwas an ihr hielt meine Aufmerksamkeit für einen Moment gefangen, dann setzte sie ihre Brille auf und nahm die Speisekarte hoch. Ich kehrte zu meinem Chevy zurück und fuhr nach Hause.

Casper begrüßte mich an der Tür und sabberte mich genauso voll wie der Junge seine kleine Schwester. Irgendwie gefiel es mir. Nach einem kurzen Blick durch die Post sah ich nach den Schreibtelefonnachrichten. Zwei Rückrufe vom Sheriff, und eine geheimnisvolle Nachricht ohne Absender. Sie lautete nur:

„Haben Sie meine Nachricht bekommen?“

Mir fiel die Nachricht wieder ein, die ich zu verdrängen versucht hatte, und ich öffnete meinen Rucksack. Bevor ich sie noch einmal las, ging ich schnell in die Küche, um ein *DoveBar*-Eis einzuwerfen. Schokolade gibt mir einfach den Biß, den man in Streßsituationen braucht.

Ich leckte sorgfältig die letzten Schokoladenreste vom Stiel, lutschte ihn blank und brach ihn in zwei Teile. Dann nahm ich den Briefumschlag und zog die Nachricht heraus. Ich dachte an den Toten auf dem Kellerboden der Baustelle. Cullen Delancy. Hatte das hier irgend etwas damit zu tun?

Ich ließ den Zettel auf den Tisch fallen und lehnte mich zurück. Cullen Delancy. Irgendwie kam mir der Name merkwürdig bekannt vor. Ich ließ ihn mir ein paarmal auf der Zunge zergehen. Delancy. Delancy. Plötzlich fiel mir die Frau mit den goldenen Laufschuhen ein. Das Wort, das ihre Lippen geformt hatten, als sie etwas aus dem Dreck klaubte. Das hatte ausgesehen wie … Nanny. Nancy.

Delancy?

Ein Blinklicht an der Tür unterbrach mich.

5

„Schon gegessen?"

Das Verandalicht warf einen Schatten über Dan Smiths Lippen, so daß sie schwer abzulesen waren. Ich glaube, das war es, was er sagte. Er trug ein braunes Baumwollhemd, das ich noch nicht kannte, und elegante Khakihosen. Ich hätte nie gedacht, daß er so etwas überhaupt besaß. Casper schnüffelte ganz genau nach, ob sie ihn durchlassen konnte. Als er den Test bestanden hatte, machte ich die Tür weit auf und ließ ihn herein.

„Ich … äh …" Ich war so überrascht, daß er mich so spät besuchte, daß ich mich gar nicht erinnern konnte, ob ich schon etwas gegessen hatte. Oder vielleicht war es auch der Anblick von Dan in etwas anderem als seiner üblichen Jeans-und-T-Shirt-Uniform, der mich verwirrte. „Ja, hm, nein, äh …"

„Geh'n wir dann einen trinken? In diesem neuen Laden – wie hieß der doch gleich?"

„Bier … irgendwas?"

Dan nickte. „Ja, genau, Visualize … Beer! Wie konnte ich so einen Namen bloß vergessen? Also, wie wär's? Ich hab die Fotos von der Baustelle mitgebracht. Die können wir durchsehen, ein bißchen was trinken und reden. Das haben wir schon lange nicht mehr gemacht."

Er hatte recht. Es war schon einige Wochen her, seit wir uns das letzte Mal richtig Zeit füreinander genommen hatten.

„Klar. Ich zieh mich nur schnell um."

Ich verschwand durch die Jalousietür in mein Wohn-Schlafzimmer und ließ Dan in der Küche stehen. Aus dem Haufen mit der sauberen Wäsche suchte ich ein anständiges T-Shirt heraus – will sagen, eins ohne Aufschrift. Ich zog schnell den Reißverschluß meiner gelbbraunen Hose zu und warf einen prüfenden Blick in den Spiegel. Die Aufschläge fielen mir über die Füße und erinnerten mich daran, daß ich sie eigentlich hatte umsäumen wollen – irgendwann. Ich schnappte mir den Hefter aus der Schreibtischschublade und führte eine Blitzänderung durch. Hoffentlich war es in der Bar schön dunkel.

Visualize Beer war halbvoll, als wir eine Viertelstunde später dort ankamen – überwiegend Leute Anfang zwanzig. Der Laden war eine dieser möchtegern-trendigen kalifornischen Bars, mit Reproduktionen alter Bierschilder und neuen Neon-Bierreklamen. Der Innenarchitekt hatte sich offensichtlich auf das Thema Bier geschmissen. Während Dan einen Stop auf der Toilette einlegte, suchte ich einen kleinen Tisch im Hintergrund aus, neben einer riesigen Bierflasche aus Plastik und mit genügend Licht zum Ablesen.

Als ich nach einer Kellnerin fahndete, spürte ich, wie mich jemand von einem Hocker am Mahagonitresen aus beobachtete. Ich bemühte mich, den dicken Mann mit dem glasigen Blick zu ignorieren, und schaffte es endlich, eine junge Frau auf mich aufmerksam zu machen. Ihre Shorts waren kürzer als meine Fingernägel und sie trug ein zu enges Top mit einem Bierlogo quer über der silikongepolsterten Front. Sie sah aus wie ein Bier-Cheerleader.

„Möchten Sie was trinken?" fragte sie, während ihre Augen den Raum nach jemand Interessanterem als mir absuchten. Zwischen den Kiefern zermahlte sie einen Klumpen Kaugummi mit Erdbeeraroma.

„Zwei *Sierra Nevada*, bitte“, sagte ich schnell.

„Zwei?“ Die Kellnerin sah mich mit einer hochgezogenen, perfekt nachgezeichneten Augenbraue an.

Ich nickte und sah zu, wie sie „2 S.N.“ auf ihren Block kritzelte, bevor sie ging.

Hinter ihr stand der dicke Mann und grinste. Er ließ sich in den Stuhl mir gegenüber fallen und sagte etwas. Er mußte wohl fünfzig bis sechzig sein. Schwer zu sagen, mit der alkoholroten Nase und einem spinnwebartig von Äderchen durchzogenen Gesicht. Unter einer Baseballkappe mit der Aufschrift „5150“ guckten Haarbüschel hervor.

Er sagte noch etwas, das ich nicht verstehen konnte. Alles, was ich sah, war eine Zunge wie eine große Nacktschnecke, die zwischen seinen spröden Lippen auf und ab klatschte. Kein schöner Anblick. Ich zeigte auf mein Ohr, schüttelte den Kopf und zuckte die Achseln. Auf seinem alkoholgeräderten Gesicht breitete sich ein Blick blanken Horrors aus, als ihm klar wurde, daß ich taub war. Er versuchte zu lächeln, stand unbeholfen auf und hob entschuldigend die Hände, als er zur Bar zurückwich, und stieß dabei mit einem Stuhl zusammen. Ich mußte mich wegdrehen, damit er nicht sah, wie ich ein Lachen zu unterdrücken versuchte.

Der Tisch wackelte unter meinem Ellbogen und ich schnellte herum. Es war Dan, der gerade zwei Gläser Weißwein auf den Tisch gestellt hatte. Er zog seine abgeschabte Lederjacke aus und setzte sich mir gegenüber.

„Hi“, sagte ich, froh, ihn zu sehen.

„Hat der Typ dich belästigt?“

„Nein.“

„Bei solchen Leuten solltest du dich besser vorsehen. Hast du seine Mütze gesehen?“

„Ja. Stand irgendwas mit fünfzig drauf. Was heißt das?"

„Einundfünzig-fünfzig. Das ist der Polizeicode für geistig verwirrt. Verrückt."

Gerade wollte ich nach einem der Weingläser greifen, als die Kellnerin mit den zwei Bier ankam. Ich mußte lächeln.

Dan zeigte auf die beiden Bier, die sie abgestellt hatte. „Du hattest auch bestellt?"

Ich nickte.

„Bier mit Wein zum Nachtisch, hm?" fragte er. Wir nahmen jeder eins von beiden, unterhielten uns eine Weile und tauschten Neuigkeiten aus. Allmählich wurde es gemütlich. Wir sprachen über alles außer über Cullen Delancy.

Die Kellnerin kam kurz wieder, sah unsere halbleeren Gläser an und fragte Dan mit einem Zwinkern, ob wir noch eine Runde wollten. Der würde ich wohl noch die Augen auskratzen müssen. Dan schüttelte den Kopf. Sie schwang ihren tapfer der Schwerkraft trotzenden Busen etwas zu dicht an Dans Schulter vorbei, als sie das Leergut abräumte und Dan einen letzten verführerischen Blick zuwarf.

Schweigend nahmen wir noch einen Schluck. Dan wischte das Kondenswasser von seinem Bierkrug und strich dann mit seinem Daumen über den Henkel. Die Auf- und Abbewegung war irritierend.

„Hast du dich von der ganzen Aufregung erholt?" Er rutschte auf seinem Stuhl herum.

„Es war schon merkwürdig." Ich schauderte leicht und nahm wieder einen Schluck Wein.

Wir unterhielten uns noch eine Weile über unseren Tagesablauf und gingen dann zu persönlicheren Themen über. Ich fragte Dan, ob er schon Pläne hätte, aus dem

Büro seines Bruders in eine etwas konventionellere Wohnung umzuziehen. Er meinte, er hätte sich umgesehen, aber noch nichts gefunden, das er sich leisten könne.

„Hast du Geldprobleme?" fragte ich. Auf der Baustelle müßte er doch eigentlich ganz anständig verdienen, dachte ich.

Er zuckte die Achseln. „Ich bin immer noch dabei, ein paar alte Rechnungen abzuzahlen. Als meine Frau mich verlassen hat, hat sie praktisch alles mitgenommen. Aber es wird langsam besser."

Ich guckte erstaunt. „Du hast mir nie gesagt, daß du eine Frau hast."

„Gehört nicht grade zu meinen Lieblingsthemen."

Ich brauchte einen Moment, bis ich diese neue Information verarbeitet hatte. Ich konnte ihn mir nur schlecht verheiratet vorstellen.

„Und, warum ist sie gegangen?"

„Sie wollte mit einem Polizisten verheiratet sein. Sie fand die Uniform toll, den Status, die Machtstellung, die Aufregung, den ganzen Krempel. Als ich aus dem Dienst entlassen wurde, hat sie mich verlassen und ist zu meinem Partner gezogen."

Ich sagte eine Weile nichts und trank meinen Wein. Als ich aufschaute, sah Dan so aus, als ob er etwas gesagt hätte.

„Wie bitte?" fragte ich.

„Ich sagte, und was ist mit dir? Warst du mal verheiratet?"

„Nein. Das hätte ich dir erzählt", sagte ich spitz. „Ich hatte ein paar langfristige Beziehungen. Die letzte hat fünf Jahre gedauert. Aber Nick hatte leichte Probleme mit der Monogamie."

Dan nickte. „Hat dich betrogen, wie?"

Ich lächelte gepreßt.

„War er gehörlos?"

„Nein, hörend. Ich glaube, meine Gehörlosigkeit hatte für ihn den Reiz des Neuen. Aber weil ich nicht hören kann, dachte er, daß ich nicht mitbekäme, was um mich herum vorging." Ich stockte. Dan wartete darauf, daß ich weiter sprach. Ich sparte mir die häßlichen Einzelheiten und stieg gleich ins Finale ein.

„Er hatte noch eine andere. Und da dachte ich mir, Zeit für einen Tapetenwechsel. Also hab ich bei der *Chronicle* gekündigt, meiner Familie und meinen Freunden in San Francisco Adieu gesagt und bin nach Flat Skunk gezogen."

Wir bestellten beide noch einen Drink.

„Oh!" sagte Dan plötzlich. Er begann, in seiner Jackentasche herumzufummeln. Er sagte irgendwas über Fotos, aber den Rest bekam ich nicht mit. Wahrscheinlich wollte er mir seine Fotosammlung von der Baustelle zeigen.

„Wie gefällt dir eigentlich die Arbeit auf der Baustelle?" fragte ich, als er das Durcheinander von Fotos ausbreitete, zusammen mit einer Kneipenrechnung, einem Zeitungsausschnitt, einem Bündel Rechnungen und zwei Knöllchen.

„Blöde Verkehrspolizei", sagte er zu niemand bestimmtem, als er alles bis auf die Bilder wieder in die Tasche zurückstopfte. Er sah die Bilder durch und sortierte sie in eine bestimmte Reihenfolge. Als er meine Frage nicht beantwortete, stellte ich sie noch einmal.

„Ach, die Arbeit ist ganz okay. Ich bin draußen, ich kann mit den Händen arbeiten. Kein großer Druck – bis jetzt jedenfalls nicht. Mit der Leiche und diesem Riß im Fundament wird's da jetzt doch ein bißchen angespannt. Na, hier ist jedenfalls ein Bild von der Baustelle bei der

Grundsteinlegung." Dan lehnte sich vor und erklärte jede einzelne Bauphase.

Nach den ersten paar Fotos sah er unvermittelt auf und sagte, „Du riechst gut. Wie ne Piña Colada oder so."

„Sonnenmilch", sagte ich und zwang meine Aufmerksamkeit auf die Fotos zurück. Er roch nach Limone und Bier.

Dan hatte alles Mögliche über die Baukonstruktion zu erzählen. Er paßte gut in die Rolle des Bauarbeiters, mit seinem bärtigen, rauhen Äußeren. Aber das bildete einen interessanten Kontrast zu seiner freundlichen Art, dem sanften Blick und intelligenten Sinn für Humor. Als wir den zweiten Satz Weingläser und Bierkrüge geleert hatten, lagen die Bilder in einem unordentlichen Haufen auf dem Tisch.

„Also sollte das Truax-Gebäude eigentlich nach einem Erdbeben unterhalb der Stärke acht immer noch stabil sein, obwohl es auf einer Verwerfung steht. Es ist alles nur eine Frage der erdbebensicheren Bauweise", faßte ich zusammen.

Ich hielt das letzte Bild in der Hand und suchte immer noch nach einem Aufhänger für meine Story. Wenn das Gebäude sicher war, obwohl es auf einer Erdverwerfung errichtet wurde, dann gab es keine Story. Was konnte den Sturz des Mannes denn dann erklären?

„Ist der Artikel hier aus dem *Monitor*?" fragte ich und griff nach dem Zeitungsausschnitt von der Grundsteinlegung.

„Ja. Ich stand genau rechts vom Fotografen, als er das Bild gemacht hat. Schau mal – mein Foto und seins sind fast identisch. Aber meins ist nicht beschnitten worden. Da ist noch ein anderes Paar im Hintergrund."

„Du wärst ein guter Zeitungsfotograf. Willst du nicht für mich arbeiten? Lange Arbeitszeiten, keine Bezahlung, keine Sonderleistungen, und ein knallharter Boß. Aber es ist die erste Sprosse auf der Karriereleiter zum *National Geographic*", witzelte ich. Ich hielt sein Foto und das Zeitungsbild nebeneinander. Das Zeitungsfoto war im Grunde die gleiche Aufnahme wie Dans, aber aus einem etwas anderen Blickwinkel. Auf beiden stand Truax mit einer riesigen Schere in der Hand, bereit, ein breites Band zu zerschneiden, während der Bürgermeister offenbar die erste Schaufel Erde aushob. Zwei offizielle Gestalten, laut Bildunterschrift der Stadtplaner und der Polier, flankierten sie.

Fasziniert von den kleinen Unterschieden zwischen den Perspektiven schaute ich von einem Bild zum anderen. In Dans unbeschnittenem Bild war ein paar Meter hinter Harlan Truax das Paar zu sehen, das Dan erwähnt hatte. Die Frau, gut angezogen, würdevoll, schien dem Mann neben ihr etwas zu geben.

Sie kam mir irgendwie bekannt vor.

„Dan, könnte ich mir die bis morgen ausleihen? Ich würde sie gern etwas genauer studieren."

„Behalt sie, so lang du möchtest."

Die Kellnerin erschien wieder, als ich die Schnappschüsse sorgfältig in meinem Rucksack verstaute. „Wollt ihr zwei ganz bestimmt keine Runde mehr?" fragte sie und warf Dan noch einen aufreizend unschuldigen Blick zu.

„Nein, das war's", sagte ich.

Dan bemerkte ihre Körpersprache gar nicht, schnappte sich seine Jacke von der Stuhllehne und zog sie an. Dabei verhedderte er sich erst einmal in den Ärmeln und versuchte auszusehen, als ob das so gehörte.

„Das geht auf mich", sagte er und zog wieder ein Bündel zerknautschte Papiere, Kassenbons und ein paar Münzen aus der Tasche. Er ließ die Sammlung auf den Tisch fallen und pickte genug Geld für die Rechnung heraus. Neugierig nahm ich eins der Strafmandate hoch. „Knöllchen gekriegt, hm? Was hast du denn gemacht? Auf einem Behindertenparkplatz geparkt? Du weißt doch, daß wir Gehörlosen die Parkplätze direkt vor den Läden unbedingt brauchen, weil wir ja nicht hören können."

Er schüttelte empört den Kopf. „Das war heute wirklich nicht mein Tag. Ich parke jeden Tag an genau den gleichen blöden Stellen – auf der Straße direkt beim Büro und auf der Straße an der Baustelle –, und heute bekomm ich gleich zwei Strafzettel!"

Ich nahm das andere hoch und studierte sie beide. „Eins für zu langes Parken in einer Zwei-Stunden-Zone. Böser Junge. Und das andere für Blockieren eines Hydranten. Was für ein Rebell du bist."

„Zeig mal her", sagte er und riß mir die Zettel aus der Hand. Er hielt sie neben die Kerze auf dem Tisch und las sie sorgfältig durch. „Ich hab nicht vor einem Hydranten geparkt. Abends viertel nach zehn? Da war ich überhaupt nicht da."

Er sah sich das Strafmandat noch einmal genauer an, und dann kam die Erleuchtung. „Moment mal! Das ist ja gar nicht mein Strafzettel! Das ist nicht mein Kennzeichen. Das hier ist eins von den Vanity-Nummernschildern, die ihr Kalifornier so liebt."

Ich las die Angaben auf dem Zettel, den er mir hinhielt. Tatsächlich, er war auf einen Mazda Miata mit dem Kennzeichen SIN 4 FUN ausgestellt.

„Gehört wahrscheinlich einem dieser Fernsehprediger", meinte Dan.

„Und wie bist du dazu gekommen?"

„Keine Ahnung. Ich hab das heute morgen an der Windschutzscheibe gefunden, als ich von der Baustelle wegfuhr …“ Er war einen Moment still und kniff die Augen zusammen. „Nein, stimmt gar nicht. Es lag einfach so auf der Motorhaube von meinem Bronco. Ich hab’s runtergenommen, zusammengeknautscht und in die Tasche gesteckt, ohne es wirklich zu lesen, weil ich so sauer war. Ich hab einfach angenommen, das es meins wäre.“

Ich stürzte den letzten Schluck Bier hinunter und leckte mir die Lippen. „Na, jetzt wo klar ist, daß du deine Strafmandate nicht liest, weiß ich ja, wo ich mein nächstes lasse.“

Ich drehte mich um und marschierte auf die Tür zu, Dan gleich hinter mir. Als wir an die Bar kamen, sah ich den dicken Mann mit der 5150-Mütze auf einem Hocker thronen. Er war nicht mehr an mir interessiert, denn er hatte die Aufmerksamkeit seiner Nachbarin ergattert. Im Vorbeigehen sah ich das Gesicht der Frau von nahem, es hatte einen angespannten Ausdruck. Sie trug ein Ensemble mit Goldaccessoires, das ich kannte.

Es war dieselbe Frau, die ich am Morgen bei der Baustelle gesehen hatte. Die, die etwas im Sand gefunden hatte.

6

Der Pirat war gerade dabei, meinen Rock so hoch wie die Totenkopfflagge zu hissen, als mich Casper mit Hundeatem und nasser Zunge weckte und mich vor meinem Schicksal bewahrte. So ein Mist.

Ich blinzelte nach dem Vibrationswecker, rollte aus dem Bett heraus und wankte unter die Dusche. An die Nachwirkungen einer Nacht auf der Piste – wenn es so etwas in Flat Skunk überhaupt gab – war ich einfach nicht mehr gewöhnt. Ich litt an meinem ersten Kater seit dem College. Nie wieder Wein mit Bier zum Nachtisch, schwor ich mir, als ich die Überreste der letzten Nacht aus meinen Haaren shampoonierte.

Ich nahm mir ganz fest vor, meine Wäsche noch vor Frühlingsanfang zusammenzulegen, zog ein frisches T-Shirt aus dem Haufen und versuchte, eine farbige Jeans zu finden, die zu der Aufschrift „Analphabet? Schreiben Sie uns, wir helfen!" in Lavendel paßte. Aber selbst mit zusammengekniffenen Augen im Halbdunkel wurde aus Himbeerrot kein Lila. Ich warf die Hose zurück auf den Haufen und zog eine schwarze, „Paßt zu allem"-Jeans heraus. Die mußte ich nicht mal umheften.

Bei selbstgemachtem extrastarken Schok-Mok und einem Zimt-Rosinen-Bagel faltete ich die Morgenausgabe des *Monitor* auseinander, um die Konkurrenz zu checken. Delancys Tod war die Schlagzeile auf Seite eins, kein Wunder.

„Tod des Stadtingenieurs: Unfall?" fragte die Überschrift aufreizend. Nicht so farbig wie die Schlagzeilen, die ich geplant hatte, aber die hier war schon gedruckt, und meine noch nicht. Ich faltete die Zeitung auf die Hälfte und las den Artikel mit Harmony Malakoffs Kürzel.

> Cullen Delancy, Bodenmechaniker für Calaveras County, starb am späten Sonntagabend durch einen tragischen Sturz. Seine Leiche wurde auf der Truax-Baustelle am Highway 49 zwischen Thunder Camp und Flat Skunk gefunden. Laut Dr. Arthurlene Jackson, der Ärztlichen Leichenbeschauerin für Calaveras County, war Delancy (45) sofort tot, als er von einem Moniereisen, das zur Verstärkung der Betonkonstruktion dient, durchbohrt wurde.
>
> Der ungewöhnliche Unfall wurde vermutlich durch … (s. letzte Seite.)

Ich schlug die Zeitung um und las weiter.

> … das Erdbeben der Stärke 5,1 verursacht, das am Sonntagabend um 23:35 Uhr stattfand. Die Rechtsmedizinerin deutete an, daß Delancy möglicherweise durch das Beben das Gleichgewicht verlor und durch den neun Meter tiefen Fahrstuhlschacht zu Tode stürzte. Untersuchungen am Unglücksort haben keine Anzeichen von Fremdeinwirkung ergeben.
>
> Laut Sheriff Elvis Mercer, der als erster Polizeibeamter am Unglücksort eintraf, wurde die Leiche erst am frühen

Montagmorgen entdeckt, als die Bauarbeiter sich zur Arbeit meldeten.

Ein ungenannter Referent des Planungsbüros sagte aus, Delancy sei häufiger außerhalb der Arbeitszeiten auf Baustellen gewesen. Er meinte allerdings, daß die späte Stunde „ungewöhnlich“ sei, und daß das Büro ebenfalls eine Untersuchung einleiten werde.

Die Identifikation des Opfers verzögerte sich zunächst durch die Abwesenheit von Delancys Brieftasche, die am Unglücksort nicht gefunden werden konnte. Sie wurde später an der Straße vor der Baustelle entdeckt.

Für heute ist eine Obduktion angesetzt.

(Siehe Nachruf auf Seite C-6.)

In einem kindischen Wutanfall knautschte ich die Zeitung zu einer Kugel zusammen und schmiß sie in den Hundenapf. Da meine Zeitung nur am Wochenende erschien, hatte ich nicht die Spur einer Chance, dem *Monitor* zuvorzukommen, aber es kotzte mich trotzdem an, daß sie die Story hatten und ich nicht. Harmonys Schreibe konnte etwas mehr redaktionelle Eingriffe vertragen, aber das Wichtigste war da. Ich mußte für meine Story mit etwas Besserem aufwarten, um die Druckverzögerung wettzumachen.

Plötzlich fiel mir das Foto wieder ein, das neben dem Artikel abgebildet war. Ich stand auf, holte die Zeitung aus dem Napf, sammelte das Hundefutter herunter und strich das Bild glatt.

Das Foto zeigte einen gutaussehenden Mann mit dunklem, gewellten Haar und einem vollen Schnurrbart, mandelförmigen Augen und einem großen Mund. Ich zog das Bild näher heran und hatte das nagende Gefühl, daß ich ihn irgendwo schon einmal gesehen hatte.

„Na klar, Connor", sagte ich laut und ließ das zerknüllte Papier auf den Tresen fallen. „Du hast seine zerschmetterten Überreste auf dem Betonboden gesehen, falls du dich erinnerst."

Der Hals wurde mir eng. Ich zog an meinem T-Shirt-Ausschnitt und wusch den Kaffeesatz aus meinem Becher. Dann schüttete ich Casper noch eine Portion Hundefutter in den Napf, damit sie über den Tag kam, und sah auf die Uhr, die mich an meine Pflichten bei der Zeitung erinnerte. Ich marschierte schnell ins Bad, um mich zurechtzumachen.

Die Füße in ein Paar schwarz-weiße Hightops gestopft, ging ich wieder in die Küche, um meinen Rucksack und die mitgebrachte Zeitungsarbeit zusammenzupacken – verschiedenste Suchanzeigen, Portraits aufrechter Bürger und Materialien zur Erdbebenforschung. Dans Fotos lagen immer noch in einem Stapel auf dem Tresen.

Ich nahm die Aufnahme hoch, die er von der Grundsteinlegungszeremonie gemacht hatte, sah sie mir von nahem an und untersuchte die kleinen Gesichter im Hintergrund. Harlan Truax sah mit einem festgefrorenen Lächeln in die Kamera, das ein Dreifachkinn in sein molliges Gesicht quetschte. Er war kleiner als die übrigen Männer auf dem Bild und um die Mitte herum gut ausgepolstert. Seine kurzen, dicken Wurstfinger wanden sich um die Schere herum, und das bißchen Haar, das er noch besaß, war quer über den Kopf gekämmt, um die fortschreitende Glatze zu kaschieren. Seine Brille sah aus, als ob sie zwischen den buschig wuchernden Augenbrauen und aufgedunsenen Wangen eingeklemmt wäre.

Ich langte noch einmal nach dem *Monitor* und hielt das Portrait von Delancy neben Dans Foto von der Grundsteinlegung und das Zeitungsfoto vom selben Anlaß.

Es war schwer, bei dem Paar im Hintergrund Details auszumachen, aber der Mann neben der Frau war elegant gekleidet, gutaussehend, mit einem Schnurrbart und so um die vierzig. Alle auf dem Foto konzentrierten sich auf die Grundsteinlegung, während der Mann und die Frau miteinander beschäftigt waren. Ich untersuchte den Gegenstand, den sie austauschten, genau, aber er war zu klein, um etwas erkennen zu können.

Ich öffnete eine meiner Krimskramsschubladen und wühlte darin herum, bis ich die kleine Lupe fand, die ich benutze, wenn ich Detailarbeiten mit nach Hause nehme. Ich hielt sie über Dans Foto und sah angestrengt hindurch. Das vergrößerte Bild des Paares war jetzt schärfer zu sehen.

Sie tauschten definitiv etwas aus, aber ich konnte immer noch nicht ausmachen, was es war. Ich schwenkte die Lupe über das Gesicht der Frau und hatte ein vages Gefühl des Wiedererkennens, aber wieder konnte ich mich nicht daran erinnern, wo ich sie gesehen haben könnte. Ich hielt die Lupe über das Gesicht des Mannes.

Als sein Gesicht scharf zu sehen war, erkannte ich ihn. Der Mann auf Dans Grundsteinlegungsfoto war derselbe wie der Tote im *Monitor*.

Cullen Delancy.

Zuerst schaute ich bei der Truax-Baustelle vorbei, ob Dan vielleicht schon dort war. Ich wollte ihm die Bilder zurückgeben, aber ich wollte ihm auch von meiner Entdeckung erzählen, daß der Tote auf seinem Bild zu sehen war. Wahrscheinlich hatte es gar nichts zu bedeuten, aber die Kommunikation zwischen Delancy und der geheimnisvollen Frau ließ mich nicht los.

Ich konnte seinen Bronco nicht sehen, als ich an der Baustelle hielt. Ich parkte den Chevy und ging widerwillig zu einem der Bauarbeiter hinüber, um nach Dan zu fragen. Jake Passage begrüßte mich mit der bekannten anzüglichen Grimasse.

„Ja, wen haben wir denn da. Das Hühnchen vom ASGA, stimmt's?"

Sein Grinsen sagte mir, daß er die Wahrheit kannte. Wieder fragte ich mich, ob er die Nachricht in mein Büro gelegt hatte.

„Ich suche Dan Smith. Wissen Sie, wo er ist?"

„Nee. Hab ihn nicht gesehen. Hat irgendwas gesagt, daß sein Geländewagen nicht startet, und er ihn irgendwo lassen mußte. Vielleicht kann ich ja helfen?" Er grinste und bleckte einen Mund voller nikotinfleckiger Zähne.

„Nein, danke. Er wollte ein paar Informationen über die Konstruktion des Gebäudes haben …"

Aber Jake hörte nicht mehr zu. Ich folgte seinem Blick zu einem stämmigen Mann zwei Stockwerke höher, der ihm etwas zuzurufen schien. Auf die weite Entfernung konnte ich seine Lippen nicht erkennen, also beobachtete ich stattdessen Jakes Mund. Der kniff eine Weile die Augen zu und rief dann hoch: „Im Keller. Wo ist der Preßlufthammer?"

Der Mann zeigte mit dem Finger in eine Richtung, sagte etwas, und Jake nickte. „Wir müssen diesen Beton so schnell wie möglich gegossen haben, sonst kriegt er einen Anfall." Der stämmige Mann nickte und spuckte aus. Jake spuckte aus. Ich überlegte, ob ich auch spucken sollte, aber wahrscheinlich wäre die Spucke bloß auf mir selbst gelandet.

„Wofür ist der Preßlufthammer?“ fragte ich.

„Wir müssen einen Teil des Betonbodens aufgraben, der durch das Erdbeben gerissen ist. Der Boß sitzt uns echt im Nacken.“

„Sie meinen Truax?“

Er nickte und ging wieder Richtung Rohbau. „Ich werd Smith sagen, daß Sie hier waren.“ Das spöttische Grinsen war wieder da.

Ich zog eine Grimasse. Er hielt es wahrscheinlich für ein Lächeln. Ich ging zum Auto zurück und fragte mich, wo solche Typen herkamen. Und wenn er es war, der die Nachricht in mein Büro gelegt hatte, warum?

Den restlichen Vormittag arbeitete ich in der Redaktion an einem Artikel über einen Antiquitätenmarkt, der übers Wochenende entlang der Main Street stattfinden würde. Ich kam mir vor, als ob ich aus einer Mücke einen Elefanten machen sollte. Oder Antiquitäten aus Müll.

Miah traf irgendwann im Laufe des Vormittags ein, um ein paar Anzeigen einzutippen und einige Anrufe zu transkribieren, die auf dem Anrufbeantworter aufgezeichnet worden waren. Als ich von meiner Arbeit zu ihm hoch sah, schrie ich laut auf.

„Oh mein Gott! Was hast du getan?“

Miah stand fast kahl vor mir. Er hatte seine schönen blonden Haare bis auf eine zentimeterlange Schicht von Stoppeln abgeschnitten. Die Haarspitzen waren wasserstoffgebleicht.

„Gefällt's dir?“ gebärdete er.

Ich versuchte, den Mund wieder zuzumachen, aber mein Kiefer saß fest. „Du hast dir die Haare abgeschnitten!"

Er strich sich über den Kopf. Die Stoppeln sträubten sich unter seiner Handfläche.

„Und du hast sie gebleicht!"

„Ja, wie findest du's?"

„Ich ... ich ... find's toll", sagte ich und versuchte verzweifelt, überzeugend zu wirken. „Irgendwas zwischen ... Billy Idol und Andre Agassi."

„Cool", meinte er und setzte sich an den Schreibtisch.

Ich klappte endlich den Mund zu und machte mich wieder an meine Arbeit, wobei ich hin und wieder hinüberschaute, ob seine Haare inzwischen nachgewachsen waren. Ich fragte meine E-Mails ab und fand eine Nachricht von Harmony vor, die fragte, ob wir zusammen Mittag essen wollten, mit einem P.S., sie hätte mir „etwas Wichtiges zu sagen". Merkwürdig. Was hatte die denn gebissen?

Ich wollte ihr gerade eine bedauernde Absage zurückschicken, mit meinem drohenden Redaktionsschluß und der überwältigenden Menge an noch zu erledigenden Recherchen als Entschuldigung, als ich von einem Schreibtelefonanruf unterbrochen wurde. Ich setzte den Hörer auf das Gerät auf und tippte: „Hallo.**" Die Sternchen sind das Zeichen für den anderen Gesprächsteilnehmer, daß er jetzt mit dem Tippen dran ist.

Ich wartete eine ganze Weile, bis eine Nachricht auf dem Leuchtdisplay erschien.

Hat Ihnen das Erdbeben Angst gemacht? Dann warten Sie mal das Nachbeben ab ...

Keine Sternchen oder ENDE. Dann stand der Cursor still. Der Anrufer hatte aufgelegt.

Ich saß da und starrte auf das Bild, das geisterhaft und unheilvoll auf dem Display nachleuchtete.

7

Ich versuchte, mich von der Nachricht abzulenken, indem ich Füllsel für die Zeitung schrieb. Aber eine Viertelstunde später wurde ich auch davon abgelenkt. Die Tür ging auf und Harmony rauschte herein. Sie hatte sich in rote, grüne und schwarze Wildseide drapiert und mit Ketten, Armbändern und baumelnden Ohrgehängen aus Holzperlen geschmückt. Nur die teuren weißen Laufschuhe störten den afrikanischen Look.

„Haben Sie meine E-Mail bekommen?“ fragte sie und stellte einen Fuß auf meinen Schreibtisch, um sich das lose Schnürband neu zu binden.

„Ja, aber ich hab so viel zu tun –“, fing ich an, doch sie schnitt mir das Wort ab.

„Warum denn immer erst die Arbeit? Na, kommen Sie schon. Sie brauchen doch dringend ein bißchen Vergnügen.“

„Aber ich stecke mitten in diesem Artikel über die Sicherheit historischer Gebäude in der Region. Und außerdem hab ich noch gar keinen Hunger.“

Harmony richtete sich auf und lockerte ihre Rockfalten. „Oh, ich hab meine Pläne geändert. Ich möchte, daß Sie erstmal mit zum Workout kommen. Ich bin Mitglied im ‚Slim Chance‘-Fitneßklub, draußen in Sutter's Resort. Kommen Sie – das wird bestimmt lustig. Da können wir reden. Ich hab da ein paar Sachen, die ich gern mit Ihnen besprechen würde.“

„Lustig? Harmony, es gibt da etwas, das Sie wissen sollten. Ich hasse organisierte Gymnastik. Ich bekomme die

Bewegung, die ich brauche, schon beim Radfahren. Gehen Sie nur und vielleicht treffe ich Sie dann später. Dann können Sie mir Ihre Neuigkeiten erzählen."

Harmony stemmte die Hände in die Hüften. „Connor Westphal, wollen Sie damit sagen, daß Sie noch nie ein Workout gemacht haben? Sie wissen gar nicht, was Sie verpassen! Und Sie können nicht behaupten, etwas zu hassen, wenn Sie's noch gar nicht versucht haben. Hat man Ihnen das nicht beigebracht? Eine Stunde im Fitneßklub vertreibt den ganzen Streß, verbraucht die Kalorien von den Muffins, die Sie heute morgen gegessen haben, und strafft vielleicht sogar Ihren Busen. Nicht, daß Sie's nötig hätten, natürlich."

Ich streckte die Brust heraus und schaute zu den verräterischen Blaubeermuffinpapieren – zwei Stück – auf meinem Schreibtisch hinüber. Die Frau konnte bestimmt selbst Mutter Teresas schäbige kleine Geheimnisse herausfinden.

„Dieser Klub ist ziemlich exklusiv, oder? Und ich hab gar nichts anzuziehen. Ich hab nicht mal die richtigen Schuhe", protestierte ich in der Hoffnung auf einen letzten Ausweg. Ich wußte, daß sie auch darauf eine Antwort haben würde.

„Ich hab den Typen, dem der Klub gehört, letztes Jahr getroffen, als ich eine Story über Fitneßklubs gemacht habe. Er hat mir einen guten Preis für die Mitgliedschaft gemacht und ein paar Gästekarten gegeben. Ich hab einen Extradreß genau in Ihrer Größe in meiner Sporttasche. Der ist aus Stretch. Ihre Hightops sind doch prima. Geh'n wir. Wenn wir zurückkommen, sind Sie bestimmt besser in Form für diese langweilige Story, die Sie da schreiben. Und Hunger werden Sie auch haben."

Was soll's, dachte ich. Wenn sie etwas von mir wollte, dann würde ich den Spieß eben umdrehen und selbst die Fragen stellen. Ich war neugierig, ob sie wohl irgend etwas Neues über den Tod Delancys erfahren hatte. Und ein bißchen Anti-Cellulite-Training konnte man ja immer gebrauchen.

Als ich die Tür des Fitneßklubs aufstieß, stieg mir der Geruch von Schweiß und einem Dutzend verschiedener Parfüms in die Nase. Das Goldgräbergebiet wurde von Fitneßstudios durchzogen wie von aufgegebenen Minen. „Slim Chance" war eins der bessergehenden. Frauen jeden Alters und jeder Größe streiften ihre Designerklamotten ab, um den letzten Schrei kreischbunter Sportmode zu enthüllen. Den schlichten schwarzen Gymnastikanzug hatte man längst mit den Ruderapparaten und Trimmrädern zum alten Eisen gelegt. Stattdessen gab es breitgestreifte Einteiler, in Regenbogenfarben schillernde Beintrikots, minikleine Hotpants, neonfarbene Legwarmers und den allgegenwärtigen Stringtanga, ein Kleidungsstück, das eigentlich verboten sein müßte.

Harmony gab mir meinen Eine-Größe-für-alle-Jogginganzug in einem wunderschönen Leuchtfarben-Batikmuster, während sie in seidene Boxershorts und ein schimmerndes bauchfreies Top schlüpfte.

„Warum bin ich hier?" fragte ich, als Harmony mich in den Geräteraum führte. Da gab es das allerneueste an Technik für Fettreduktion und Muskelaufbau, ein Vermögen an Gimmicks, Apparätchen und Foltereinrichtungen. Wo waren nur die guten alten Zeiten geblieben, als ein Fernsehsessel das einzige Trainingsgerät war, das man für den bierstemmenden Unterarm brauchte?

„Ach, kommen Sie schon. Sie werden sich toll fühlen. Fangen wir erstmal mit einem Warm-up in einem Aerobic-Kurs an." Ich schleppte mich hinter ihr her in einen Saal mit Spiegelwänden. Eine ins Unendliche vervielfältigte Anzahl von Frauen überwiegend mittleren Alters stand da, alle ganz wild darauf, im Rhythmus Beine zu schwingen und Stufen auf und ab zu laufen.

Eine attraktive jüngere Frau fiel mir auf, die zwischen der älteren Klientel etwas deplaziert wirkte. Sie war dabei, in einer der Spiegelwände am anderen Ende des Saals ihre Augen zu untersuchen. Ihr Stringtanga schnitt so tief in ihre Pobacken, daß ich mich unwillkürlich vor Mitgefühl krümmte. Ich beobachtete, wie sie die Finger auf die Augenlider preßte und dann um die Augen herum bewegte, als ob sie sie massierte, bis ich plötzlich ein Grummeln in den Holzdielen spürte. Erdbeben?

Auf der Suche nach der Ursache der donnernden Schwingungen drehte ich mich um. Ein Mann mit dem Gesicht von Daniel Day-Lewis auf dem Körper von Jean-Claude Van Damme stand auf einer kleinen Bühne vor dem Kurs. Er trug Radlerhosen eine Größe kleiner als seine Haut und fummelte am Lautstärkeregler eines Kassettenrecorders herum. Der war vermutlich die Quelle des gnadenlosen, hämmernden Rhythmus, von dem ich jetzt schon Kopfschmerzen bekam.

Er wandte sich zu der Gruppe und streckte einen Arm in Richtung des nutzlosen Ventilators an der Decke. „Also los, Ladies. Und lächeln!" befahl er und grinste wie ein Mr.-America-Kandidat.

„Wo ist der denn ausgerissen?" Eine Frau neben Harmony formte die Worte mit den Lippen in unsere Richtung. Ich drehte mich wieder zum Anführer um.

„Na los, du da im Jogginganzug. Du schaffst das!" Er sprach direkt zu mir. „Du kannst doch nicht jetzt schon müde sein! Wir haben doch grad erst angefangen!"

Ich sah weg, als er anfing, etwas von Fettzellen und Schweißdrüsen zu erzählen. Harmony war mit ganzer Kraft dabei und ließ ihre Muskeln im Rhythmus spielen. Sie sah gut aus für ihr Alter – dreißig? Fünfunddreißig?

Dem hämmernden Takt konnte ich gut folgen und bei den meisten der eintönigen Schrittfolgen kam ich auch mit, aber als sie sich für ein paar „Power-Push-ups“ zu Boden fallen ließen, hörte für mich der Spaß auf. Ich trete immer noch lieber in der malerischen Landschaft des Goldgräbergebiets in die Pedale, mit Wind in den Haaren und dem Duft wilder Blumen in der Nase.

Den Rest des Workouts verbrachte ich an der Saftbar beim Schlürfen eines sündhaft teuren Ananasdrinks, der genauso viel kostete wie der Mittagstisch im Nugget. Das gab mir jedenfalls die Chance, Notizen für den Artikel zu machen, den ich eigentlich gerade im Büro schreiben sollte. Als ich den gnadenlosen Beat nicht mehr spüren konnte, ging ich in den überfüllten Umkleideraum, um wieder zu Harmony zu stoßen.

„Wow, was für ein unglaubliches Workout! Ich muß schnell eine Dusche nehmen“, sagte Harmony und fächelte sich mit einem kleinen Handtuch Luft zu. Schweiß glitzerte auf ihrem großgewachsenen, kräftigen Körper. An ihr sah das gut aus.

Ich streifte den zu engen Sportdreß ab und zog wieder meine Jeans und mein T-Shirt an, während Harmony ihre seidenen Boxershorts auszog und ein unanständiges Bikinihöschen mit kleinen roten Kußmündern zum Vorschein brachte. „Was um Himmels willen haben Sie da an?“

Harmony lächelte aufreizend. „Ist doch süß, nicht? Das hab ich bei einer dieser Dessous-Parties gekauft. Ich sollte Sie mal mitnehmen.“

„Dessous-Parties? Nein, danke“, sagte ich. „Mir sind menschenwürdige Unterhosen lieber.“

„Aber die Parties sind doch –“ Sie brach mitten im Satz ab. Ich konnte spüren, wie es still im Raum wurde. Ich schaute mich um und sah die übrigen Frauen in der Bewegung erstarrt. Sie sahen alle zu mir hin.

Was für ein peinlicher Fauxpas war mir denn jetzt wieder unterlaufen?

Jemand packte mich am Arm und erschreckte mich. Ich schnellte herum.

„Ich sagte, nicht bewegen! Sind Sie taub?“ sagte die Armgrapscherin.

Ich klappte den Mund wieder zu und nickte. Mein Herz klopfte immer noch wie wild von der unerwarteten Berührung. Die junge Frau mit dem schmerzhaften Stringtanga, die mir vorhin aufgefallen war, ließ meinen Arm los. Ich versuchte, durch ihre rauchfarbenen Sonnenbrillengläser etwas zu erkennen, als sie sprach.

„Oh, Entschuldigung“, murmelte sie. Das Ablesen war bei ihr nicht einfach – die Sonnenbrille machte Augenkontakt fast unmöglich, wodurch die Lippen noch schwerer zu entziffern waren. Beim Ablesen muß man so viel raten, daß ich alle mimischen Hinweise brauche, die ich bekommen kann. Als ob sie das spürte, sprach sie deutlicher und zeigte auf ihr Auge. „Ich hab meine Linse verloren.“

Niemand rührte sich, als sie sich hinkniete und ihre Hände vorsichtig über den groben Teppichboden gleiten ließ. Ich wollte ihr eigentlich vorschlagen, doch die Sonnenbrille abzunehmen, um besser sehen zu können, aber ich ließ es sein.

Ein paar Sekunden später preßte sie einen Finger auf den Boden und drehte die Spitze nach oben. „Ich hab sie“, sagte sie und faltete schützend die Finger über der Linse. Die Menge belebte sich wieder, als die junge Frau den Raum verließ, mit einem widerlich straffen Po als Nachhut.

„Wer war das?“ fragte ich Harmony bei einem Bacon-Sandwich im Nugget Café. Ich schlang das Sandwich hinunter, als ob ich einen drei Tage langen Workout hinter mir hätte. Harmony dagegen stocherte in ihrem welken Eisbergsalat nur herum.

„Sie meinen den Tanga?“

Ich versuchte, mit vollem Mund zu antworten, brachte aber nur ein Nicken zustande.

„Das war Sterling Truax, die Tochter vom Chef. Kriegen Sie da nicht auch die Wut? Diese Figur! Ich wette, sie trainiert bloß, um uns zu quälen.“

Bevor ich die nächste Frage stellen konnte, sah ich die alte Frau, die ich schon einmal gesehen hatte, ins Café kommen. Sie sah ganz aufgelöst aus. Sie trug dasselbe geblümte Kleid wie gestern, nur daß es heute zerknautschter aussah. Sie ließ sich unruhig in eine Nische in unserer Nähe fallen, mit dem Rücken zu mir, so daß ich ihr aufgewühltes Gesicht nicht mehr sehen konnte. Ich wandte meine Aufmerksamkeit wieder Harmony zu, die immer noch fröhlich drauflos schwatzte, diesmal über den Toten. Ich bekam genug mit, um eine Reaktion zusammenzumogeln.

„Ja, schon komisch mit seinem Tod, hm?“

Harmony fuhr fort: „Haben Sie irgendeine Ahnung, was wirklich passiert ist? Ich hab mit der Pathologin gesprochen und sie sagt immer noch, daß es ein Unfall war, wahrscheinlich durch das Erdbeben verursacht.“

Ich spülte einen großen Bissen mit fettarmer Milch hinunter. Ich wollte meine Informationen nicht mit Harmony teilen. Schließlich war sie eine Konkurrentin – und ich wollte ja eigentlich aus ihr Informationen herausholen, nicht umgekehrt.

„Das Erdbeben kam mir nicht stark genug vor, um so einen Sturz zu verursachen, außer, wenn er direkt an der Kante gestanden hätte, als es passierte. Und warum hätte er das tun sollen?"

„Vielleicht war er betrunken", schlug Harmony vor.

„Das hätte man bei der Autopsie festgestellt."

„Vielleicht hat er Selbstmord begangen."

„Da gibt's einfachere Methoden."

Harmony beobachtete zwei von den kernigen Jungs, die ins Nugget kamen und sich an die Theke setzten. Kein Wunder, daß sie in ihrem Salat nur herumstocherte. Diese Frau hatte Heißhunger auf Männer.

Ich wollte gerade sagen: „Und wenn er gestoßen wurde?", aber ich hielt mich gerade noch zurück. Falls es stimmte, wollte ich Harmony nicht auf diese Fährte setzen. Die Möglichkeit, daß ihn jemand auf die Baustelle gelockt und über die Kante gestoßen haben könnte, bestand natürlich. Allerdings würde es einiges an Organisationstalent erfordern, jemand auf diese Weise umzubringen.

Harmony warf ihre langen blondgesträhnten Haare zurück, um die beiden Bauarbeiter in der nächsten Nische zu beeindrucken. Sie sprach immer noch, als ich mich wieder auf ihre Lippen konzentrierte.

„..., aber er hatte keine Ausweispapiere bei sich, das ist doch merkwürdig."

Ich nickte und füllte die Lücke. „Die hat man aber auf der Straße in der Nähe gefunden, stand in Ihrem Artikel. Hübsch gemacht, übrigens."

Harmony lächelte. „Danke." Sie leckte sich mit der

Zunge über die Zähne und prüfte dann ihr Spiegelbild in der Messerklinge.

Genug spekuliert. Es wurde langsam Zeit herauszufinden, was Harmony von mir wollte. „Harmony, Sie sagten doch, daß Sie mit mir etwas besprechen wollten."

Sie preßte theatralisch die Lippen zusammen und lehnte sich vor.

„Connor, ich weiß, daß das komisch aussieht, wenn ich mit Ihnen rede, wo Sie doch bei einer anderen Zeitung sind. Aber wir sind ja keine echten Konkurrenten. Unsere Zeitungen sind doch ganz verschieden, und überhaupt ... Und ich glaube wirklich, Sie sind die einzige, mit der ich über diese Sache reden kann."

„Tatsächlich? Warum denn?"

Sie sah sich um und sagte dann: „Ich glaube, da ist jemand beim *Monitor*, der mich ... ich weiß nicht – der mich sabotieren will."

Jetzt hatte sie mich. Ich brannte darauf zu wissen, was los war.

„Wie meinen Sie das?"

Sie holte tief Luft, schloß die Augen und riß sie wieder auf. Noch mehr Melodrama. „Ich ... irgendwas geht da vor beim *Monitor*. Ich weiß nicht, was, aber ich glaube, da wird irgendwas vertuscht. Ich glaube, darum hat Truax mich von der Story abgezogen und sie John Cross gegeben. Ich hab mich gefragt, ob Sie irgendwas darüber wissen."

Ich war völlig entgeistert. Eine Vertuschungsaffäre beim *Monitor*? Warum? Ich schüttelte den Kopf. „Sind Sie sicher?"

Harmony zuckte die Achseln. „Ein paar von meinen Notizen sind verschwunden. Die Story, an der ich gearbeitet hatte, ist ... abgeändert worden. Sie haben mich das nur schreiben lassen, weil John erst so spät am Unglücksort war. Aber jetzt hat Truax mich wieder für dieses bescheuerte Apfelfestival eingeteilt."

„Das sind aber nicht grade viele Anhaltspunkte, Harmony. Wenn –"

„Und ich habe so Nachrichten bekommen ..." Sie sah mich an, sagte aber nichts weiter.

„Was für Nachrichten?"

„Na ja, Drohungen eigentlich. Daß ich meine Nase aus anderer Leute Angelegenheiten raushalten soll."

Ich nickte und tätschelte kurz ihre Hand. Aber ich beschloß, nichts von meiner eigenen Sammlung mysteriöser Nachrichten zu sagen. Noch nicht.

Ich kehrte ins Büro zurück, um weiter an dem Artikel über Gebäudesicherheit zu arbeiten. Er ging mir nicht leicht von der Hand. Vor allem war es sehr mühsam, Expertenauskünfte über die kalifornische Schreibtelefonvermittlung einzuholen. Die Schreibtelefonvermittlung ist ein Service für Gehörlose mit einem hörenden Vermittler. Der Telefonist hat ein Schreibtelefon und ein normales Telefon und übermittelt so die Kommunikation zwischen gehörlosem und hörendem Gesprächsteilnehmer. Das ist zeitaufwendig, umständlich und unpersönlich. Aber manchmal ist es das einzige Mittel, das ich habe.

Ich schloß mein Büro ab und ging bei Dans vorbei, aber der Raum war dunkel und die Tür abgeschlossen. Ich beschloß, noch bei Sheriff Mercer vorbeizuschauen, ob es irgendwelche Neuigkeiten gab.

„Hi, Sheriff", sagte ich, als ich die winzige Station betrat. Früher waren in dem Gebäude einmal ein Metallprüfungsamt und dann das Regionalgefängnis untergebracht. Der Platz des Hilfssheriffs war verwaist, aber Rebecca Matthews, die Einsatzbearbeiterin, saß an ihrem üblichen Platz hinter dem Schreibtisch, mit einem Headset auf den braungefärbten, toupierten Haaren.

Rebecca war mindestens achtzig, aber sie schien das nicht weiter zu registrieren und verhielt sich entsprechend. Ihre neueste Leidenschaft, nach Bungee-Jumping, Inline-Skating und Trampolinspringen, war der Stepptanz. Sie trug die Steppschuhe aus schwarzem Lackleder zur Arbeit und machte Sheriff Mercer anscheinend völlig wahnsinnig, wenn sie zur Toilette und zurück klapperte. Mich störte das nicht.

Ich nickte Rebecca zu, die in ein Gespräch über das Headset vertieft war. Sie gebärdete ein „Hallo“. Sie hatte zusammen mit Miah Gebärdensprachkurse im Gemeindezentrum belegt, aber sie war noch Anfängerin. Das Gebärden fiel ihr nicht so leicht wie das Steppen.

„Hi, C.W. Wie geht's? Hast du schon eine Story für deine Zeitung?“ fragte Sheriff Mercer.

Ich setzte mich in den hölzernen Drehstuhl ihm gegenüber und legte meine Hände auf den papierübersäten Schreibtisch. Unter den Stapeln entdeckte ich eine Seite aus den Kontaktanzeigen des *Monitor*. Ein paar der Anzeigen waren rot eingekringelt. Ach, war der Sheriff auf der Suche nach einem Rendezvous? Da war ich aber neugierig, was für einen Typ Frau er sich aussuchen würde. Ich schaute wieder hoch.

„Darum bin ich hier, Sheriff. Irgendwelche pikanten Neuigkeiten?“

„Bloß das Übliche. Der alte Sluice Jackson hat sein Klohäuschen eingebüßt. Kommt dauernd hierher, um die Toilette zu benutzen.“

Ich nickte. „Ja, er wollte, daß ich darüber eine Story mache. Stell dir das mal vor!"

Sheriff Mercer lachte. „Mama Cody klagt über Brustschmerzen und schiebt sie auf John Douglas' Lastwagen, der ins Nugget gefahren ist. Will, daß ich ihn wegen fahrlässigem Parken verhafte. Jilda Renfrew weint sich an meiner Schulter aus, weil ihre Beziehung in die Brüche gegangen ist. Und dann war da natürlich noch diese Leiche auf der Truax-Baustelle. Immer dasselbe."

Er versuchte, leicht darüber hinwegzugehen, aber bei diesem letzten Satz rieb er sich die Stirn, und ich wußte, daß ihm das einige Sorgen machte. Ich suchte seinen Schreibtisch nach Hinweisen ab, sah aber nichts außer den Kontaktanzeigen. Eine der eingekreisten lautete:

> ATTRAKTIVE F sucht abenteuerlustigen, nichtrauchenden M. Mag frische Luft, Reisen, Kochen und Softrock. Sinnlicher Körper, schelmischer Einschlag. Chiffre 1947.

Ich unterdrückte ein Lächeln. „Hat man schon mehr über die Brieftasche rausgekriegt?"

„Nichts Ungewöhnliches drin, und soweit ich sehen kann, fehlt auch nichts Ungewöhnliches."

„Weißt du, was drin war, Sheriff?"

„Führerschein – daher wußten wir, wer er ist. Ein bißchen Bargeld. Ein paar Visitenkarten, ein paar Kreditkarten, ein Foto von einer Frau, sah nach seiner Großmutter aus. Solche Sachen eben."

Ich lehnte mich vor und faltete die Hände. „Glaubst du wirklich, daß er gefallen ist?"

Sheriff Mercer zuckte die Achseln. „Weiß ich nicht,

C.W. Aber ich untersuche alle Möglichkeiten. Du hältst dich hoffentlich raus aus der Sache."

„Ja sicher, Sheriff. Mich interessiert bloß der Erdbebenaspekt für die Zeitung. Ich dachte nur, ich könnte mal vorbeischauen und sehen, ob ihr irgendwelche neuen Ergebnisse habt."

Er streckte die Hände hinter den Kopf und lehnte sich zurück. „Ich laß es dich wissen. Und das gilt auch andersrum, klar?"

Ich nickte. Ich dachte an Harmonys Verdacht. An die merkwürdigen Nachrichten, die ich bekommen hatte. An das Foto von der Grundsteinlegung, mit Delancy und der geheimnisvollen Frau im Hintergrund.

„Klar, Sheriff. He, hast du ein neues Rasierwasser?"

Sheriff Elvis Mercer wurde rot und begann, in seinen Papieren zu wühlen. Ich machte mich leise davon.

Ich stieg wieder in meinen Chevy und fuhr zur Baustelle hinaus, um nachzusehen, ob Dan noch dort war, und ob sich irgend etwas Neues ergeben hatte. Die Fahrt gab mir Gelegenheit, über Harmonys Verdacht nachzudenken, aber als ich an der Baustelle ankam, war ich noch zu keinem Ergebnis gekommen. Der Ort machte einen verlassenen Eindruck, bis auf Jake Passage, der hinten auf einem Pickup-Laster ein Bier trank. Ich duckte mich schnell an ihm vorbei und ging zu der Stelle, an der Delancy gestorben war. Ich fragte mich, ob es da vielleicht irgendwelche übersehenen Hinweise gab, die aufzeigen könnten, was wirklich passiert war.

Ich sah einen Mann, der sich über den Blutfleck beugte, und schlich mich auf Zehenspitzen heran.

„Buh!" sagte ich. Dan Smith erschrak.

„Muß das sein?“ meinte er, halb erschrocken, halb genervt.

„Das machst du doch dauernd mit mir. Du kommst von hinten auf mich zu, grapschst plötzlich nach mir und erschreckst mich zu Tode. Da siehst du mal, wie das ist.“

„Ich grapsche nicht, ich fass dich bloß an. Und das mach ich, weil du mich nicht rufen hören kannst! Das ist ein großer Unterschied. Was machst du hier überhaupt? Ich wollte grade gehen.“

„Ich dachte, ich schau mal vorbei, gucken, was los ist. Irgendwelche Neuigkeiten?“

„Hast du Zeit für Bier und Pizza? Ich muß dir was zeigen.“

Hunger hatte ich keinen, aber ich war neugierig, und Bier hörte sich gut an.

„Mein Geländewagen ist in der Werkstatt. Ich mußte heute mit Boones altem Fahrrad fahren. Kannst du mich mitnehmen?“

„Du bist diese Hügel mit dem Fahrrad raufgefahren?“ fragte ich erstaunt. Dann mußte ich wohl mein Fahrradtraining etwas anziehen. Schließlich konnte ich nicht zulassen, daß er mich ausstach.

Dan stopfte das klapprige Mountainbike, das sein Bruder im Flur des Hotels stehen hatte, in meinen Kofferraum und sicherte es mit einer Schnur. Zwanzig Minuten später waren wir bei „Pizza My Heart“ und warteten auf unsere Alles-außer-Anchovies, als Dan die Hand in seine Jeanstasche steckte.

„Ich hab was gefunden.“

„Noch ein Strafmandat?“

Er brachte ein Taschenmesser zum Vorschein. „Das hab ich auf der Baustelle gefunden.“

Ich riß die Augen auf. „Du kannst doch nicht einfach Beweisstücke mitnehmen!" Ich nahm das kunstvolle kleine Messer und sah es mir an. Es war schwarz, mit goldgeprägten Schriftzeichen, die asiatisch aussahen.

„Ich hab's im zweiten Stock gefunden, weit weg von der Stelle, wo der Tote entdeckt wurde. Ich hab's aufgehoben, weil ich dachte, daß es einer der Arbeiter fallengelassen hätte. Die haben alle Taschenmesser."

„Und? Gehört es einem von ihnen?"

„Ich glaube nicht." Er zeigte auf die eingravierten Schriftzeichen auf einer der Klingen.

„Ich kann kein Chinesisch lesen."

„Ich glaube, es ist Japanisch. Ich werde einen der Elektriker, Dale Furutani, bitten, das zu übersetzen. Als ich es fand, dachte ich zuerst, es wäre vielleicht sein Messer, aber er sagte nein. Ich hätte ihn da schon nach einer Übersetzung fragen sollen. Es sieht aus, als ob da drei Worte entlang dieser Kante stehen."

„Interessant. Du glaubst, es hat etwas zu bedeuten?"

„Weiß nicht. Aber schau dir mal das Datum an, das drauf steht."

Das tat ich. Im Gegensatz zu den asiatischen Schriftzeichen war das Datum in normalen Ziffern geschrieben. „1971."

Ich nahm einen Schluck Bier und setzte die Flasche auf dem Tisch ab. „Ich muß dir auch was zeigen." Ich zog das Foto und das Zeitungsbild heraus und gab sie Dan. Er betrachtete die beiden Gestalten im Hintergrund der Grundsteinlegung und sah mich dann an.

„Ja, und?"

Ich zeigte auf das kleinere Bild von Cullen Delancy, dann auf das große Portrait.

„Ist das Delancy?“ fragte Dan.

Ich nickte. „Wer die Frau ist, weiß ich nicht genau. Aber sie kam mir bekannt vor. Heute nachmittag ist es mir dann endlich eingefallen. Ich glaube, das war die Frau, die ich an der Baustelle gesehen hab, als Delancy gefunden wurde.“

Dan betrachtete das Foto noch einmal. „Mensch, die kenn ich doch.“

„Du *kennst* sie? Wer ist das denn?“

„Das ist Blenda Truax. Harlans Vorzeigeweibchen.“

8

Ich weiß nicht, warum es mich überraschte, daß Mrs. Truax auf dem Foto war. Schließlich begleitete sie nur ihren Ehemann. Wahrscheinlich nahm sie an vielen seiner offiziellen Termine teil – um dann im Hintergrund zu stehen, wie so viele andere Frauen.

Das war es nicht, was mich irritierte. Der Mann neben ihr war es, der mir Rätsel aufgab. Weil er jetzt tot war. Und so, wie sie sich auf dem Bild ansahen, schien sie ihn zu kennen. Ich hielt das Foto in besseres Licht. Dann fiel mir etwas ein.

„Dan, kann ich mir das Strafmandat ausleihen, das für das ‚SIN 4 FUN'-Kennzeichen?"

Dan sah mich neugierig an. „Wozu? Glaubst du, das Auto war vielleicht an der Baustelle, als Delancy starb?" Er kannte mich einfach schon zu gut. Ich brauchte mehr Geheimnisse in meinem Leben.

„Die Zeit auf dem Strafzettel zeigt, daß das Auto in der Nähe war."

„Dann will bestimmt der Sheriff davon wissen." Dan gab mir das Strafmandat und gab der Kellnerin mit einem lockenden Finger das Zeichen zum Zahlen. Die Geste mußte unwiderstehlich gewesen sein. Sie war blitzschnell an unserem Tisch. Was war das bloß mit Dan und Kellnerinnen?

Sie flirtete peinlich platt, und Dan bezahlte unsere Rechnung. Auf dem Weg zur Tür achtete ich heimlich darauf, ob er zu ihr zurückschauen würde. Wenn er hingesehen hatte, mußte er seinen Kopf mit Lichtgeschwindigkeit bewegt haben.

Für einen so warmen Tag wurde es am Abend sehr kühl. Ich zog meinen schwarzen Baumwollblazer aus dem Rucksack und schlüpfte hinein. Als ich das Auto im Schein der Neonreklame aufgeschlossen hatte, drehte ich mich zu Dan um. „Willst du noch mit zu mir kommen? Einen Film gucken oder so? Ich hab ein Video da, *Opfer der Unterwelt*, weißt du, die Schwarzweißfassung mit Edmond O'Brien ..."

Meine Hand rutschte vom Türgriff. Ich wischte mir den Schweiß an der Hose ab.

Dan schüttelte den Kopf und zog sein Rad aus dem Kofferraum. „Ich kann nicht. Muß noch ein paar Sachen erledigen. Ein andermal?"

Ich wartete auf eine ausführlichere Erklärung, aber es kam keine.

„Klar", sagte ich schließlich. „Bis morgen dann."

Er stand auf dem Gehsteig und hielt sein Fahrrad, als ich abfuhr. Gut, daß er mein Stirnrunzeln nicht sehen konnte.

Als ich in meinem Diner ankam, hatte ich keine Lust mehr auf den Film. Ich verbrachte den Abend damit, Arbeitspensum aufzuholen, um nicht darüber nachdenken zu müssen, warum Dan nicht mitkommen wollte. Hatte er plötzlich das Interesse verloren? Gab es da eine andere? Die Kellnerin? Ich würde sie umbringen müssen. Ich verbrachte eine Weile damit, ihren grausamen Tod zu planen, dann rief ich mich zur Ordnung und holte den Ordner mit der Erdbebenrecherche heraus.

Die größte Herausforderung bestand darin, diesem abgedroschenen Thema irgendwie neue Attraktivität zu verleihen. Ich breitete meine Sammlung von Notizen und Artikeln über Erdbeben auf dem Wohnzimmerfußboden aus und versuchte, die recycelten Informationen zu ordnen. Die ersten paar Artikel brachten mich zum Gähnen, aber der dritte ließ mich aufmerken.

> Bei losen Böden mit einem hohen Grundwasserspiegel kann das Phänomen der Liquefaktion auftreten. Wenn das Wasser aufgrund eines Erdbebens durch das lokkere, durchtränkte Erdreich nach oben dringt, entsteht Treibsand. Schwere Objekte, wie z. B. Gebäude, können versinken oder zusammenfallen ...

Einen Moment lang sah ich mein Bürogebäude langsam im Schlamm versinken. Ich nahm mir vor, die Bodenbeschaffenheit zu prüfen und las weiter.

> Dennoch kann man jedes Gebäude auf derartigen instabilen und potentiell gefährlichen Boden errichten, außer solchen, die besondere Baugenehmigungen erfordern, wie Schulen oder Hochhäuser, solange man die Fundamente mit Stützpfeilern versieht, die bis auf den gewachsenen Fels durchgetrieben werden.

Ich dachte an das Truax-Gebäude. Hatten die so eine Sondergenehmigung einholen müssen, um dort bauen zu dürfen? Der Artikel fuhr fort:

> In diesen Fällen legen die Bauvorschriften Mindestanforderungen für den Bau fest und schreiben eine Überprüfung in bestimmten Bauphasen vor. Der Bauauf-

> seher und der Bodenmechaniker spielen eine wichtige Rolle bei der Stabilitätssicherung des Bauwerks.

Das mußte Cullen Delancys Aufgabe gewesen sein.

Ich schob den Artikel beiseite und ging an den Computer. Ich legte eine Diskette ein und sah das Inhaltsverzeichnis nach einer Story durch, die ich vor ein paar Jahren für die *Chronicle* geschrieben hatte. Da war sie, unter „big_one". Ich öffnete die Datei und scrollte mich durch, bis mir etwas ins Auge sprang.

```
In der Nähe von Giftmülldeponien ist
das Grundwasser unter Umständen stark
verseucht …
```

Grundwasser. Verseuchtes Grundwasser. Das war vielleicht ein neuer Aspekt. Ich nahm mir vor, die Baustelle zu überprüfen. Vielleicht hatte Delancy etwas Wichtiges entdeckt.

Ich fragte mich, ob man ihn dafür umgebracht hatte, als ich eine neue Datei anlegte und Notizen einzutippen begann.

Am nächsten Morgen weckte mich ein blinkendes Licht hinter meinen Augenlidern. Es war die Türklingel, auf deren Licht ich in jedem Zimmer außer im Bad aufmerksam werde. Ich warf ein Sweatshirt über mein Nachthemd, strich die Stachelschweinfrisur glatt und linste durch den Türspion. Vorsichtig lehnte ich mich vor, aber alles, was mir das Fischauge zeigte, war eine Explosion von Farben. Ich öffnete die Tür.

„Connie Westphal?" fragte der Mann, der hinter einem

Arm voll buntem Löwenmaul zum Vorschein kam. In der Mitte war eine einzelne weiße Lilie.

„Connor."

Er sah auf seiner Karte nach. „Ja, kann sein. Es sieht aus wie Connie. Na, jedenfalls sind die hier für Sie."

Er streckte mir den Strauß entgegen, und ich nahm ihn. Blumen? Von wem konnten die sein? Von Dan?

Ich atmete den muffig-süßen Geruch ein. Löwenmaul habe ich am liebsten. Als Kind habe ich immer die Rückseite der Blüten abgerissen und den Nektar ausgesaugt. Dann steckte ich die Finger in die Blütenblätter und drückte sie zusammen, wie stumme Fingerpüppchen. Blumen haben für mich nichts Romantisches. Ich habe viel lieber Spaß daran.

Ich schloß die Tür und stellte die Blumen in eine improvisierte Vase – einen gelben Milchkrug aus dem sorgsam gehüteten Fiesta-Geschirr meiner Großmutter. Dann öffnete ich das kleine Briefchen, das dabeilag. Da stand nur:

„Können Sie die Blumen hören?"

Dan? Das schien nicht sehr typisch für ihn. War er wirklich der Blumen-und-Pralinen-Typ? Und wo waren dann bitteschön die Pralinen?

Vielleicht war es jemand anders. Vielleicht hatte ich einen heimlichen Verehrer. Der neue Typ im Copyshop? Der war ganz niedlich. Bißchen zu dünn, aber er hatte schöne Hände. Oder vielleicht war es jemand, der sich für einen Artikel in der *Eureka!* bedanken wollte? Lloyd vielleicht, der ältere Herr vom Elks Club? Ich war mir ziemlich sicher, daß der in mich verknallt war.

Ich hatte das Gefühl, daß ich ein bißchen zuviel Zeit mit Tagträumen über den geheimnisvollen Fremden vertrödelte und sah auf die Uhr. Zeit, in die Kleider zu kommen. Wenn ich nicht bald bei der Arbeit auftauchte, würde Miah mitten in „Myst“ stecken, und dann konnte ich seine Dienste für die nächsten paar Stunden abschreiben. Ich schnupperte ein letztes Mal an den berauschenden Blumen, dann legte ich den Brief neben Dans Strafmandat, das ich zum Sheriff bringen wollte und ging zum Haufen mit der sauberen Wäsche, um nach etwas Anständigem zum Anziehen zu wühlen. Ich hatte da so eine Idee, der ich noch in der Rechtsmedizin nachgehen wollte, bevor ich in die Redaktion fuhr.

Ich warf die bequeme Jeans und das T-Shirt wieder zurück, die ich erst ausgesucht hatte, und tauschte sie gegen Chinos und ein Seidentop. Ich zog hellbraune Lederschuhe an und trug zur Abrundung den schwarzen Blazer über dem Arm. In der Tageshitze würde ich ihn nicht brauchen, aber dieses Ensemble konnte je nach Einstellung als lässig oder angezogen durchgehen.

Nach einem schnellen Frühstück gab ich Casper die Reste zu fressen und hielt auf dem Weg zur Tür für ein letztes Schnuppern noch einmal bei den Blumen an. Wieder nahm ich den Brief in die Hand und las ihn.

„Können Sie die Blumen hören?“

Was für eine merkwürdige Nachricht.

Ich stellte meinen Rucksack wieder ab und setzte mich an den Computer. Ich wählte mich ins Internet ein und wippte ungeduldig mit dem Fuß, bis die Verbindung da war. Dann tippte ich „Blumen“ in die Suchmaske ein, wählte „Sprache der Blumen“ aus und tippte „Löwenmaul“. Löwenmaul bedeutete anscheinend „Anmaßung“. Wie bitte?

Ich tippte „Lilie“, aber wofür die stand, wußte ich bereits. Ich war bei genügend Beerdigungen gewesen. Sie bedeutete „Tod“.

Ich stieg in meinen 57er Chevy und ließ den Motor aufheulen. Ich legte meine Hand auf das Armaturenbrett: die Vibration des Motors war einfach herrlich. Ich stemmte den Rückwärtsgang ein und setzte den Wagen zurück. Hoffentlich blieb der Schalthebel nicht stecken – das tat er manchmal. Und dann war ich mit offenem Verdeck unterwegs nach Whiskey Slide.

Whiskey Slide ist die Hauptstadt der Region, etwa vierzig Minuten von Flat Skunk entfernt. Das Calaveras-Justizgebäude lag an der Prison Street, einen Block von der Hauptstraße entfernt. Neben dem Ziegelgebäude stand ein winziges Häuschen, das zu einem Kautionskreditbüro umgewandelt worden war. Es versprach „Bargeld mit Herz, jederzeit für Jedermann". Dem Justizgebäude selbst fehlte der Charakter der anderen historischen Gebäude in der Stadt. Es gab keine Granitlöwen, Statuen oder Reliefs, wie an so vielen der anderen Häuser. Nur die allgegenwärtigen lebenden Tauben schmückten den Bau.

Ein großes Schild mit der Aufschrift „EINTRITT VORBEHALTLICH POLIZEILICHER DURCHSUCHUNG" begrüßte mich, als ich die Eingangstür öffnete. Glücklicherweise hatte ich saubere Wäsche an, falls es dazu kommen sollte. Ich sah mich in der kleinen Eingangshalle um und entdeckte ein Raumverzeichnis auf der anderen Seite. Das Büro, das ich suchte, war im Keller.

Ich nahm die Treppe ins untere Stockwerk und fand eine leicht einschüchternde Tür mit der Aufschrift „CORONER / ÄRZTLICHE LEICHENBESCHAUERIN". Unsicher, ob ich anklopfen oder gleich hineingehen sollte, entschied ich mich für ein ganz zartes Klopfen, wartete einen Moment und ging dann langsam hinein.

Ich erwartete Formaldehydgeruch, den Geruch, den ich

noch aus dem Biologieunterricht in der Nase hatte, weil ich glaubte, einen Raum voller mehr oder weniger verwester Leichen vorzufinden.

Aber das Zimmer hatte nur den muffigen Geruch einer Anstalt. Da lagen keine Leichen auf Totenbahren. Keine bleichgesichtigen Pathologen krauchten wie Geier über gekachelten Tischen. Es sah aus wie jedes x-beliebige Büro, mit einem Empfangstresen an der Rückseite. Dahinter saß eine Frau und arbeitete eifrig am Computer. Ich räusperte mich und sie sah auf.

Ich erklärte, wer ich war und warum ich hergekommen war. Die Frau, in einem Sheriffs-Arbeitsanzug, zeigte auf eine Tür zu meiner Rechten, auf der FÜR UNBEFUGTE KEIN ZUTRITT stand. Ich durchquerte das Zimmer und drehte gerade den Türknauf, als er mir plötzlich aus der Hand gerissen wurde. Ich zuckte heftig zusammen.

„Hallöchen! Suchen Sie jemand?“ sagte ein Mann in weißem Kittel.

„Ja, hi. Ich suche Dr. Arthurlene Jackson. Die Dame hier sagte, ich sollte einfach durchgehen –“

„Ja, ganz recht. Unser Doc ist da hinten.“ Er gestikulierte dramatisch mit beiden Armen, als ob er ein landendes Flugzeug einweisen wollte. Er erinnerte mich an meinen alten Hausarzt – der, der meinen Hörverlust festgestellt hatte. Spitzes Kinn, sehr kurz geschnittenes graues Haar und das unvermeidliche Bäuchlein. Kamen die rosigen Wangen vom Alter, Alkohol oder der Kälte, die aus dem Nachbarraum herauskroch?

„Danke.“

Er hielt mir die Tür auf, aber ich zögerte und sah erst einmal vorsichtig hinein. An so einem Ort wollte ich nicht noch mehr Überraschungen erleben.

„Keine Angst. Die beißen nicht", sagte er und lehnte sich dann vor, als ob er mir ein Geheimnis verraten wollte. Er hielt die Hand an den Mund und formte die Worte mit den Lippen: „Sie sind alle tot."

Ich bemühte mich zu lächeln. Leichenhallenhumor. Großartig.

„Nein, im Ernst", fuhr er fort, weil mein Lächeln wohl nicht sehr überzeugend aussah, „die sind alle weggepackt. Der Doc arbeitet bloß an ein paar Blutproben. Gehen Sie ruhig rein."

Der große, hellerleuchtete Saal erinnerte mich an den Chemieraum im College. Zwei lange Marmortische standen im Zentrum, in der Mitte von blitzsauberen Keramikspülbecken unterbrochen. Der weiße Terrazzoboden fiel leicht zu einem Abfluß in der Mitte des Raumes hin ab. Auf ein paar Stahltischen war etwas, wohl Obduktionsinstrumente, unter sterilen Tüchern ausgebreitet. Wie versprochen waren keine Leichen zu sehen. Ich konnte nicht einmal einen von diesen riesigen Karteischränken sehen, in denen die Leichen alphabetisch abgelegt werden.

Dr. Arthurlene Jackson war über ein Mikroskop gebeugt. Ihre schlanken dunklen Finger drehten an Einstellknöpfen und legten Glasplättchen zurecht. Sie sah sofort hoch, als ich hereinkam.

„Hi." Ich winkte lässig mit einer Hand. „Erinnern Sie sich noch an mich? Ich bin Connor Westphal, von der Zeitung *Eureka!* in Flat Skunk. Wir haben uns am Montag kennengelernt, sozusagen, auf der Truax-Baustelle."

Dr. Jackson runzelte leicht die Stirn. Dann entspannte sich ihr Gesicht in einem Lächeln. „Ja, natürlich. Ich hab ein ganz schlechtes Gedächtnis für Namen und Gesichter, aber einen Körper vergesse ich nie. Ihnen war schlecht, nicht wahr? Was kann ich für Sie tun, Ms. Westphal?"

Ich kam ein paar Schritte weiter in den Raum hinein, jederzeit fluchtbereit, falls irgend etwas plötzlich lebendig werden sollte. Ich zog den Kassettenrecorder aus dem Rucksack und zögerte einen Moment, bevor ich den Aufnahmeknopf drückte.

„Ich würde Ihnen gern ein paar Fragen zu diesem Fall stellen. Könnte ich dabei den Recorder laufen lassen?"

„Den Fall? Ich wußte nicht, daß es ein Fall ist. Haben Sie denn für Ihre Zeitung nicht den Polizeibericht bekommen?" Sie wandte sich wieder ihrem Mikroskop zu. Hoffentlich hatte sie auch aufgehört zu sprechen. Aus dieser Perspektive konnte ich ihre Lippen schlecht sehen.

„Sie denken wahrscheinlich an den *Monitor.* Die haben gestern eine Story über Delancys Tod gebracht. Meine Zeitung kommt erst am Wochenende heraus. Ich wollte gern ein paar Dinge klarstellen, wenn Sie einen Moment Zeit hätten."

Sie rückte einen Objektträger zurecht und sagte etwas. Die Worte konnte ich nicht erkennen, aber aus ihrer Körpersprache las ich ein „Wenn es sein muß, bitte." Ich setzte mich auf einen Hocker ihr gegenüber, zog mein Notizbuch heraus und stellte den Recorder hin. „Könnten Sie mir die Wunde beschreiben?"

Dr. Jackson nahm das Auge von der Mikroskoplinse und holte einmal tief Luft. Sie hatte offensichtlich erkannt, daß das hier länger dauern würde als die paar Minuten, auf die sie gehofft hatte. Sie lehnte sich auf ihrem Hocker zurück und stützte einen Ellbogen auf dem gekachelten Tisch hinter ihr ab.

„Nun, die Hauptwunde wurde durch das Moniereisen verursacht, das das Zentrum der Brusthöhle durchbohrte, die Aorta durchstach und eine massive innere Blutung verursachte. Außerdem lag ein schwerwiegendes Schädeltrauma vor, begleitet von einer Schädelfraktur, die eine ernsthafte Verletzung des Gehirns zur Folge hatte, sowie eine völlige Zerstörung der Herz- und Lungenzentren."

Ich kritzelte wie wild Notizen, während ich ihre Lippen beim Aussprechen dieser schwierigen Wörter beobachtete. Hoffentlich schrieb ich noch auf dem Papier und nicht auf meiner Hose. Ich schickte ein stilles Gebet ab, daß ich meine Schrift hinterher auch noch lesen konnte – und daß der Kassettenrecorder nicht aussetzte. Ich wagte nicht, nach unten zu sehen, um nur ja nichts Wichtiges zu verpassen.

„Welche dieser Verletzungen die eigentliche Todesursache war, ist schwer zu sagen. Sie sind offenbar gleichzeitig geschehen." Abwesend nahm sie ein Reagenzglas mit Blut aus einem Drahtkorb mit mehreren Gefäßen und drehte es ein paarmal um.

„Klingt, als ob es in jedem Fall schnell gegangen ist", sagte ich, während ich noch weiterkritzelte.

Dr. Jackson betrachtete weiter die dunkelrote Flüssigkeit, die von einem Ende der Röhre zum anderen lief. Sie schien völlig fasziniert von der Farbe, der Dickflüssigkeit oder vielleicht auch der Macht dieser lebensspendenden Substanz.

„Ich habe noch eine weitere Verletzung gefunden, die bei der ursprünglichen Untersuchung nicht entdeckt wurde. Er hatte ein kleines Hämatom am Hinterkopf. Aber in diesem Bereich war keine sichtbare Blutung feststellbar, das war also sicherlich nicht die Todesursache."

„Ein Hämatom?" fragte ich nach.

„Eine Beule."

„Könnte er die durch den Sturz bekommen haben?"

Dr. Jackson begegnete meinem forschenden Blick. „Nein, es sei denn, er hätte sich auf dem Weg nach unten den Kopf gestoßen. Und nach der Lage des Körpers ist das nicht sehr wahrscheinlich."

Ich dachte einen Moment nach. Es mußte einen Grund für die Beule geben. „Könnte er vorher einen Schlag bekommen haben – einen Schlag auf den Hinterkopf?"

„Das ist möglich." Ihre Augen wichen mir nicht aus.

„Kann man das nicht feststellen, mit forensischen Methoden, meine ich? Mit Tests und Mikroskopen und so weiter?" Ich zeigte vage auf die Ausrüstung, die sie gerade erst benutzt hatte.

„Nicht ganz. Wir können heutzutage schon viel machen, aber nicht alles. Ich kann ungefähr herausbekommen, wann es passiert ist, aber ganz genau kann ich es nicht festlegen."

„Was glauben Sie denn, wann es passiert ist?"

„Nun, die Möglichkeit, daß es erst kurz vor seinem Tod passierte, ist ziemlich ausgeprägt."

„Woher wissen Sie das?"

„Weil der menschliche Körper auf schädliche Einwirkungen – Traumata, Schläge, Schnittwunden – reagiert, indem er an der verletzten Stelle Tausende von weißen Blutkörperchen mobilisiert. Das nennt man Entzündung, und die kommt nur bei einem lebendigen Säugetier vor. Es gibt verschiedene Grundtypen dieser Blutkörperchen, die immer in derselben Reihenfolge bei der Wunde ankommen. Wir wissen, daß die Blutkörperchen gerade erst begonnen hatten, einzutreffen, weil nur wenige dort waren. Nicht genug für eine definitive Aussage."

„Aber genug, um Ihnen aufzufallen. Sind Sie sich bei

der Todeszeit sicher? Ist die durch die Totenstarre bestätigt worden?"

„Im Moment gehen wir nach der Zeit auf der kaputten Armbanduhr, obwohl die natürlich nicht wirklich verläßlich ist. Aber auch die Totenstarre ist kein so verläßlicher Indikator wie bei Dr. Quincy im Fernsehen."

Ich nickte. Sie hatte wohl erraten, daß der Löwenanteil meiner forensischen Bildung aus Film und Fernsehen stammte.

„Wissen Sie, es gibt eine chemische Reaktion im Körper, wenn alles zusammengebrochen ist. Es gibt einfach zu viele äußere physikalische Bedingungen, die diese Reaktion beeinflussen können – die Wetterverhältnisse zum Beispiel."

„Aber wenn er sich eine Beule am Kopf zugezogen hat, bevor er starb, würde das dann nicht heißen –"

„Nicht unbedingt. Wie Sie schon sagten, könnte das während des Falls oder kurz vor dem Fall passiert sein. Es hätte alles mögliche sein können. Aber es war nicht genug, um ihn bewußtlos zu machen."

„Gab es noch irgendwelche anderen Wunden, Messerwunden zum Beispiel?" Ich dachte an das Messer, das Dan auf der Baustelle gefunden hatte.

„Nein. Das war alles." Sie stand auf und wollte sich wieder ihrer Arbeit zuwenden.

Ich dankte ihr, daß sie mir ihre Zeit geopfert hatte, stellte den Recorder aus und steckte ihn mit meinem Notizbuch in den Rucksack.

„Ist er noch hier?"

„Die Leiche? Ja, jedenfalls das, was nach der Obduktion noch davon übrig ist. Er bleibt bei uns bis ihn das Bestattungsinstitut abholt."

„Sehen kann ich ihn wohl nicht?" fragte ich zaghaft.

Dr. Jackson guckte erstaunt.

„Tut mir leid. Da ist das Infektionsrisiko, rechtliche Probleme, die Sache mit der Privatsphäre ..."

War auch ganz gut so. Ich wäre wahrscheinlich selbst auf einem Rolltisch gelandet, ohnmächtig. „Ich wünschte, ich hätte ihn sehen können, als er noch lebte. Nach dem Zeitungsfoto zu urteilen war er ein gutaussehender Mann."

„Ja, er sah sehr jung aus. Ich war ganz überrascht, als ich feststellte, daß er schon Mitte vierzig war. Da sieht man, was ein teures Fitneßstudio, ein paar Goldkettchen und etwas Farbe ausmachen können."

„Er hat sich die Haare gefärbt?"

„Genau. Wir haben ein paar Haare analysiert, die an seinem Körper gefunden wurden. Es waren seine eigenen. Er war ein bißchen grau an den Schläfen, das hat er überfärbt."

Nicht unbedingt ungewöhnlich, daß sich ein Mann die Haare färbt, aber so ganz normal nun auch wieder nicht.

„Irgendwelche Anzeichen von Lifting oder sonst etwas, das seine Erscheinung verändert haben könnte? Das ihn jünger erscheinen ließ?"

Dr. Jackson schüttelte den Kopf. Die auf dem Kopf aufgetürmten glänzenden schwarzen Löckchen hüpften neckisch. „Höchstens die farbige Kontaktlinse, wenn das zählt."

„Er trug Kontaktlinsen?"

Sie zögerte. „Wir haben nur die eine gefunden. Eine grüne."

„Ist die andere verlorengegangen?"

„Das glaube ich nicht. Die Linse, die er trug, war keine ärztlich verschriebene."

„Wie bitte? Warum sollte er denn Kontaktlinsen tragen, wenn er keine brauchte?"

„Eitelkeit vermutlich. Sein eines Auge war grün. Das andere hatte keine Farbpigmente.“

9

Wo ich schon einmal in Whiskey Slide war, fuhr ich noch bei der Bibliothek vorbei, um ein bißchen zu Erdbeben, Liquefaktion und Giftmüll zu recherchieren. Die Story wollte nicht so zusammenkommen, wie ich gehofft hatte. Es war immer noch ein Potpourri aus unzusammenhängenden Versatzstücken, aber ich hatte so das Gefühl, daß das Erdbeben, abgesehen davon, daß es möglicherweise Delancys Tod verursacht hatte, noch eine größere Rolle in der ganzen Angelegenheit spielte.

Was Delancy selbst anging, so hatte mein Interview mit der Rechtsmedizinerin einige merkwürdige Unstimmigkeiten ergeben: die Beule am Kopf, das gefärbte Haar, die Kontaktlinse. Dr. Jackson hatte mir die Sache mit dem Auge erklärt. Sie benutzte dabei ziemlich viele lange medizinische Fachausdrücke, aber im wesentlichen hatte es etwas mit der Verteilung von Pigmentzellen und der Lichtreflexion durch diese Zellen zu tun. Bei Blauäugigen sind nur wenig Pigmentzellen vorhanden. Leute mit grauen, braunen, schwarzen, oder, wie in meinem Fall, grünbraunen Augen, haben mehr Pigmentzellen. Bei Delancy hatte das eine Auge nicht so viele Pigmentzellen abbekommen wie das andere, so daß ein Auge grün war und das andere blaßblau, fast schon farblos. Er hatte die grüne Kontaktlinse getragen, damit beide Augen grün aussahen.

Nach zwei Stunden Recherche hatte ich ein paar neue Fakten über seismische Aktivität zutage gefördert, die vielleicht für meinen Artikel wichtig sein konnten. Zeit für eine Pause. Ich fuhr nach Flat Skunk zurück, checkte meine E-Mails und fand eine Nachricht von HRMMLKF@MLM.COM. Interessant.

„Hi, Connor. Können Sie heute irgendwann beim *Monitor* vorbeikommen? Ich muß Ihnen etwas zeigen. Wenn Sie an die Rezeption kommen, sagen Sie Dave einfach, daß ich sie erwarte. Sagen Sie nicht, daß Sie von einer anderen Zeitung kommen. Das haben die nicht so gern. ;-) Ich hoffe, Sie können das einrichten. Haben Sie einen Mailboxdienst oder so etwas, wo ich anrufen und eine Nachricht hinterlassen kann, ohne über E-Mail zu gehen? Harmony."

Ich grübelte eine ganze Weile über ihre Einladung und die möglichen Gründe dafür, aber dann dachte ich schließlich, was soll's. Vielleicht konnte ich ja ein bißchen Werksspionage betreiben. Ich klickte auf den Reply-Knopf. „Harmony, ich komme demnächst vorbei. Rufen Sie nächstes Mal über die Schreibtelefonvermittlung im Büro an. An meinem Schreibtelefon hängt auch ein normaler Anrufbeantworter. Connor." Ich schickte die Mail ab und machte mich auf den Weg nach Thunder Camp.

Das *Monitor*-Gebäude ist schon recht groß. Die *Eureka!* sähe daneben wie ein Baumhaus aus, aber der Riese unter den nordkalifornischen Zeitungen ist immer noch die *San Francisco Chronicle*. Der *Monitor* war seiner Behausung wohl entwachsen, daher die neue Truax-Baustelle. Ich betrat die Empfangshalle und versuchte, so auszusehen, als ob ich dazugehörte. Den Empfangstresen bewachte ein gemieteter Sicherheitsbeamter, der wie ein Weihnachtsmann ohne roten Anzug aussah. Ich erwartete ein gemütliches „Ho, ho, ho", bekam aber stattdessen eine eher unfröhliche Begrüßung.

„Ja?"

„Ich möchte zu Harmony Malakoff", antwortete ich hoffnungsfreudig.

„Termin?" fragte er knapp. Sein Gesichtsausdruck machte aus dem Wort eher eine Aussage als eine Frage. Keine angehobenen Augenbrauen, kein nach vorn gelehnter Kopf.

„Ähm, nein, aber Sie erwartet mich. Ich hab ein paar wichtige Unterlagen für ihre Recherchen. Könnten Sie ihr sagen, daß ich hier bin?"

Er drehte das Telefon auf dem Tresen zu mir herum. Ich sah es einen Moment an, zögerte und schaute dann zu ihm zurück. Er beobachtete mich mißtrauisch. Ich hatte das Gefühl, daß er sofort die Waffe an seinem Gürtel ziehen würde, wenn ich eine falsche Bewegung machte.

Ich hatte nicht wirklich Angst, daß er mich erschießen würde, aber ich habe gelernt, in der Nähe von Schußwaffen ganz besonders vorsichtig zu sein. In mißverständlichen Situationen sind Gehörlose schon hin und wieder von der Polizei angeschossen worden, weil sie nach Papier und Stift suchten. Da hatten die Cops dann offenbar gedacht, daß sie eine Waffe zücken wollten.

Ich deutete schnell auf mein Ohr und schlug zweimal mit dem Finger darauf. „Ich bin gehörlos. Könnten Sie bitte für mich anrufen?"

Der Wachmann blinzelte, zupfte sich den Bart und schien die Information ganz langsam zu verarbeiten. „Taubstumm sind Sie?" fragte er, glaube ich.

„Bloß taub. Nicht stumm."

„Sie sprechen gut. Was ist denn mit Ihnen passiert? Zu viele Rockkonzerte? Ich kenn da diesen Typen –"

Ich las das Namensschild an seinem Hemd. „Ähm, Dave? Ich hab's ziemlich eilig. Könnten Sie bitte Harmony für mich anrufen? Ich hab da ein paar wichtige Informationen aufgetrieben, auf die sie wartet. Redaktionsschluß, Sie wissen schon." Ich tippte auf meine Armbanduhr, zeigte auf das Telefon und bemühte mich um einen panischen Ausdruck.

Dave drehte gelangweilt das Telefon um, fuhr mit dem Finger die in Plastik eingeschweißte Liste mit den Durchwahlnummern entlang und wählte drei Ziffern, wobei er jede einzelne auf der Liste gegencheckte. Er brummelte etwas in den Hörer, fragte nach meinem Namen, wiederholte ihn, legte dann auf und schob mir ein Besucherlogbuch zum Unterschreiben hin. Ich schrieb den Namen „Lois Lane".

„Erster Stock, Nachrichtenredaktion." Er hielt einen Finger hoch. „Nehmen Sie den hinteren Fahrstuhl. Der andere ist kaputt." Er sah aus, als ob er mich anschrie, jedes Wort war überbetont. Dann gab er mir ein Namensschild und stieß einen Daumen Richtung Fahrstuhl. Ich folgte seinen knappen Anweisungen.

Der Fahrstuhl war alt und langsam und schon nach der halben Strecke wünschte ich, ich hätte die Treppe genommen. Als die Türen sich endlich öffneten, kam ich in eine Redaktion hinein, die wie ein Bienenstock in der Pollensaison schwirrte. Kleine fleißige Bürobienen tippten, redeten, schwatzten am Telefon, unterhielten sich über Kabinentrennwände hinweg und waren in unablässiger Bewegung, um den *Mother Lode Monitor* in Druck zu bringen. Ein ganz schöner Kontrast zu meinem kleinen Büro, wo außer mir, der Bienenkönigin, keiner herumwirbelte.

Ich suchte Harmony im Labyrinth der Einzelkabinen und fand sie an ihrem Computerterminal, schwer damit beschäftigt, an ihrem Bleistift zu kauen.

„Entschuldigen Sie, Ms. Malakoff. Ich habe hier diese wichtigen Unterlagen, die Sie angefordert hatten." Ich gab ihr ein zusammengerolltes Exemplar der *Eureka!*.

„Connor, hallo! Sie haben mich also gefunden. Gar nicht so einfach in diesem Labyrinth, oder? Ich hätte Sie am Fahrstuhl abholen sollen, aber da kam grade ein Anruf. Kommen Sie, ich zeig Ihnen mal die große Zeitungswelt."

„Sind Sie sicher, daß das eine gute Idee ist? Ich dachte, ich sollte inkognito hier sein?"

„Wenn Sie mit mir unterwegs sind, wird uns keiner irgendwelche Fragen stellen. Das Namensschild find ich klasse. Die Superman-Comics hab ich als Kind geliebt. Lois Lane sah immer toll aus."

Wir gingen im Zickzackkurs durch das Kabuffnetzwerk. Harmony erklärte, was in jeder Abteilung gemacht wurde. Ich brachte es einfach nicht übers Herz, ihr zu sagen, daß ich bei der *Chronicle* gearbeitet hatte und das Geschäft bestens kannte. Die Schnelltour durch den *Monitor* führte uns durch Nachrichtenredaktion, Fotostudio und Computerzentrum im ersten Stock und Druckerei und Archiv im Keller. Den zweiten Stock ließen wir aus, nachdem Harmony erklärt hatte, daß sich dort nur Harlan Truax' Büro befand.

Ich war ziemlich neidisch auf all die Ressourcen, die den Mitarbeitern hier bei diesem größeren Blatt zur Verfügung standen. Es war natürlich nicht die *Chronicle*, aber für eine Kleinstadtzeitung war es schon nicht übel. Der einzige Haken war, daß ich hier nicht der Boß wäre. Ich hatte mich daran gewöhnt, mir selbst zu sagen, was ich zu tun hatte und wann. Am Ende der Tour folgte ich Harmony wieder in den einzigen funktionierenden Fahrstuhl, ein seilgetriebenes antikes Ungetüm, in dem ich lieber nicht stecken wollte, wenn wieder ein Erdbeben kam. Wir fuhren in den ersten Stock zurück und kamen mit einem leichten Ruck zum Halten. Harmony führte mich in die Cafeteria, die gleichzeitig als Testküche für die Food-Redakteurin diente.

„Tut mir leid mit all den Umwegen. Das Gebäude wird grade erdbebensaniert, und es ist alles ziemlich durcheinander. Ist aber ganz lustig, die Bauarbeiter hier zu haben."

Etliche exotische Kochbücher lagen auf dem Tresen, mit Rezepten für gefüllte Weinblätter, Amarettotrüffel und vegetarische Tacos. Die von einer Dampfwolke eingehüllten Kochexperimente auf dem Arbeitstisch in der Mitte verströmten eine bunte Mischung von Gerüchen.

Harmony schenkte sich Kaffee in einen Becher, den ein Verbotsschild mit dem durchgestrichenen Wort „Schok-Mok" zierte, während ich mir aus einem der beiden Kühlschränke, auf die Harmony gezeigt hatte, einen Preiselbeer-Apfelsaft nahm.

„Wie geht's denn so, Connor?" fragte sie lässig, als zwei Kolleginnen durch den Raum kamen. Sie lud mich mit einer Handbewegung ein, mich an den Mitarbeitertisch zu setzen, auf dem alle möglichen aufgeschlagenen und mit Kommentaren versehenen Zeitungen aus ganz Nordkalifornien verstreut lagen.

Ich beschloß, meinen Besuch in der Rechtsmedizin auszulassen. Schließlich war ich hier, um Informationen zu erhalten, nicht um welche zu geben. „Prima. Aber was ist mit Ihnen los?"

Sie warf mir einen Blick zu und schüttelte kurz den Kopf, dann sah sie zu den beiden Frauen hinüber, die noch an der Tür stehengeblieben waren. Ich nickte und nippte an meinem Saft, während Harmony begann, übers Wetter zu reden. Sowie die beiden außer Sichtweite waren, lehnte sie sich zu mir hin.

„Ich muß aufpassen. Ich sollte hier eigentlich gar nichts sagen. Aber ich muß Ihnen etwas zeigen – sowie John in die Mittagspause geht."

Ich nickte. „Können Sie über Delancy sprechen?" fragte ich vorsichtig.

„Klar. Solange keiner in der Nähe ist. Wie läuft's?"

„Langsam. Ich find's immer noch komisch, daß ein hochangesehener Bezirksbeamter mitten in der Nacht nach Hinweisen für übertretene Vorschriften gesucht haben soll. Und dann passiert aus heiterem Himmel ein Erdbeben, und er fällt ganz zufällig herunter und spießt sich auf einer günstig plazierten Eisenstange auf."

Harmony sah sich nach Spionen um und lehnte sich dann wieder dicht zu mir. „Das ist wirklich merkwürdig. Ich hab mir gedacht, vielleicht war's ja Selbstmord. Aber es wurde kein Abschiedsbrief gefunden, richtig? Von der Seite würde ich's angehen, wenn ich die Sache untersuchte. John schwimmt total mit der Story."

„Haben Sie denn noch mehr darüber rausgefunden, daß etwas vertuscht werden soll?"

Harmony machte mir ein Zeichen, still zu sein, und sah über ihre Schulter.

„Ich hab kurz in seine Notizen geschaut. Da ist etwas Merkwürdiges auf seinem Computer. Das war es, was ich Ihnen zeigen wollte. Er müßte gleich gehen." Harmony sah auf die Uhr. „Er und der Fotograf haben irgendeinen Termin, sie müssen eigentlich jede Minute aufbrechen."

Ich dachte an die Fotos von der Grundsteinlegung und fragte mich, ob Harmony vielleicht mehr über Blenda Truax wußte. Ich beschloß, ihr die Bilder zu zeigen und war schon halb auf den Boden meines Rucksacks durchgedrungen, als mir einfiel, daß sie zu Hause lagen.

„Ach, verdammt! Ich hatte da ein paar Bilder, die ich Ihnen zeigen wollte. Dan Smith, einer von den Bauarbeitern, hat ein paar Schnappschüsse von der Grundsteinlegung gemacht."

„Genau das wollte ich Ihnen zeigen –"

In diesem Augenblick stürzte John Cross herein, völlig außer Atem und mit Panik im Gesicht. Die Oberkopfhaare standen ihm tatsächlich zu Berge, wie bei einer Comicfigur. Der Rest war ordentlich in einem kurzen Pferdeschwanz gebändigt. Er war der Typ, den ich mit Harmony auf der Baustelle hatte reden sehen, der, der erst so spät gekommen war. Was war denn jetzt los? War wieder jemand gestorben?

„Harmony!" schnaufte er. „Gott sei Dank, daß ich dich gefunden hab! Ich brauch deine Hilfe." Er schaute kurz zu mir herüber, strich sich das Hemd glatt und wandte seine Aufmerksamkeit wieder Harmony zu.

„Was ist denn, John? Wieder der Computer?"

Was hatte den tollen Hecht von Kriminalreporter nur derart aus der Fassung gebracht? Schwer zu glauben, daß er Harmonys ehemaliger Freund war – er schien überhaupt nicht ihr Typ zu sein. Mir ging auf, daß seine Haare durch Gel in die Senkrechte gekommen waren.

„Ich wollte die Datei sichern und hab auf irgendwas gedrückt, keine Ahnung, auf was, und sie ist einfach … weg!"

Harmony warf mir einen Blick zu und preßte genervt die Lippen zusammen. Sie hievte sich aus ihrem Stuhl, als ob das ganze Elend der Welt auf ihren Schultern lastete, und folgte John hinaus. Ich war gleich dahinter.

„Ich hasse diese neuen Computer!“ sagte John, als wir an dem Schreibtisch neben Harmonys ankamen. „Gerade hatte ich das alte System so einigermaßen gelernt, und jetzt muß ich wieder von vorn anfangen.“

Na, das war doch mal etwas anderes. Ein junger Generation-Xer mit minimalem Computerverständnis, und daneben ein Möchtegernhippie, die sich mit Computern auskennt. Harmony setzte sich an seinen Schreibtisch und fingerte auf ein paar Tasten herum. Es passierte nichts. John rang die Hände und marschierte nervös auf und ab, während sie verschiedene Strategien probierte.

Durch Miah und meine ganzen Handbücher wußte ich beinah schon mehr über Computer als über Sex. Was nicht unbedingt gut für mich war. Aber diese Netzwerkgeschichte war auch für mich neu. Ich schlug vor, ein paar Tricks zu versuchen, die ich bei Miah in ähnlichen Situationen gesehen hatte, aber sie ignorierte mich und hämmerte weiter auf den Tasten herum.

Schließlich ging sie auf die DOS-Ebene zurück, sah das Verzeichnis durch und fand anscheinend, was sie suchte. Sie tippte einen Befehl ein, und der Bildschirm füllte sich mit Worten statt Symbolen.

„War es das hier, was du verloren hattest?“ Sie lehnte sich zurück, so daß John den Monitor sehen konnte.

„Gott sei Dank!“ Er zog den Stuhl zurück, damit Harmony Platz machen sollte, ohne wertvolle Zeit an Danksagungen oder Lob zu verschwenden, setzte sich und sicherte sofort die Datei.

„Oh, bitte, keine Ursache“, meinte Harmony sarkastisch. „John, hattest du nicht einen Termin? Du kommst zu spät.“

„Scheiß drauf“, sagte er. „Ich muß das hier erstmal loskriegen. Sie schicken jemand anders.“

Harmony sah mich an und zuckte die Achseln.

Auf dem Weg aus dem *Monitor*-Gebäude fragte ich mich, wie die Beziehung zwischen Harmony und John Cross ausgesehen hatte. Ich war auch neugierig, was ihren Verdacht betraf, aber nach Johns Entschluß, an seinem Computer zu bleiben, hatten wir weder Zeit noch Gelegenheit gehabt, irgend etwas zu besprechen.

Auf der Fahrt nach Hause ließ ich noch einmal mein Gespräch mit der Rechtsmedizinerin an mir vorbeiziehen und beschloß, daß es einmal wieder an der Zeit war, Sheriff Mercer einen Besuch abzustatten. Doch der Streifenwagen stand nicht vor seinem Büro. Ich sah wieder auf die Uhr: fast schon Arbeitsschluß auf der Baustelle. Unter dem Vorwand, Dan eine Fahrgelegenheit anbieten zu wollen, fuhr ich dorthin.

Meine Ankunft auf der Baustelle blieb bei der Mannschaft, die gerade zusammenpackte, nicht unbemerkt. Ich erkannte einige der Arbeiter wieder, aber Jake war nirgendwo zu sehen. Nach ein paar Bemerkungen über meine Figur, drei Angeboten, doch ein Bier zu trinken, und einem Heiratsantrag entkam ich den Rabauken und machte mich im Innern des Rohbaus auf die Suche nach Dan.

Ich ließ meinen Blick auf der Suche nach seiner angenehmen Gestalt über die Baustelle schweifen, aber alles war verlassen, bis auf einen einsamen Wachmann, den man wahrscheinlich nach Cullen Delancys Tod eingestellt hatte. Als ich ihm erklärte, wer ich war und was ich hier wollte, gab er mir noch ein paar Minuten zum Weitersuchen.

Ich schaute schnell durch alle Stockwerke und stand dann an der Kante des halbfertigen Fahrstuhlschachts im zweiten Stock, von der man die Stelle im Keller sehen konnte, an der Delancy gefunden worden war. Ich lehnte mich vor, fixierte den blutbefleckten Boden und erwartete fast, dort immer noch etwas Schreckliches aufgespießt zu sehen. Doch es war nur noch die Erinnerung da.

Sheriff Mercer hatte gesagt, er hätte noch nichts weiter von Bedeutung gefunden. Aber Dan hatte das Messer in der Nähe entdeckt. Ich fragte mich, ob er das dem Sheriff schon gesagt hatte. Und ich fragte mich, ob vielleicht im Dreck und Schutt der Baustelle noch mehr übersehen worden war. Abgesehen von den dunklen Flecken war der Boden dort, wo die Leiche gelegen hatte, frei.

Als ich so vom zweiten Stock auf die Baustelle herunterschaute, fiel mir ein Kniff aus meiner Kindheit ein, den ich immer benutzt hatte, wenn mir im Hof ein Ball oder Spielzeug heruntergefallen war. Weil ich es ja nicht landen hören konnte, mußte ich den Fall mit einem ähnlichen Gegenstand noch einmal nachstellen und dabei beobachten, wohin der Gegenstand fiel. Da fand ich dann mein verlorenes Spielzeug todsicher wieder.

Ich machte meinen Rucksack auf und holte einen kleinen Lippenstift, eine Münze, einen Bleistift und ein Radiergummi heraus. Die würden wohl alle verschieden fallen.

An der Stelle, an der Delancy in der Nacht gestanden haben mußte, ließ ich den Lippenstift los, dann die Münze, den Bleistift und den Radierer. Der Lippenstift fiel geradewegs nach unten, rollte zu einem Riß im Zement und verschwand. Ein „Strawberry Gloss“ weniger.

Die Münze landete und rollte ein paar Meter, traf auf einen Nagel und trudelte zum Stillstand. Der Stift traf flach auf den Boden, sprang einmal auf und rollte fast gar nicht. Der Radierer sprang wild in den Nebenraum hinein.

Mir fiel noch ein Gegenstand in meinem Rucksack ein und ich holte ihn als letztes Testobjekt heraus – mein alter Wohnungsschlüssel aus San Francisco. Ich trennte mich nur schwer von Erinnerungen, aber wenn der Schlüssel bei dem Experiment verlorengehen sollte, war es mir egal. Brauchen tat ich ihn jedenfalls nicht mehr. Als ich ihn vom Federring abzog, schnipste ich ihn versehentlich nach hinten und weg war er.

„Mist!“ sagte ich zu niemand bestimmtem. Jedenfalls hoffte ich, daß da niemand war. Ich drehte mich um und suchte nach dem weggeflogenen Schlüssel, um ihn noch einmal werfen zu können. Ein paar Schritte weiter sah ich an der Wandkante Metall blinken. Der abtrünnige Schlüssel lag auf einem Sims ganz am anderen Ende des Raums, kurz vor dem Absturz. Ich bückte mich hinunter, um ihn mir zu schnappen, aber er glitt mir aus der Hand und machte einen Salto in die Tiefe. Ich verfolgte seinen Fall genau und sah ihn in einem Haufen mit Felsbruch, McDonalds-Einwickelpapieren, leeren Bierdosen, Sägemehl und anderem Dreck landen. Pfui Teufel.

Ich ging die Treppe hinunter, sammelte den Bleistift, das Radiergummi und die Münze ein und suchte die Umgebung sorgfältig danach ab, ob dort irgend etwas anderes liegengeblieben war. Der Lippenstift würde bleiben müssen, wo er war, bis hier irgendwann im nächsten Jahrtausend Archäologen Ausgrabungen veranstalteten.

Ich fand nichts außer dem, das ich selbst fallengelassen hatte, also ging ich in den Nebenraum, um den Schlüssel aus dem Müllhaufen zu retten. Ich wühlte mit einem Stock durch den Abfall, als ob es sich um Giftmüll handelte, und fand zwei Rubbellose, einen Haufen Zigarettenkippen und eine winzige Metallscheibe, etwa so groß wie ein Zehncentstück. Ich hob den Gegenstand auf und drehte ihn um. Es war ein Kompaß mit einem Gewinderand. Auf dem Boden standen vier eigentümliche Schriftzeichen, die ich nicht entziffern konnte.

Da ich Dan nicht finden konnte, stieg ich wieder in meinen Chevy und wollte gerade abfahren, als ein Verrückter wie wild auf mein Auto zugelaufen kam und mir winkte, daß ich anhalten sollte.

„Hi", sagte er und steckte den Kopf ins Beifahrerfenster. „Fährt dieser heiße Schlitten zufällig in meine Richtung?"

„Wo warst du denn? Ich wollte dir eine Mitfahrgelegenheit anbieten, aber es war alles wie ausgestorben. Ich dachte, du wärst schon weg."

Dan öffnete die Tür und ließ sich ins Auto gleiten. Seinen dreckverkrusteten Werkzeuggürtel legte er hinten in den Fußraum. Selbst er wußte meine klassische Pfeifenpolsterung zu schätzen.

„Ich war in der Bauhütte und hab mir noch mal die Zeichnungen angesehen. Schön, daß ich mitfahren kann. Wie wär's nachher mit ner Pizza?"

Ich zog ein Gesicht. „Pizza kann ich nicht mehr sehen. Hör mal, ich könnte uns Pasta machen, wenn du Lust hast, rüber zu kommen. Dann können wir über meine neuesten Entdeckungen reden. Wie sieht's aus?"

Er zögerte. „Ich werd aber was brauchen, um mich frisch zu machen ..."

„Du kannst gern meine Dusche benutzen."

„Hast Du auch was, das ich dann anziehen kann? Sonst muß ich noch in meinen Boxershorts rumlaufen ..."

„In meinem lila Samtbademantel siehst du bestimmt großartig aus. Der bringt deine Augen so richtig zur Geltung." Einen Moment lang mußte ich an Delancys Augenfarbe denken, dann sah ich mir Dans noch einmal ganz genau an. Seine Augen hatten beide dieselbe Farbe – ein wunderbar leuchtendes Blau.

„Ich zieh doch kein rüschiges Girlie-Zeug an, ganz egal, wie gut deine Pasta ist. Wie wär's, wenn wir kurz beim Büro vorbeifahren und ich ein paar Klamotten hole? Ich muß da sowieso ein paar Sachen mitnehmen."

Ich hatte Glück, diesmal war das Essen genießbar. Bei Fettuccine mit Tomatensauce und Basilikum kann man nicht viel falsch machen. Das ist so gut wie idiotensicher. Dan bot sich freiwillig an, aus übriggebliebenen Salatherzen einen gemischten Salat zu machen, aber ich ertappte ihn dabei, wie er eine Handvoll Kopfsalat in die Schüssel warf, während er den Radicchio aussortierte. Als wir dann aßen, sammelte er noch mehr von dem „Unkraut" heraus und warf es für Casper unter den Tisch.

Wir teilten uns eine Flasche Chianti und ich zog meinen Fund von der Baustelle heraus und zeigte ihn Dan. Er lehnte sich vor, legte seine Hände um meine und betrachtete den kleinen Gegenstand ganz genau. Ich konnte seinen Atem auf meinen Fingern spüren.

„Das hab ich auf der Baustelle gefunden, kurz bevor ich ging. Es ist so eine Art Kompaß, aber anscheinend schraubt man den auf irgendwas andres drauf. Sieht der aus, als ob er irgendwie wichtig wäre?"

Dan machte ein ernstes Gesicht. Er nahm mir den kleinen Kompaß ab und drehte ihn in der Hand hin und her. „Schau dir mal diese Schriftzeichen an. Ich frage mich, was da steht?" Ziemlich genau zu dem Zeitpunkt, als sein Gesichtsausdruck von fragend zu besorgt wechselte, blinkte die Türklingel.

„Da ist jemand an der Tür“, stellte ich intelligenterweise fest.

Ich ging durch die Küche zur Eingangstür. Durch den Türspion konnte ich niemanden sehen, nur ein merkwürdiges Leuchten. War das Verandalicht kaputt? Ich öffnete die Tür und stand stockstill.

Auf der Stufe vor der Tür lag ein Stapel *Eureka!*-Zeitungen. Er brannte.

10

Während ich schnell in einer Schüssel Wasser holte, um es auf den brennenden Haufen zu schütten, raffte Dan alle Handtücher zusammen, die er finden konnte. Gemeinsam hatten wir die Flammen erstickt, bevor sie sich ausbreiten konnten. Ich setzte mich auf die Veranda und beruhigte erst einmal meinen Hund, der wiederum versuchte, mich zu beruhigen. Dan rief den Sheriff an und kam dann zu mir, ein Bier in jeder Hand.

„Was war das denn jetzt?" fragte er und gab mir eine geöffnete Flasche.

„Keine Ahnung. Aber in den letzten Tagen sind einige merkwürdige Sachen passiert."

„Du meinst, da waren noch mehr Feuer?"

Ich nahm einen tiefen Schluck und kraulte Casper hinter den Ohren. „Nein, das nicht. Aber ich hab ein paar Nachrichten bekommen. Und Blumen."

Dan hielt mitten im Schluck inne und sah mich an, als ob ich nicht ganz gar wäre. „Erzähl mir von den Nachrichten", sagte er.

„Die waren merkwürdig, irgendwie bedrohlich. Eine auf meinem Schreibtisch und eine per E-Mail. Bei den Blumen war auch eine Nachricht dabei. Da stand so etwas wie ‚Können Sie die Blumen hören?'. Ich dachte mir, daß das vielleicht mit der Sprache der Blumen zu tun hätte, so wie früher, als verschiedene Blumen verschiedene Bedeutungen hatten."

„Was für welche hast du denn gekriegt? Giftsumachblüten?"

„Löwenmaul. Bedeutet offenbar ‚Anmaßung‘."

„Das ist ja nicht so sehr bedrohlich."

„Und eine Lilie, genau in der Mitte."

Dan nickte ernst. Er war wohl auch schon bei einigen Beerdigungen gewesen.

„Möchtest du, daß ich heute nacht hierbleibe?"

Ich zögerte, schüttelte dann aber den Kopf. Ich wollte die Dinge jetzt nicht noch komplizieren. Mir ging zu viel durch den Kopf und ich wollte einfach nur nachdenken.

„Ich bin schon okay. Sheriff Mercer kommt ja gleich."

„Na, ich bleib jedenfalls, bis er hier ist. Und wenn er weg ist, schließ alles ab. Und ruf mich an, wenn noch so was ist."

Noch so was? Bei der Vorstellung überlief es mich kalt.

Dan und Sheriff Mercer gingen kurz nach Mitternacht. Der Sheriff meinte, daß es wohl nur ein Streich war, aber er wollte noch ein paarmal bei meinem Diner vorbeifahren, um nach mir zu sehen, bevor er endgültig Feierabend machte. Viel mehr konnte er auch kaum tun.

Ich ging ins Bett, mit Casper am Fußende. Den größten Teil der Nacht verbrachte sie damit, im Kreis herumzustapfen, aber das machte nichts. Ich war zu aufgedreht, um mich entspannen zu können. Die ganze schlaflose Nacht lang wartete ich auf das Big One – oder irgendeine andere Katastrophe, die Flat Skunk in Schutt und Asche legen würde.

Am frühen Morgen nickte ich schließlich ein, genau dann, als sich mein Vibrationswecker zu rühren begann. Die Dusche machte mich auch nicht viel munterer, aber der Schok-Mok brachte meinen Kreislauf so einigermaßen in Gang. Nach zwei Tassen fühlte ich mich wie ein Zombie – wach und bewegungsfähig, aber kaum bei Bewußtsein.

Auf dem Weg nach draußen räumte ich die verkohlten Überreste von der Veranda und fuhr dann ins Büro, in der Hoffnung, Dan noch anzutreffen und ihn zur Arbeit fahren zu können. Aber er war leider schon weg.

Ich ging gar nicht erst in die Redaktion, sondern gleich wieder die Treppe hinunter und hinüber zu Sheriff Mercers Büro. Er war nicht da, als ich ankam, aber Rebecca Matthews' von rotem Lippenstift betontes munteres Lächeln hieß mich willkommen. Sie gebärdete „Hallo", und dann etwas unbeholfen, „Wie geht's dir?" und „Der Sheriff ist nicht schwer". Das war wohl ein Vergebärdler für „Der Sheriff ist nicht hier".

Ich gebärdete zurück: „Hallo. Ich prima. Sheriff, wo?" Da sah ich schon an ihrem ausdruckslosen Blick, daß sie mir nicht mehr folgen konnte.

„Was hast du gesagt?" fragte Rebecca in Lautsprache. Sie kniff die Augen zusammen, als ob sie klarer zu sehen versuchte.

Ich sagte laut: „Wo ist der Mann?"

„Sollte jeden Moment zurück sein. Er ist nur schnell auf einen Kaffee weg."

Ich setzte mich an seinen Schreibtisch und holte meine Notizen heraus. Die Kontaktanzeigen lugten immer noch unter dem Papierstapel heraus. Ich zupfte an einer Ecke und zog sie hervor. Unten hatte Sheriff Mercer seine eigene Kontaktanzeige entworfen. Nach allen durchgestrichenen Versuchen, Zusätzen und Änderungen lautete die augenblickliche Fassung:

> Attraktiv und fit: Mann in Uniform sucht nett aussehende, liebevolle Frau, 20–50, die Eishockey, Angeln, Computer und

Country-Musik mag. Keine Kinder, keine Tiere, keine Drogen.

Ich schüttelte den Kopf. Da würde er Hilfe brauchen, wenn er jemals die richtige Frau treffen wollte. Gerade wollte ich ein paar Änderungen vornehmen, als ich den Sheriff am Bürofenster vorbeigehen sah. Ich stopfte die Anzeigen unter den Papierstapel zurück, drehte mich um und wartete darauf, daß er hereinkam.

„Hi, C.W." Sheriff Mercer umrundete seinen Schreibtisch und setzte sich, die Arme über dem Bäuchlein verschränkt.

„Ich bin gestern bei der Rechtsmedizin vorbeigefahren. Dachte, es interessiert dich vielleicht, was ich herausgefunden habe. Gestern nacht hab ich das ganz vergessen."

Der Sheriff setzte sich auf und faltete die Hände auf dem Papierstapel. „Ich hab den Bericht noch nicht gesehen. Hast du was Interessantes?"

Ich erzählte dem Sheriff, was ich über die Beule an Delancys Kopf, das gefärbte Haar und die Kontaktlinse erfahren hatte. Er lehnte sich zurück und runzelte die Stirn.

„Was hältst du davon?" fragte ich.

„Weiß ich noch nicht. Ich warte erstmal ab, bis ich den Bericht von Dr. Jackson habe. Die Beule klingt interessant. Hat sie noch irgendwas gesagt, wann er die bekommen hat?"

Ich erzählte ihm, daß es nur entweder kurz vor oder nach dem Sturz passiert sein konnte, aber höchstwahrscheinlich vorher. Wieder zog er die Stirn in Falten.

„Sheriff, könntest du etwas für mich überprüfen?" Ich grub in meinem Rucksack und förderte das Strafmandat zutage, das Dan auf seiner Motorhaube gefunden hatte.

„Was ist das?" fragte der Sheriff und nahm mir den rosa Zettel aus der Hand.

„Ein Strafmandat, das an der Baustelle ausgestellt wurde, ungefähr zu der Zeit, als Delancy da war."

Sheriff Mercer sah mich scharf an. „Wo hast du das her?"

„Dan Smith hat's auf seinem Wagen gefunden. Aber es ist nicht seins. Schau dir das Kennzeichen an, da steht –"

„Ich sehe, was da steht."

„Kannst du das für mich checken?"

„Brauch ich nicht."

„Du kennst die Nummer?"

Er nickte. „Jawoll. Die gehört Sterling Truax."

Ein Notruf für den Sheriff kam an – toter Skunk mitten auf der Straße – und mein Besuch war beendet. Aber es war sowieso Zeit, daß ich zur Arbeit kam. Ich ging zum Büro zurück und wollte gerade den Schlüssel ins Schloß stecken, als ich merkte, daß die Tür nicht abgeschlossen war. Ich dachte an die brennenden Zeitungen letzte Nacht und drückte die Tür ganz vorsichtig auf.

„Hi, Connor", gebärdete Miah, als er mich sah. „Schlecht geschlafen?"

Anscheinend war das nicht zu übersehen. Ich stieß langsam die angehaltene Luft aus, ließ den Rucksack auf meinen Schreibtisch fallen und hob einen halbgegessenen Bagel mit einem riesigen Klecks Erdbeerfrischkäse auf.

„Du bist ja schon wieder zu früh da", gebärdete ich mit einer Hand, ohne Mundbewegung. Mein Mund war voll, das wäre sehr unhöflich gewesen. „Was ist denn bloß mit dir los in letzter Zeit? Und wo hast du den Bagel her? Die haben sie im Nugget nicht."

Miah rieb sich die frischgeschorenen Haare. Ich konnte sehen, daß das zu einer Gewohnheit werden würde. Aber selbst mit dem Bürstenschnitt war er noch entzückend.

„Den hab ich in dem neuen französischen Café gekauft. Die haben ganz verschiedene Geschmacksrichtungen. Auf den da hab ich draufgeniest."

Ich warf ihm ein frischkäsiges Grinsen zu. „Netter Versuch", gebärdete ich und stopfte mir den Rest des herrlichen Frühstücks in den Mund. Ich kam mir wie ein Hamster vor.

Ich machte mich allmählich an die Arbeit und erledigte ein paar Telefonanrufe mit Miah als Dolmetscher. Als erstes rief ich bei Harmony an, aber sie war nicht da. Anstatt durch Miah eine Nachricht zu hinterlassen, schickte ich ihr eine E-Mail mit der Frage, ob in letzter Zeit irgend etwas „Interessantes" vorgefallen sei. Dann versuchte es Miah beim Fotografen des *Monitor.* Ich wollte mit dem Mann sprechen, der das Bild von der Grundsteinlegung gemacht hatte, aber er hatte kurz nachdem die Aufnahme entstanden war die Zeitung verlassen. Ohne Begründung, oder zumindest nannte man mir keine.

Ich machte noch zwei weitere nutzlose Anrufe: einen beim Verkehrsamt, um herauszufinden, ob das Kennzeichen noch andere Strafmandate bekommen hatte, aber sie durften „derartige Informationen nicht herausgeben". Der letzte Anruf war beim Bezirksstadtplanungsbüro. Ich wollte wissen, warum Delancy die Baustelle so spät am Abend überprüft hatte. Nach fast zwei Stunden Telefonieren, E-mailen und diversen Recherchen hatte ich nur sehr wenig herausbekommen.

Gerade wollte ich meinen Kopf gegen eine Ziegelmauer schlagen, um zu sehen, ob das vielleicht effektivere Resultate bringen würde, da ging die Bürotür auf.

Diesmal stand Dan da, mit engen Jeans und Baumwoll-T-Shirt als Extrabonus. Fast gar nicht schmutzig.

„Mittagessen?“

„Wem gehört denn der Truck?“ fragte ich und beäugte den Aufkleber am Heck: KATZEN PLÄTTEN IM SOFORTDIENST. Ich wischte roten Staub von den Sitzpolstern.

„Jake. Er hat ihn mir geliehen, damit ich dich zum Essen ausführen kann.“

„Das war ja ungewöhnlich nett von ihm. Was mußtest du dafür tun?“

„Ihm was zu essen mitbringen.“

„Und wo gehn wir hin?“

Er zwinkerte mir zu. Es war ein bißchen verwirrend. „Wirst du schon sehen.“

Er fuhr in die kleine Goldrauschstadt Angels Camp, zehn Minuten entfernt. Angesichts des Zustands des Fahrzeugs schafften wir es in Rekordzeit. Dan wich knapp einem Reisebus voller Rentner aus und hielt dann vor „Cousin Jack's“, einem winzigen Café in einem alten Ziegelgebäude. Es sah aus, als ob es sofort zusammenfallen würde, wenn man die Tür zu heftig ins Schloß warf.

„Davon hab ich schon gehört, aber ich war noch nie hier“, sagte ich.

„Truax hat mir davon erzählt. Er sagt, die haben Essen, wie es seine kornische Großmutter früher machte. Das Bierbrot soll der absolute Knüller sein.“

Wir gingen durch eine schwere Holztür hinein und fanden uns in einem kleinen Raum mit acht Tischen wieder – alle besetzt. Eine sympathisch aussehende Frau in langem blauen Rock und Rüschenbluse mit einer bodenlangen Schürze führte uns in einen anderen, ebenfalls vollen Raum. Nachdem wir zwei weitere Räume voller Essensgäste durchquert hatten, landeten wir schließlich in einer sonnigen, verglasten Veranda an der Rückseite des Hauses mit sechs weiteren Tischen. Einer war noch frei.

Die Wanddekorationen waren eindeutig auf Touristen abgestellt. Sorgfältig zusammengestellte alte Zeitungsfotos von den ersten Goldgräbern, Kunstgewerbe aus den Tagen des Goldrauschs und Werbeschilder für ehemals beliebte Produkte vermittelten einen Eindruck von der Vergangenheit. Ich erkannte eine Dose „Rinso Blue"-Pulver wieder, das im Waschraum meiner Großmutter gestanden hatte.

Das Bierbrot war sauer, saftig und herzhaft und paßte wunderbar zur Apfel-Walnußsuppe. Äpfel waren auf der Karte reichlich vertreten – vom Apfelsaft bis zum Apfeleis. Dan hatte einen Apfelblini mit Chutney, und wir spülten unser Essen beide mit Cider, dem englischen Apfelbier, hinunter.

Zuerst unterhielten wir uns über nebensächliche Dinge, über das Wetter, unsere Lieblingsrestaurants, das bevorstehende Wochenende, den Charme von Angels Camp. Aber schließlich brach doch die unangenehme Angelegenheit vom vorigen Abend durch.

„Hast du noch mehr Feuer vor deiner Haustür gehabt?" fragte Dan.

„Nein, weiter ist nichts passiert", antwortete ich.

„Wer, glaubst du, war das?" Dan schlürfte seinen Cider und leckte sich den Schaum von den Lippen.

Ich zuckte die Achseln. „Kinder vielleicht."

„Das glaubst du doch nicht wirklich, oder?"

„Willst du mir auch Angst machen?"

Ich trank die halbe Flasche aus und wischte mir den Mund mit dem Handrücken.

„Ich muß dir was zeigen." Dan griff in seine Hosentasche und zog den Kompaß heraus, den ich ihm gestern vorgeführt hatte. Wir hatten noch keine Gelegenheit gehabt, darüber zu reden, und ich hatte gar nicht gemerkt, daß er ihn mitgenommen hatte. Aus der anderen Tasche holte er das Messer heraus, das er auf der Baustelle gefunden hatte. Er legte beides nebeneinander auf den Tisch.

Ich schaute sie mir kurz an und nahm sie dann in die Hand, um beide genau zu untersuchen. Es dauerte nur einen Moment, bis mir aufging, daß sich der kleine runde Kompaß auf das Griffende des kunstvollen Messers aufschrauben ließ.

„Sie passen zusammen!" sagte ich erstaunt. „Und was heißt das jetzt?"

„Weiß ich noch nicht. Du sagst, du hast den Kompaß ein paar Meter von der Stelle entdeckt, wo ich das Messer gefunden habe, stimmt's?"

Ich nickte, wühlte in meinem Rucksack und zog die Fotos von der Baustelle heraus. Diesmal hatte ich daran gedacht, sie einzupacken.

„Ich muß dir auch was zeigen. Siehst du das Bild hier, das du von der Grundsteinlegung gemacht hast? Schau mal da."

Ich zeigte auf Delancy und Blenda Truax im Hintergrund, die anscheinend einen Gegenstand weiterreichten. Ich förderte die Lupe aus dem Rucksack hervor und gab sie ihm.

„Was machen die da?" fragte Dan, als er sich das Bild genau angesehen hatte.

Ich nahm es ihm ab und sah es selbst noch einmal ganz genau an. „Weiß ich nicht."

„Und was glaubst du?" fragte Dan.

„Dieses Strafmandat, das du bekommen hast, weißt du, das mit dem SIN-Kennzeichen?"

„Ja."

„Du hast nicht zufällig in letzter Zeit noch mehr bekommen, oder?" zog ich ihn auf.

„Nicht solange mein Wagen in der Werkstatt ist. Warum? Wem gehört es denn?"

„Das Auto gehört Truax' Tochter. Sie heißt Sterling. Kennst du sie?"

„Nein. Sie hat also das Knöllchen gekriegt?"

„Wenn sie das Auto gefahren hat."

„Du glaubst, da ist eine Verbindung zwischen Truax und dem Toten? Mehr als bloß die geschäftliche?"

„Ich weiß es nicht. Aber ich hab ein Gerücht gehört, daß drüben beim *Monitor* irgendwas Merkwürdiges im Gange ist. Ich weiß bloß noch nicht, was."

Ich nahm einen Bissen kornische Fleischpastete und spülte sie mit dem restlichen Cider hinunter.

„Dan, willst du morgen mit mir mitkommen?"

„Ist das ein Date?"

„So was Ähnliches."

„Wohin denn?"

„Ich dachte, wir könnten zu Delancys Beerdigung gehen."

Dan lächelte. „Hm, ich hatte eigentlich mehr auf Kino gehofft. Aber eine Beerdigung ist wahrscheinlich auch ganz interessant."

11

„Danke fürs Essen." Ich stieg aus dem Pickup-Laster, lehnte mich von außen durchs Beifahrerfenster und stützte die Ellenbogen auf dem Rahmen auf. „Ich kann heute abend vorbeikommen und dich abholen, wenn du eine Transportgelegenheit brauchst."

„Prima. Aber erst um halb acht oder so, wir machen heute länger."

Ich sah Dan nach, als er in Jakes Klapperkiste davonratterte, und stieg dann die Treppe zu meinem Büro hinauf. Ich schloß den leeren Raum auf – kein Miah weit und breit – und setzte mich an meinen Schreibtisch. Nach einer Durchsicht des „In Arbeit"-Stapels fielen mir jede Menge glänzende Entschuldigungen dafür ein, erst einmal gar nichts davon in Angriff zu nehmen. Ich zog das Foto von Delancy und Mrs. Truax aus dem Rucksack und ließ es auf den wachsenden Berg von Unterlagen fallen.

Was für eine Verbindung gab es zwischen Blenda Truax und Cullen Delancy?

Die Telefonlichtklingel blinkte und unterbrach die verdächtigen Szenarien, die ich für die beiden entworfen hatte. Ich warf einen Blick hinüber und prüfte die Anzeige für Schreibtelefon- oder Sprachanruf. Sprache. Das nimmt der Anrufbeantworter an. Ich würde auf Miah warten müssen, bevor ich den Inhalt der Nachricht erfuhr.

Geh wieder an die Arbeit, mahnte ich mich selbst und sah auf den Stapel „Zu erledigen", der um meine Aufmerksamkeit heischte. Ich schrieb schnell eine Story über den kalifornischen Postkutschenräuber Black Bart um – auch so ein Rätsel, denn es war gar nicht sicher, ob er all diese Überfälle wirklich begangen hatte, und was aus ihm geworden war. Aber meine Gedanken drifteten immer wieder zur Baustelle, dem Erdbeben, Delancys Sturz und den merkwürdigen Botschaften zurück, die ich in letzter Zeit bekommen hatte.

Noch ein Anruf kam herein und erinnerte mich daran, daß Miah schon ziemlich lange in der Mittagspause war. Wo steckte er bloß?, fragte ich mich, als ich meine Hand auf den Anrufbeantworter legte, um zu prüfen, wann die schwirrende Vibration aufhörte. Das ist so eine Angewohnheit von mir – Apparate anzufassen, wenn ich feststellen will, ob sie noch laufen.

Die Leitung war frei. Ich nahm den Hörer ab, legte ihn in die Schreibtelefonmulde und wählte eine 0800-Nummer.

„ST-VERMITTLUNG KALIFORNIEN. PLATZ 710.**" kam die Antwort.

„CONNOR WESTPHAL HIER." Ich schrieb in Großbuchstaben, wie es in den USA bei Gehörlosen oder Leuten, die häufig mit Schreibtelefonen umgehen, üblich ist.

„ICH MÖCHTE DR. ARTHURLENE JACKSON IM BÜRO DES CORONER IN WHISKEY SLIDE ANRUFEN." Ich gab der Vermittlerin die Nummer und das Zeichen zum Weitermachen.

Es gab eine Pause, während der Cursor auf dem kleinen Display mich sanft anblinkte. Nach ein paar Sekunden begannen Worte über die Leuchtanzeige zu laufen.

„HIER IST ARTHURLENE JACKSON. WAS KANN ICH FÜR SIE TUN, MS. WESTPHAL?**" Die Vermittlerin hatte die Verbindung hergestellt, mich als

Anruferin angegeben und Dr. Jacksons gesprochene Worte verschriftlicht.

„DR JACKSON, TUT MIR LEID, SIE ZU STÖREN, ABER ICH HABE NOCH EIN PAAR FRAGEN ZU CULLEN DELANCY FÜR MEINE ZEITUNG. SIE SAGTEN, DER KÖRPER WIES KEINE ANZEICHEN AUSSER DEM TRAUMA UND DER SCHWELLUNG AM KOPF AUF.**“ Ich wartete auf die Antwort.

„STIMMT.**“

„WAS IST MIT DER CHEMISCHEN ANALYSE? IST DIE SCHON DA?**“

Wieder eine kurze Pause, dann: „NUR DIE BLUTUNTERSUCHUNG. DIE IST GERADE HEREINGEKOMMEN. DER ALKOHOLGEHALT WAR 0,1 PROMILLE, DAS GILT VOR DEM GESETZ ALS BETRUNKEN. ER HATTE VOR KURZEM EINE MAHLZEIT MIT SEHR HOHEM KALIUMGEHALT ZU SICH GENOMMEN. DAS IST ALLES.**“

Ich dankte ihr, ging aus der Leitung und wählte den Sheriff an, diesmal direkt mit dem Schreibtelefon. Er hatte sich eins für sein Büro angeschafft, nachdem ich hierher gezogen war und ihm erklärt hatte, wie nützlich das sein konnte. Seine Worte erschienen im Nu auf dem Leuchtdisplay.

„HAllo C.W. WAs ist LOs?**“

Sheriff Mercer hat seine ganz eigene Art zu tippen. Er hält gerne die Shifttaste zu lange gedrückt, läßt Großbuchstaben aus oder tippt Buchstaben doppelt.

„Hi Sheriff. Ich hatte da noch eine Frage zu Delancy. Hat der forensische Bericht irgend etwas ergeben?**“ Für ihn tippte ich in Standardschreibweise.

„NIcht viel. Am KÖrper wuuurde nichs außer PArtikeln von dr BAustellle gefunden. ROter Sand, felsstaub, sowas. dIe SOhlen seiner Schueh waren mit ARsen bestäubt, aber ds ist hiier nichts UNgewöhnliches.**"

„Arsen?" tippte ich überrascht. „Warum sollte er denn Arsen an den Schuhsohlen haben?**"

„RÜckstände aus den GOldminen. ER ist wahrscheinlich irgendwo auf seiner RUnde über kontaminierten BOdemn gelaufen. MAchst du da eine große ENThüllungsstory? ;-)"

Ich wartete auf die Sternchen, aber sie blieben aus. Auch das gehörte zum unverwechselbaren Stil des Sheriffs. Ich dankte ihm für das Informationsupdate, tippte „ENDE" und legte auf. Dann sah ich die Liste durch, die ich auf meinen Notizblock gekritzelt hatte: Alkohol, Kalium, roter Sand, Felsstaub, Arsen.

Nach einem Blick auf die Uhr brachte ich in Windeseile ein paar Sachen zu Ende, die schon lange auf meinem schlechten Gewissen lasteten. Am nächsten Tag sollte die Zeitung zum Drucker gehen. Aber mein letztes Telefongespräch hatte ein paar neue Fragen aufgeworfen, und diesmal wollte ich mir die Informationen lieber persönlich holen.

Sheriff Elvis Mercer saß an seinem Schreibtisch und las ein Buch mit dem Titel „Was Frauen wollen", als ich die Tür öffnete. Erschrocken stopfte er das Buch in die oberste Schublade und fing an, den Unterlagenstapel vor sich zu sichten.

„C.W.! Schon wieder da? Was bringt dich aus der aufregenden Welt des Zeitungslebens in das langweilige Sheriffsbüro? Willst du Anzeige gegen meinen Sohn erstatten?"

Ich zog mir einen Klappstuhl heran und setzte mich ihm gegenüber. „Nein, Sheriff, Jeremiah ist eine echte Perle. Er muß sich bloß die Haare wieder nachwachsen lassen, dann ist er perfekt."

Der Sheriff rieb sich seinen eigenen Bürstenschnitt, den er schon seit ein paar Wochen trug. Anders als sein Sohn, der sich die Haare des Effekts wegen abgeschnitten hatte, probierte der Sheriff immer wieder neue Frisuren aus, um bei den alleinstehenden Frauen anzukommen. Er hatte versucht, wieder in den Flirtzirkus einzusteigen, aber es fiel ihm nicht leicht. Über kurz oder lang würde er sich wahrscheinlich auch noch einen Ring durch die Augenbraue ziehen.

„Wieviel Tattoos hat der Bengel inzwischen? Ein halbes Dutzend? Vielleicht laß ich mir auch eins machen. Heutzutage finden die Frauen Tattoos doch sexy, oder? Hast du ein Tattoo, Connor?“

„Na klar, ich hab ne Harley mit gekreuzten Knochen und einem Totenkopf, dem ne Schlange aus dem Mund kriecht. Willst du's sehen?“ neckte ich ihn und tat so, als ob ich meine Jeans hinten herunterziehen wollte.

„Laß gut sein.“ Er lehnte sich zurück und verschränkte die Arme hinter dem Kopf. „Vielleicht laß ich mir auch irgendwas piercen. Das gefällt den Frauen ja anscheinend auch.“

Ich versuchte, nicht zu lachen, aber das war gar nicht so einfach.

„Was willst du denn eigentlich, C.W.? Ich hab noch ne Menge wichtige Polizeiarbeit zu erledigen, kannst du dir ja denken. Vor allem mit dieser Delancy-Geschichte. Ich hab keine Zeit für diesen ganzen … Klatsch.“ Er raschelte mit einer Handvoll Papier und versuchte, wahnsinnig beschäftigt auszusehen.

„Na ja, Sheriff, ich hab drüber nachgedacht, was du über das Arsen gesagt hast.“

„Aha. Und? Ich hab's dir doch gesagt. Das ist um Flat Skunk herum gar nicht ungewöhnlich. Überreste aus den

Goldgräbertagen. Er hatte Spuren davon an den Schuhsohlen. Er ist nicht daran gestorben."

„Erzähl mir noch mal von der Brieftasche."

Der Sheriff seufzte. „Da gibt's nicht viel zu erzählen. Ein bißchen Bargeld, ein paar Kreditkarten, ein Kondom, ein paar Schnappschüsse, ein paar Telefonnummern, einige Visitenkarten, sein Führerschein, ein alter Militärausweis und ein paar Quittungen."

„Was ist mit Fingerabdrücken?"

Der Sheriff rieb sich wieder den flaumigen Schädel. Das half ihm offenbar beim Nachdenken. „Es waren keine drauf."

„Überhaupt keine Fingerabdrücke? Warum nicht?"

„C.W., ich bin schon ziemlich lange im Polizeigeschäft. Das ist nicht so wie im Fernsehen, wo die verräterischen Abdrücke schnurstracks zum irren Killer führen. Die sind bestenfalls dünn, und es ist ziemlich schwierig, einen so kompletten Abdruck zu bekommen, daß er für eine ID ausreicht. Die meisten sind nur partiell, verschmiert oder von soundso vielen andern überlagert. Die sind wahrscheinlich jedesmal abgewischt worden, wenn er sie in die Unterhose gesteckt hat."

Der Sheriff benutzte sonst gerne Abkürzungen, was das Ablesen erschwerte, aber diesmal hielt es sich in Grenzen.

„Hätte jemand anders die Abdrücke abwischen können?"

„Äußerst unwahrscheinlich."

„Aber möglich?"

„Ich denke ja, wenn du unbedingt ein Geheimnis daraus machen willst. Aber ich glaube nicht, daß das passiert ist. Hör zu – wenn ich diesen Ausdruck bei dir benutzen darf. Warum sollte jemand die Brieftasche nehmen, das

Geld drin lassen, sie abwischen und dann in der Nähe der Baustelle fallen lassen? Ziemlich merkwürdige Vorgehensweise, oder?"

Ich zuckte die Achseln. „Weiß ich nicht. Vielleicht wollte der Killer die Brieftasche loswerden und hat es aus irgendeinem Grund nicht geschafft."

„Delancy ist hier in der Gegend ziemlich bekannt. Wenn es Mord war, warum hat der Täter nicht versucht, die Leiche verschwinden zu lassen statt der Brieftasche?"

Ich dachte einen Moment nach. „Vielleicht hat der Killer was anderes aus der Brieftasche genommen als Geld. Etwas, dessen Fehlen nicht auffallen würde."

„Was Belastendes, meinst du?" Der Sheriff zog eine Augenbraue hoch.

„Ja, vielleicht."

„Mikrofilm!" Der Sheriff schlug mit der Hand auf den Tisch.

„Sehr komisch."

„Eine seltene Briefmarke, die Billionen von Dollars wert ist!" Wieder schlug er auf die Tischplatte, um der Satire den letzen Schliff zu geben.

„Ha, ha," sagte ich ausdruckslos.

„Das Hauptlos aus der Lotterie! Ich wette, das war's! Das hab ich mal in einem Krimi gelesen, glaub ich."

„Du solltest Komiker werden. Du hast offensichtlich deinen Beruf verfehlt."

„C.W., ich kenn dich doch. Du verbeißt dich in solche Vorstellungen und kannst dann einfach nicht mehr klar sehen. Hast du jemals daran gedacht, daß du, wenn du in eine dieser Sackgassen abdriftest, vergißt, an andere Sachen zu denken – dein eigenes Leben zum Beispiel? Hast du dir mal überlegt, daß das vielleicht bloß eine Methode ist, dich von deinen eigenen Problemen abzulenken? Ich hab da dieses Selbsthilfebuch gelesen –"

Ich drehte mich um, wodurch ich den Rest verpaßte, und ging aus dem Büro, ohne mich noch einmal umzuschauen. Es gibt nichts, was ich so hasse wie Amateurpsychologen. Von dem Messer und dem Kompaß würde ich ihm später erzählen. Wenn mir danach war.

Zurück an meinem Schreibtisch rührte sich die Recherche für die Erdbebenstory nicht vom Fleck. Ich sah alle Artikel noch einmal nach Stellen durch, die in meinen Ansatz passen könnten, und tippte sie in den Computer. Ich war ein bißchen enttäuscht, daß keine weiteren Anrufe gekommen waren und sah dauernd hinüber, ob nicht irgendwelche Lichter blinkten. Aber der Apparat stand still.

Miah hatte sich inzwischen doch noch wieder ins Büro geschleppt. Seine Nase war rot und seine Haare immer noch zu kurz, aber er sah trotzdem entzückend aus. Ich gab ihm ein paar leichte Polizeimeldungen zur Erledigung, während ich an den klaffenden Löchern in der *Eureka!* arbeitete.

Ich war schon ziemlich weit gekommen, als die Tür aufflog. Harmony stand mit gerunzelter Stirn im Flur und hielt eine kleine Schachtel in der Hand.

„Harmony! Was machen Sie denn hier?"

„Hi, Connor. Ich hoffe, ich störe nicht. Ich ... ich dachte, ob Sie vielleicht Zeit für einen Kaffee hätten?" Sie sah mißtrauisch zu Miah hinüber.

„Oh je, Harmony, ich stecke bis zum Hals in Arbeit. Ich muß noch eine Story über ..." Ich ließ meinen Blick auf der Suche nach einer Ausrede über den Schreibtisch schweifen. Da waren reichlich Stories, aber keine, von der ich ihr erzählen wollte. Ich fühlte mich immer noch nicht wohl bei dem Gedanken, mich mit der Konkurrenz anzufreunden. Schließlich plapperte ich irgend etwas Kompliziertes über Schwindelgeschäfte mit Goldminen, Umweltgefährdungen und Hinweise auf Korruption in der Lokalregierung. Fast hätte ich noch einen Sexskandal mit hineingemischt, aber das völlig Unglaubwürdige ließ ich dann doch lieber weg.

„Verstehe. Ich war einfach in der Gegend und wollte mit Ihnen über diese Sache reden, Sie wissen schon, die ich gestern erwähnt hab ..." Sie schloß kurz die Augen und öffnete sie langsam wieder. Auf einmal sah sie gar nicht mehr wie die alte forsche Harmony aus, die ich allmählich kannte. „Und heute morgen – ist noch etwas passiert. Vielleicht ein andermal."

Ich stand auf und faßte mir an die Stirn – vielleicht hatte ich ja Fieber, als letzte Entschuldigung dafür, nach Hause und ins Bett zu gehen, anstatt mich mit Harmonys merkwürdigen Verdächtigungen herumzuschlagen.

„Schauen Sie ... ich hab ein paar Minuten, bevor ich wirklich wieder hier ran muß. Eine kleine Kaffeepause wäre prima. Lassen Sie mich nur schnell meinen Rucksack holen."

Ach, egal. Solange ich aufpaßte, konnte es mir ja kaum schaden, mit ihr Kaffee zu trinken. Und vielleicht hatte sie mir wirklich etwas zu sagen. Ich sicherte meine Computereinträge, schnappte mir den Rucksack, gab Miah noch eine Aufgabe, damit er etwas zu tun hatte, und folgte Harmony nach draußen.

Die Sitznischen im Nugget Café waren alle besetzt, also saßen wir auf Barhockern diagonal an der Thekenecke, damit ich Harmonys Lippen besser ablesen konnte. Das Nugget Café widerstand weiterhin hartnäckig der Gourmetkaffeewelle. Ich bestellte das Übliche: Kaffee und heiße

Schokolade für einen „Do-it-yourself"-Schok-Mok. Harmony trank den Kaffee schwarz. Hoffentlich hatte Jilda ein Gegengift da. Dieses Zeug war ziemlich kräftig.

Harmony sah sich einmal im Restaurant um, nahm dann eine kleine Schachtel aus ihrer Handtasche und legte sie in ihren Schoß. „Schauen Sie mal, was jemand heute morgen auf meinen Schreibtisch gestellt hat."

Sie hob den Deckel ab und ich linste hinein.

„Ach du lieber Himmel!" Ich zog mich angeekelt zurück.

Harmony hob das Ding aus seinem wohlverdienten Versteck. Man hätte es besser auf dem Pionierfriedhof begraben sollen.

„Tun Sie das weg! Sie können bestimmt dafür verhaftet werden, so was zu haben! Wo haben Sie das bloß her?" Ich schaute mich um, ob noch irgend jemand zu uns hersah. Nur Jilda versuchte, über die Theke zu linsen, aber ich glaubte nicht, daß sie es sehen konnte.

„Das nennt man ein Lingam. Ich hab's nachgeguckt", sagte Harmony. Als sie meinen fragenden Gesichtsausdruck sah, fingerte sie das Wort in unbeholfenen Handbewegungen: „L-I-N-G-A-M. Ich hab das Fingeralphabet in der vierten Klasse gelernt", erklärte sie stolz.

Harmony hielt die primitive kleine Steinskulptur hoch. Als sie ihre Hand von dem Griff nahm, an dem sie die Figur gehalten hatte, fielen Jilda fast die Augen aus dem Kopf. Der Phallus des Mannes ragte senkrecht zum Himmel und war genauso groß wie der übrige Körper.

„In dem Buch stand, daß das ein hinduistisches Phallussymbol ist. Irgendwas mit physischer Energie, die sich in spirituelle Energie verwandelt, aber im wesentlichen halte ich das für eine Art pornographische Botschaft. Der wartete auf mich, als ich heute morgen zur Arbeit kam.

Lag in der Schachtel auf meinem Schreibtisch, in Blümchenpapier gewickelt."

Ich hob das Ding von der Theke, wobei ich den vorstehenden Griff nicht anfaßte. Die Steinskulptur war glatt, kalt und schwer. Von häßlich gar nicht zu reden.

Ich sah unter den Sockel. Das Preisschild war noch dran. Zweihundert Dollar! Viel Geld für einen Penis.

„Von wem ist es?"

„Das ist es ja grade. Ich weiß es nicht. Es war eine Karte dabei, aber kein Name."

„Was stand denn auf der Karte?"

„‚Von einem Verehrer …'"

Ich dachte an die Nachrichten, die ich in letzter Zeit bekommen hatte. „Gruselig!"

„Ich glaube, das hat mit dieser merkwürdigen Geschichte zu tun, die beim *Monitor* im Gange ist. Ich werde gemobbt – und ich weiß nicht mal, warum!"

„Wenn Sie das glauben, sollten Sie mit dem Sheriff sprechen. Und es Harlan Truax sagen. Solche Sachen sind heutzutage nicht mehr erlaubt."

„Ich kann nicht mit dem Sheriff sprechen, weil es da nichts zu erzählen gibt. Und Truax kann ich es nicht sagen, weil, na ja, ich weiß nicht. Ich … hab das Gefühl, daß er da vielleicht irgendwie mit drinhängt. Ich weiß nur nicht, wie."

„Was wollen Sie denn dann machen?"

„Ich werd das Ding als Briefbeschwerer benutzen – oder noch besser – als Zettelspießer! Denken Sie doch nur, was ich darauf alles für Memos aufspießen könnte –"

Ich mußte einen Moment an Delancys aufgespießten Körper denken.

Glücklicherweise legte Harmony das groteske Objekt wieder in die Schachtel und stellte sie zur Seite. Jilda klappte den Mund wieder zu, verschwand einen Moment und kam dann mit den beiden warmgemachten Milchbrötchen zurück, die wir bestellt hatten. Das war das Croissantähnlichste, was das Café zu bieten hatte. Ich nahm einen Bissen von dem zähen Brötchen, das in der Mikrowelle fast zu Kaugummi geworden war. Jilda versuchte noch, einen letzten Blick auf das Objekt zu werfen, und wanderte dann mit einem verwirrten Gesichtsausdruck weiter, um andere Gäste zu bedienen.

Ich dachte wieder an meine eigenen mysteriösen Erlebnisse, beschloß aber, sie für mich zu behalten. Ich hielt mich lieber ans Fragen. „Was ist denn mit der Truax-Familie? Was wissen Sie über Blenda Truax?"

„Nicht viel. Sie wissen ja, daß ich das meiste bei der Zeitung höre. Darum liebe ich diesen Beruf so – dieser ganze Klatsch. Und jetzt mit dem Internet – Mann, da kann ich wirklich alles rausbekommen, was ich wissen will! Na jedenfalls hab ich hin und wieder Gerüchte über sie gehört. Zeitungsleute lieben es, über den Boß und seine Familie zu lästern. Das ist das einzige, was wir nicht drukken können. Von Blenda heißt es, daß sie am Nervenzusammenbruch ihrer Tochter schuld sein soll. Ich glaub, das ist vor ein paar Monaten passiert."

„Was war denn los?"

„Das weiß ich nicht genau. Nur, daß Sterling mit irgend einem Typen zusammen war, mit dem ihre Eltern nicht einverstanden waren."

„Wissen Sie, wer das war?" fragte ich.

„Nein. John weiß mehr darüber. Er meinte, der Typ sei wesentlich älter als sie gewesen, aber das war auch bloß ein Gerücht."

„Wie alt denn?"

„Weiß ich nicht. Sie ist erst einundzwanzig. Irgend jemand meinte, er wär vielleicht verheiratet gewesen.“

Sie nahm noch einen Bissen von ihrem Brötchen. Anscheinend hatte sie keine Probleme beim Kauen. Ich tunkte meins versuchsweise in den Schok-Mok, aber dabei kam bloß ein nasser Gummiklumpen heraus.

„Und was ist mit Sterling passiert?“

Harmony erzählte weiter. „Ich hab gehört, daß sie eine Weile im Twain-Harte-Krankenhaus war.“

Ich brach mitten im Bissen ab. „Wirklich? In der psychiatrischen Klinik drüben in Whiskey Slide?“

„Ja, genau. Aber das ist auch alles, was ich weiß. Und nichts davon ist je bestätigt worden. Es ist fast alles nur Redaktionsklatsch. Haben Sie etwas über Sterling herausgefunden?“

„Nein, ich hab nur neulich Mrs. Truax gesehen und war neugierig.“

Harmony versank in Gedanken und wachte dann wieder auf.

„Na ja, ein bißchen was hab ich rausbekommen, aber ich weiß nicht, wie das alles zusammenhängt. Und Sie dürfen es niemand erzählen, sonst verlier ich noch meinen Job. Aber ich hab gehört, daß das Baugrundstück definitiv erdbebengefährdet ist.“

„Wie haben Sie das rausgekriegt?“

„Ich bin doch noch in Johns Dateien reingekommen. Er hatte ein Memo für sich geschrieben, wo so ungefähr stand: ‚Weiß Delancy Bescheid?‘ Aber davon stand nichts in den Artikeln. Ich frage mich, ob Truax ihn irgendwie unter Druck gesetzt hat.“

Harmony zog plötzlich an ihrem Rockbund und nahm einen kleinen schwarzen Pager ab. Sie prüfte die Nummer und sagte dann etwas in der Richtung, daß sie schnell weg müsse. Ich winkte Jilda zu, daß wir zahlen wollten. Harmony und ich verabschiedeten uns in der Tür des Nugget. Sie bestand auf einer Umarmung; ich klopfte ihr kurz auf die Schulter.

Auf dem Weg über die Straße sah ich die alte Frau, der ich jetzt schon ein paarmal im Nugget begegnet war. Wieder steuerte sie auf das Café zu und trug immer noch dasselbe Blümchenkleid. Sie schien in einer eigenen Welt gefangen. Beim Gehen starrte sie auf den Weg hinunter. Ich wurde immer neugieriger; da war irgend etwas an ihr, das ich nicht festmachen konnte. Was wollte sie hier in der Stadt?

Ich ging ins Büro zurück, wo Miah an ein paar Suchanzeigen arbeitete. Seine Haare waren während meiner Abwesenheit immer noch nicht gewachsen. Enttäuscht setzte ich mich an meinen Schreibtisch, um an der Erdbebenstory zu arbeiten. Eine halbe Stunde lang versuchte ich, irgendeinen Aufhänger zu finden, dann sicherte ich meine Daten.

Ich warf einen Blick zu Miah hinüber, um zu sehen, wie er voran kam. Statt eines ausführlichen Berichts über Ms. Stadelhofers Schulaufführung war ein Feuerwerk auf dem Bildschirm zu sehen.

„Wie hast du das denn hingekriegt?“ fragte ich, fasziniert von den Farben und Leuchteffekten.

Miah zeigte mir, wie man die funkelnden Bilder erzeugte. Er bringt mir immer wieder etwas Neues am Computer bei.

„Miah, machst du eigentlich auch irgendwas mit Fotos?“

„Auf dem Computer? Ja, klar“, sagte er. „Was denn genau?“

„Ich möchte dieses Bild hier besser erkennen können." Ich zeigte ihm das Foto.

„Ich kann es einscannen und vergrößern und dann ausdrucken, wenn du willst."

Er meinte, daß er das am nächsten Tag erledigen würde, und zeigte mir noch ein paar Computerkniffe. Als wir mit der Spielerei fertig waren, verbrachte ich noch einige Minuten damit, alte Dateien von der Festplatte zu putzen.

Nachdem ich einiges gelöscht hatte, fiel mir plötzlich eine Datei namens TODBEBEN auf, die ich noch nie gesehen hatte. Soweit ich mich erinnern konnte, war das nichts, was ich geschrieben hatte. Ich öffnete die Datei und vier Zeilen erschienen auf dem Bildschirm. Ich konnte sie gerade noch lesen, bevor sie sich in kleine weiße Fetzen auflösten und in einem schwarzen Loch verschwanden:

```
Blut, das ist rot,
Ein Auge blau,
Delancy ist tot,
Du bald vielleicht auch.
```

12

Ich hatte zwar erst viel später bei Dans Arbeitsplatz vorbeifahren wollen, aber die anonyme Nachricht nagte an meinen Nerven. Nach den Blumen, den brennenden Zeitungen und den beiden anderen Nachrichten, die ich bekommen hatte, fühlte ich mich allmählich verfolgt. Ich wollte meine Ängste bei Dan abladen und freute mich schon auf sein Verständnis und die Ablenkung, die er mir immer bot.

Und ich mußte dringend neue Schlösser kaufen. Die Glastürknäufe und altmodischen Schlüssellöcher waren zwar wunderbar authentisch, aber sie würden einem moderneren und sichereren System weichen müssen.

Doch als ich ankam, wedelte Dan wild zwei Männern im ersten Stockwerk zu und sah schrecklich beschäftigt aus. Es waren immer noch zwei Stunden bis Arbeitsschluß, also wendete ich und fuhr in die Stadt zurück. Ich hielt spontan beim „Mark Twain Slept Here" an, um Beau einen Besuch abzustatten. In Streßphasen konnte man bei ihm immer einen Becher Gourmetkaffee mit Himbeeraroma und ein hausgemachtes Bananen-Nuß-Muffin bekommen.

Ich öffnete die unverschlossene Eingangstür der Pension und betrat die verlassene Empfangshalle. Dann gab ich der Klingel auf dem Rolladensekretär einen Stups und rief Beaus Namen, aber ich wunderte mich nicht, als er nicht erschien. Wahrscheinlich wieder unterwegs, um Besorgungen zu erledigen, oder im Keller an seinem

Roman zugange. Ich wartete eine Weile, dann ging ich um den Sekretär herum, schlug das Anmeldebuch auf und prüfte Beaus Gästeliste. Ich wollte sehen, ob irgend jemand um die Zeit herum angekommen war, als Delancy starb. Und ich fragte mich auch, was mit der älteren Frau war, die ich jetzt schon so oft im Nugget gesehen hatte. Irgend etwas war an ihr, das mich berührte. Ich ließ meinen Finger über jeden Namen und dann über die Seite zu den jeweiligen Zimmern gleiten, die alle nach historischen Figuren aus dem Goldgräbergebiet benannt waren.

„*Ryland Knight – San Francisco, Kalifornien – Lola-Montez-Zimmer.*" Lola war mehr wegen ihrer Affären mit Franz Liszt und George Sand bekannt geworden als für ihr Singen und Tanzen, aber sie hatte die Goldgräber etliche Jahre mit ihren diversen Talenten unterhalten.

„*Camille und Jerry Thompson – Sacramento, Kalifornien – Black-Bart-Zimmer.*" Black Bart war einer meiner Lieblinge, ein fescher Kavalier, Dichter und Geschäftsmann aus San Francisco, der rein zufällig in seiner Freizeit Postkutschen ausgeraubt hatte.

„*Holly, Sam und Zack Valdez – Lotta-Crabtree-Zimmer.*" Lotta war schon mit acht Jahren unter Anleitung von Lola Montez in den Goldgräbersaloons aufgetreten und landete schließlich am Broadway, bevor sie sich in jungen Jahren aus dem Showgeschäft zurückzog. Lola starb arm, aber Lotta blieb ihr ganzes Leben lang wohlhabend.

„*Barbara Delancy – Poker Flat, Kalifornien – John-Sutter-Zimmer.*" Da war es, genau vor meinen Augen.

Eine Verwandte von Cullen Delancy. Für die Beerdigung hergekommen oder um seine Angelegenheiten zu ordnen? Ich prüfte das Datum des Eintrags: sie war seit Montag hier, seit dem Tag nach Delancys Tod.

Es gab acht Zimmer in der Pension, vier im Erdgeschoß, drei im ersten Stock und eins auf dem Dachboden, wo Beau schlief. Ich ging in die Halle und checkte die Namen auf den Bronzeschildern an jeder Tür. Kein John Sutter in Sicht. Ich ging die Treppe hinauf.

Das Sutter-Zimmer lag im ersten Stock an der Frontseite. Ich hielt inne und sah durch das Mansardenfenster auf die Straße hinaus. Dann klopfte ich an die Tür.

Da ich nicht genau wußte, wie laut mein Klopfen war, versuchte ich es erst sehr sanft. Als keine Reaktion kam, klopfte ich noch einmal – diesmal bestimmt laut genug, um Tote aufzuwecken – und gab dann auf. Barbara Delancy war offenbar nicht da.

Ich ging zu meinem Chevy zurück und hatte gerade die Tür geöffnet, als ich noch einmal zur Frühstückspension zurückschaute. Jemand beobachtete mich vom ersten Stock aus einem der Fenster. Jemand im John-Sutter-Zimmer.

Es war die alte Frau, die ich im Nugget gesehen hatte – da war ich mir ganz sicher. Barbara Delancy.

Warum hatte sie nicht auf mein Klopfen geantwortet?

Zu Hause machte ich mir eine Schüssel Reis und Gemüse und einen Teller grüne Apfelschnitze mit Erdnußbutter, ließ mich mit meinen Leckereien auf die Couch fallen und versuchte zu essen, während ich gleichzeitig die aktuelle Ausgabe des *Mother Lode Monitor* las. In der Mitte der letzten Seite, bei den Nachrufen, fand ich die Ankündigung von Cullen Delancys Beerdigung.

> DELANCY, CULLEN DAVID: Cullen David Delancy, 45, Bezirks-Bodenme-

chaniker, starb Sonntag nacht durch einen Sturz auf der Truax-Baustelle am Highway 49.

Delancy hinterläßt seine Großmutter, Barbara Delancy aus Poker Flat, Kalifornien. Der Trauergottesdienst wird am Freitagmorgen um 9 Uhr im Memory Kingdom Memorial Park abgehalten, mit anschließender Grablegung auf dem Pionierfriedhof. Spenden an die Veteranen des Vietnamkriegs erbeten.

Ich schickte schnell eine E-Mail an Harmony und fragte sie, ob sie auch zu der Beerdigung wollte. Mitten in einer Mail an Sheriff Mercer, in der ich ihn um Informationen über Barbara Delancy bitten wollte, erschien die Meldung „Sie haben Post!" auf dem Bildschirm. Ich schrieb meine Mail an den Sheriff zu Ende und öffnete dann die neue Nachricht. Sie war von Harmony. Das war prompt. Sie mußte gerade am Computer gesessen haben, als meine Mail ankam.

„Sind Sie immer noch online? Dann lassen Sie uns in den Chatroom gehen."

Sekunden später war ich drin.

„Hi, Harmony, Connor hier."

„Ist dieser Chatroom nicht toll? Den benutze ich dauernd. Ich wüßte gar nicht, was ich ohne das Internet machen sollte. Alle Informationen, die man sich nur wünschen kann, sofort griffbereit. Ja, ich will auch zu der Beerdigung. Wollen wir zusammen fahren?"

Da hatte sie mich auf dem linken Fuß erwischt. Ich wollte sie gar nicht einladen, nur wissen, ob sie auch da sein würde. Das ist das Dumme bei Computernachrichten.

Abgesehen von den Emotikons – diese kleinen Smileys aus Satzzeichen – führt das Wegfallen von Gesichtsausdruck oder Körpersprache dazu, das selbst die simpelsten Botschaften leicht falsch verstanden werden.

„Ich gehe eigentlich mit einem Freund hin. Aber Sie können gerne mit uns mitkommen, wenn Sie wollen."

„Prima. Ich bin nicht dafür eingeteilt, aber wenn ich John bei dieser Story Konkurrenz machen will, dachte ich, sollte ich's mir ansehen. Gott, in Schwarz sehe ich absolut tot aus. Vielleicht geh ich erst noch ins Sonnenstudio. Die Beerdigung ist um neun. Ich hol Sie dann so um halb neun herum ab. Zu Haus oder im Büro?"

„Zu Haus bitte. Dankeschön. Ich hab dann auch einen Kaffee für Sie da."

Ich hatte mich gerade ausgeklinkt, als die Schreibtelefonklingel blinkte. „Hallo?"

Keine Sternchen, keine Großbuchstaben. Ich tippte, „CONNOR WESTPHAL HIER.**"

„He ... es funktioniert! Rate mal, wer das ist ..."

Ich wartete, bis ich annahm, daß der Anrufer fertig war. Wohl kein Gehörloser von hier, sonst hätte er in Großbuchstaben geschrieben. Bestimmt ein Hörender – die schreiben immer eher formal. Ich wechselte zur Groß-/Kleinschreibung und tippte: „Ich habe nicht die leiseste Ahnung, aber wenn Sie mit dem Tippen fertig sind, dann schreiben Sie bitte **, damit ich weiß, daß Sie fertig sind. Das heißt, ‚Sie sind dran'.**"

Ein paar Sekunden vergingen, dann: „O ... tut mir leid ..." Der Cursor blinkte wie ein Herzschlag. „... hier ist Dan ... ich habe mir gerade eins von diesen Schreibtelefonen gekauft ... was hältst Du davon? ... **"

Ich saß da und schüttelte lächelnd den Kopf. Dan hatte

sich ein Schreibtelefon gekauft, um mit mir telefonieren zu können. Das war wirklich unglaublich lieb von ihm.

„Ich bin beeindruckt. Hat es Dich ein Vermögen gekostet? Ich meine nur, unsere Büros sind doch direkt nebeneinander. Willst Du denn in Zukunft nicht mehr herüberkommen und persönlich mit mir reden?**"

„Das hier ist, damit ich Dich anrufen kann, wenn Du zu Hause bist. Und es ist tragbar, so wie das zweite, das Du hast, also kann ich es mitnehmen. Ich hab's als Sonderangebot bekommen, gebraucht per Versand, es hat also gar nicht viel gekostet."

Ich wartete. Keine Sternchen. Gerade wollte ich antworten, als wieder Buchstaben über das Display liefen. „He, Jake meinte, er hätte Dich heute nachmittag auf der Baustelle gesehen. Warum hast Du nicht Hallo gesagt?**"

„Du sahst so beschäftigt aus. War nichts Wichtiges. Ich wollte Dich nicht stören. Du bist ja doch früher fertig geworden. Wie bist Du denn nach Haus gekommen?**"

„Jake hat mich mitgenommen. Mein Auto ist immer noch in der Werkstatt. Ich bin etwas eher gegangen, um dieses Ding hier von der Post abzuholen. Wie sieht's morgen mit einer Mitfahrgelegenheit aus?++"

„Morgen geht nicht. Ich gehe doch zu Delancys Beerdigung, erinnerst Du Dich? Kommst Du denn nicht mit? (Und es heißt **, nicht ++. Paß auf Deine Finger auf.)**"

„Okay, ich bin vielleicht nicht gerade Tippweltmeister. Ich sollte mir wohl lieber eins von diesen Lernprogrammen anschaffen. Jedenfalls kann ich nicht mit zu der Beerdigung, tut mir leid. Morgen kommen ein paar Neue dazu, um bei den Erdbebenschäden mitzuhelfen, die muß ich anlernen. Wie wär's, wenn wir heute abend einen trinken gehen? Ich möchte Dir ein paar Fragen zu diesem

Dingsbums hier stellen, ich hab's noch nicht ganz raus.*+"

Wir verabredeten uns um acht in der „Library", einer Bar, die sich bei jungen Leuten großer Popularität erfreute – sie konnten ihren Freunden und Verwandten immer sagen, daß sie für ein paar Stunden in die „Bibliothek" müßten. Ich habe ja schon angedeutet, daß es in Flat Skunk mehr Bars gibt als Gourmetkaffee-Filialen in San Francisco.

Als ich Dan in der „Library" traf, hatte ich beschlossen, daß die Drohnachricht auf dem Computer eigentlich doch nichts wirklich Beunruhigendes war, und ich sie gar nicht erwähnen würde. Es hatte ja keine weiteren Drohungen gegeben, und ich neigte zu der Theorie, daß da irgendein Teenager mit dem Internet herumspielte.

„Kommst du oft hierher?" fragte ich Dan, als er zwei Flaschen auf den biernassen Tisch am Straßenfenster stellte. Die Tischplatte war mit einer dicken Lackschicht überzogen, unter der etliche Liebesgedichte, Sonette und kurze Zitate eingefangen waren.

„Zum ersten Mal", sagte er unschuldig grinsend. Ich bin eigentlich Expertin im Interpretieren von Gesichtsausdrücken, aber ich bekam nicht heraus, ob er die Wahrheit sagte oder mir das Blaue seiner funkelnden Augen vom Himmel herunterlog.

„Also, was hast du für Neuigkeiten?"

„Bei diesem Messer, das ich gefunden hab ..." Er holte es hervor. „Die Buchstaben sind nicht japanisch. Es sind vietnamesische." Er zeigte auf die Schriftzeichen auf dem Messer. „Es heißt ‚Die furchtbaren Vier'."

„Ziemlich merkwürdig."

„Und der Kompaß, den du gefunden hast?"

Ich zog ihn aus meinem Rucksack und legte ihn auf den Tisch.

„Diese Schriftzeichen auf dem Boden, weißt du, die du nicht lesen konntest? Schau sie dir mal von der Seite an." Er schrieb die Zeichen auf eine Papierserviette und zeigte sie mir.

„OSIS?"

„Und jetzt stell sie auf den Kopf."

„5150!" Die Zahl kannte ich doch. „Der Typ neulich in der Bar, der hatte doch diese Zahl auf der Mütze!"

Dan nahm einen Schluck Bier und stopfte eine Salzbrezel hinterher. Zwischen den Kaubewegungen konnte ich seine Lippen gerade noch ablesen.

„Erinnerst du dich an das Datum – 1971? Das Messer kommt aus Nam –"

Er brach ab, als ein Schatten auf den Tisch fiel.

„Dan, alter Junge! Sieh' mal einer an!" Es war Jake Passage, sauberer als ich ihn auf der Baustelle je erlebt hatte, in einem ärmellosen T-Shirt mit der Aufschrift „Sauf', bis sie hübsch ist". „Was ist denn hier los, hm? Ihr beiden …" Er machte eine Handbewegung, und mir nichts dir nichts zog Jake sich einen Stuhl heran und setzte sich zu uns.

Der Ausschnitt seines T-Shirts zeigte zwei Goldketten, üppige Brustbehaarung und ganz deutlich, warum er hier war. Er winkte die Kellnerin heran, gab seine Bestellung auf und nahm dann Blickkontakt mit der bebrillten Frau am Nebentisch auf. Er zwinkerte ihr zu und sie lächelte. Ich wünschte mir ein paar Magentabletten. Davon hätte ich gut ein halbes Dutzend oder so gebrauchen können.

„He, schicke Brille, Miss. Die würde sich klasse auf meinem Nachttisch machen."

Sie verdrehte die Augen hinter den Brillengläsern,

drehte ihm den Rücken zu und sagte etwas zu ihrer Freundin. Vermutlich etwas Abfälliges. Ich unterdrückte ein Lachen, während Dan Jake ungläubig ansah.

„Mann, Passage. Das ist doch nicht dein Ernst."

Jake gluckerte sein Bier herunter und zwinkerte mir zu. Dem sollte man wirklich die Augen ausstechen. „Also, was macht ihr zwei Turteltäubchen hier?"

„Recherchen", sagte ich schnell.

„Ah, verstehe. Die ‚Bibliothek', stimmt's?" Jake lachte. Bevor er die nächsten Fragen nachschieben konnte, fuhr ich fort.

„Jake, kannten Sie Cullen Delancy?"

„Der Typ, der so richtig genagelt wurde?" Jake lachte über seinen eigenen Witz. „Ich kannte seinen Namen. Warum?"

Dan rutschte auf seinem Stuhl herum und sagte dann: „Connor glaubt, daß er vielleicht … daß sein Tod vielleicht kein Unfall war."

„Echt?" Jake sah halb be- und halb entgeistert aus. „Wirklich schade, daß es nicht Truax war, der aufgespießt wurde. Der Mann würde mit einem Moniereisen in der Brust richtig gut aussehen."

„Sie mögen Truax nicht?" fragte ich.

„Mann, mit all der Knete knapst er immer noch überall rum, um'n Groschen zu sparen. Der Bau is echt scheiße, wenn Sie mich fragen. Daß da irgendwas durch die Inspektion gekommen is, is'n glattes Wunder, auf dem Sumpfgrundstück. Die Erde da is bloß ne dünne Kruste auf Treibsand. Truax hat wahrscheinlich alle in der Tasche. Und ham Sie mal den Rest der Familie getroffen? Das sind vielleicht Zicken."

Jake drehte sich um, um einer anderen Frau zuzuzwinkern, und goß dann noch mehr Bier in sich hinein. Ich dachte an etwas, das Harmony erzählt hatte, von dem historischen Gebäude, das dort früher gewesen war.

„Dan“, sagte ich plötzlich, „hast du eine Ahnung, was auf dem Grundstück war, bevor Truax da gebaut hat?“

Bevor Dan antworten konnte, meldete sich Jake zu Wort. „Hab gehört, daß da die alte Münze stand. Ich such immer nach Goldklumpen, aber ich find bloß Hundeködel.“ Er lachte wieder. Nett, sich so leicht unterhalten zu können.

„Sie scheinen ja einiges über das Grundstück zu wissen“, sagte ich.

Er zuckte wieder die Achseln und stürzte den letzten Schluck Bier hinunter.

Ich versuchte mir vorzustellen, warum Delancy spätabends um den Rohbau herumschleichen sollte. Wonach hatte er gesucht? Verstöße gegen die Bauvorschriften? Goldnuggets?

Dan und Jake schauten plötzlich an mir vorbei. Ich spürte jemand in meinem Rücken und drehte mich um.

„Mr. Smith, Mr. Passage. Ich hoffe doch sehr, daß Sie morgen nicht mit einem Kater zur Arbeit kommen.“

Es war Dinkelspiel, der Klemmbrettmensch vom ASGA, nur ohne Klemmbrett. Mich ignorierte er völlig, er sah mich nicht einmal an.

„Okay, Dinkelspiel, schieben Sie sich's –“

Dan unterbrach Jakes farbige Ausdrucksweise: „Geht schon in Ordnung, Dink. Wir entspannen bloß bei ein paar Bierchen.“

„Ich heiße nicht Dink, sondern James. Ist dieser Riß schon repariert? Ich komme morgen vorbei, um das zu prüfen.“

Jake machte den Mund auf, aber Dan kam ihm wieder zuvor. „Wir kümmern uns um alles. Bis morgen dann.“

Dinkelspiel nickte kurz und ging weg. Ich beobachtete, wie er zu einem anderen Tisch ging und sich zu einem einzelnen Mann setzte, der sich an einem Bier festhielt. Zuerst erkannte ich ihn nicht, aber dann erhaschte ich einen Blick auf seine Mütze. 5150.

Ich stand abrupt auf, entschuldigte mich kurz und folgte ihm. Ich hatte keine Ahnung, was ich sagen sollte, wenn ich bei ihm ankam, aber das hatte mich ja noch nie aufgehalten. Da mußte schon etwas anderes kommen. Tat es auch. Auf halbem Weg durch den Raum fing mich eine Anzeigenkundin ab, die wissen wollte, warum ihre Blickfanganzeige unten statt oben auf der Seite erschienen war. „Ich-hab-im-Moment-keine-Zeit“ genügte ihr leider nicht als Antwort. Während ich dastand und so tat, als ob ich ihre Lippen abläse, verlor ich Dinkelspiel und den Mann mit der 5051-Mütze aus den Augen.

Ich schaute zu Dan zurück und sah Jake aufgeregt reden. Ich fragte mich, was er wohl mit solcher Vehemenz von sich gab, versuchte, mich auf seine Lippen zu konzentrieren, und erhaschte ein paar Fetzen, während ich meiner Kundin zunickte.

„... Truax. Er nimmt keinen ... Stahl. Dabei bauen wir hier das größte Hochhaus in der Gegend auf ... Land. Aber was können wir machen? Er hat ja keine Gesetze gebrochen, die ...“

Es war schwierig, alles zu erkennen. Dan sagte etwas, aber er wandte mir den Rücken zu, und ich bekam nichts davon mit. Dann sprach Jake wieder.

„ ... prüfen. Nachsehen, was Grund- und Bauvorschriften ... vielleicht wissen wir dann ... gesucht hat.“

Jake rülpste. Die beiden Frauen am Nebentisch warfen ihm wieder einen bösen Blick zu. Er grinste zufrieden und merkte dann, daß ich ihn anstarrte. Lächelnd sah er zu Dan zurück. „Also, was is denn nun eigentlich mit der Puppe da? Hast Du –“ Er drehte seinen Kopf weg, und ich konnte den Rest nicht erkennen.

Dan warf mir einen schnellen Blick zu und drehte sich dann so um, daß ich nicht ablesen konnte. Mist. Ich schaute wieder meine wütende Kundin an und stellte fest, daß ich keinen Schimmer hatte, wovon sie gerade sprach.

„... Ms. Westphal, hören Sie mir überhaupt zu?“

Ich nickte automatisch. „Ich tue mein Bestes. Schauen Sie, warum kommen Sie nicht einfach morgen nachmittag in mein Büro und zeigen mir, wie Sie es haben wollen, okay?“

Endlich ließ sie mich gehen. Ich kehrte zu Dan und Jake zurück und ärgerte mich darüber, die Kundin nicht effektiver abgeschüttelt zu haben. Ich setzte mich und trank mein Bier aus.

Dan lächelte, als ich wiederkam, Jake dagegen ignorierte mich.

„Willst du Freitag mit zum Sport?“ fragte Jake.

Dan schüttelte den Kopf. „Nee, ich geh in die Bibliothek.“

„Wozu das denn?“

„Recherchen.“

Jake nickte. „Na, dann schau mal, ob Truax nicht unter ‚sturer Bock‘ steht – da findest du garantiert alles, was du über ihn wissen willst. Aber mach bloß nicht zu lange mit all den Büchern rum. Eh du's merkst, wirst du plötzlich zum Teetrinker und redest von Metaphern und so'm Scheiß.“ Er stand auf, zog seine „Oakland Raiders“-Jacke an und verschwand durch die Tür.

„Was willst du denn in der Bibliothek nachsehen, Dan? Außer Metaphern, meine ich“, fragte ich.

„Weiß ich nicht. Lösungen für ein Rätsel. Man sammelt alle Hinweise, schmeißt die raus, die zu nichts führen, und versucht, aus dem Rest schlau zu werden."

Die Kellnerin fragte, ob wir noch einen Drink wollten. Ich schüttelte den Kopf, und Dan bat um die Rechnung.

„Ich hab mir das noch nie so richtig klar gemacht, aber einem Geheimnis auf den Grund zu kommen, ist ungefähr so, wie einen guten Artikel für die Zeitung zu schreiben, nicht? Man sortiert die Einzelheiten, versucht, sie sinnvoll zusammenzubringen, und schließlich hat man – hoffentlich – eine stimmige Story. Und Antworten auf seine Fragen."

Dan holte etwas Geld aus der Tasche und legte es für die Zeche auf den Tisch. „Weißt du, wenn man so drüber nachdenkt, ist das mit Beziehungen auch nicht anders. Zuerst lernt man sich kennen. Dann sortiert man die persönlichen Informationen durch und versucht, aus dem anderen schlau zu werden. Es ist, als ob man nach etwas sucht, aber nicht genau weiß, wonach. Und dann kommt schließlich alles zusammen, wie bei der Auflösung eines Krimis."

Er sah mich an, bis ich schließlich wegschauen mußte.

13

Der Morgen störte mich dabei, meinem High-School-Freund den letzten Liebesbeweis zu geben. Ich lag eine Weile im Bett und sah den Mustern zu, die das Licht durch die Eichen draußen an die Decke zauberte. Das Kaleidoskop aus Schatten und Formen lullte mich fast wieder in den Schlaf. Aber der frühmorgendliche Skunkgeruch hielt mich wach.

Was war das bloß mit diesen ganzen Liebes- und Sexträumen, die ich in letzter Zeit hatte? Normalerweise renne ich im Traum in meinem Büro herum wie eine Frau kurz vor der Regel auf der Suche nach Schokolade und versuche panisch, alles im Leim zu halten. Und natürlich bin ich nackt.

Aber die Träume in den letzten paar Nächten waren anders. Kein Redaktionsschluß, kein Bürochaos, keine Zeitung.

Nur Sex. Und natürlich bin ich nackt.

Ich rollte mich aus dem Bett und kletterte in die Dusche, um das Nachglühen mit einem guten Shampoo auszuwaschen. Mein Freund aus der High School? Was sollte *das* denn nun?

Ich schrubbte mich etwas gründlicher, als es ästhetisch gesehen notwendig gewesen wäre, trocknete mich ab und zog weite schwarze Hosen und eine schwarze Seidenbluse an, in der ich wie Morticia aus der Addams Family aussah. In die Freitagsausgabe des *Mother Lode Monitor* vertieft, frühstückte ich geistesabwesend einen Muffin, eine grüne

Banane und einen Schok-Mok. Nichts Neues in der Zeitung, außer einem kurzen Hinweis auf Delancys Beerdigung unter „Mother Lode Termine".

Ein blinkendes Licht an der Tür riß mich aus Zeitung und Frühstücksresten.

„Harmony. Pünktlich auf die Minute", sagte ich und wischte mir mit den Fingern die Mundwinkel, als ich ihr die Tür aufhielt.

Sie trug einen schokoladenbraunen Wildlederrock mit passender Seidenbluse, und ich kam mir in meinem einzigen feinen Outfit ziemlich schlampig vor. Selbst die Accessoires – ein kunstvoll um ihre Schultern gewundener schwarzer Schal mit einer Goldnadel – waren elegant.

„Schwarz ist definitiv nicht Ihre Farbe, Connor", meinte Harmony, die mich hinter einer Designersonnenbrille kritisch begutachtete. „Ich wette, Sie sind ein Frühlingstyp. Ich hab mir letztes Jahr auf einer Farbberatungsparty meine Farben machen lassen. Da hat mir die Frau so Stoffmuster neben mein Gesicht gehalten, um zu sehen, in welcher ‚Jahreszeit' ich am besten zur Geltung komme. Ich bin ein Herbsttyp."

Harmony setzte sich an den Tresen. Ich goß ihr einen Schok-Mok ein und bot ihr eine Banane an, die sie aber ablehnte. Sie nahm einen kleinen Schluck Kaffee und schloß die Augen, als ob sie gerade in ein warmes Schaumbad gesunken wäre. Ich mache einen guten Schok-Mok.

„Ich will meine Farben gar nicht wissen. Das schränkt einen zu sehr ein. Ich möchte gern glauben, daß ich einfach alles tragen kann, von flohbraun bis … quietschgrün."

„Nette Vorstellung, Schätzchen, aber von schwarz würd ich mich an Ihrer Stelle fernhalten. Ob schiefer-, kohl-, ebenholz-, pech-, ruß-, tinten- oder rabenschwarz."

Harmony zog eine Puderdose heraus und prüfte ihr Make-up im Spiegel. „Gott, ich seh ja völlig verquollen aus. Ich muß dringend wieder zur Kosmetikerin. Ach ja. Wollen wir?“

Ich stieg in Harmonys schwarzen BMW und sank in den hellbraunen Ledersitz. „Hübsches Auto“, sagte ich, als Harmony das Radio anstellte und eine CD einlegte.

„Hab ich aus dem Vermögen meiner Eltern bezahlt. Hören Sie sich bloß mal diese Boxen an – ist das nicht unglaublich?“

„Könnten Sie's etwas lauter stellen? Ich hör's nicht richtig.“

Harmony warf mir einen komischen Blick zu und lief dann puterrot an. Paßte gut zu ihrem Ensemble.

„Ach Gott, Connor, ich vergeß es dauernd. Sie wirken einfach nicht behindert, wissen Sie?“

Sie reagierte zu heftig auf eine Situation, die ich nur zu gut kannte. Ich versuchte, leicht darüber hinwegzugehen. Daß sie mich behindert nannte machte mir wesentlich mehr aus, als daß sie meine Gehörlosigkeit vergaß.

„Das passiert immer wieder. Machen Sie sich nichts draus. Viele Leute vergessen, daß ich gehörlos bin. Tun Sie mir nur einen Gefallen, während Sie fahren: Drehen Sie sich etwas in meine Richtung, wenn Sie etwas zu mir sagen, damit ich Ihre Lippen ablesen kann. Das ist gar nicht so einfach, also kommen Sie bitte nicht von der Straße ab.“

Während der Fahrt schwatzte Harmony von ihrem Vater und der monatlichen Rente, die sie aus der Erbschaft ihrer Eltern bekam. Mußte nett sein, sich um Geld nicht sorgen zu müssen, aber trotzdem Karriere machen zu wollen.

Den Rest der kurzen Fahrt zum Memory Kingdom Memorial Park verbrachten wir damit, uns auszumalen, wen wir bei dem Gottesdienst wohl sehen würden. Ich hoffte, daß mir die Versammlung etwas mehr Einblick in Delancys Herkunft, seinen Charakter und mögliche Gründe für seinen Tod geben würde. Als wir in die Auffahrt des disneyartigen Bestattungsinstituts einbogen, schlug ich vor, den Wagen ganz hinten auf dem Grundstück zu parken.

„Ich hab irgendwie ein komisches Gefühl dabei", sagte ich, als ich mich auf dem fast völlig verlassenen Parkplatz umsah. Da war nur ein halbes Dutzend Autos.

„Warum? Uns wird schon keiner fragen, woher wir den lieben Verwesenden kannten." Harmony schaute in den Rückspiegel. Sie zog einen Lippenpflegestift heraus und zog damit ihre Augenbrauen nach.

„Es heißt ‚Verstorbener', nicht ‚Verwesender'. Erweisen Sie dem Toten doch bitte ein bißchen Respekt, ja? Und was machen Sie da eigentlich?"

Sie ließ die Kappe des Fettstifts wieder einschnappen und strich sich mit dem Finger über die Brauen. „Das ist ein Kniff, den ich auf einer dieser ‚Vorher-Nachher'-Parties gelernt hab. Das zähmt meinen Wildwuchs. Sonst würden die Haare kreuz und quer in die Landschaft stehen."

Wir blieben noch eine Weile im Auto sitzen und warteten darauf, daß andere Leute ankamen. Fünf Minuten später fuhr ein weiteres Auto auf das Grundstück. Ein silberner Miata blieb dicht vor dem Eingang stehen, und eine dicht verschleierte Frau in einem langen schwarzen Kleid glitt vom Fahrersitz. Neugierig versuchte ich, einen Blick auf sie zu erhaschen, aber sie verschwand blitzschnell im Bestattungsinstitut.

Ich schaute zu dem leeren Miata zurück. Das Kennzeichen lautete „SIN 4 FUN". Es war dasselbe Auto, das an der Baustelle das Strafmandat bekommen hatte. Sterling Truax' Miata.

„Kommen Sie." Ich schnappte mir meinen Rucksack, stieg aus und ließ die Tür schwungvoll ins Schloß fallen.

Harmony zuckte zusammen. „Sie müssen sie doch nicht so knallen."

„Entschuldigung." Wir gingen durch die Eingangstür und betraten das „Gartenzimmer", einen von mehreren Themenräumen im Memory Kingdom. Der Besitzer, French McClusky, hatte das Institut im Stil eines Märchenlands neu ausgestattet, in der Hoffnung, die wachsende Zahl von Rentnern in der Gegend als Kunden zu gewinnen.

Das Gartenzimmer war voller bunter Blumen, hängender Farne, üppiger Bäume und efeuberankter Wände. Echt?, fragte ich mich und faßte auf dem Weg zur letzten Reihe roter Plüschsessel ein Blatt an. Schwer zu sagen. Sah jedenfalls sehr echt aus. Ob Delancy nach der Herrichtungsprozedur der Wundermannschaft im Memory Kingdom wohl auch wieder so frisch wirkte?

An einer Seite floß tatsächlich ein kleines Bächlein, das bestimmt murmelte. Ein Steinplattenweg führte zu Delancys geschlossenem Sarg, der weiter vorn auf einem mit Stoff drapierten Katafalk ruhte, und der Duft von Rosen, Lilien und Nelken durchflutete den Raum.

Wir setzten uns hinten hin, hinter den etwa zwölf bis fünfzehn Anwesenden. Ich sah mich nach der verschleierten Frau um, aber sie schien nicht dabei zu sein. Vielleicht hatte sie ihren Schleier abgenommen und ich erkannte sie jetzt nicht. Alle sahen sich irritierend ähnlich, wie sie da in verschiedenen Schwarzschattierungen hockten. Harmony in ihren Brauntönen stach heraus wie eine Pizza bei einem Weight-Watchers-Treffen.

„Nicht gerade große Beteiligung", bemerkte Harmony mit übertriebenen Lippenbewegungen. Vermutlich flüsterte sie.

Ich suchte die Hinterköpfe ab und versuchte mir die dazugehörigen Gesichter vorzustellen. Manchmal erhaschte ich einen kurzen Blick auf Wangenknochen, Nasen oder Vollprofile. Ich konnte keine Mitglieder der Familie Truax entdecken. Eigenartig. Und auch sonst erkannte ich niemand.

Außer der Frau in der ersten Reihe. Als sie sich ins Profil drehte, war ich mir sicher, daß sie die alte Frau war, die ich im Nugget gesehen hatte, dieselbe Frau, die am Fenster der Frühstückspension gestanden hatte. Barbara Delancy. Da versperrte mir Ed Pike, der Allgemeingeistliche des Memory Kingdom, die Sicht. Er trat auf ein Podium neben dem Sarg und begann, die Lippen zu bewegen – allerdings kaum.

Gelangweilt, weil ich seine Lippen nicht ablesen konnte, beobachtete ich die kleine Ansammlung von Leuten. Als die Ansprache schon einige Minuten im Gange war, drehte ich mich nach etwaigen Spätankömmlingen um. Ich sah einen Mann mittleren Alters in einer Militäruniform im Schatten stehen. Er kam mir irgendwie bekannt vor. Ich stieß Harmony an und nickte in seine Richtung. Harmony folgte meinem Blick. Sie hob eine gewachste Augenbraue, zuckte die Achseln und wandte ihre Aufmerksamkeit wieder der Eulogie des Geistlichen zu.

Während der Gottesdienst weiterlief, versuchte ich, auf einen Vorwand dafür zu kommen, den Mann anzusprechen. Vielleicht irgend etwas in Richtung Hintergrundinformationen über Delancy für einen Artikel. Das hier war keine Cocktailparty, es mußte schon authentisch klingen.

Harmony klopfte an mein Bein. „Mist! Schauen Sie mal, wer da ist."

Sie zeigte auf jemand, den ich zuerst nicht gesehen hatte, weil ihn ein dicker Mann in einer Bank weiter vorn verdeckt hatte. Offenbar hatte John Cross es doch noch zur Beerdigung geschafft. Und neben ihm saß Dinkelspiel, der Klemmbrettmensch.

Sowie der Gottesdienst zu Ende war, verkündete der Geistliche, daß es nun Zeit sei, am Sarg Abschied zu nehmen. Offener Sarg? Das wunderte mich ja nun doch. Aber die Thanatoplastiker des Bestattungsinstituts konnten bei entstellten Gesichtern und Körpern wahre Wunder vollbringen. Dazu brauchte man anscheinend bloß ein bißchen Modellierton, *Color Glo*-Make-up und indirekte Beleuchtung. Als sich eine Handvoll Trauergäste aufreihte, um dem Toten ihre Reverenz zu erweisen, sah ich mich um, ob der Uniformierte in der Ecke auch zum Sarg hinübergehen würde.

Der Mann war verschwunden.

In der Hoffnung, ihn draußen zu entdecken, spurtete ich zur Tür, aber ein schneller Blick über den Parkplatz förderte niemanden zutage.

„Mist!" sagte ich, als Harmony zu mir stieß.

„Was ist denn los?"

„Der Mann, den ich hinten stehen gesehen hab. Er ist weg. Ich wollte mit ihm über Delancy reden. Ich dachte, vielleicht …" Ja, was hatte ich eigentlich gedacht? „Kommen Sie. Jetzt gehen alle zum Friedhof, um den Sarg zu Grabe zu tragen. Vielleicht taucht er da wieder auf."

Wir schlossen uns der kleinen Trauergesellschaft an, die dem Sarg auf einem langsam fahrenden Leichenwagen zur Grabstelle folgte. Wir mußten ein bißchen wandern, einen sanften Abhang in ein Tal hinunter und auf der anderen Seite wieder hinauf. Als wir dort ankamen, waren zwei Leute ziemlich außer Atem, einschließlich der Frau, die ich für Barbara Delancy hielt. Harmony blieb plötzlich stehen und zog ihren Pager heraus.

„Ach, Mist! Ich muß jemand anrufen. Gehen Sie schon mal vor und erzählen Sie mir's, wenn ich was verpaßt hab. Ich bin gleich wieder da."

Als der Sarg in die frisch gegrabene Grube hinuntergelassen wurde, sah ich nur Barbara Delancy Tränen vergießen. Alle anderen sahen peinlich berührt aus oder so, als ob sie mit etwas anderem beschäftigt waren, auch der Reporter und der Klemmbrettmensch. Die verschleierte Frau und der Mann in Uniform waren nirgends zu sehen.

Als die Zeremonie am Grab zu Ende war, sah ich mich noch einmal im Gelände um. Da entdeckte ich den Soldaten, den ich hinten im Gartenzimmer erspäht hatte. Er lehnte an einem Baum einige Meter hinter mir, halb versteckt. Anscheinend sprach er mit jemandem, aber ich konnte nicht sehen, wer hinter dem Baum war. Einen Moment später sah er mich. Er steckte etwas in die Tasche, drehte sich um und ging in Richtung Parkplatz.

Ich kenne den Pionierfriedhof wie meine Westentasche. Ich bin oft dort, um zu lesen, Mittag zu essen und nach meinen Verwandten zu sehen, die aus dem englischen Cornwall herüber gekommen waren. Ich nahm eine Abkürzung, bei der man Kontakt mit Giftsumach riskierte, auf das eine oder andere Grab treten und über ein künstlich angelegtes Flüßchen springen mußte, aber das ging viel schneller, als dem Weg zu folgen. Auf dem Parkplatz holte ich den Uniformierten ein, als er gerade die Tür seines neuen Lexus öffnete.

„Entschuldigen Sie“, keuchte ich. Die Auf- und Abstiege meiner Abkürzung hatten ihren Tribut gefordert.

Der Mann drehte sich um. „Ja?“

Ich kam näher heran und schnaufte: „Mein Name ist Connor Westphal. Ich gebe die Zeitung *Eureka!* heraus und möchte einen Artikel über Cullen Delancy bringen. Könnte ich vielleicht einen Augenblick mit Ihnen reden?“ Ich wurde das Gefühl nicht los, daß ich ihn irgendwo schon einmal gesehen hatte.

Er rieb sich mit einer zitternden Hand seine tränenden Augen. Ich fragte mich, ob er vielleicht Schüttellähmung oder so etwas hatte. „Was wollen Sie denn wissen?“

Keine Schüttellähmung. Ich trat einen Schritt zurück und versuchte, wieder Luft zu bekommen. Der Mann stank entsetzlich nach Alkohol. Und da erkannte ich ihn plötzlich. Ich hatte ihn zweimal im Dämmerlicht gesehen, aber noch nie am hellichten Tag. Er war gestern abend in der Bar gewesen und neulich in der anderen Bar. Durch die Windschutzscheibe des Autos sah ich die Mütze vom Rückspiegel baumeln. Die Ziffern „5150“ standen vorne darauf. Die gleichen wie auf dem Kompaß.

„Kannten Sie Cullen Delancy gut?“ fragte ich, während sich mein Herzschlag beschleunigte. Ob Passivalkohol wohl gefährlich war? Ich zog meinen Notizblock aus der Tasche.

Der Mann runzelte die Stirn. „Seedy? Wir waren zusammen bei den Marines. Elitetruppe Säufer und Veranstalter groben Unfugs.“ Er gluckste und schoß einen Windstoß hochprozentiger Luft in meine Richtung. „Nannten uns die furchtbaren Vier.“

Die gleichen Worte wie auf dem Messer. War es sein Messer? Oder Delancys? Ich sog schnell einen Atemzug ein und hoffte, daß jedenfalls ein Teil davon Sauerstoff war. Dieser Typ mit seinem Giftatem war wirklich ein schwerer Fall von Umweltverschmutzung. Ich fragte mich, ob das Auswirkungen auf die Ozonschicht haben konnte.

Der furchtbare Eine griff ins Handschuhfach und holte einen Flachmann in einer Papiertüte heraus. Er setzte sich auf den Autositz und nahm einen tiefen Zug aus der Flasche.

„Mann, was waren wir für Höllenknaben. Seedy, ich und der Captain, wir haben die US-Regierung bestimmt ne Million gekostet –" Er brach plötzlich ab, blinzelte ein paarmal und rieb sich das Kinn. „Was haben Sie gesagt, worüber Sie schreiben?"

„Ich schreibe an einem Artikel über Cullen Delancy. Er war hier der zuständige Bodenmechaniker. Ich dachte, die Leute würden vielleicht gern mehr über ihn erfahren. Sie sagten irgendwas über einen Seedy? Das ist ja ein ungewöhnlicher Name."

„C.D. Seine Initialen sind das. Für Cullen Delancy. So haben wir ihn genannt. Man kann'n Kerl doch nich Cullen nennen, oder? Wir hatten alle Spitznamen. Codenamen, wissen Sie. Meiner war Drachen. So haben sie mich genannt, weil ich mich damals immer betrank und dann Feuer spuckte."

Damals?, dachte ich. Bloß kein Streichholz anzünden.

„Wie ist denn Ihr richtiger Name?"

„Charles. Charles Bolton."

„Freut mich, Sie kennenzulernen. Ich bin Connor Westphal." Ich fragte mich, ob er sich wohl noch von der Bar her an mich erinnerte. Wenn ja, ließ er es sich jedenfalls nicht anmerken. Er nickte, als ob es egal wäre, und nahm noch einen Schluck.

„Den Captain, den nannten wir Chopper. Was wir auch wollten, er hat's uns besorgt, natürlich nur, wenn wir ihm auch einen Gefallen taten."

„Wer ist Chopper?"

Der Mann schien mich nicht zu hören. Er fuhr mit seiner Geschichte fort. „Vietnam war schon was ganz Besonderes, sag ich Ihnen. Als wir dann wieder Zivilisten waren, lief's natürlich anders. Da sind wir den Clampers beigetreten, um wenigstens mal wieder ne Waffe in der Hand zu haben. Aber Chopper ist losgezogen und hat sich ein Imperium aufgebaut, alles mit dem Geld, das wir ihm im Krieg verdienen geholfen haben. Ich bin Berufssoldat."

Die Clampers, besser bekannt als E. Clampus Vitus. Das war der Name einer Bruderschaft von Möchtegern-Cowboys, ein beliebter gesellschaftlicher Verein, der im Goldgräbergebiet gern mal die Sau raus ließ. Meistens galt da: „Schießeisen, die knallen, beißen nicht."

Der Alkohol hatte sicherlich einen gehörigen Anteil an seiner gelockerten Zunge. Ich beschloß, die Gegebenheiten so gut wie möglich zu nutzen. „Mr. Bolton, kennen Sie irgend jemand, der Delancy gerne tot gesehen hätte?"

Charles Bolton sah auf, die Augen rot unterlaufen und voller Schleim.

„Ihn gerne tot gesehen hätte?" Er schüttelte seinen Kopf, als ob er den Inhalt ordnen wollte. „Ich denke, er ist gefallen", sagte er und nahm wieder einen tüchtigen Schluck.

„Da ist ein Gerücht im Umlauf, daß ihn vielleicht jemand gestoßen hat. Ich hab ein paar Nachforschungen für meine Zeitung angestellt. Wissen Sie, ob er irgendwelche Feinde hatte?"

„Haufenweise. Alles Weiber." Charles Bolton lachte. „Er sah gut aus. Allein in dieser Stadt gibt es bestimmt ein halbes Dutzend Frauen, die über seinen frühen Tod keine Träne vergießen."

Er sah beim Sprechen nicht zu mir hoch, was das Ablesen erschwerte. Ich ging knirschend in die Knie, um ihn besser verstehen zu können, auch wenn ich mich dabei durch seinen tödlichen Atem in Lebensgefahr brachte.

„Gab es da eine bestimmte Frau, die ihn gehaßt haben könnte?"

Er dachte einen Moment nach und nickte dann energisch. „Ja, klar. Dieses junge Ding, mit dem er vor kurzem Schluß gemacht hat. Ich hab gehört, daß sie wirklich ziemlich außer sich war. Sie wissen ja, wie die jungen Leute sind. Die sind noch nich oft genug abgesägt worden, um sich'n dickes Fell anzuschaffen."

„Wer war sie?"

„Dürfen Sie mich nich fragen. Ich krieg die nich alle auf die Reihe. Keine Ahnung, wie er das gemacht hat." Ich stand wieder auf.

„Sie haben keine Ahnung, wer es gewesen sein könnte?"

„Nee. Ich weiß bloß, daß sie halb so alt war wie er. Aber war'n sie das nich alle?"

Sterling Truax war mit einem Mann zusammen gewesen, der doppelt so alt war wie sie.

„Hören Sie, ich sollte besser los." Seine Sprache wurde immer nachlässiger und ich würde schon in allernächster Zeit wichtige Wörter nicht mehr verstehen können. Er sah zum ersten Mal richtig zu mir hoch und stand dann auf. „Wissen Sie, Sie reden irgendwie komisch. Sind Sie Ausländerin oder so was?"

„Ich komme aus Frankreich."

Er nickte, als ob das alles erklärte. „In Frankreich war ich auch schon mal. Wollen Sie einen trinken mitkommen oder so?"

Hoffentlich sah ich nur ein bißchen entgeistert und nicht völlig entsetzt aus. „Danke, aber ich muß zur Arbeit zurück. Ach so, eins noch. Sie sagten, Sie waren vier. Wer war denn der vierte?"

Bolton runzelte die Stirn und spuckte in den Sand. „Nennen wir ihn mal nur Bozo. Der hätte uns alle fast reingerissen."

„Und wo ist er jetzt?"

„Irgendwo im Gefängnis, aber fragen Sie mich nicht, wo."

„Und der, den Sie Chopper genannt haben – wer ist das?"

Charles Bolton drehte seinen Kopf weg, und ich bekam die Antwort nicht mit.

„Wie bitte?"

„Ich sagte, das ist jemand, mit dem Sie vielleicht über Ihre Story reden sollten. Der weiß alles, was hier herum vor sich geht. Das ist schließlich sein Beruf."

„Wer ist er denn?"

„Harlan Truax."

14

„Das war eine Premiere."

„Was?" fragte Harmony, die ganz außer Atem mit den übrigen Trauergästen wieder am Parkplatz ankam.

„Mich hat noch nie einer auf einer Beerdigung aufgerissen."

„Wie bitte?"

Ich erzählte ihr von der Beisetzung, und wie ich den betrunkenen heimlichen Zuschauer entdeckt hatte. Und dann servierte ich ihr die Pointe. „Der Typ hat mich gefragt, ob ich mit ihm ausgehen wollte! Daß ich bei all dem giftigen Atem noch am Leben bin, ist ein wahres Wunder. Aber das war's wert!"

„Wovon reden Sie eigentlich?"

Mir wurde klar, daß ich vielleicht schon zu viel gesagt hatte. Ich lehnte mich an Harmonys BMW, verschränkte die Arme und beobachtete die Leute, die langsam zu ihren Autos zurückkehrten. „Ach, nichts. Ich rede bloß so drauflos. Der Typ kam mir irgendwie bekannt vor. Ich dachte, ich hätte ihn schon mal gesehen, aber das hatte ich nicht."

Ich sah Barbara Delancy hinter den anderen hertrotten, als sie alle auf dem Parkplatz ankamen. Hin und wieder blieb sie stehen, um zu Atem zu kommen. Ich beobachtete sie eine Weile und wandte mich dann wieder Harmony zu, die mich angetippt hatte.

„Wer war es denn? Der Typ in der Uniform?"

Ich nickte. „Der ist bei den Marines oder so was."

„Was hat er denn gesagt?"

„Ich weiß nicht. Er war ziemlich durcheinander. Irgendwas in der Richtung, daß er die Regierung als persönliches Kreditinstitut mißbraucht hätte."

„Hatte seine eigene Bilko-Masche laufen, hm?"

Verwirrt fragte ich nach, „Pillomasche?"

„Bilko", sagte sie überdeutlich. „Das war dieser Typ im Fernsehen, der – ach, ist nicht so wichtig."

Hörende sagen dauernd „ach, ist nicht so wichtig" zu Gehörlosen, als ob es nicht der Mühe wert wäre, die ganzen Anspielungen, Klischees, Metaphern oder Wortspiele zu erklären, die im Englischen so häufig vorkommen. Eigentlich fing ich an, Harmony zu mögen, aber hin und wieder legte sie mir da ziemliche Steine in den Weg.

„Harmony, haben Sie mir nicht erzählt, daß Sterling mit jemand zusammen war, der doppelt so alt war wie sie?"

Sie öffnete die Wagentür, um abzufahren. „Ja, warum?"

„Ich versuch nur, die Puzzleteile zusammenzusetzen."

Harmony ließ sich auf den Fahrersitz gleiten und ich stieg auf der Beifahrerseite ein. Während sie den Rückspiegel justierte und Frisur und Lippenstift prüfte, sah ich Barbara Delancy zu Fuß die Auffahrt des Pionierfriedhofs hinuntergehen. Sie ging langsam und schien etwas vor sich hinzumurmeln. Interessant. Noch jemand, der Selbstgespräche führte, genau wie ich.

Ich drehte mich zu Harmony um, als sie gerade den Schlüssel ins Zündschloß steckte. „Finden Sie es nicht auch merkwürdig, daß zu dieser Beerdigung nur so wenig Leute gekommen sind? Delancy scheint nicht grade viele Freunde gehabt zu haben. Selbst der Klemmbrettmensch ist gleich nach der Andacht gegangen. Und wenn Delancy Truax' …" – ich wollte gerade „alter Marines-Kamerad" sagen, stoppte mich aber im letzten Moment und ließ den

Satz statt dessen so auslaufen: „... Bodenmechaniker war, warum war Truax dann nicht da?"

Harmony antwortete nicht. Sie grub stattdessen in ihrer Handtasche herum und holte ein Handy heraus, das vermutlich geklingelt hatte. Ich beobachtete ihre Lippen, als sie den Anruf annahm, aber sie drehte sich dauernd weg und ich konnte dem Gespräch nicht folgen. Nach einer Weile steckte sie das Telefon wieder ein.

„Das war schon wieder meine Redakteurin. Die ruft immer in den unpassendsten Momenten an. Wollte wissen, ob ich dieses Wochenende eine Story über das Rodeo- und Viehtreiberfestival machen kann. Das hat mir grade noch gefehlt."

„Warum hören Sie denn nicht auf? Das Geld brauchen Sie doch offenbar nicht, mit den regelmäßigen Rentenschecks von ihren Eltern."

Harmony legte den Rückwärtsgang ein und setzte aus der Parklücke. „Oh nein, ich könnte unmöglich aufhören. Ich liebe meine Arbeit. All die kleinen Sachen, die ich herausfinde, sind so interessant und –"

Sie stieg abrupt auf die Bremse und wir wurden beide auf unseren Sitzen durchgerüttelt. Ich drehte mich um, um nachzusehen, warum sie so plötzlich gehalten hatte. Sluice Jackson, Teilzeittotengräber und -friedhofswart, Vollzeitexzentriker und Stadtkuriosum, war in einem Golfcart hinter ihr vorgefahren. Das kleine Wägelchen war hinter dem Auto fast nicht zu sehen. Harmony hätte ihn beinahe zerquetscht.

„Herrgott noch mal! Beinah hätt ich den Typen umgebracht. Was ist denn mit dem los? Hat er denn nicht gesehen, daß ich zurücksetze?"

Sluice, der sich über sein knappes Entrinnen gar nicht klar war, tuckerte weiter zum Eingang des Bestattungsinstituts und parkte den Cart. Er stieg mühsam herunter und humpelte durch die Eingangstür des Memory Kingdom.

Harmony legte den Gang wieder ein und setzte diesmal ganz langsam zurück, um kein zweites Unglück auszulösen. Sie hielt kurz an der Ausfahrt des Bestattungsinstituts und fuhr dann auf die Main Street hinaus.

Ich wandte mich zu Harmony, um sie etwas zu fragen, aber sie sprach bereits. Das einzige Wort, das ich erhaschen konnte, war „Sin."

„Wie bitte?" fragte ich und mühte mich, ihre Lippen abzulesen, während sie fuhr.

„**S**exy, **i**ntime ... **N**achtwäsche", antwortete Harmony kichernd.

Ich zog das Gesicht kraus. „Wovon reden Sie bloß?"

„Ach nichts, tut mir leid. Ich hab bloß dieses Nummernschild gelesen. Hab mich gefragt, was es heißen sollte. Ich glaube, das sind diese SIN-Parties, wo die Mädels in raffinierter Unterwäsche herumstolzieren und versuchen, einen dazu zu bringen, das Zeug zu kaufen. Zu einer bin ich mal gegangen. Ich –"

Bei mir läuteten die Alarmglocken. „Wo ist das Auto hingefahren?" fragte ich, mit verkrampftem Nacken und beschleunigtem Herzschlag.

„Kam uns grade entgegen." Sie sah in den Rückspiegel und ich drehte mich um.

„Der Miata!" sagte ich mit Nachdruck. „Harmony! Wenden Sie, schnell! Wir müssen dieses Auto einholen. Beeilen Sie sich! Sonst verlieren wir es noch!"

Harmonys Blick sagte deutlich, daß ich ihrer Meinung nach eine psychiatrische Behandlung brauchen könnte.

„Nun wenden Sie schon!" Ich hopste auf meinem Sitz herum, als ob ich dringend müßte.

Nach einem schnellen Blick in den Spiegel – wahrscheinlich schaute sie, ob noch mehr Golfcarts unterwegs waren – schwang sich Harmony mitten in der Stadt in eine verbotene Kehrtwende und blockierte dabei einen uns entgegenkommenden Geländewagen. Sie machte eine Geste aus dem Fenster heraus, die ich nicht richtig sah, und murmelte etwas, das ich nicht ablesen konnte.

„Schnell! Ich will das Auto nicht verlieren!"

„Sie haben gut reden. Sie müssen sich ja auch nicht das Gehupe und die obszönen Schimpfwörter anhören."

„Da ist es – da vorne. Es fährt zum Friedhof zurück!"

Ich starrte angestrengt durch die Frontscheibe, aber die Fahrerin war immer noch verschleiert. Harmony fuhr die Einfahrt des Bestattungsinstituts hinauf und wir suchten den Parkplatz nach dem kleinen Sportwagen ab. Er war wieder verschwunden.

„Verdammte Scheiße!" rief ich und schlug mit der Hand aufs Armaturenbrett.

Harmony warf mir einen Blick zu.

„Entschuldigung", sagte ich und wischte den unsichtbaren Abdruck weg.

Sie zeigte in das Friedhofsgelände hinein. „Da ist es!"

Ich folgte ihrem Finger und sah das silberne Auto langsam den schmalen Steinweg entlangfahren, der sich zwischen den Grabsteinen hindurchwand. Das Auto war klein genug, um auf diese Ministraße zu passen, die eigentlich nur vom Friedhofswart auf seinem Golfcart benutzt wurde.

Wo zum Teufel fuhr es hin?

„Harmony ..." Ich zog die Augenbrauen hoch und zeigte mit dem Kopf auf den Miata.

Harmony sah völlig entsetzt aus. „Oh, nein. Tut mir leid, Connor, aber auf den Friedhof fahr ich nicht drauf.

Erstens paßt mein Auto nicht auf diese Straße da. Und zweitens würde man mich wahrscheinlich wegen Blasphemie oder Friedhofsschändung oder sowas verhaften –"

Ich öffnete die Tür des BMW und versuchte, den Abstand zwischen mir und dem Auto zu berechnen, das gerade fast außer Sichtweite war. Mit Laufen würde ich es nicht schaffen – der Miata war zu weit weg, selbst für die Abkürzungen. Es gab nur einen Weg, ihn einzuholen.

Sluices Golfcart.

„Harmony!" rief ich nach hinten, als ich auf den Cart zuraste. „Wir treffen uns am Hinterausgang! Blockieren Sie die Ausfahrt! Ich muß wissen, wer dieses Auto fährt!"

Sie schrie etwas zurück, aber ich hatte keine Zeit, auf ihre Lippen zu achten. Bestimmt war es irgend etwas wie: „Sind Sie verrückt?" Ich sprang in das orangerote Wägelchen. Der Schlüssel steckte noch im Zündschloß. Sluice Jackson kam wahrscheinlich nicht auf die Idee, daß jemand seinen Golfcart stehlen könnte. Aber er kannte mich eben noch nicht so gut.

Der dreirädrige Wagen war oben offen und hatte einen Steuerknüppel statt eines Lenkrads. Kein Problem. Wer einen 57er Chevy mit V8-Motor fährt, kann alles fahren. Ich drehte den Zündschlüssel, um den Wagen anzulassen, und wartete auf das sanfte Vibrieren, an dem ich merkte, das der Motor lief.

Nichts passierte. Ich drehte den Schlüssel noch einmal. Nichts. Es sah aber aus, als ob er liefe. Ich wollte gerade das Armaturenbrett anfassen, um den Motor zu fühlen, als ich versehentlich mit dem Fuß abrutschte und heftig auf das Gaspedal trat. Der Cart schoß nach vorn und wäre beinahe ohne mich abgefahren.

„Der ist ja elektrisch!" sagte ich laut und griff instinktiv nach dem Steuerknüppel. Ich brauchte einen Moment, bis ich das Lenkprinzip begriffen hatte, aber die paar Stunden an Miahs Computerjoystick machten sich jetzt bezahlt. Im Nu war ich schlingernd auf dem Steinweg unterwegs. Ich fuhr abwechselnd Schuß und trat auf die Bremse, als ich den Wagen den ersten Hügel hinunter steuerte.

Die Steigung wurde schärfer, als ich den Wagen die Anhöhe hinaufmanövrierte. Bis jetzt machte ich keine großen Fortschritte dabei, den kleinen Miata einzuholen. Er fuhr zwar langsam, aber der Golfcart war ihm selbst im langsamsten Tempo nicht gewachsen. Die Straße hatte keinen Zweck. Ich würde quer über das Friedhofsgelände fahren müssen, wenn ich den Miata abfangen wollte.

Ich drehte den Steuerknüppel und begann die Rasenfläche hinaufzufahren, mitten zwischen Grabsteinen, Bronzetafeln, Plastikblumen und ein paar verstreuten Besuchern hindurch. In Sekunden war der Abstand zwischen den beiden Fahrzeugen kleiner geworden. Der Golfcart, schmal und wendig auf seinen drei Rädern, konnte sich leicht zwischen den Grabsteinen und anderen Hindernissen hindurchschlängeln.

„Ich hole auf!" sagte ich laut, als ich den Miata oben auf dem Hügel ankommen sah. Ich trat fester aufs Gaspedal, aber es war schon auf dem Bodenblech angekommen. Als der kleine Sportwagen über die Hügelkuppe verschwand, stand ich fast, um noch einen Blick zu erhaschen. Ich konnte ihn doch jetzt nicht mehr verlieren!

„Verdammt!" sagte ich und fragte mich, ob es wohl besonders schlimm war, auf einem Friedhof zu fluchen. Würde das Auto zum Ausgang kommen, bevor ich es einholen konnte? Ich mußte sehen, ob Sterling Truax in diesem Auto saß. Ich trat das Gaspedal weiter voll durch – umsonst. Der Cart fuhr schon so schnell es ging.

Gerade als ich auf der Hügelkuppe ankam und auf den Schwung des Abwärtshangs hoffte, mußte ich auf die Bremse latschen.

Der silberne Miata kam genau auf mich zu.

Ich riß den Steuerknüppel zur Seite und wich aus, um nicht frontal mit dem Auto zusammenzustoßen. Der Miata war klein, aber er würde den zart gebauten Golfcart wie eine Bierdose zerquetschen, wenn er ihn traf. Ich fühlte den Fahrtwind, als das Auto an mir vorbeiraste, aber ich hatte zu viel damit zu tun, den Cart wieder unter Kontrolle zu bekommen, um einen Blick in das Fenster zu werfen. Ich zog den Steuerknüppel zur Seite, um nicht in einen zerbrochenen Grabstein hineinzufahren, und verpaßte nur knapp einen Zusammenstoß mit einem riesigen gelben Bagger. Der Cart prallte von der Flanke des Grabsteins ab.

Um die Kursabweichung auszugleichen, lenkte ich heftig zur anderen Seite und drehte das Vorderrad um neunzig Grad. Die plötzliche Wende warf das Dreirad aus der Bahn, es neigte sich seitwärts und knallte auf den Boden. Ich fühlte, wie ich durch die Luft flog. Bevor ich das Bewußtsein verlor, merkte ich gerade noch, daß ich in ein tiefes, dunkles Loch gefallen war.

15

Ich versuchte, die Augen zu öffnen. Unter meinem schmerzenden Körper fühlte ich die Erde vibrieren – eine Art Grummeln, das den kalten, feuchten Boden unter mir aufzureißen drohte.

Ich ächzte. Was war das für ein Beben? Ein Flugzeug? Was immer es war, das Rütteln begann, meinen ganzen Körper zu erfassen.

Das Grummeln wurde stärker und die Erde um mich herum schüttelte sich energisch. Der dumpfe, durchdringende Geruch von Erde kroch mir ins Gehirn. Wo war ich? Was passierte hier?

Ein Erdbeben!

Ich fühlte, wie mir am ganzen Körper der Schweiß ausbrach. Mit großer Anstrengung versuchte ich, meine Augenlider zu öffnen. Dreckpartikel stachen mich, als ich die Augen freiblinzelte. Ich wollte mich aufsetzen, aber da schoß mir ein stechender Schmerz durch Hals und Schultern. Mein Kopf fiel auf die feuchte Erde zurück. Mir war übel und mein ganzer Körper tat weh. Der Schmerz schien in alle Extremitäten vorzukriechen. Mühsam versuchte ich mich zurechtzufinden. Panik umnebelte mein Denkzentrum.

Hörte das denn gar nicht auf? Ich fühlte den Schweiß an meinem Gesicht heruntertropfen. Das Grollen wurde immer stärker.

Das Big One. Oh Gott.

Allmählich konnte ich meine Umgebung wieder scharf sehen. Ich suchte die Wände ab, die nur Zentimeter von meinem Gesicht entfernt waren. Es roch wie frische Erde. In einem von oben einfallenden Lichtstrahl sah ich eine Bewegung aus dem Augenwinkel. Etwas zappelte vor mir, klein, rosa, lebendig.

Ein Wurm. Wie ein schnelles Nachbeben durchzuckte mich die Erkenntnis, wo ich mich befand.

Ich lag in einem offenen Grab!

Kreischend versuchte ich, mich auf einen Ellbogen aufzustützen. Schmerz stach durch meinen Kopf und Arm. Jeder einzelne Muskel fühlte sich gezerrt und angerissen an.

Wie ... wo ... ich war mit Harmony im Auto gewesen, und dann – der Miata! Ich hatte den Golfcart genommen ... auf irgend etwas gestoßen ... mußte wohl hineingefallen sein ...

Das Brummen in der Erde wurde stärker. Ich konnte nicht klar denken, aber irgendeine instinktive Gehirnfunktion quengelte, daß ich aus dieser klaustrophobiefördernden Grube herauskommen mußte – und zwar schnell. Ich stützte mich auf den anderen Ellbogen auf und spürte einen Schatten das Sonnenlicht von oben blockieren. Es war jemand da! Jemand würde mir aus diesem Graben helfen. Jemand –

Ich machte den Mund auf, um zu rufen. Ein Schwall von Erde hagelte auf mich herunter wie bleierner Regen. Ich hustete und würgte einige Sekunden, bevor ich versuchte, den Dreck aus Gesicht und Haaren zu schütteln. Bevor ich mich wieder bewegen konnte, ging der nächste Schauer auf mich nieder. Das Gewicht der schweren, feuchten Erde preßte mich auf den Boden zurück. Ich versuchte wieder zu schreien, bekam aber nur noch mehr Dreck in Augen, Mund und Nase.

Ich schüttelte den Kopf, schaute nach oben und sah eine riesige Metallschaufel aufblinken.

Da saß jemand auf dem Bagger.

Ich würde lebendig begraben werden!

Ich spuckte noch einen Mundvoll Erde aus, schüttelte kräftig den Kopf und rollte mich auf die Seite. Mit dem bißchen Kraft, das ich noch übrig hatte, drehte ich mich auf die Knie, in der Hoffnung, daß mein Rücken den nächsten Erdhagel auffangen würde. Ich brauchte irgend etwas zum Festhalten, um hochzukommen, sonst war ich hier drin gefangen. Ich mußte die Attacke stoppen, bevor ich frühzeitig beerdigt wurde.

Ehe ich noch einmal rufen konnte, strömte wieder eine Schaufelladung Erde herunter, preßte mich flach auf den Boden und nahm mir den Atem. Ich schnappte nach Luft, halb unter dem feuchten Dreck begraben. Die Erde bebte unablässig. Keuchend versuchte ich zu schreien, als mir aufging, daß der Mensch auf dem Bagger mich durch den Lärm der Maschine wahrscheinlich gar nicht hören würde. Es mußte schrecklich laut sein. Sogar ich als beinahe vollständig Gehörlose konnte das dumpfe Grollen hören.

Es gelang mir, einen Arm zu befreien, und ich versuchte noch einmal, mich hochzustemmen. Das Gewicht der Erde war erdrückend. Als ich mich aufzustehen bemühte, hielt mich die schwere Masse am Boden. Ich fühlte mich wie ein kleiner Käfer unter einem riesigen Tritt. Meine Füße waren vollständig begraben.

Wenn ich es nur schaffte aufzustehen, dann würde der Fahrer mich entdecken. Mit eins dreiundsiebzig mußte ich zu sehen sein, wenn ich die Arme hochstreckte. Aber ich konnte mich nicht aus meiner Bauchlage befreien. Mit meinem freien Arm zerrte ich mir mühsam die schwarze Bluse herunter. Verzweifelt rupfte und zog ich und riß sämtliche Knöpfe ab. Als ich sie endlich los hatte, rollte ich sie zusammen und warf sie so weit ich konnte in die Luft, um hoffentlich den Baggerfahrer aufmerksam zu machen. Aber die Bluse flog in den nächsten Dreckschwall hinein. Ich hielt die Luft an und wartete auf das Ende des Schauers. Die Bluse kam nicht zurück.

Stattdessen fing die Erde um mich herum jetzt richtig an zu tanzen.

Ich schrie noch einmal. Das konnte einfach nicht passieren. Mit aller Kraft, die ich zu drei Vierteln mit Erde bedeckt aufbringen konnte, drehte ich den Arm schmerzhaft auf den Rücken und öffnete meinen BH-Verschluß. In panischer Verzweiflung warf ich den BH nach oben, während wieder Erde auf mich herunterprasselte. Wie ein Gleitschirm fiel er wieder auf mich zurück. Ich fluchte entnervt, schnappte mir das blöde Ding und warf es noch einmal hoch. Diesmal verschwand er wie die Bluse.

Ein paar Sekunden lang passierte nichts. Ich bereitete mich auf einen erneuten Erdschauer vor. Ein Schatten erschien im Licht über mir. Der Bagger? Bereit zur nächsten Attacke? Ich legte die Arme über den Kopf, um mich zu schützen, und schrie aus vollem Hals.

Keine Erde.

Nach einer Weile hörte ich auf zu schreien. Ich nahm die Arme vom Kopf und wartete, angespannt, vorsichtig, verzweifelt hoffend, daß das hier nicht meine letzte Ruhestätte werden würde.

Das Grollen in der Erde hörte plötzlich auf. Ich wischte mir den Dreck aus Gesicht und Haaren und verschränkte die Arme über der Brust.

Wieder erschien ein Schatten im Licht. Ich drehte mich um und versuchte zu erkennen, was da über die Kante des Grabs schaute. Im Gegenlicht konnte ich aber nichts ausmachen.

Die Gestalt verschwand. Ich schüttelte mir noch mehr Dreck aus den Haaren und bemühte mich, meine Beine freizulegen, die jetzt einen guten halben Meter unter der Erde lagen. Mein einer Knöchel tat weh, als ich ihn zu bewegen versuchte.

Der Schatten kehrte zurück. Mit einer Leiter.

Die Leiter wurde über die Kante und in die Grube hineingestoßen und landete direkt neben meinen halbbegrabenen Beinen. Ich wartete bewegungslos, die Arme auf der Brust verschränkt, und beobachtete, wie die Gestalt in mein Grab hinunterkletterte. Einen Moment später sah ich in Sluice Jacksons graubärtige Visage.

„Gott sei Dank“, sagte ich schwach.

Sluice kaute Tabak beim Sprechen und war daher schwer zu verstehen. Außerdem tat mir der Kopf weh, es war dämmrig in dem Grab und ich hatte Dreck in den Augen. Aber ein paar Worte konnte ich ausmachen, als er mir dabei half, meine Beine und Füße aus dem Haufen zu graben.

„Du hast mir fast'n Herzschlag beschert, junge Dame. Was machst du denn hier drin? Das ist doch kein Platz für dich. Hättest lebendig begraben werden können. Auf was für Ideen ihr jungen Leute kommt. Und dann noch die Kleider in die Gegend schmeißen. Richtig unanständig.“

Sluice hatten schon ein paar Jahre ein, zwei Cents am Dollar gefehlt. Wahrscheinlich hatte er Goldstaub in der Lunge, Arsen im Magen und nur noch wenige Nuggets im Gehirn. Außer den Begleiterscheinungen des Alters, eines harten Lebens und ausgiebigen Trinkens hatte der alte

Goldgräber letztes Jahr auch noch einen furchtbaren Unfall gehabt und war seitdem nicht mehr ganz bei sich.

Von der Erde befreit stemmte ich mich langsam und unter Schmerzen in den Stand, die Arme immer noch keusch um meine Brust gewickelt. Sluice drehte höflich den Kopf weg, zog seine erdverschmierte Parkaweste aus und bot sie mir an. Ich schlüpfte hinein und machte schnell die Schnallen zu. Dann schüttelte ich noch einmal kräftig den Kopf und sah zu, wie die Dreckreste zu Boden flatterten. Sluice langte herüber und pickte mir einen dikken Regenwurm von der Schulter. Mich überlief ein Schauer.

„Ich bin hier reingefallen", protestierte ich, denn ich wußte, daß es wohl keinen Zweck hatte, die wahre Geschichte zu erzählen. „Ich konnte mich nicht bewegen. Die Kleider hab ich rausgeworfen, damit du mich siehst. Wenn du diesen Bagger nicht abgestellt hättest –"

Er sah mich verdutzt an. „Ich hab den Bagger nich benutzt. Muß irgend so'n gottverdammtes Gör mit rumgespielt haben."

„Wie bitte?" sagte ich. Ich dachte, ich hätte ihn falsch verstanden.

Sluice schüttelte den Kopf. „Is wahrscheinlich weggelaufen, als er mich den Hügel raufkommen gesehn hat. Blöde Kinder. Die bringen sich irgendwann noch mal um."

Sluice war nicht auf dem Bagger? Wer war es dann?

„Sluice, hast du gesehen, wer da weggelaufen ist?"

„Nee. Bestimmt dieser Rowdy Brian Hurley. Der macht hier dauernd Blödsinn. Glaubt, das hier wär'n Spielplatz. Dummer Bengel."

Brian Hurley? Ich hielt es für ziemlich unwahrscheinlich, daß ein Dreizehnjähriger den Bagger hätte bedienen können. Sluice würde wohl keine Hilfe dabei sein, den Fahrer zu identifizieren.

„Du hast mich zu Tode erschreckt, junge Dame. Dachte, ich hätte'n Geist gesehn, als dein … dein Damendings aus dem Loch geflogen kam. Dachte, die Toten kommen zurück."

Sluice hielt die Leiter und winkte mir, daß ich hinaufklettern sollte. Ich wußte nicht, ob ich lachen, weinen, schreien oder ihm eine kleben sollte, als er seine verkrusteten Hände auf meine Pobacken legte und mich die Leiter hinaufschob, beschloß dann aber, es durchgehen zu lassen.

„Vorsichtig, junge Dame. Kannst du laufen? Sieht nich so aus als ob was kaputtgegangen wär, aber man weiß ja nie."

Sluice hielt mich am Ellbogen, in einem schwachen Versuch, mich zu stützen. Der Sturz hatte mir eine Beule an der Schläfe beschert und meine Beine waren geschwollen und voller blauer Flecke, von den Armen ganz zu schweigen. Ein Knöchel war verrenkt, aber gebrochen schien nichts zu sein.

„Ich bin in Ordnung." Ich reckte meinen Rücken und fühlte es ein paarmal knacken.

„Na, du gehst besser zum Doc rüber. Könnt ne Gehirnerschütterung sein. Ich hatte mal eine. Da war ich vier Tage schwindlig. Oder warn's fünf?"

Ich bürstete mich ab, aber es war immer noch überall Erde. Sluice fand meine Bluse und hob dann den BH auf, ganz vorsichtig mit zwei Fingern und nur am Träger, als ob er mit Arsen versetzt wäre. Ich stopfte den BH in die Hosentasche, zog die Bluse an, schloß die zwei Knöpfe, die noch dran waren, und gab Sluice seine Weste zurück. Er zeigte quer über die große Rasenfläche. Da winkte jemand.

„Is das eins von diesen Lausegören?“ fragte er und kniff die Augen zusammen. Wahrscheinlich brauchte er eine Brille und hatte keine. Kein Wunder, daß für ihn alle wie Kinder aussahen.

„Harmony!“ Ich winkte, als sie herankam, erst gemächlich, dann immer schneller.

„Connor! Du liebe Güte! Was ist denn passiert? Ich hab's ja gewußt. Ich wußte ja, daß Sie sich mit dem Ding umbringen würden.“

„Es ist halb so schlimm wie's aussieht“, sagte ich abwehrend. „Ich bin gegen einen Grabstein gestoßen oder so und reingefallen. Irgendwie bin ich in diesem Loch gelandet –“

„Sie sind in ein Grab gefallen?!“ Harmony sah völlig entgeistert aus.

Ich zuckte die Achseln. „Ich … ich hab wohl für ne Weile das Bewußtsein verloren. Ich dachte, da wäre ein Erdbeben oder sowas … aber die Erde kam einfach dauernd auf mich runter … ich konnte mich nicht befreien, also hab ich meine Bluse und den BH rausgeworfen …“

Harmony sah immer entsetzter aus, während ich erzählte. Ich machte die Sache mit meinem Gerede nur noch schlimmer. „Also, eigentlich brauch ich bloß ne Dusche, und dann bin ich wieder okay.“

„Na, Sie sehn aber schrecklich aus. Schaun Sie sich bloß mal diese Schrammen an. Gott, Ihr Haar! Den Dreck kriegen Sie nie ganz raus, Connor.“ Sie streckte die Hand aus und wuschelte in meiner neuen Frisur herum. Ein kleiner Sandsturm kam aus meinen Haaren gerieselt. Sie sah ihre Hand an. „Sie haben Blut im Haar.“

Ich wich zurück und tastete in der verkletteten Masse herum.

„Sind Sie sicher, daß Sie okay sind? Wir sollten lieber beim Krankenhaus vorbeifahren."

„Mir geht's prima, ehrlich."

Harmony sah Sluice anklagend an. „Haben Sie sie denn nicht da drin gesehen? Haben Sie denn nicht nachgeschaut, bevor Sie das Ding da in Gang –"

Ich legte eine Hand auf Harmonys Arm. „Er hat den Bagger nicht gefahren."

„Wie meinen Sie das?" Sie sah Sluice mißtrauisch an.

Er schüttelte den Kopf. „Ich war's nich. Ich war ganz da drüben und hab den Zaun repariert. Ich bin her, als ich meinen Bagger anspringen gehört hab, aber der das war, war schon weg, als ich ankam. Und da hab ich dann ihre Wäsche hochfliegen sehn."

Harmony klappte den Mund auf und wieder zu. Als ich Sluice die Geschichte noch einmal erzählen sah, begann mein Herz zu hämmern.

„Gören", fuhr Sluice fort. „Seit diese *Halloween*-Filme raus sind, lungern sie immer hier auf'm Friedhof rum. Das warn bestimmt dieselben, die meinen Cart vom Parkplatz gestohlen haben."

Ich sah Harmony an. Und sie mich. Wir schauten beide so unschuldig wir konnten zu Sluice zurück. Ohne Brille konnte er unsere schuldbewußten Gesichter offenbar nicht erkennen. Bestimmt hatten wir auch makellose Haut.

„Nee. Wenn ich nich gewesen wär, wärst du da drin lebendig begraben worden." Er schloß seine Augen und zog einen Zeigefinger einmal quer über den Hals.

Harmony starrte mich an, als ihr klar wurde, was Sluices Geste bedeuten sollte. „Connor … glauben Sie, da wollte Sie jemand –"

Ich schnitt ihr das Wort ab. „Das war bestimmt bloß

ein Mißverständnis, da bin ich sicher." Ich war mir keineswegs sicher, aber ich wollte von Harmony nicht wie ein Opfer behandelt werden.

„Bring sie besser nach Haus, Frollein, und gib ihr'n kräftigen Schluck Brandy. Das bringt sie schon wieder in Ordnung", zwinkerte Sluice.

Ich ging zu dem Bagger hinüber und faßte den Motor an. Noch warm, aber aus. Ich stieg auf die erste Stufe und schaute in die Fahrerkabine: der Schlüssel baumelte im Zündschloß, genau wie bei dem Golfcart. Ich langte nach oben und packte einen von zwei Schalthebeln. Ziemlich einfach. Es ließ sich leicht erkennen, wie das Ding funktionierte, erst recht bei der ganzen Übung, die man heutzutage an elektronischen Joysticks bekommt.

Harmony brachte mich zum Auto und behandelte mich, als ob ich schwerkrank wäre. Sie bot mir eine Decke an, die sie im Kofferraum hatte, wahrscheinlich eher aus Sorge um ihre Polster als um mein Wohlbefinden, aber ich nahm das Angebot an und wickelte mich warm ein. Ich stieg ins Auto und wir fuhren aus dem Parkplatz heraus.

„Gut, daß Sie heute schwarz anhatten", sagte sie.

Ich schaute sie neugierig an.

„Da sieht man den Dreck nicht so."

„Sehr witzig. Mann, mir tut alles weh. Sie haben nicht zufällig gesehen, wer in dem Miata saß?"

„Nein. Aber er ist an mir vorbeigefahren. Hat mich fast gerammt, als er aus dem Friedhof raus wollte. Da hab ich dann nach Ihnen gesucht. Was zum Teufel ist denn nun wirklich passiert?"

Wir waren gerade auf die Straße eingebogen, als mir ein Auto auffiel, das neben dem Friedhofseingang parkte. In dem goldenen Cadillac saß Blenda Truax.

Ihr Auto fuhr in die Gegenrichtung ab, bevor ich Harmony darauf aufmerksam machen konnte. Mir tat alles weh und ich war zu erschöpft, um die Verfolgung aufzunehmen, also lehnte ich mich zurück und erzählte Harmony die Geschichte, während sie mich nach Hause fuhr. Als wir bei meinem Diner ankamen, fing ich allmählich an zu glauben, daß mir wirklich jemand hatte schaden wollen.

Harmony las meine Gedanken. „Tja, sieht so aus, als ob Sie jemand zu Humus machen wollte. Haben Sie irgendeine Ahnung, warum?"

Ich dachte wieder an die Nachrichten und symbolischen Botschaften, die ich bekommen hatte, und schüttelte den Kopf. Ein Ohrwurm fiel mir in den Schoß. Ich wischte ihn weg.

„Igitt! Ich kann's kaum erwarten, unter die Dusche zu kommen. Ich fühl mich, als ob ich nur so vor Kriechzeugs wimmle." Ich ließ mich in den Sitz zurückfallen. „Verdammt noch mal, ich hab alles vermasselt. Ich hatte die Chance, sie zu stellen und hab's verpaßt."

Harmony fuhr vor meinem Diner vor und drehte sich zu mir um. „Sie glauben, daß Sterling Truax etwas damit zu tun hat?"

Ich wußte nicht, was ich antworten sollte. Als ich vom Sitz herunterrutschte, spürte ich ein Kribbeln im Nacken. Diesmal hoffte ich direkt, daß es nur ein unterirdischer Krabbelkäfer war.

16

Als das heiße Wasser über meinen arg mitgenommenen Körper floß, wurde mir schmerzlich bewußt, wie zerschunden ich war. Jeder Schnitt und jede Schramme brannte wie frisch zugefügt und rief mir mein Beinahebegräbnis wieder in Erinnerung.

Ich stand unter der Dusche und sah den Dreck zu Schlamm und Matsch werden, während ich versuchte, das schreckliche Erlebnis abzuwaschen. Zwei Asseln und ein halber Regenwurm stürzten in ein nasses Grab, als ich mich einseifte, shampoonierte und sanft schrubbte. Nach einer Weile floß das Wasser klar ab, das Brennen ließ nach und die Duschmassage besänftigte meine schmerzenden Muskeln. Ich wollte gar nicht wieder herauskommen.

Ich zwang mich, das mittlerweile kälter werdende Wasser abzudrehen, trocknete mich vorsichtig ab und machte eine Bestandsaufnahme der Blessuren. Nachdem ich jeden Quadratzentimeter mit Kiefernlotion bedeckt hatte, schlüpfte ich in eine weite Jeans und ein „Tom und Jerry"-T-Shirt. Ich holte mir schnell ein Glas Orangensaft aus dem Kühlschrank und humpelte zum Schreibtelefon hinüber, um nach eingegangenen Nachrichten zu sehen und den Sheriff anzurufen.

Ich drückte den Knopf für den Nachrichtenausdruck und der Apparat begann, ein schmales Papierband auszuspucken. Ich wartete auf das Ende des Ausdrucks, riß das Papier ab und hielt es hoch, um die Schrift besser erkennen zu können.

„Hier ist der *Enquirer* mit einer Nachricht für Connor

Westphal. Wir brauchen eine Schundautorin für die Bearbeitung ungewöhnlicher Mordfälle, bizarrer Geheimnisse, Sexskandale u.ä. in Flat Skunk. Detailbesprechung beim Mittagessen?"

Ich las die Nachricht noch einmal, bevor ich sie auf die Theke legte. Dann setzte ich den Telefonhörer in die Schreibtelefonmulde, verschob den Anruf beim Sheriff und wählte erst einmal eine andere Nummer.

„*Enquirer* hier. Dan Smith an der Tastatur.**"

„Danke für das Jobangebot, aber ich hab schon alle Hände voll zu tun, die Nachrufseite für die *Eureka!* zusammenzubauen. Und Sexskandale mache ich sowieso nicht. Zu gewöhnlich.**"

„Wie war die Beerdigung?**"

Am Telefon wollte ich lieber nicht in die Details gehen. „Erschütternd. Und wie war's bei Dir? Irgendwas ausgebuddelt, sozusagen?**"

„Jedenfalls genug, um ein paar Löcher zu stopfen. Wie steht's mit Mittagessen?**"

Ich strich mit der Hand über mein lädiertes Bein und massierte vorsichtig den Schmerz weg. „Ich hab zwar schon mehrere Verabredungen, aber die könnte ich sausen lassen. Solang es keine Pizza ist.**"

„Hol mich um eins ab. ENDE"

Ich legte auf, dachte nach, was ich Sheriff Mercer sagen wollte, und wählte seine Nummer. Die Einsatzbearbeiterin Rebecca Matthews nahm den Anruf an; der Sheriff war nicht da. Ich bat sie, ihm auszurichten, daß er mich im Büro anrufen solle, legte auf und machte mich auf den Weg zur Arbeit.

Miah saß am Computer, als ich ankam. Er sah sehr beschäftigt aus. Ich fragte mich, was ihn wohl so gefangen hielt, und linste über den Bildschirm. Er war dabei, ein neues Logo für seinen Surf- und Skateboardladen „Fish Out of Water“ zu entwerfen. Na klar.

„Hi, Connor“, gebärdete er. „Spät dran.“

„Hab ich von dir gelernt“, gebärdete ich zurück. „Was gibt's Neues?“

Miah brachte mich beim Kleinzeug auf den neuesten Stand – sechs Suchanzeigen, zwei Blickfanganzeigen, eine Geburtsanzeige, zwei Verlobungen und drei Scheidungsklagen. Das würde ein heißer Tag in der Redaktion werden.

„Noch irgendwas bei der Erdbebenrecherche?“

Miah schloß seine Datei und rief „beb-rch“ auf.

„Bloß das hier. Ziemlich langweilig.“ Er gebärdete das letzte Wort, indem er einen Finger neben seiner Nase hin und her drehte. Eine ziemlich widerliche, aber weit verbreitete Gebärde. Ich glaube, es ist seine Lieblingsgebärde. „Du – wo gewesen? Aussehen müde.“

Ich erzählte Miah von der Beerdigung, aber die spannenden Teile, die er bestimmt sehr genossen hätte – daß ich zum Beispiel in ein Grab gefallen und beinahe lebendig begraben worden wäre –, ließ ich weg. Mir war im Moment nicht nach Melodrama.

„Nicht sehr viel Leute da. Hab einen Mann getroffen, der Delancy aus dem Krieg kannte. Böse Buben.“ Ich gebärdete schnell und Miah schien alles zu verstehen. Er hat ein Naturtalent für Gebärdensprache und wird von Tag zu Tag besser.

„Schramme, woher?“ fragte er und zeigte auf meine linke Wange. Ich dachte, ich hätte die Stelle gut mit Make-up abgedeckt.

„Hingefallen“, gebärdete ich schlicht.

Er nickte und wandte sich wieder seinem Computerbildschirm zu.

Ich arbeitete am Computer bis ich merkte, wie ich einnickte. Mehr als ein oder zwei Stunden Eintippen von Kuchenverkauf auf dem Schulbasar, Floßrennen und E.-Clampus-Vitus-Picknicks ertrage ich nicht am Stück. Irgendwann fängt der Bildschirm an, wie ein dreidimensionales „Magisches Auge“-Bild auszusehen. Als mir zum dritten Mal alles vor den Augen verschwamm, beschloß ich, mir eine Schok-Mok-Pause zu gönnen, um neue Energie zu schöpfen. Außerdem tat mir der Rücken weh, meine Beine taten weh und mein Kopf auch. Ich brauchte dringend Bewegung.

Miah war schon in seinen eigenen Laden verschwunden, also schloß ich ab und ging über die Straße zum Nugget. Das Café war um diese Zeit fast voll, und ich hatte noch Glück, einen Tisch bei der Küchentür zu erwischen. Ich setzte mich in die einzige freie Nische, noch voller dreckigem Geschirr, und winkte Jilda zu. Sie war viel zu sehr in einen Flirt mit Dinkelspiel, dem Klemmbrettmenschen, vertieft, um irgend jemand anderen wahrzunehmen. Mir gegenüber, allein in der letzten Nische neben der Küchentür, saß Barbara Delancy.

Sie sah mich zu ihr hinüberschauen, warf mir ein kurzes, gepreßtes Lächeln zu und las weiter in ihrem Krimi. Als Jilda schließlich mit zwei Kaffeekannen auftauchte, zeigte ich auf die Brühe mit dem hohen Oktangehalt.

„Das übliche dazu?“ fragte sie um ihr Kaugummi herum.

„Aber klar doch“, antwortete ich. Sie schenkte mir einen Kaffee ein und räumte den Tisch ab. Kurz danach kam sie mit einer Tasse heiße Schokolade zurück. Ich trank etwas davon ab, goß dann langsam den Kaffee hinein und genoß die Wärme und den Duft.

Gerade wollte ich einen Schluck nehmen, als Jilda mit einem großen Tablett voller schmutzigem Geschirr die Schwingtür aufstieß. Auf einmal verlor sie das Gleichgewicht, das Tablett purzelte auf den Linoleumbelag, und die Teller flogen wie Frisbees durch die Luft. Der Klemmbrettmensch sprang erschrocken von seinem Platz auf und alles im Diner verdrehte die Köpfe, um zu sehen, was passiert war. Mama Cody stürzte aus der Küche, zerknüllte ihre obstfleckige Schürze und simulierte einen Herzanfall.

„Herrgott nochmal verdammte Scheiße!“ sagte Mama Cody und bekreuzigte sich. Sie steckte einen Finger ins Ohr und drehte ihn, als ob sie es säubern wollte. „Deinetwegen hab ich fast einen Scheißherzinfarkt gekriegt! Und auf diesem Ohr bin ich jetzt bestimmt taub. Was für ein Lärm!“

Dinkelspiel runzelte die Stirn über Mamas dramatischen Auftritt. Vielleicht wollte er gern das ASGA einschalten und das Nugget wegen Gefahren am Arbeitsplatz abmahnen. Die übrigen Zuschauer wandten sich wieder ihren Tellern und Gesprächen zu. Jilda sah einfach nur erstaunt aus, als ob ihr so etwas noch nie passiert wäre. War es natürlich. Mehrfach.

Ich schaute zu Mrs. Delancy hinüber, die immer noch in ihr Taschenbuch vertieft war. Hatte der Tumult sie denn kein bißchen neugierig gemacht?

Sie sah auf, sah mich über ihre Schulter blicken und drehte sich nach dem um, was da offenbar meine Aufmerksamkeit erregt hatte. Sie betrachtete die Nachwirkungen, drehte sich mit großen Augen wieder zurück und schüttelte sanft den Kopf.

Nachdem Jilda das zerbrochene Geschirr aufgefegt und ihre Flirtposition an der Theke wieder aufgenommen hatte, sah ich wieder zu Mrs. Delancy hin. Ich wollte mit ihr über ihren Enkel sprechen. Ein Gesprächsaufhänger mußte her.

„Ganz schönes Durcheinander, nicht?“, rief ich hinüber und wählte das Naheliegendste.

Die Frau sah mich verständnislos fragend an. Dann öffnete sie ihre Handtasche und zog Stift und Notizblock heraus. Sie tippte sich ans Ohr und streckte mir Papier und Bleistift entgegen.

Automatisch begann ich, die Hände zu benutzen. „Tablett. Sie fallenlassen. Rums. Überall. Laut. Leute erschreckt. Großes Durcheinander“, gebärdete ich.

Über das Gesicht der Frau ging ein Leuchten. Sie lächelte und nickte. Wahrscheinlich konnte sie in dieser kleinen Stadt zum ersten Mal ohne Mühe kommunizieren. Warum war ich nicht schon früher darauf gekommen, daß sie gehörlos war? Jetzt war es ganz offensichtlich, wie sie ihre Umgebung ignorierte, wenn sie nicht durch irgend etwas Visuelles eingebunden wurde. Daß sie so von den anderen abgegrenzt schien. Und es erklärte auch, warum sie nicht auf mein Klopfen an ihrer Tür in der Frühstückspension reagiert hatte, obwohl sie im Zimmer war.

Sie zeigte auf mich und fragte, „Gehörlos, gleich?“, mit den entsprechenden Zeigefingerklopfern an Ohr und Wange.

Ich wiederholte ihre Gebärde „wir-beide-gleich“, mit einer zwischen uns hin und her gleitenden Y-Handform und dem ergänzenden Gesichtsausdruck. Sekunden später gebärdeten wir schon wie wild, fragten uns gegenseitig, wie wir unser Gehör verloren hatten, wo wir zur Schule gegangen waren, wen wir kannten, was wir von ASL, der Amerikanischen Gebärdensprache, gegenüber lautsprachbegleitenden Gebärden hielten, von oral oder manuell orientierten Erziehungsansätzen, von Gehörlosenschulen und der Integration in Regelschulen. Wir hatten sofort eine Verbindung, die die Spanne von Alter, Bildung und Erfahrung mühelos überbrückte.

Nachdem unsere Finger minutenlang geflogen waren, zog ich in ihre Nische um und setzte mich ihr gegenüber. Sie gebärdete und buchstabierte mit dem Fingeralphabet, „Ich heiße P-o-p-p-y D-e-l-a-n-c-y", und zeigte mir ihre Namensgebärde, indem sie mit dem Buchstaben „P" an beide Seiten ihrer Nase tippte. Sie reichte mir eine runzlige, zitternde Hand. Ich drückte sie sanft. Bevor ich mich vorstellen konnte, hielt Jilda an unserem Tisch an, um Nachschub anzubieten.

„Möchtest du noch, Connor?" fragte sie und sah dann Mrs. Delancy an. Wir schüttelten beide den Kopf.

Als Jilda wegging, wandte sich Mrs. Delancy wieder zu mir. „Du C-a-r-l-a?" fragte sie mit dem Fingeralphabet. Sie mußte versucht haben, Jildas Lippen abzulesen.

Ich fingerte meinen Namen. „C-o-n-n-o-r W-e-s-t-p-h-a-l. Und Sie sind mit C-u-l-l-e-n D-e-l-a-n-c-y verwandt?"

Sie legte den Kopf schief und nickte ergeben. Hatte sie sich mit seinem Tod abgefunden – oder mit ihrer Verwandtschaft zu ihm? Ich konnte es nicht feststellen.

„Er ist mein Enkel. Seine Eltern sind beide tot. Ich hab alle überlebt, wie's scheint. Er ist der letzte Delancy. War, heißt das. Jetzt bin ich das wohl."

„Es tut mir sehr leid. Sie sind wegen der Beerdigung hergekommen?"

„Und um seine Angelegenheiten zu regeln. Da war einiges an Papierkram zu erledigen, und ich mußte seine Sachen ausräumen. Ich hab alles in Kartons packen lassen. UPS kommt heute nachmittag und bringt sie in ein Lagerhaus."

Sie ließ ihre Hände auf dem Tisch ruhen, dann nahm sie ihre Tasse hoch und nippte an etwas, das nach Tee aussah.

„Mrs. Delancy, kennen Sie Harlan Truax?"

Barbara Delancy nickte, während sie weiter ihren Tee schlürfte. Sie setzte die Tasse ab und begann zu gebärden. Ihre Finger waren ein bißchen gebeugt und steif, aber ihr Ausdruck war klar und lebendig. So wie ihr runzliges Gesicht, ein Gesicht, das im Laufe der Jahre schon viel ausgedrückt haben mußte. Sie spitzte den Mund und zog die Stirn kraus, als sie fortfuhr.

„Nennen Sie mich doch bitte Poppy. Nein, ich hab Harlan Truax nicht gekannt, aber Cullen kannte ihn vor vielen Jahren, in der Armee. Damals hat er Harlan immer in Schwierigkeiten gebracht."

„Ach ja? Was für Schwierigkeiten denn?"

„Ich weiß es nicht genau, aber als er entlassen wurde, hatte er einen ganz hübschen Notgroschen beisammen."

„Ehrenhaft entlassen?"

„Mit Ach und Krach, glaube ich. Er ist wahrscheinlich gerade noch rechtzeitig rausgekommen. Glücklicherweise hat sich das geändert, nachdem sie aus Vietnam zurückkamen. Truax wurde anständig und ging ins Zeitungsgeschäft. Das hat er von seinem Vater übernommen. Er heiratete seine Schulfreundin, bekam ein Kind und konzentrierte sich darauf, viel Geld zu verdienen. Cullen schlug die Ingenieurslaufbahn ein."

„Sind sie denn nach dem Krieg nicht mehr in Verbindung geblieben?"

„Ich glaube nicht. Ich glaube, Cullen wollte mit seinen alten Kriegskameraden nicht mehr viel zu tun haben, nachdem er in die Staaten zurückgekommen war und zu arbeiten begonnen hatte. Er war ihnen irgendwie entwachsen."

„Ihrem Enkel scheint es ja auch nicht schlecht gegangen zu sein."

Poppy Delancy dachte darüber nach und fuhr dann fort: „Cullen war sehr erfolgreich in seinem Beruf. Sein Privatleben war nicht ganz so erfolgreich. Er hat nie die richtige Frau fürs Leben gefunden, und dabei hat er es weiß Gott versucht." Sie sah einen Moment wehmütig aus dem Fenster, dann wieder zurück zu mir.

„Er hat nie geheiratet?"

„O doch, mehrmals. Zuletzt waren es fünf, glaube ich. Nichts davon hat länger als ein paar Jahre gehalten. Er liebte die Frauen. Konnte ihnen nicht widerstehen. Und sie konnten ihm nicht widerstehen. Aber er traf nicht immer die beste Wahl.

Seine erste Liebe hat Cullen nie bekommen. Er war immer auf der Suche nach einem Ersatz für sie, und keine konnte ihrem Vorbild je gerecht werden. Ich glaube, das geht vielen so."

„Wie war sie denn – seine erste Liebe?"

„Nichts Besonderes, aber er muß das wohl anders gesehen haben. Sie hat auch ihre Probleme gehabt, wie wir alle."

„Sie kennen Sie noch, nach so langer Zeit?"

„Nein, nein. Nur das, was ich in der Gesellschaftsspalte lese. Sie ist dauernd in den Nachrichten. Ist natürlich kein

Wunder, weil ja die Zeitung ihrem Mann gehört. Sie ist Truax' Frau, Blenda."

Ich war zu verblüfft, um etwas zu sagen. In meine Konversationspause hinein nahm Poppy ihre Handtasche vom Sitz und öffnete ihr Portemonnaie, weil sie aufbrechen wollte.

„Lassen Sie mich doch bitte", sagte ich, in die Gegenwart zurückkehrend. Ich zog mein eigenes Portemonnaie heraus und legte genug Geld für unsere beiden Rechnungen und einen neuen Lidschatten für Jilda auf den Tisch – hoffentlich kaufte sie etwas Dezentes. Dann folgte ich Poppy nach draußen in den sonnigen Sommertag.

„Sie sind also nicht selbst mit Blenda Truax in Kontakt geblieben?" Ich wollte unbedingt mehr über Cullen Delancys Vergangenheit erfahren.

„Nein. Ich weiß nur das, was ich gelesen – oder was ich von Cullen über sie gehört hab. Er meinte, daß Blenda sich im Lauf der Jahre verändert hätte. Als Sterling vom College zurückkam, war es zwischen Mutter und Tochter nicht mehr so wie früher. Blenda fing aus irgendeinem Grund an, Cullen zu drangsalieren. Ungefähr zu der Zeit, als er dieses junge Mädchen getroffen hat. Das schien ihn eine Weile zu beschäftigen. Bis irgend etwas passiert ist – ich weiß nicht was. Erst war er in sie verliebt, und dann, von einem Tag auf den anderen, war er … anders. Aber so war er eben. Sehr sprunghaft."

„Ich hab gehört, daß Blendas Tochter Sterling irgendeine Depression durchgemacht hat."

„Ja …" Poppy hielt inne. „Das stand in einer anderen Zeitung. Sie hat versucht, sich umzubringen. Hat einen ganzen Medizinschrank voller Tabletten genommen."

„Wissen Sie, warum?"

„Nein, das stand in dem Artikel nicht drin. Und als ich ihn fragte, meinte Cullen, er wüßte auch nicht mehr." Poppy zupfte einen Fussel von ihrer weißen Bluse. Sie blieb stehen, um den Fussel zu Boden flattern zu sehen, ganz fasziniert von seinem langsamen Flug. Als das Teilchen gelandet war, sah sie wieder zu mir auf.

„Poppy, kannten Sie einen Mann namens Charles Bolton? Oder jemand namens Bozo?"

Sie zog die Nase kraus, als ob ein übler Geruch in der Luft läge. „Ich kenne niemand, der Bozo heißt. Aber wer Charlie ist, weiß ich. Cullen hatte schon jahrelang nichts mehr von ihm gehört, bis vor kurzem. Er ist wohl Alkoholiker geworden, hab ich gehört."

Ich dachte an Boltons neuen Lexus. „Haben Sie ihn in letzter Zeit gesehen?"

Ihre Augenbrauen schossen nach oben. „Ja, das habe ich tatsächlich. Das ist das Merkwürdige. Bei der Beerdigung konnte ich von der Predigt nicht sehr viel verstehen. Ich kann nicht gut ablesen, ich bin einfach nie richtig damit klargekommen. Hin und wieder erkenne ich ein Wort, aber es ist einfach zu schwierig. Ich bekomme Kopfschmerzen davon. Ja, jedenfalls habe ich mich umgeschaut und mir die Leute angesehen – es waren sehr wenige da, ist Ihnen das auch aufgefallen? Cullen scheint nicht sehr viele Freunde gehabt zu haben. Jedenfalls nicht sehr viele männliche. Aber Charlie war da. Und dann bin ich ein bißchen zwischen den anderen Grabsteinen herumgegangen, als sie den Sarg in das Grab gelassen haben – es tat mir einfach zu weh, das mit anzusehen. Und da hab ich Charlie hinter einem Baum stehen sehen. Als ich näher herankam, habe ich bemerkt, daß er mit seinem Handy telefonierte, mitten auf der Beerdigung. Können Sie sich das vorstellen?"

Ich erinnerte mich, daß ich von weitem gesehen hatte, wie er mit jemandem sprach. Hatte er da telefoniert?

„Haben Sie mit ihm gesprochen?"

„Ich wollte ihm die Meinung sagen – am Telefon schwatzen, während eine Beerdigung stattfindet! Was sollte denn so wichtig sein, daß es nicht solange warten konnte? Er führte ein sehr energisches Gespräch mit irgend jemand, gestikulierte wild in der Gegend herum. Ich habe versucht, näher heran zu kommen, um seine Lippen ablesen zu können, aber ich konnte nur ein einziges Wort erkennen, weil er das immer wieder gesagt hat: ‚Molly'. Er muß mit jemand gesprochen haben, die Molly heißt. Und er schien sehr aufgeregt. Ich hätte wirklich zu gern gewußt, worum es da ging."

„Sie wissen nicht, wer Molly ist?"

„Nein, ich hab bloß den Namen erkannt, weil eine meiner Tanten Molly hieß. Eigentlich hieß sie ja Patty, aber für mich als Dreijährige sah das wie Molly aus. Namen sind immer am schwierigsten abzulesen, finden Sie nicht auch?"

„Ihr Name ist ziemlich einfach: Poppy."

„Ja, aber in Wirklichkeit heiße ich Barbara. Meine ältere Schwester hat mich immer Barbie genannt. Und ich dachte, sie sagte ‚Poppy', deswegen habe ich mich so genannt. Und das ist dann hängengeblieben. Jetzt nennen mich alle Poppy – selbst meine Schwester. Aber natürlich lebt sie jetzt nicht mehr. Sieht aus, als ob jetzt alle tot sind."

17

Das, was ich von Poppy Delancy erfahren hatte, ließ mich nicht los. Beunruhigt ging ich ins Büro zurück, um noch ein bißchen Arbeit zu erledigen. Kurz nach eins stieg ich in meinen Chevy und fuhr zu unserer Essensverabredung zu Dans Arbeitsplatz hinaus. Normalerweise liegt meine Schmerzschwelle ziemlich hoch, aber jedes Schlagloch in der Straße erinnerte mich an meine Wunden. Als ich ankam, taten mir selbst die Haare weh.

Die Baustelle sah um die Mittagszeit verlassen aus, ganz anders als die Ameisenhaufenroutine während der Arbeitszeit. Kräne standen bewegungslos in der Luft. Planierraupen waren wie einsame Metallskulpturen auf dem Gelände verteilt. Ein paar Schutzhelmträger lungerten in ihren verbeulten Pickup-Lastern herum, aßen oder machten ein Nickerchen. Andere fuhren gerade vom Parkplatz, sicher auf dem Weg zu Bars, Grillimbissen, Cafés und Pizzaschuppen. Eine Handvoll Bauarbeiter saß auf verschiedenen Ebenen des Rohbauskeletts verteilt und ließ die Beine baumeln, während sie Sandwiches und Chips mampften.

Zwei Arbeiter entdeckten mich vom Treppenabsatz im ersten Stock aus, als ich auf die Baustelle kam. Einer winkte, während der andere zwei Finger in den Mund steckte, was wohl ein Pfeifen bedeutete. Ich tat, als ob ich nichts bemerkte, und schlüpfte in das Gebäude und damit aus ihrem Blickfeld. Gott sei Dank, daß es Bauarbeiter gibt. An dem Tag, an dem mir kein Schutzhelm oder

Trucker mehr nachschaut, fange ich an, mich in die nächsthöhere Konfektionsgröße zu fressen.

Dan kam mir durchs Erdgeschoß entgegen.

„Tut mir leid, daß ich zu spät bin", sagte er und wischte sich die staubigen Hände an der Jeans ab. „Ich hab hier'n paar Leute anzulernen, die eine Schalungsschraube nicht von einem Türknauf unterscheiden können. Wie geht's dir?" Ich sah Sägemehl in seinem Haar, einen Fleck rote Tonerde, wo er sich mit einer schwitzenden Hand die Stirn gewischt hatte, und an beiden Händen symmetrisch aufgeschabte Knöchel. An ihm sah das gut aus.

„Prima", log ich.

„Was ist denn mit deinem Gesicht passiert?" Dan fand immer die treffenden Worte.

„Hingefallen."

Er sah mich eigenartig an.

„Ich erzähl's dir beim Essen. Wo gehen wir denn heute hin?"

„Mir nach", befahl er mit einem schelmischen Grinsen. Im Gehen bürstete er sich das Sägemehl von seinem blauen Arbeitshemd und eine Wolke kleiner Teilchen flog ins Sonnenlicht wie vergoldete Schneeflocken.

Am anderen Ende des Gebäudes sammelte Dan seine Kühlbox und einen kleinen, leichten Denimrucksack auf. Er lud mich mit einer Bewegung ein, ihm zu folgen, und führte mich zu einem grellorangenen offenen Aufzug.

Als er die Tür öffnete und eine „nach Ihnen"-Geste machte, blieb ich stehen.

„Moment mal. Du glaubst doch nicht etwa, daß du mich in dieses Ding reinkriegst?" Ich wollte zurückgehen, aber Dan packte meine Hand.

„Na komm schon. Das ist genau wie ein ganz normaler Fahrstuhl, bloß mit Klimaanlage und einer besseren Aussicht. Du hast doch keine Angst, oder?“

Das Bild von Cullen Delancy auf dem Kellerboden, eher einer Pizza als einem menschlichen Wesen ähnlich, schoß mir durch den Kopf. „Doch“, sagte ich und nahm meine mittlerweile schweißnasse Hand wieder an mich.

„Ach, komm. Der Blick von da oben ist herrlich. Das solltest du wirklich nicht verpassen.“

„Es sind doch bloß vier Stockwerke. Übertreib's mal nicht mit der Aussicht.“ Ich sah ihm in die Augen und schaute dann zu dem orangefarbenen Kasten hinüber. Ach, was sollte es. Feigling hat mich noch keiner genannt.

Dan stieg in den zellenartigen Container. Ich holte tief Luft und folgte ihm. Er legte den „Aufwärts“-Hebel um, und ich krallte mich mit weißen Fingern an den Maschendrahtwänden fest und fühlte mich ein bißchen wie ein Vogel im Käfig.

„Mach dir keine Sorgen. Viele Leute hinterlassen hier ihre Fingerabdrücke auf dem Geländer, wenn sie das erste Mal in so einem Ding hochfahren. Selbst die ganz harten Jungs. Aber schau doch mal.“ Er zeigte in die Weite.

Ich warf ihm ein schwaches Lächeln zu und versuchte, meinen Griff zu lockern. Ich war schon kurz davor, mich zu entspannen, als der Aufzug auf dem Dach ankam und mit einem Ruck hielt. Ich krallte mich an die Wände, als ob es um mein nacktes Leben ginge und wartete darauf, daß Dan ausstieg, damit er mich da rausholte. Er streckte mir eine Hand entgegen, und ich packte sie genau so fest wie vorher die Aufzugswand. Ich trat auf das Dach und ging schleunigst zur Mitte des Gebäudes.

„He, von da drüben kannst du doch gar nichts sehen. Komm her, schau doch mal.“ Er deutete mit dem Kopf zur Dachkante. Ich hielt die Arme wie eine Seiltänzerin ausgestreckt und ging langsam zu Dan hinüber. Vier Stockwerke waren nicht viel, aber das Gebäude stand oben auf einer Kuppe, und diese Kombination bot einen herrlichen Blick über die goldgrünen Hügel, die die Argonauten aus der ganzen Welt angelockt hatten. Vulkanfelsen ragten wie Grabsteine aus den sanften Kuppen, mit Büschen und Eichen abgesetzt. Schwarzbunte Kühe, Ziegen und Schafe sprenkelten die Landschaft wie auf einem naiven Gemälde.

„Laß mal sehen. Copperopolis liegt in dieser Richtung hier. Da drüben ist der Melones-Damm – man kann den Turm sehen. Das da ist Angel's Camp –“

„Und wo ist New York?“ zog ich ihn auf.

Während ich versuchte, meinen Diner zu erspähen, ließ sich Dan auf dem Dach nieder und öffnete den Rucksack. Er zog eine Thermodecke hervor und breitete sie auf dem unebenen Untergrund aus. Die Ecken sicherte er mit Baumaterialresten und holte dann einen Laib San-Francisco-Sauerteigbrot und eine kleine Kugel Mounterey-Jack-Käse aus dem Rucksack.

Ich setzte mich breit lächelnd zu ihm und sah zu, wie er noch mehr Fressalien auslud. Grüne Äpfel, Weizencracker, Salamischeiben und Artischockenherzen komplettierten das fürstliche Mahl. Aus der Kühlbox nahm er zwei kleine Flaschen heraus, einen Chardonnay aus dem Mother Lode und einen Cabernet „Gold Country“.

Ich lachte. „Ißt du immer so?“

„Na ja, normalerweise nehme ich ja nur etwas *foie gras* und ein paar Schnecken, aber die waren mir ausgegangen, also müssen wir uns mit dem hier begnügen. Ich hab noch ein Sandwich mit Erdnußbutter und Marmelade von gestern, wenn du diese Sachen nicht magst." Er tat, als ob er in seinen Rucksack langen wollte.

Ich gab seiner Schulter einen Knuff. Wahrscheinlich spürte er überhaupt nichts davon – diese Muskeln waren steinhart. Er schraubte die Weinflaschen auf und holte zwei Plastikgläser hervor.

„*Blanc* oder *rouge*, Madame?" fragte er.

Zuerst verstand ich ihn nicht. Wenn man gehörlos ist, ist es schon schwierig genug, seine eigene Landessprache zu lernen. Er mußte mir die französischen Wörter erklären.

„Ach egal – beides!" Mir war verwegen zumute.

Er schenkte ein Glas Rotwein und ein Glas Weißwein ein und stellte sie vor mich hin. Den Rest der Mittagspause redeten und lachten wir, aßen alles Eßbare auf und teilten uns die Getränke. Erst als der Aufzug ansprang und aus unserem Blickfeld ruckelte, merkte ich, daß die Zeit um war. Zu der Friedhofsgeschichte kam ich gar nicht.

Ich begann, Einwickelpapier und Abfall aufzusammeln. „Kommt der Aufzug wieder hoch?" fragte ich.

„Weiß ich nicht. Vielleicht sitzen wir hier wochenlang fest." Er warf mir einen listigen Blick zu.

Als wir aufgeräumt hatten, war unser Transportmittel wieder da. Die Kabine war mit vier Männern in ärmellosen T-Shirts, orangenen Westen und Schutzhelmen beladen. Sie warfen Dan wissende Blicke zu, beguckten mich von oben bis unten, und dann tauschten wir die Plätze. Dan und ich fuhren im Aufzug ins Erdgeschoß zurück und bemühten uns, nicht so auszusehen, als ob wir gerade Sex auf dem Dach gehabt hätten. Dan brachte mich zu meinem Auto und hockte sich neben die offene Fahrertür, um mit mir zu reden.

„Hab noch vergessen, dir was zu erzählen."

Ich wartete.

„Na ja, vielleicht liege ich ganz schief, aber ich glaube, Delancy wußte wirklich etwas über dieses Grundstück. Ich hab ein bißchen in der Bibliothek in Whiskey Slide herumgeforscht und ein paar Dinge rausgefunden. Delancy wußte definitiv, daß wir hier auf einer Krustenverwerfung bauen. Und wahrscheinlich wußte er auch, daß der Boden kontaminiert ist."

Ich dachte einen Moment nach. „Mit Arsen?"

„Woher wußtest du das? Egal. Ich beginne allmählich zu kapieren, daß du alles weißt. Na, jedenfalls muß ich dir wohl nicht sagen, daß Arsen ein häufig vorkommendes Nebenprodukt bei der Goldverarbeitung war. Besonders giftig wäre es, falls es zu einer Liquefaktion kommt und die chemischen Stoffe ins Grundwasser gelangen. Wenn das Gebäude hier auf einer zugeschütteten Mülldeponie von der alten Münze hochgezogen wird, könnten wir echte Probleme bekommen."

„Du glaubst, Delancy war da irgend etwas auf der Spur? Und daß das vielleicht jemand gemerkt hatte?"

„Kann man nicht wissen. Aber denk daran, daß Delancy die Baupläne genehmigt hat."

„Dan, ich hab heute Delancys Großmutter getroffen, Barbara Delancy. Sie war auf der Beerdigung." Ich erzählte ihm, was dort passiert war, ließ aber meine schreckliche Begegnung mit den Regenwürmern aus. Dazu würde ich später kommen. Im Moment wollte ich kein Mitleid. Es hätte die Stimmung kaputtgemacht.

„Sie meinte, daß sich Delancys Persönlichkeit verändert hätte, und zwar ganz zufällig genau zu der Zeit, als Sterling ihren Selbstmordversuch unternommen hat. Ich komme allmählich zu der Überzeugung, daß er mit Sterling Truax zusammen war."

„Glaubst du, daß sie irgend etwas mit Delancys Tod zu tun hat?"

„Sterling? Ich weiß nicht. Poppy – das ist Mrs. Delancys Spitzname – sagt, sie hätte während der Grabrede gesehen, wie Charles Bolton sich übers Handy mit jemand unterhalten hat. Sie hat nur ein paar Wörter mitgekriegt – sie ist nicht sehr gut im Ablesen. Aber sie meint, daß er irgend etwas über jemand namens Molly gesagt hat. Oder daß er vielleicht mit einer Molly geredet hat."

„Und wer ist Molly?"

„Keine Ahnung."

Dan ließ den Blick ins Weite schweifen und schaute dann wieder zu mir. „Na, ich hab da auch noch ein paar Sachen, die ich überprüfen möchte. Aber, Connor, wenn Delancy ermordet wurde, solltest du dich besser in acht nehmen. Wenn er in irgendwas rumgeschnüffelt und dafür mit dem Leben bezahlt hat, dann könnte dir das auch passieren."

Ich dachte an mein Friedhofserlebnis und bekam eine Gänsehaut.

„Ist dir kalt?" Dan legte mir eine Hand auf den Arm und rieb sie auf und ab, um mich zu wärmen. Ich bemühte mich, nicht zusammenzuzucken, als er auf die blauen Flecke drückte.

„Nein, ich bin okay. Keiner ist vorsichtiger als ich, das kannst du mir glauben. Du solltest auch auf dich aufpassen, weißt du."

Er sah mich mit einem dieser intensiven, durchdringenden Blicke an, der mir sofort die Hitze ins Gesicht trieb. Für einen Moment verlor ich den Faden. Seine Hand lag still auf meinem Schenkel. Ich mußte mich erst einmal wieder sammeln, bevor ich weiterreden konnte.

„Ja, also, jedenfalls – dieser Typ, dessen Lippen sie abgelesen hat – Charles Bolton –, ich hab ihn getroffen, als er von der Beerdigung wegging. Er war einer von Delancys Kriegskameraden. Rate mal, wer sein befehlshabender Offizier war?"

„Hitler?"

„Harlan Truax."

Dan guckte erstaunt. „Ach was. Die drei waren also Kumpel, ja?"

„Und rat mal, was sie für Spitznamen hatten."

„Narbengesicht und Schönling."

„Seedy und Chopper. Und auf seiner Mütze steht 5051."

Ich sah ein Licht hinter Dans blauen Augen aufgehen. Sie strahlten wie Radium. „Die furchtbaren Vier? Also waren es sein Messer und Kompaß, die wir am Tatort gefunden haben."

„Es könnte seins sein. Aber könnte es nicht auch Delancy gehört haben? Oder sogar Truax? Oder dieser vierten Person, die weiterhin ein Geheimnis bleibt. Aber Delancy wurde jedenfalls nicht mit einem Messer getötet."

„Das ist wahr. Ich weiß noch nicht, wie das alles zusammenpaßt."

„Wenn Truax Delancy umgebracht hat, dann vielleicht, weil Delancy bei dem Bau Ärger machen wollte."

„Aber warum – wenn Delancy die fragwürdigen Pläne schon genehmigt hatte?" fragte Dan.

„Vielleicht ist Delancy hingegangen, um mit Truax zu verhandeln."

„Und …?"

„Ich weiß nicht. Erinnerst du dich an das Bild mit Mrs. Truax? Vielleicht war es Erpressung."

„Und was ist dann mit dieser Molly?" fragte Dan.

„Vielleicht war sie eine von seinen Freundinnen und hatte etwas über seine Beziehung zu der jüngeren Frau herausgefunden. Über die Beziehung zu Sterling."

„Eifersucht!" sagte Dan und ließ seine Augen à la Peter Lorre hervorquellen.

„Oder vielleicht war Molly eine Erpresserin und hatte etwas gegen Delancy in der Hand."

„Habgier!" sagte er und warf sich in Boris Karloffs steife Körperhaltung.

„Oder vielleicht ... hatte er dieser Molly etwas getan und sie wollte es ihm heimzahlen."

„Rache!" Diesmal versuchte er es mit einem Bela-Lugosi-Look.

„Du brauchst noch ein bißchen Schauspielunterricht."

Dan schloß die Autotür und stand auf. Er lehnte sich für einen letzten Wortwechsel vor und ließ seine braungebrannten Arme auf meinem Fensterrahmen ruhen.

„Mannomann", sagte er. „Hoffentlich kläre ich das nicht zu schnell auf. Worüber sollen wir uns unterhalten, wenn wir nicht über Mord reden können?"

„*Du* klärst das hier auf? Ich bin der Kopf in diesem Unternehmen! Du stellst doch bloß die ... Muskeln." Das Wort blieb mir beinahe im Hals stecken, als ich auf seine Arme sah. Ich wurde am ganzen Körper rot.

Ich ließ den Motor aufjaulen, um meine Verlegenheit zu kaschieren, aber Dan ging nicht weg. Ich sah nach, ob er noch etwas sagen wollte. Er lehnte sich vor und küßte mich versuchsweise. Mein Fuß rutschte vom Pedal ab und der Motor blieb mit einem Ruck stehen.

Dan zog seinen Kopf wieder durch das Fenster, blickte verwirrt zur Baustelle hinüber und wurde rot. Ich drehte mich um, um zu sehen, wohin er schaute. Eine Gruppe von Schutzhelmen stand im ersten Stock und applaudierte. Alle außer Jake, der mit gerunzelter Stirn etwas abseits stand, die Arme auf der Brust verschränkt.

Ich fuhr los, mit einem kleinen Staubwirbelsturm hinter meinem Auto. Nicht, daß ich das genau gesehen hätte. Ich wagte mich nicht umzudrehen.

18

„Wo ist meine Grafik-CD?“ fragte ich Miah in Gebärden, nachdem ich mein Computerzubehör durchforstet hatte.

Miah saß über seine Tastatur gebeugt und malte winzige Pixeländerungen an dem Logo, das er für seinen Laden entwarf. Sofort sah er wieder auf seinen Monitor, langte blind mit der linken Hand herüber und hob die CD hoch, während die rechte Hand mit der Maus herumhantierte.

„Miah, hast du diese Fotovergrößerung schon gemacht?“

„Uups. Hab ich vergessen, tut mir leid. Mach ich sofort.“

„Danke. Übrigens, hast du schon mal von SIN gehört?“

Keine Antwort.

„Miah?“ Ich wedelte mit einer Hand vor seinem Gesicht herum.

„Hm?“ sagte er, endlich aus seiner Konzentration herausgerissen.

Ich gebärdete die Frage noch einmal. Er lehnte sich auf seinem Stuhl zurück und lockerte seinen verkrampften Hals. „Ja klar, die haben diese coolen Anzeigen im *Monitor.* Mit all diesen Bienen in ihren kleinen Nachthemdchen.“

Ich lächelte. „Und was weißt du davon?“

„Nicht viel. Eine Exfreundin von mir ist mal auf eine dieser Parties gegangen, wo eine Menge Frauen in winzigen Sachen herumlief. Sie wollte mich nicht mitnehmen."

Kluges Mädchen.

„Angeblich verkaufen die da alles mögliche", erzählte Miah weiter.

„Was zum Beispiel?"

Er zuckte die Achseln. Seine Wangen färbten sich rot. „Du weißt schon", gebärdete er, indem er sich mit der Fingerspitze an die Stirn tippte.

„Sexartikel?"

Er grinste, als ob es ihn verblüffte, daß ich wußte, was Sexartikel waren.

„Du meinst Intimtattoos und Liebestränke und eßbare Unterwäsche? Solche Sachen?"

Das Grinsen wurde breiter und die Röte intensiver. „Bist du schon mal auf solchen Parties gewesen?"

„Massenhaft", log ich.

Miah lachte. „Ja, klar."

„He, was soll das denn heißen? Ich weiß alles über diese Parties. Harmony hat mir davon erzählt. Die Vertreterin kommt zu einem nach Hause und führt all die unanständigen kleinen Sachen vor, und alles kichert und wird rot und kauft Waren für soundso viel hundert Dollar, in der Hoffnung, ihrem langweiligen Sexleben wieder einen Kick zu geben."

„Na, wenn du eine veranstalten willst, lade ich mich selbst ein", gebärdete Miah.

„Dein Vater würde dich umbringen. Und mich auch", gebärdete ich zurück. Dann fiel mir etwas ein. „Miah, mach doch bitte mal einen Anruf für mich, ja?"

Ich ließ ihn seinen Vater anrufen und sagte ihm, wonach er fragen sollte, während ich ein paar Notizen in meinem Computer nachsah. Er wählte, sprach ein paar Minuten am Telefon, kritzelte einige unleserliche Notizen und legte auf. Er hielt den Block hoch, auf den er den Namen „Bill Gottfried“ geschrieben hatte.

„Sheriff Gottfried. Aus Whiskey Slide? Was hat der denn damit zu tun?“

„Gottfried hat Delancys Brieftasche. Offiziell gehört die Baustelle in seinen Zuständigkeitsbereich. Sie ist bei ihm als Beweismittel hinterlegt.“

„Sonst noch was?“

„Ja, eins noch.“

„Was?“ gebärdete ich, indem ich meine Hand mit der Handfläche nach oben in der Luft schüttelte.

„Dad wollte wissen, warum du das wissen willst.“

„BÜRO DES CORONER. ARTHURLENE JACKSON HIER.**“ Die Übersetzung der Telefonvermittlung erschien auf meinem Schreibtelefon.

„HIER IST CONNOR WESTPHAL“, tippte ich. „ICH HOFFE, ICH HABE SIE NICHT BEI IRGEND ETWAS GESTÖRT. ICH HABE NOCH 1 FRAGE ZU CULLEN DELANCY'S AUGEN.**“

„WAS MÖCHTEN SIE WISSEN?**“

„DIE AUGENKRANKHEIT. ICH HAB IN MEDIZINISCHEN BÜCHERN IN DER BIBLIOTHEK NACHGESEHEN, KONNTE ABER NICHTS ÜBER DIE URSACHEN HERAUSFINDEN.**“

„TUT MIR LEID. DAS WEISS ICH AUCH NICHT. SIE KÖNNTEN ES BEI DER MEDIZINISCHEN FACHBIBLIOTHEK VERSUCHEN.“

Sie gab mir die Nummer. Ich dachte kurz nach, während der Cursor des Schreibtelefons mich hypnotisch anblinkte. „WEGEN DER BRIEFTASCHE. SHERIFF MERCER SAGTE, ES WÄRE EIN KONDOM DARIN GEWESEN.**“

„ROT. MIT KLEINEN KNUBBELN.**“

Ich fragte mich, was die Vermittlerin wohl von diesem Gespräch dachte. Vermittler dürfen keine Kommentare abgeben oder sich einmischen, deshalb würde ich das nie erfahren. Umso besser.

„ERINNERN SIE SICH NOCH AN IRGEND ETWAS ANDERES? BILDER? TICKETS? NOTIZEN? VISITENKARTEN?**“ Ich wollte sichergehen, daß Sheriff Mercer nichts übersehen – oder mir absichtlich irgendwelche Informationen vorenthalten hatte.

„DAS MÜSSTEN SIE MIT SHERIFF GOTTFRIED ABKLÄREN. ICH MUSS SCHLUSS MACHEN. DA KOMMT GERADE EIN FRISCHER FALL – VERKEHRSUNFALL. IST SONST NOCH IRGEND ETWAS?**“

„NEIN, DANKE.** ENDE“

Ich beendete das Gespräch und bat die Vermittlerin, bei der medizinischen Bibliothek anzurufen. Die Bibliothekarin dort meinte, daß sie dafür einiges nachsehen müßte; sie würde mich zurückrufen. Ich gab ihr die Nummer der Schreibtelefonvermittlung und legte auf.

Eine Viertelstunde später blinkte die Lichtklingel am Telefon und die Worte „ST-VERMITTLUNG KALIFORNIEN. PLATZ 45. ANRUF VON DER MEDIZINISCHEN BIBLIOTHEK, SACRAMENTO.**“ erschienen.

„MS. WESTPHAL, ICH HABE JETZT DIE INFORMATIONEN, NACH DENEN SIE FRAGTEN.**“ Die Worte der Bibliothekarin wurden in Buchstaben auf meinem Bildschirm übersetzt.

„WUNDERBAR. WAS HABEN SIE HERAUSGEFUNDEN?**"

„ÜBER DIE URSACHE IST NICHTS BEKANNT. EIN AUGE BEKOMMT WENIGER PIGMENTE ALS DAS ANDERE. ES KANN LICHTEMPFINDLICHER SEIN ODER SEHSTÖRUNGEN AUFWEISEN, ABER MEISTENS NICHT. GENETISCHE ZUSAMMENHÄNGE. MEHR KONNTE ICH NICHT FINDEN.**"

Das war nicht mehr, als ich schon von Dr. Jackson erfahren hatte. Ich dankte ihr und der Vermittlerin und legte auf. Ich sah zu Miah hinüber, der in sein Grafikprogramm versunken war. Er mußte meinen Blick wohl gespürt haben.

„Was ist?" gebärdete er. Er wandte mir zwar sein Gesicht zu, aber die Augen klebten immer noch am Bildschirm. „Nichts."

„Warum starrst du mich dann an?"

„Tu ich nicht. Ich gucke einfach bloß so. Ich denke nach. Dich anzuschauen hilft mir beim Denken."

Er zog eine Grimasse. „Laß den Quatsch, oder ich spring dir mit dem nackten Hintern ins Gesicht. Also, was willst du?"

„Ein Anruf noch?"

„Kein Problem."

Er wählte auf meine Bitte den Sheriff in Whiskey Slide an und fragte nach Sheriff William Gottfried, einem Freund seines Vaters. Nach einer Weile offenbar witziger Unterhaltung mit jeder Menge Gelächter legte er auf.

„In der Brieftasche war eine Quittung für eine Kopie einer Geburtsurkunde des Mother Lode Memorial Hospital. Von dem Kondom wußtest du ja schon. Und sonst war da nur noch eine Visitenkarte des Twain-Harte Hospital drüben in Whiskey Slide."

Eine Kopie einer Geburtsurkunde. Eine Reha-Klinik in einer anderen Stadt. Nichts davon ergab viel Sinn.

Um halb vier hatte ich den Erdbebenartikel fast fertig und war sehr erpicht darauf, ihn abzuschließen. Ein wichtiges Rechercheteil fehlte mir noch, und ich rief Harmony über die Schreibtelefonvermittlung an, ob sie mir vielleicht helfen könnte. Ich wählte die 0800-Nummer.

Endlich kam: „HI CONNOR, HARMONY HIER. WIE GEHT ES IHNEN?**"

„HI HARMONY. ICH HAB EINE FRAGE ZU LIQUEFAKTION. SIE SAGTEN, SIE HÄTTEN DAZU MATERIAL. KÖNNTEN SIE MIR DAS FAXEN ODER MAILEN? DAS WÄRE SEHR NETT.**"

Ich wartete und sah dann die Worte erscheinen: „KÖNNEN SIE GERN HABEN. KOMMEN SIE ES ABHOLEN, DANN KÖNNEN WIR EINEN KAFFEE TRINKEN UND REDEN. ICH HAB EIN PAAR INTERESSANTE KLEINE FAKTEN, DIE SIE VIELLEICHT INTERESSIEREN, ABER DIE SAGE ICH IHNEN LIEBER PERSÖNLICH. MAN WEISS NIE, WER HIER SO ALLES ZUHÖRT. HABEN SIE ZEIT?**"

Ich wog die Arbeit, die ich noch vor mir hatte, gegen den Zeitaufwand ab, und beschloß, daß es den Ausflug wert war. Sie hatte mich neugierig gemacht. Ich überließ Miah das Einflicken der letzten Füller und genoß auf den fünfzehn Minuten Fahrt nach Thunder Camp die Landschaft, das Verdeck meines Chevy offen und Wind in meinen Haaren. Gedanken wehten mir auch durch den Kopf, und hin und wieder Duftwolken von Pinien oder Wildblumen. Das einzige, was jetzt noch fehlte, war ein *DoveBar*-Eis. Dann wäre einfach alles perfekt gewesen.

Entweder erkannte mich der Wachmann wieder, oder Harmony hatte ihm Bescheid gesagt, daß ich kommen würde. Er ließ mich ohne Umstände hochgehen. Aber das Büro im ersten Stock war merkwürdig verwaist, als ich ankam.

„Hallo?" rief ich und suchte die Kabinen nach Lebenszeichen ab. Niemand zu sehen. Ich setzte mich an Harmonys Schreibtisch und las den „Connor, bin gleich wieder da"-Zettel, der an einer Diskette klebte. Unten hatte sie noch „Ausdruck liegt im Drucker" dazugeschrieben.

Ich bewegte die Maus und weckte den Monitor aus seinem „Raumschiff Enterprise"-Bildschirmschoner. Harmony hatte die Datei über Liquefaktion aufgerufen und ein Icon in der unteren linken Ecke zeigte an, daß es bereits gedruckt war. Wo war der Drucker?

Ich stand auf und sah gerade noch eine junge Frau durch die Nachrichtenredaktion gehen und in den Flur verschwinden. Die kannte ich doch – diese aschblond wallenden Haare, der zu dünne Körper und dieser tänzelnde Schritt. Fehlte nur noch der Stringtanga. Spontan folgte ich ihr zum Fahrstuhl. Ich hatte keine Ahnung, was ich sagen sollte, wenn ich sie eingeholt hatte, aber da würde ich schon etwas improvisieren. Es war Zeit für ein kleines Treffen.

Die Fahrstuhltüren waren geschlossen, als ich im Korridor ankam. Ich legte meine Hand an die Tür und fühlte die Maschine laufen. Mist! Ich hatte sie verpaßt. Ich wollte umkehren, da sah ich ein Licht von weiter unten im Korridor aufblitzen. Da war gerade eine Tür zugefallen. Ich ging hinüber und las das Schild an der Tür.

COMPUTERZENTRUM – KEIN ZUTRITT. Ich öffnete die Tür. Da stand sie, mit dem Rücken zu mir.

„Sterling Truax?“

Die junge Frau drehte sich um und zog die Stirn kraus, als ob sie versuchte, mich unterzubringen. Im Moment trug sie keinen Stringtanga, sondern enge Designerjeans und ein tiefdekolletiertes Stretchtop aus einem schimmernden Material.

„Ich bin Connor Westphal“, sagte ich und streckte eine Hand aus. Keine Reaktion. „Wir haben uns neulich im Fitneßclub getroffen. Na ja, so in etwa. Sie hatten Ihre Kontaktlinse verloren ...“

Wandelte sie im Wachkoma? Ich wechselte das Thema.

„Sie arbeiten nicht hier bei der Zeitung, oder?“

„Nein ... mein Vater ... entschuldigen Sie –“

„Das hab ich auch nicht gedacht. Jemand hat mir erzählt, daß Sie diese Sexparties organisieren. Können Sie vielleicht noch ein paar Vertreterinnen gebrauchen?“

„Sexparties?“ Sie sah mich entgeistert an.

„Ich meine, na, Sie wissen doch, diese Dessousparties, wo Frauen hingehen und sich einen Haufen Zeug für ihr Sexleben kaufen. Das ist doch Ihre Branche, nicht?“

Sterling Truax begutachtete mich von oben bis unten wie ein Rennpferd auf dem Versteigerungsblock. Was sie sah, gefiel ihr offensichtlich nicht. „Sie heißen SIN-Parties. Und ich glaube wirklich nicht, daß Sie für unsere Art von Geschäft der richtige Typ wären, Ms. West. Wir –“

„Westphal. Connor Westphal. Ich bin eine ziemlich gute Verkäuferin. Hab mehr Pfadfinderplätzchen verkauft als irgend jemand sonst in meinem Fähnchen. Ich hab ein Abzeichen und einen Gutschein für ein Gratiseis gewonnen. Meine Mutter sagt immer, ich könnte einem Polizisten ein Strafmandat verkaufen. Sie meint –"

„Es tut mir leid, Ms. Westphal. Im Augenblick suchen wir keine Vertreterinnen. Wenn Sie an einer unserer Parties teilnehmen möchten, rufen Sie in meinem Büro an und meine Sekretärin wird Ihnen mitteilen, wann der nächste Termin ist."

Sie griff in ihre Handtasche und zog eine flammendrote Visitenkarte mit den Buchstaben SIN in einer großen Schmuckschrift in der Mitte heraus. Am unteren Rand standen winzige Angaben zu Telefonnummer und Postfach.

Ich nahm die Karte und sah sie mir an. Dann zog ich meinen Rucksack nach vorn und fing an, in einem der kleinen Reißverschlußfächer herumzugraben. „Ich habe hier übrigens etwas, das Ihnen gehört." Ich wühlte ein paar Sekunden, ganz sicher, daß ich es eingesteckt hatte. „Es ist etwas, das ... ich hab's genau hier ...", versuchte ich die Pause zu überbrücken, während ich immer noch in meinem Rucksack buddelte wie ein Maulwurf, der ein Loch gräbt. Gute Metapher – wahrscheinlich grub ich tatsächlich ein Loch. Eins zum Reinfallen.

Ich schüttete den Inhalt meines Rucksacks auf einem Tisch aus und sortierte Kosmetika, Haarbürste, Schokoladenpapier, Brieftasche und sonstigen Krimskrams zur Seite. Das Strafmandat für das Kennzeichen SIN 4 FUN war nicht da. Aber ich hatte es doch gehabt. Da war ich ganz sicher. War jemand an meinem Rucksack gewesen? Ach nein – jetzt fiel mir ein, daß ich es dem Sheriff gegeben hatte.

„Mist! Ich hab da ein Ticket ... da steht Ihr Kennzeichen drauf. ... es lag auf dem Bronco ..." Ich packte meine Sachen wieder in den Rucksack zurück.

Sterling betrachtete mich kühl. „Hören Sie, Ms. Western. Ich glaube, Sie sollten besser wieder an die Arbeit gehen. Ich brauche keine Tickets, egal was für welche, und ich fahre keinen Bronco –"

„Kannten Sie Cullen Delancy?" Schweißtropfen kitzelten mich im Nacken.

„Entschuldigen Sie, Ms. Sonstwie, aber arbeiten Sie hier?" fragte Sterling kurz angebunden. „Wenn Sie das nämlich tun, schlage ich vor, daß Sie an Ihre Arbeit zurückgehen. Mein Vater bezahlt seine Angestellten nicht dafür, herumzulungern und persönliche Fragen zu stellen."

„Nein, eigentlich arbeite ich nicht hier."

„Sie sind keine Reporterin?"

Oh je. „Nun ja, das schon. Aber … äh … bei einer anderen Zeitung."

„Wie bitte?" Sie sah mich ungläubig an, als ob ich eine feindliche Linie durchbrochen hätte.

„Bei der *Eureka!*. Vielleicht kennen Sie sie ja?"

„Ach, dieses kleine Blättchen. Ja, haben Sie denn keine ‚Katze-saß-auf-Baum-fest'-Story, die Sie dringend bearbeiten müssen? Wenn mein Vater wüßte, daß Sie hier sind, könnte ich mir denken, daß ihm das nicht gefallen würde. Außerdem glaube ich wirklich nicht, daß Sie irgendwas davon etwas angeht."

„Ich hatte gehofft, daß Sie mir mit Hintergrundinformationen zu Delancy aushelfen könnten. Ich schreibe einen Artikel über seinen Tod und –"

„Tut mir leid. Aber ich kannte Mr. Delancy nicht. Ich kann Ihnen nicht helfen." Sie sprach so deutlich, daß ich jede Silbe fehlerfrei ablesen konnte. Wieder wandte sie sich zum Gehen.

Ich sprach ihren Rücken an. „Aber Ihre Mutter kannte

ihn …“ sagte ich, das Foto der beiden bei der Grundsteinlegung im Kopf.

Diesmal drehte sich Sterling heftig um, mit einem fuchsteufelswilden Blick in ihren Augen. Galt diese ganze Wut mir? Für den Bruchteil einer Sekunde gab mir ihr kalter, furchterregender Gesichtsausdruck das Gefühl, daß ich vielleicht in Gefahr war. Endlose Sekunden vergingen, bevor Sterling etwas sagte. Als sie es tat, war ihre Sprechweise wieder entschieden und kontrolliert.

„Ich kann Ihnen versichern, daß meine Mutter Mr. Delancy nicht einmal begegnet ist“, sagte sie und griff nach einem Telefon. „Und wenn Sie jetzt nicht augenblicklich gehen, rufe ich den Wachdienst.“

„Das wird nicht notwendig sein.“ Diesmal war ich es, die sich wegdrehte. Ich hoffte nur, daß ich sie gefahrlos aus den Augen lassen konnte, als ich den Raum verließ.

Als ich draußen war, schlug mein Herz schon fast durch meinen Brustkorb durch. Diese Frau konnte einem wirklich Angst einflößen. Sie machte überhaupt nicht den Eindruck eines verletzlichen Seelchens, das einen Nervenzusammenbruch oder eine ernsthafte Depression gehabt haben könnte.

Leicht benommen kehrte ich zu Harmonys Schreibtisch zurück. Es war immer noch niemand im Büro, bis auf eine einsame Frau, deren Kopf gerade aus einer anderen Kabine auf der anderen Seite des Raums aufgetaucht war. Sie trug ein Telefonisten-Headset. Ich ging zu ihr hinüber.

„Wo sind denn bloß alle?“ fragte ich, als ich den Eindruck hatte, daß ihr Telefongespräch beendet war.

„In einem Meeting mit dem Herausgeber. Kann ich Ihnen helfen?“

„Ich sollte Harmony Malakoff treffen."

Die Frau schüttelte den Kopf. „Das wird noch eine Weile dauern. Da ist so eine Art Krisensitzung im Gange. Alle außer mir sind da drin. Kann ich vielleicht irgend etwas für sie tun?"

„Ich frage mich, wo die Drucker stehen. Harmony wollte mir ein paar Informationen ausdrucken."

Am Telefon blinkte ein Lämpchen auf. Die Frau deutete mit einem Finger, während sie das Gespräch annahm, und überließ es mir, dem Hinweis zu folgen. Ich fand den Drukker, der einige Seiten zum Thema Liquefaktion ausgespuckt hatte. Die gute Harmony, dachte ich, als ich mir das Papier aus dem Auffangkorb schnappte. Ich ging zu ihrem Schreibtisch zurück, fand die Diskette, die sie für mich markiert hatte, und begann auf der Suche nach einem leeren Blatt für eine Danknotiz in ihren Unterlagenstapeln herumzustöbern. Unter dem Ausdruck eines Artikels über das bevorstehende Apfelfestival lag ein Notizblock, aber kein Stift. Ich zog die Schreibtischschublade auf.

Ganz hinten, hinter den Bonbonpapieren, fand ich einen Stift. Und noch eine Diskette, die mit „TRUAX" markiert war. Nach dem Etikett zu urteilen, gehörte die Diskette John Cross.

Ich überlegte, ob ich sie in Harmonys Computer einladen und mir den Inhalt ansehen sollte, aber da sah ich Sterling Truax hereinkommen. Mein Zeichen zum Abgang. Mit Harmonys Diskette und dem Ausdruck in der Hand duckte ich mich unter einer Kabinentrennwand durch, ging gebückt wie ein Gorilla zum Fahrstuhl und verließ das Gebäude.

Auf der Rückfahrt fragte ich mich, was wohl auf John Cross' Diskette gewesen sein mochte. Mist! Ich hätte sie mitnehmen sollen. Aber das wäre glatter Diebstahl gewesen. Wenn man Sterling Truax glauben wollte, war ich so schon reichlich in Schwierigkeiten wegen Hausfriedensbruchs.

Den ganzen Weg über nagten Fragen an mir, aber das war noch gar nichts im Vergleich zu dem Rätsel, das mich im Büro erwartete. Ich schaltete meinen Computer ein, schob Harmonys Diskette ins Laufwerk und wartete darauf, daß das Inhaltsverzeichnis erschien. Aus irgendeinem Grund hängte sich der Computer auf und ich mußte ihn neu starten.

Als ich das Diskettenverzeichnis noch einmal überprüfte, war es leer. Besorgt, daß mit meiner Festplatte vielleicht irgend etwas nicht stimmte, rief ich meine eigene Datensammlung zu Erdbeben, Liquefaktion und Bauaufsicht auf.

Die gesamten Dateien waren verschwunden.

19

Zuerst konnte ich es einfach nicht glauben, als ich auf den leeren Bildschirm starrte. Einen Moment dachte ich, ich hätte einfach eine falsche Taste erwischt.

Ich versuchte es wieder. Und noch einmal.

Als ich es wirklich begriff, kreischte ich auf. Und dann fing ich an zu heulen. Ich weine selten, das letzte Mal bei der Trennung von meinem Exfreund. Ich dachte, ich wäre über Tränen hinaus. Aber sie liefen mir übers Gesicht wie Regentropfen auf der Windschutzscheibe, als Miah hereinkam. Ich verstand genug von Computern, um zu wissen, daß das hier ein ernstes Problem war, aber nicht genug, um es beheben zu können.

„Connor! Was ist denn?" gebärdete Miah mit der Y-Handform am Kinn. „Ich hab dich schreien gehört ..." Er sah auf meinen Monitor, sah mich an, sah wieder zum Monitor und zurück zu mir.

„Es ist alles weg ..."

„Was ist denn passiert?"

„Meine Notizen, meine Recherche für den Erdbebenartikel. Alles. Es ist alles weg. Ich hab ihn bloß angeschaltet und plötzlich war alles verschwunden. Es ist nichts mehr da." Eine Träne purzelte auf mein T-Shirt.

Miah sah wieder auf den Bildschirm und musterte die Anzeige mit gerunzelter Stirn. Er zog meinen Drehstuhl zur Seite und rollte seinen davor, wie ein eifriger Kopilot, der die Instrumente vom ausgefallenen Piloten übernimmt. Ich saß zusammengesunken auf meinem Stuhl und schniefte. Ich weiß eine Menge über Computer, aber beim Reparieren hört es auf.

„Du hast doch Backups, oder?"

„Ich … nicht von allem … ist schon eine Weile her, daß ich das gesichert hab …"

Miah fragte mich, was ich gemacht hatte – ganz genau –, dann nickte er und machte sich an die Arbeit. Eine Weile tippte er DOS-Befehle und durchsuchte Verzeichnisse, dann nahm er eine Hand von der Tastatur und gebärdete: „Nicht weg."

Ich setzte mich auf, lehnte mich zum Bildschirm vor und sah Miah an, als ob er gerade den Strom erfunden hätte.

„Jedenfalls nicht ganz. Aber das ist merkwürdig. Du hast da gar nichts gemacht. Ein Teil des Systems ist gecrasht. Ich glaube, das war ein einfacher Virus, der deine ganzen ‚.doc'-Dateien gelöscht hat."

„Und was heißt das?" Ich verkrampfte mich wieder.

„Das heißt, daß ich ein Antivirenprogramm drüberlaufen lassen und dann deine Dokumente nach und nach einzeln wiederherstellen muß."

Ich saß regungslos.

„Es wird ein bißchen dauern, bis ich das wieder hingekriegt hab", gebärdete er über seine Schulter.

Ich hielt den Atem an.

Er schob seinen Stuhl zurück und wirbelte zu mir herum. „Kannst du bitte da weggehen und mir nicht über die Schulter gucken. Das macht mich nervös."

Ich setzte mich wieder zurück.

„Geh und wasch dir das Gesicht oder sowas. Du siehst aus, als ob du in einem Kitschfilm gewesen wärst." Er rieb sich seinen flaumigen Kopf.

„Und du glaubst, du kriegst das wirklich wieder hin?“ fragte ich.

Er nickte und konzentrierte sich wieder auf die Tastatur.

Ich sah ein, daß ich nichts tun konnte, außer ihm auf die Nerven zu gehen. In meinem Taschenspiegel prüfte ich mein verschmiertes Make-up und wischte mir mit dem Handrücken übers Gesicht. Das Mascara verteilte sich in feinen Streifen.

„Okay“, sagte ich und stand auf. „Aber du bekommst eine Gehaltszulage.“

Ich benutzte die Stimme, weil er nicht auf meine Gebärden achtete. Er war zu intensiv damit beschäftigt, meine verschiedenen Dateien wieder ins Leben zu befördern. Mein Dr. Frankenstein.

„Connor“, winkte mir Miah, als ich gerade hinausgehen wollte, und gebärdete: „Hast du, als du letztes Mal weggegangen bist, die Bürotür offen gelassen?“

Ich schüttelte den Kopf. „Warum, war denn nicht abgeschlossen?“

„Sie war nicht nur nicht abgeschlossen, sie stand offen. Ich dachte, du wärst vielleicht nebenan oder so. Hab mir nicht viel dabei gedacht.“

Ich zog die Stirn kraus, als ich die Tür hinter mir zuzog, und untersuchte das Schloß. Es sah unbeschädigt aus. Hatte ich die Tür versehentlich unverschlossen gelassen?

War jemand hereingekommen und hatte absichtlich meinen Computer sabotiert?

Nach einem kurzen Stop im Waschraum, um mir das Gesicht zu waschen und wieder herzurichten, kehrte ich ins Büro zurück und arbeitete an Miahs Schreibtisch an der Druckformatierung der Zeitung. In meiner Ablageschublade fand ich einen Ersatzartikel über die Geschichte der Skunks in Flat Skunk als Platzhalter für die freie Fläche, die noch auf den Aufmacher wartete – die Delancy-Story. Die Zeitung würde so oder so zum Drucker gehen. Gedruckt wird auf jeden Fall. Dieses Versprechen hatte ich mir gegeben, als ich die Zeitung meines Urgroßvaters übernahm. Miah saß immer noch am Computer, als ich um halb sechs aufbrach, um Dan abzuholen.

Die Bauarbeiter waren gerade dabei, ihre Lastwagen, Vans und verbeulten Autos zu beladen. Ich suchte schnell nach Dan.

„Hi, Baby. Wolltest du zu mir?“ Jakes Augen glitzerten und der Ohrring blinkte im Sonnenlicht.

Ein paar Arbeiter, die in der Nähe standen, schüttelten über Jakes Masche die Köpfe. Kaum tauchte Dan auf, trat Jake auch schon den Rückzug an, zwinkerte mir aber noch einmal zu.

„Ich mach mir wirklich Sorgen um ihn“, sagte ich. „Ich glaub, bei ihm geht der Fahrstuhl nicht bis ins oberste Stockwerk durch.“

„Der hält bloß zu oft in der Damenwäscheabteilung. Willst du noch mal rauf fahren?“ Er nickte zu dem Baustellenaufzug hinüber, als er den Gürtel seiner Werkzeugtasche löste. Mir wurde plötzlich bewußt, wie sexy eine Werkzeugtasche sein kann. Wenn sie auf den richtigen Hüften getragen wird.

„Ich wollte dich nach Hause fahren. Ich dachte, wir könnten vielleicht essen gehen. Es gibt da ein paar Sachen, die ich gern mit dir besprechen würde.“

„Prima. Ich hab auch'n paar Neuigkeiten für dich. Laß mich nur eben meine Kühltasche holen.“ Er wollte gerade gehen, blieb dann aber stehen und sah mich an, als ob er in meinem Gesicht zu lesen versuchte.

„Bist du okay?"

Ich nickte. „Ja, warum?"

„Du siehst … anders aus. Hast du geweint oder sowas?"

Ich sah weg. „Nein, natürlich nicht. Mir geht's prima."

Er sah mich noch einmal scharf an und ging dann seine Sachen holen. Während er weg war, sah ich schnell in meinen Taschenspiegel. Verquollenes Gesicht, keine Frage. Er kam wieder und wir gingen zu meinem Auto.

„Übrigens ist mein Wagen jetzt endlich wieder heil. Ich könnte ihn auf dem Heimweg abholen, wenn's dir nichts ausmacht? Obwohl ich die Fahrt mit dir nur ungern sausen lasse."

Ich fuhr ihn zur Werkstatt in Flat Skunk, einer alten Arco-Tankstelle, die von der Historischen Gesellschaft restauriert worden war. Die Tankstelle hat einige alte Zapfsäulen – Flying Horse, Amoco, Standard Oil, Esso – als Dekoration und dazu eine Sammlung alter Werbeschilder für Burma-Shave-Rasiercreme. Die richtigen Tanksäulen standen etwas abseits, neben der Werkstatt. Dans Geländewagen war genau vor dem Büro geparkt.

Wir saßen noch ein bißchen in meinem Auto und erzählten uns das Neueste vom Tage. Ich berichtete von meiner Begegnung mit Sterling in der Zeitungsredaktion und den Telefonaten mit der Rechtsmedizinerin und dem Sheriff.

„Du glaubst also, daß es da eine Verbindung zu den Truaxes gibt?"

„Ihr Auto stand in der Nacht, als Delancy starb, an der Baustelle. Das ist durch das SIN-Kennzeichen eindeutig bestätigt. Ob sie das Auto auch selbst gefahren hat, ist natürlich schwer zu sagen. Aber ich denke, ja. Ich glaube, sie und Delancy hatten was miteinander."

„Okay, dann ist der nächste Schritt ja klar", meinte Dan und legte mir sanft eine Hand aufs Knie. Ich saß ihm gegenüber, ein Bein halb auf den Sitz heraufgezogen. Mir tat immer noch alles weh, aber die Wärme seiner Hand durch meine Jeans war wunderbar beruhigend.

„Und was wäre das?"

„Ich sollte auf eine dieser SIN-Parties gehen und ein bißchen Undercover-Recherche betreiben."

„Ha!"

„He, ich versuch doch bloß, alles abzudecken."

„Aufzudecken, meinst du."

Dan lachte. „Das erledigen die schon selbst." Er strich mit dem Finger an der Innenseite meines Knies entlang und jagte mir eine wohlige Gänsehaut über den Rücken. „Warst du schon mal auf so einer Party?"

„Das geht dich gar nichts an", neckte ich ihn.

„Ich wette, du hast ein paar von diesen kleinen Dessousgeschichten. Worin schläfst du?"

„In einem Bett."

Er lachte wieder.

„Und du?" fragte ich. „Trägst du diese Calvin-Klein-Pyjamas? Oder ausgeflippte, auf denen Han Solo in einem X-Wing-Kampfflieger herumsaust?"

„Han Solo fliegt den Millennium-Falken, keinen X-Wing. Und ich habe gar keinen Pyjama."

Ich wurde bestimmt rot, aber ich versuchte, mich nicht davon irritieren zu lassen. „Na gut, dann erzähl mir mal, was du heute rausgefunden hast."

„Ich hab von der Baustelle aus ein paar Anrufe erledigt. Es ist so, wie ich's mir schon gedacht hatte. Truax baut auf einer zugeschütteten Deponie. Ich weiß bloß noch nicht, ob es Giftmüll ist. Und das ist noch nicht alles. Es ist sehr gut möglich, daß Truax nicht gerade die besten Baumaterialien einsetzt."

„Wow. Wie findet man sowas raus?"

„Ich hab meine Quellen", sagte er geheimnisvoll. „Auf diesem Grundstück wurde 1852 definitiv eine Münze gebaut. Sie stand zwölf Jahre lang, bis sie durch ein Feuer abbrannte."

Jemand tippte mir durch das offene Autofenster auf die Schulter und ich zuckte zusammen. Ich drehte mich um und sah einen jungen Mann in einem zwei Nummern zu großen Trainingsanzug, der mit Schmiere, Öl und möglichen Überresten eines Hamburgers verziert war. Der Name SPIKE war mit Filzstift über das Logo der Werkstatt, „Auto-Intensivstation", geschrieben.

„Wir wollen die Werkstatt grade dicht machen", sagte er und hockte sich auf die Knie. „Sind Sie wegen dem Bronco hier?"

Dan hielt eine Hand hoch. „Ja, komme sofort."

„Cooler Chevy. Ihrer?" Mir ging auf, daß er Dan angesprochen hatte, nicht mich. Dan zeigte auf die rechtmäßige Besitzerin des Autos. Der Junge sah erstaunt drein.

„Ihnen gehört der?"

Er mußte neu hier sein. Jeder in der Stadt kannte mein Auto. Ich nickte.

„Siebenundfünfzig, stimmt's? Bel Air. Mit den dicken Flossen und der Pfeifenpolsterung. Erste Sahne. Woll'n Sie den vielleicht verkaufen?"

Ich schüttelte den Kopf. Die einzige Frage, die man mir öfter stellt, ist: „Sind Sie taub?" Er zuckte die Achseln und ging in die Werkstatt zurück. Ich drehte mich zu Dan um. „Und was heißt das jetzt alles?"

Dan stieg aus dem Auto und ich tat es ihm nach. Er

schloß die Tür, stützte seine Arme auf die Motorhaube des Chevy und sprach über das Auto hinweg zu mir.

„Das heißt, daß Truax auf dem Grundstück erstmal heftige Säuberungsaktionen hätte vornehmen müssen, bevor er darauf bauen durfte. Es heißt, daß die Bauaufsicht wahrscheinlich Spuren von Arsen aus den Tagen der alten Münze im Boden gefunden hat."

„Arsen, das Truax nicht hat beseitigen lassen?"

„Das ist die Frage. Dem Bericht zufolge hat er."

Ich dachte einen Moment nach. „Was würde denn passieren, wenn er das nicht gemacht hat?"

„Hohe Bußgelder und lange Verzögerungen."

„Von der Liquefaktionsgefahr gar nicht zu reden", fügte ich hinzu. „Wenn das Grundwasser von unten hochdrängt, könnte es voller giftiger Chemikalien sein."

„Aber das wird kaum passieren, es sei denn, daß die Erde durch irgendwas, sagen wir, verschoben wird."

„Durch ein Erdbeben zum Beispiel", sagte ich.

Dan nickte. „Genau. Wenn dieser ganze Müll bei einem Erdbeben an die Oberfläche kommt, könnte er den Stausee kontaminieren – und die Wasserversorgung."

Dan ging zu dem Mechaniker hinüber. Er unterschrieb den Papierkram und Spike gab ihm die Schlüssel. An seiner Körpersprache konnte ich sehen, daß er irgend etwas über mein Auto sagte. Seine Hände zeichneten alle möglichen Formen nach, aber die Worte konnte ich nicht erkennen. Dan nickte ein paarmal, schüttelte ein paarmal den Kopf, lachte dann und kam wieder zu mir herüber.

„Was hat er gesagt?"

„Nichts. Er wundert sich bloß, was eine Frau wie du mit so einem Auto will."

Ich machte die Gebärde für „Spatzenhirn“, sagte es aber nicht laut.

„Dan, wie können wir feststellen, ob Truax das Gelände tatsächlich saniert hat oder nicht? Das Fundament ist schon geschüttet. Die Erde ist unter dem Beton verschwunden. Vielleicht könnten wir die Erde um das Gebäude herum prüfen.“

„Ich hab eine bessere Idee. Du erinnerst dich an den Riß im Kellerboden? Den Teil mußten sie wieder aufgraben und neu machen. Der Beton soll morgen geschüttet werden. Wir machen Überstunden, um die Verzögerung wieder aufzuholen. Morgen früh müßte ich noch eine Erdprobe nehmen können.“

„Prima. Aber was ist mit Delancys Bericht? Wenn immer noch Arsen im Boden ist und das nicht im Bericht steht, dann muß das Ding gefälscht sein.“

„Von Truax’ altem Marines-Kumpel und unserem Bodenmechaniker – Cullen Delancy.“

Dan öffnete mir die Autotür und ich stieg ein. Er schloß die Tür und lehnte sich wieder mit verschränkten Armen ins Fenster.

„Was ist als nächstes dran?“ fragte er.

„Ich dachte, ich könnte vielleicht versuchen, einen Blick in Truax’ Büro zu werfen.“

Dan versteifte sich. „Keine gute Idee. Wenn jemand Delancy umgebracht hat, könnte es jeder gewesen sein – einschließlich Truax. Selbst, wenn er nichts damit zu tun hat, könntest du dir ernsthaften Ärger einhandeln, wenn du da herumschnüffelst.“

„Das weiß ich. Ich bin ja nicht blöd. Ich werd schon aufpassen. Ich möchte nur sehen, ob ich ein Verbindungsglied finden kann.“

„Was reizt dich so an der Sache, Connor?"

„Außer meinem natürlichen Reporterinstinkt, meinst du? Es ist wie eins dieser Tüftelrätsel, die wir als Kinder gespielt haben. Du weißt schon – Matt gibt Unterricht im Korbflechten. Sue ist mit einem Innenarchitekten verheiratet. Vicky ist vom Postboten schwanger. Eugene trifft sich heimlich mit einer Krankenschwester. Und dann mußte man herausfinden, wer von denen das uneheliche Kind hat, wer an Cholesterinvergiftung gestorben ist, wer Eunuch war und so weiter, erinnerst du dich? Es ist die Herausforderung eines Rätsels."

Dan strich leicht über die pelzige Dichtung am Fensterrahmen. „Hast du Zeit, noch mit mir mitzukommen? Da ist jemand, mit dem ich dich gern bekannt machen würde."

Ich zog die Stirn kraus und fragte mich, ob es Miah schon gelungen war, die Dateien zu flicken. Ich wollte gern wissen, ob er meine ganzen Informationen hatte retten können. „Ich muß bald ins Büro zurück. Die Zeitung muß heute abend zum Drucker. Hat es vielleicht Zeit?"

„Dauert bloß ein paar Minuten." Dan zog seinen Kopf aus dem Fenster und gab der Motorhaube einen kleinen Klaps, bevor er in seinen Bronco stieg.

Ich folgte ihm die Main Street hinunter zur Church Street, in die er abbog. Wir fuhren an einigen eigenwilligen holzverkleideten Häusern vorbei, die um die Jahrhundertwende gebaut worden waren und von langansässigen Familien bewohnt wurden. Neuere Gemeindemitglieder kauften sich Luxushäuser in den Vorgebirgen der Sierra und ließen die alten, drolligen Häuser Flat Skunks den Abkömmlingen der Einwanderer aus Cornwall, Irland, Deutschland und Frankreich. In diesen kleinen Nebenstraßen rechts und links der Main Street kamen Neubauten nur als Nebenprodukt der Feuersbrünste vor, die die Stadt mehr als einmal zerstört hatten.

Dan bog in die Auffahrt eines kleinen gelben Häuschens ein, das von einem dekorativen Steingarten umgeben war, mit einem winzigen Steinzaun um das Grundstück herum. Anders als bei vielen Nachbarn in der Straße standen keine Sofas auf der Veranda, keine aufgebockten Autos in der Auffahrt, und es rannten keine Hunde herum. Dieses Haus stach aus seiner Umgebung heraus wie ein kalifornischer Mohn in einer Kakteenwüste.

Ein Mann in einem Anzug ohne Jackett winkte Dan zu, als er den Bronco sah. „Hi, Smith, dein Auto ist ja wieder da. Wo war es denn die ganze Zeit?"

„Ich hab ein paar Sondereinbauten machen lassen. Schließlich wollte ich nicht, daß er genau wie deiner aussieht", rief Dan zurück. Ich lugte in die dunkle Garage hinein und sah einen zweiten Bronco, genau wie Dans, bis auf die Radkappen. Dans hatten ein Speichendesign. Viel cooler.

„Connor, das hier ist Tom Crosby. Er ist Geologe. Tom, Connor Westphal."

Tom Crosby streckte mir seine Hand zum Schütteln hin. Sie war weich und trocken – keine Arbeiterhand wie Dans.

„Wie willst du bloß dieses ganze Unkraut aus deinem Steingarten rauskriegen, Tom?" fragte Dan, als er das sprießende Grün zwischen den Vulkansteinen betrachtete. „Mit dem chemischen Super-Unkrautvernichter, den du da drüben in deinem Labor zusammenbraust?"

„Nee, ich spuck einfach drauf." Er zwinkerte mir zu. In letzter Zeit bekam ich ziemlich viel Zwinkern ab. Er lehnte sich vor und hob ein liegengelassenes Spielzeug auf.

„Hör mal, Tom, ich hab da eine Frage."

„Wenn's um den Bronco geht, wir haben morgen abend ein Treffen."

Dan wandte sich zu mir. „Tom ist der Vorsitzende vom regionalen Bronco-Boys-Club. Will mich immer überreden, einzutreten."

Ich konnte mir Dan nicht so richtig als Bronco-Boys-Vereinstyp vorstellen.

„Wir haben nur drei Regeln. Alle sind Vorsitzende. Keine Frauen. Und es gibt keine Regeln", grinste Tom. „Aber wir kriegen ihn nicht dazu, beizutreten. Vielleicht hätte er seinen Wagen gar nicht in die Werkstatt bringen müssen, wenn er zu ein paar Treffen gekommen wäre und gelernt hätte, wie man das Ding richtig behandelt." Tom drehte seinen Kopf weg, so daß ich den Rest verpaßte. Als er mit einem fragenden Gesichtsausdruck wieder zu mir hinsah, wußte ich, daß er etwas gefragt hatte und auf die Antwort wartete.

„Entschuldigung, das hab ich nicht mitgekriegt. Ich bin gehörlos." Ich zeigte auf mein Ohr.

„Wow. Sie sprechen aber wirklich gut! Ich hab eine Cousine, die gehörlos ist, und die kann gar nicht gut sprechen oder lippenlesen. Sie ist wirklich sehr schwer zu verstehen."

„Ich hab eine Menge Übung gehabt. Und ich hab als Kind viel ferngesehen. Ich wollte immer wissen, was Bud zu Flipper sagt. Das hat geholfen, glaub ich. Zeichentrickserien waren allerdings ein bißchen schwierig."

Er sah mich ein Weile konzentriert an, während er sich das durch den Kopf gehen ließ, dann lächelte er und pflückte ein Unkraut aus dem Steingarten.

„Tom, habt ihr da drüben in deinem Labor in Solargize auch hin und wieder mal mit Giftmüll zu tun?" fragte Dan.

„Abgesehen vom Kantinenessen, meinst du? Mein Chef ist grade aus Oak Ridge zurück, wo er drei Monate lang Tests zu nuklearen Rückständen auf dem Grundstück des alten Atomkraftwerks gemacht hat. Würd ich als Ferienort nicht empfehlen. Warum? Hast du Probleme, deine Wäsche sauber zu kriegen?" Tom lachte über seinen eigenen Witz und fummelte dann an einer Gartenlampe herum.

Dan lachte kurz. Ich sah seinen Kopf einmal hüpfen. „Wie sieht's mit einem Grundstück aus, auf dem mal eine Münze gestanden hat? Müßten da nicht eine Menge Arsenrückstände von der Goldverarbeitung sein?"

„Klar. San Jose erstickt fast an dem Zeug, von dem ganzen Gold, das sie für die Computerchips verwenden. Und San Francisco ganz genauso, wegen der alten Münze."

„Wenn ich dir eine Bodenprobe bringe, könntest du die eventuell für mich analysieren?"

Er rieb sich die Stirn. „Ich denke schon. Aber es ist teuer, und es wird eine Weile dauern. Ich muß es in meiner Freizeit machen."

„Es ist ziemlich wichtig."

„Kommst du zu einem Treffen?"

Dan nickte, mit einem Blick zu mir.

„Okay. Bring's mir hier vorbei. Ich werd sehen, was sich machen läßt."

In den paar Minuten, die wir mit Tom gesprochen hatten, hatte er seinen Steingarten vom Unkraut befreit, seinen Apfelbaum mit ein paar sorgfältigen Schnitten gestutzt, ein Kindermofa aufgehoben und in die Garage gestellt, eine Glühbirne in seiner Gartenbeleuchtung ausgewechselt und eine Ablaufrinne vom Laub gesäubert. Ich war schon vom Zugucken völlig erschöpft.

Binnen einer halben Stunde waren Dan und ich wieder zurück beim Penzance-Hotel. Dan wollte sich frisch machen und ich konnte es kaum erwarten, Miahs Fortschritte am Computer zu sehen. Mein Drucktermin rückte unerbittlich näher. Wir parkten unsere Autos hinter dem Hotel und stiegen müde die Treppe hinauf. Dan steckte seinen Schlüssel ins Schloß und öffnete die Tür. Als ich auf mein eigenes Büro zusteuerte, merkte ich, daß Dan sich schon seit einigen Sekunden nicht mehr bewegt hatte. Er stand stocksteif vor seiner Tür.

„Dan?" Er starrte unverwandt in sein Büro.

Ich ging hinüber, um mir anzuschauen, was er sah, und hielt unwillkürlich die Luft an. Entweder war er lange nicht zum Aufräumen gekommen, oder jemand hatte das Büro auf den Kopf gestellt.

20

Von meinem Standpunkt aus konnte ich sehen, daß das Zimmer einem Schlachtfeld glich. Es sah aus, als ob ein Tornado auf einem kurzen Zerstörungstrip vorbeigeschaut hätte. Aktenschränke waren umgeworfen, Papiere durcheinander geschmissen, kleine Elektrogeräte auseinandergenommen und ihr Innenleben in chaotischen Haufen auf dem Fußboden verstreut.

Und da war eine Menge zum Auseinandernehmen. Dans Bruder Boone hatte das Büro als Zweitwohnung ausgestattet, komplett mit Mikrowelle, Minikühlschrank, Fernseher, Schlafsofa und sogar einer eingebauten Dunkelkammer.

Dan mußte einen Hindernisparcours aus Aktenschränken überwinden, um an seinen Schreibtisch zu kommen. Er schien nach etwas zu suchen, während er sich durchwühlte. Ich konnte ihn reden sehen, aber die Worte konnte ich nicht erkennen. Dann klopfte er sich ans Bein und ich wußte, wonach er suchte.

Cujo kam unter dem Schreibtisch hervorgekrochen. Dan riß die Katze mit seinen schwieligen Händen an sich, murmelte lauter albernes Katzenzeug und streichelte ihr langes graues Fell. Ich kam langsam herein und verschaffte mir einen schnellen Überblick. Ich kniete mich in das Chaos und begann automatisch aufzuräumen, als Dan mit einer Hand winkte, um meine Aufmerksamkeit zu erlangen.

„Nichts anfassen. Wir rufen besser den Sheriff." Er sah sich angewidert um.

Er kam mit der Katze hinter dem Schreibtisch hervor und gab sie mir. Ich stand auf und hielt sie von mir weg wie einen Hummer, während Dan sich einen Weg zur Kammer nebenan bahnte. Ich versuchte, die Katze in den Griff zu bekommen, aber sie zappelte in meinen Händen und ich ließ sie beinahe fallen. Als Kind bin ich einmal von einer Katze gekratzt worden, als ich versuchte, ihr ein Puppenkleid anzuziehen. Seitdem hüte ich mich vor den Viechern. Vielleicht spüren sie das und trauen mir deswegen auch nicht.

Ich änderte meinen Griff und versuchte, die Katze unter den Arm zu klemmen, wobei ich sie mit einem Finger unterm Kinn kraulte. Sie entspannte sich, und ich konnte sie vibrieren fühlen. Meine Mutter hatte das Schnurren genannt, aber das ergab für mich keinen Sinn, also nannte ich es Vibrieren. Kein anderes Tier schien das zu tun.

Dan tauchte wieder aus dem kleinen Nebenzimmer auf, das als Dunkelkammer dient, und hielt einen Streifen entwickelter Negative in der einen und ein paar weiße Fotopapiere in der anderen Hand.

„Fehlt irgendwas Wertvolles?"

Er setzte die Fotosachen auf dem Schreibtisch ab. „Mir ist jedenfalls nichts aufgefallen. Aber wer immer das war, hat in der Dunkelkammer das Licht angemacht. Der ganze Film ist belichtet worden. Die Bilder, an denen ich gerade gearbeitet hatte, sind hin."

„Was waren denn das für Bilder?"

„Die meisten waren Aufnahmen von der Baustelle. Ein paar von der Stadt. Und eins von dir."

„Von mir?"

Er nahm mir die Katze aus dem Arm, hielt sie dicht an sich und streichelte ihr Fell mit langen, bedächtigen Bewegungen. Er lehnte sich über das Ohr der Katze, und ich sah seine Lippen formen: „Wer hat das gemacht, Cujo?“

Wirklich schade, daß die Katze keine Gebärdensprache beherrschte wie meine Hündin Casper.

Während Dan den Sheriff anrief, ging ich nach nebenan, um in meinem eigenen Büro nach dem Rechten zu sehen. Es war alles so, wie ich es zurückgelassen hatte – bis auf meinen Computer. Miah hatte ihn wieder zum Laufen gebracht und war gerade dabei, meine Software neu einzuspielen, als ich hereinkam.

„Hi, Miah.“ Da er mir den Rücken zukehrte, sagte ich es leise, weil ich ihn nicht erschrecken wollte. Er rührte sich nicht. „Miah? Miah!“

Er drehte sich um, nahm die Kopfhörer aus den Ohren und winkte mir zu.

„Alles in Ordnung?“ fragte ich in Gebärdensprache.

Miah schob seinen Stuhl zurück und wirbelte zu mir herum.

„Jawoll. Hab ihn wieder zum Laufen gekriegt. Ich glaube, ich hab alle deine Dateien gerettet. Mußt du mal nachsehen. Und ich hab deine Programme wieder draufgespielt. Sind nur noch zwei übrig.“

„Oh, Gott sei Dank!“

Miah wollte sich wieder zum Bildschirm drehen, hielt aber an, als ich wieder gebärdete. Ich fragte ihn, ob er in Ordnung sei.

„Ja klar, warum?“

Ich erklärte, was mit Dans Büro nebenan passiert war. Miah ging es sich anschauen. Während er drüben war, überprüfte ich die Dateien auf meinem Computer.

„Was ist denn da drin passiert?“ fragte er, als er zurückkam.

„Ich dachte, das wüßtest du vielleicht. Hast du denn nebenan nichts gehört, als du hier gearbeitet hast?"

Miah faßte an seinen Kopfhörer. „Ich hab Pearl Jam gehört. Außer Eddie Vedder hab ich nichts mitgekriegt." Er mimte ein rasantes Gitarrensolo. „Glaubst du, das hat was mit deiner offenen Bürotür zu tun?"

Ich zuckte die Achseln, gab meinen Stuhl wieder an ihn ab, damit er letzte Hand anlegen konnte, und ging in Dans Büro zurück. Als ich hereinkam, sah Dan von seinem Sitzplatz mitten auf dem Fußboden hoch.

„Wie sieht's bei dir drüben aus?" fragte er. „Alles in Ordnung?"

„Ja, bis auf ..."

„Bis auf was?"

„Ach, nichts, eigentlich. Miah meint, ich hätte die Bürotür offen gelassen, aber ich achte immer sehr darauf, alles abzuschließen. Vor allem in letzter Zeit. Na, jedenfalls war mit meinem Computer etwas nicht in Ordnung ..."

„Und du meinst, es ist vielleicht jemand in dein Büro gekommen und hat damit rumgespielt?"

„Ich weiß nicht. Aber es sind eben all diese merkwürdigen Dinge passiert. Und jetzt das hier." Ich machte eine große Geste durch den Raum.

Dan nickte und wandte sich wieder den verstreuten Papieren neben seinem Bein zu. Er blätterte sie vorsichtig durch und legte sie dann wieder genauso hin, wie sie gelegen hatten. „Der Sheriff ist unterwegs. Bis er hier ist, kann ich nicht viel machen."

„Hattest du mir nicht gesagt, wir dürfen nichts anfassen?" Dan zuckte die Achseln. Ich sah mich um und schätzte die Arbeit ab, die wir noch vor uns hatten. „Ich fahr gleich nach Haus, zieh mich um und füttere Casper.

Dann komm ich zurück und helfe dir aufräumen. Bis dahin sollte der Sheriff ja fertig sein. Ich bring dir auch was zu essen mit. Sieht aus, als ob wir ne lange Nacht vor uns hätten."

Dan nickte abwesend und tauchte dann anscheinend wieder aus seinen Gedanken auf. „Und was ist mit deiner Zeitung?"

„Die ist fast fertig. Bloß noch ein paar Füller und dann ist sie komplett. Ich kann sie bestimmt bald zum Drucker geben."

Er blieb mitten auf dem Boden sitzen und versuchte, Ordnung in die Dinge zu bringen, theoretisch wie praktisch. Ich machte die letzten Änderungen an der Delancy-Story und dem Erdbebenartikel und schickte Miah dann mit dem fertigen Layout zur Druckerei. Die Delancy-Story war nicht so geworden, wie ich mir das vorgestellt hatte, aber die *Eureka!* würde morgen am Kiosk sein – pünktlich.

Ich fuhr mit dem Chevy zu meinem Diner und freute mich nach der ungemütlichen Katzenbegegnung auf meinen Hund. Und ich wollte mir für die Aufräumarbeiten alte Sachen anziehen. Ich steckte den Schlüssel in das Sicherheitsschloß, das ich vor einer Weile nach einem Zusammentreffen mit einem Einbrecher hatte einsetzen lassen, und stieß die Tür auf. Und dann stand ich still.

„Casper?" rief ich. Sie war mir nicht zur Begrüßung entgegengelaufen, als ich die Tür öffnete. Das war nicht normal. Ich rief noch einmal, aber sie kam nicht. Gefühl siegte über Vernunft – ich ging sie vorsichtig suchen. Das Chaos im Inneren traf mich wie ein Schlag in die Magengrube.

Derselbe Tornado, der in Dans Büro zugeschlagen hatte, war auch durch meinen Diner gerauscht. Alles war völlig durcheinander. Anstatt mein Büro zu durchsuchen, war der Eindringling offenbar hierher gekommen – in mein Haus – und hatte alles gründlich auf den Kopf gestellt.

Nach einer kurzen Suchtour durch das Durcheinander fand ich Casper im Badezimmer eingeschlossen. Sie bellte wie wild, ihr Kopf schnellte auf und ab. Ich verbrachte eine ganze Weile damit, sie zu beruhigen. Auf dem Badezimmerboden hockend nahm ich sie in meine Arme, tätschelte sie und versuchte ihre Nerven mit beruhigenden Worten und ein paar Gebärden, die sie kannte, wieder ins Gleichgewicht zu bekommen.

„Ist schon gut", sagte ich und gebärdete gleichzeitig: „Braves Mädchen. Alles in Ordnung. Sei ruhig." Sie leckte mir fast das ganze Make-up vom Gesicht und schmiß mich dann mit ihrem wedelnden Schwanz zu Boden. Kaum war ich unten, sprang sie auf meinen Schoß und fing an, an meinem Arm zu schnüffeln. Die Katze. Das brachte das Faß natürlich zum Überlaufen.

Als Casper wieder einigermaßen ruhig war, durchsuchte ich den Diner nach Anzeichen dafür, was der Eindringling gewollt hatte. Die Suche verriet mir nichts. Ich konnte nicht entdecken, daß etwas fehlte. Ich rief Dan mit meinem Schreibtelefon im Büro an.

„Dan, ist der Sheriff schon da?**"

„Ja, er ist hier. Was ist denn los?**" tippte Dan zurück.

„Mein Diner. Es … ich glaube, hier hat derselbe Tornado zugeschlagen." In der Aufregung über das Durcheinander in meiner Wohnung vergaß ich die Sternchen. Aber es machte nichts. Sekunden später erschien die Antwort.

„Connor, mach, daß Du da raus kommst – sofort! Der Kerl ist vielleicht immer noch da. Wir kommen so schnell es geht. RAUS!“ Wieder fühlte ich mein Herz einen Schlag aussetzen.

Ich beschloß, nicht weiter zu diskutieren, obwohl ich wußte, daß wer auch immer mir diesen unerwarteten Besuch abgestattet hatte, höchstwahrscheinlich längst weg war. Ich legte auf.

Casper wedelte neben mir mit dem Schwanz und versuchte anscheinend auch, sich über die Sache klar zu werden. Ich nahm sie mit nach draußen, und wir setzten uns an der Straße auf die Auffahrt. Ich tätschelte sie mit zitternden Händen, die ich nicht unter Kontrolle bekommen konnte, und sie leckte mich mit ihrer feuchten Zunge. Wir sprachen einander Mut zu, bis das Auto des Sheriffs erschien. Dan saß hinter ihm. Ich konnte sein besorgtes Stirnrunzeln schon von weitem sehen.

„Sieht aus, als ob wir denselben Innenarchitekten haben“, meinte Dan, als ich ihn und den Sheriff durch den Diner führte. „Bist du in Ordnung? Fehlt irgendwas?“

„Ich bin okay. Bloß ein bißchen wacklig, das ist alles. Casper hatte Angst, aber jetzt ist sie auch wieder in Ordnung. Ich hab ihr ein Stück Pizza gegeben und das hat anscheinend gewirkt. Und ob was fehlt, nein, ich glaube nicht, aber ich hab noch keine genaue Bestandsaufnahme gemacht. Was sucht dieser Typ denn überhaupt?“

Sheriff Mercer kam aus meinem Schlafzimmer und sah mit beiden Händen am Holstergurt wahnsinnig offiziell aus. Wenn er sich in seine Rolle hineinsteigert, macht er das viel besser als all die Jungs in Hollywood.

„Tja, der Übeltäter ist durchs Badezimmerfenster gekommen. Es war unverschlossen und die Jalousie war offen. Ich werd's auf Fingerabdrücke überprüfen und mal sehen, was ich sonst noch finde. Ich würd mir nicht allzuviel Sorgen machen, C.W. Wir haben in letzter Zeit Ärger mit ein paar von den Teenagern gehabt. Die brechen bei Leuten ein und verwüsten die Häuser, einfach nur zum Spaß."

Kein Wunder, daß Teenager so viele Schwierigkeiten haben. Sie bekommen immer für alles die Schuld. Miah, der Sohn des Sheriffs, hatte vor ein paar Jahren Probleme gehabt, aber er hatte sich wieder gefangen, nachdem sein Vater die Kontrolle etwas gelockert hatte. Das hier sah mir nicht nach Teenagern aus. Die hätten meine Comicsammlung und mein Bier gestohlen.

„Und in Büros brechen die auch ein?" fragte Dan. Sheriff Mercer zog eine Augenbraue hoch und kritzelte ein paar Notizen auf ein Berichtsformular. Nach der vorläufigen Untersuchung glaubte er anscheinend nicht, daß da viel aufzuklären war.

„Ich frage mich, warum nichts fehlt", sagte ich zu Dan, nachdem der Sheriff gegangen war. Ich fing an, Möbel wieder aufrecht zu stellen, Bilder aufzuhängen und Schäden zu reparieren, wo ich sie gerade sah.

Dan rieb sich den Bart. „Wahrscheinlich, weil du das, was der Einbrecher wollte, nicht hattest." Er drehte einen Stuhl um und stellte ihn neben die noch kissenlose Couch.

Ich sah ihn verständnislos an. „Was wollte er denn?"

Dan setzte den Schirm auf meine Astrolampe zurück. Die Glühbirne war kaputt, aber das Gestell war noch heil. „Dasselbe, was er in meinem Büro wollte. Aber ich glaube, daß er wahrscheinlich zuerst hierher gekommen ist. Nachdem er deinen Diner durchwühlt hatte und nicht fand, was er suchte, ist er zu mir gekommen. Ich denke, da hat er gefunden, was er suchte. Darum hat er nicht auch noch in deinem Büro gesucht."

„Oder weil Miah da war. Nun sag's mir schon – was hat er gesucht?"

Dan griff in seine Tasche und zog eine Handvoll Fotos heraus. Er ließ sie auf den wieder aufgestellten Couchtisch fallen und breitete sie aus.

„Das Bild von Truax, Blenda und Cullen Delancy?"

„Ich weiß nicht – aber das ist das einzige, was ich habe, was nicht in dieses Puzzle paßt. Na, komm. Wir haben hier noch einiges zu tun. Hast du einen Schraubenzieher oder sowas, für diesen –"

„Moment mal." Ich stand auf, ging zum Schreibtisch und wühlte ein paar Unterlagen durch. „Oh Gott, sie sind weg!"

„Was?"

„Das Messer und der Kompaß."

Eine Stunde später sah der Diner wieder einigermaßen ordentlich aus. Wir zwei müden Gestalten hockten über Rotwein und Rigatoni, die wir uns bei Midoschs Deli geholt hatten. Dan sah sich die Fotos an, die er auf den Tisch geworfen hatte, während ich das Geschirr abräumte.

„Ich frage mich, warum dieses Bild so wichtig ist", meinte Dan, als ich mit zwei dampfenden Espressos mit Himbeeraroma zurückkam.

„Es muß irgendwas mit Delancy und Blenda Truax zu tun haben. Die Frage ist nur, was?"

Dan legte das Foto hin und nahm meine Hand. „Lassen wir's gut sein. Vielleicht fällt mir heut nacht im Bett was ein." Seine Augen hielten meine fest und ich fühlte, wie mir das Blut kribbelnd in den Nacken schoß.

Er lehnte sich zu mir hinüber, zögerte einen winzigen Augenblick und küßte mich dann leicht auf den Mund. Er wich ein wenig zurück, sah mich wieder an und strich mit einem Finger über meine Wange, auf der immer noch Reste der Blessuren von meinem Fall zu sehen waren. Dann zog er mich an sich und küßte mich wieder. Ein warmes, weiches, zeitloses Gefühl durchfloß mich. Mir war, als ob ich keine Luft bekäme.

Abrupt stand ich auf und räumte das letzte Geschirr ab. Dan brachte die Weingläser zur Spüle und stellte sie neben die Teller. Dann drehte er mich zu sich herum, lehnte sich dicht an mich und küßte mich – diesmal lang, fest und heftig.

Ich fühlte, wie die Erde unter mir zu zittern begann.

Er brach mitten im Kuß ab und drehte den Kopf leicht zur Seite, als ob er etwas witterte. Der Boden unter mir bewegte sich jetzt heftig. Dan zog mich schnell unter den Küchentürrahmen. Dort hielt er mich fest, während wir die beiden leeren Weingläser auf der Theke tanzen sahen. Die Tiffanylampe über uns schwang in einer Kreisbewegung. Casper strich mir mit auf- und abpeitschendem Kopf und gebleckten Zähnen um die Beine.

„Erdbeben!" wisperte ich, eine Hand um den Türrahmen und eine an Dans Arm gekrallt.

„Es ist bloß ein Nachbeben", sagte er und hielt mich fest, aber er sah nicht sehr überzeugt aus. Nach ein paar Augenblicken wurde die Erde wieder ruhiger, die Lampe schwang zum Stillstand und die Weingläser standen bewegungslos. Nur Casper strich immer noch unruhig über den Fußboden. Ich lockerte meinen Todesgriff.

„Bist du okay?" fragte Dan.

„Ja, ich bin völlig in Ordnung." Ich sah meine Hände an. Sie zitterten immer noch.

Dan trat einen Schritt zurück und betrachtete mich.

Dann grinste er breit. „Kein Wunder, daß ich dich so mag. Wenn ich bei dir bin, zittert die Erde.“

Ich lachte unsicher. Er küßte mich sanft auf die Stirn.

„Was hältst du davon, wenn ich heute nacht hier auf der Couch schlafe? Wir haben einiges durchgemacht und mir wäre wohler, wenn ich wüßte, daß du in Sicherheit bist.“

„Die Couch ist mein Bett. Und wer immer das war, ich bin sicher, daß er nicht wiederkommt. Selbst wenn er's versuchte, würde er nicht reinkommen. Ich werd dran denken, das Badezimmerfenster abzuschließen.“

„Du hast auch vergessen, dein Büro abzuschließen.“

Ich zuckte die Achseln. „Das war allerdings achtlos. Aber normalerweise halte ich alles gut unter Verschluß.“

Dan lächelte und zog mich wieder an sich. „Ich weiß. Aber du fängst an, dich zu bessern.“

21

Ein einsamer Arm lag quer auf meiner Brust. Doch nicht ganz so einsam, stellte ich fest, als ich mich zum Ellenbogen durchtastete, der unter der Decke verschwand.

Das war keiner von meinen Piratenträumen. Das war echt. Ich kuschelte mich wieder ins weiche Bett zurück und bemühte mich, den Arm oder das, was daran hing, nicht zu wecken.

Dan lag in meinem Bett. Na sowas.

Ich lächelte.

Bevor ich weiter über die letzte Nacht nachdenken konnte, wurde das Bett selbst wach. Es begann, sich zu rütteln und zu schütteln.

Dan fuhr plötzlich mit einem Ruck auf und sprang aus dem Bett. Einsatzbereit stand er da – splitternackt. Im schwachen Morgenlicht konnte ich seinen verwirrten Gesichtsausdruck sehen, als er den Raum absuchte und den plötzlichen Angriff zu analysieren versuchte. Die Lampe stand still. Die leeren Weingläser auf dem Couchtisch bewegten sich nicht. Dan sah mich mit großen Augen an, als ihm klar wurde, daß er im Freien stand. Er langte herüber und griff sich ein Lakenende.

Ich faltete mein Kissen auf die Hälfte, um den Kopf aufzustützen, und lag breit grinsend da.

„War das wieder ein Nachbeben?" fragte er.

Ich griff seelenruhig nach dem Plastikkasten neben meinem Bett und drückte einen Knopf. Das Bett stand still.

Dan starrte das Bett einen Moment an, dann ging er zu

dem kleinen Gerät hinüber, das ich gerade entschärft hatte.

„Das ist mein Wecker." Ich verschränkte die Hände hinter dem Kopf. „Heißt ‚ShakeAwake'. Man kann ihn entweder an eine Lampe anschließen, die dann blinkt, oder an einen Rüttelapparat unter dem Kissen oder unter der Matratze. Oder beides, wenn man wirklich weggetreten ist. Gehörlose haben immer Probleme damit, wach zu werden, weißt du? Wir haben einen gesunden Schlaf, wie man so sagt."

„Na, also mir hat er fast einen Herzschlag verpaßt." Dan atmete tief durch und setzte sich neben mich. Er hob den Kasten hoch und drückte den Einschaltknopf. Das Bett begann wieder zu vibrieren. Sein verwirrter Gesichtsausdruck wich einem angenehm überraschten.

„He, das ist gar nicht schlecht." Er kuschelte sich ins Bett wie eine brütende Henne.

„Nette Hinternmassage, hm?"

Er langte über mich hinüber, um den „ShakeAwake"-Wecker zurück auf den Tisch zu stellen, und küßte mich flüchtig auf dem Rückweg. „Mein Herz kriegt sich gar nicht wieder ein", sagte er, nahm meine Hand und legte sie auf seine Brust. Ich konnte sein Herz in doppeltem Tempo schlagen fühlen.

„Du solltest dich lieber beruhigen." Ich streichelte seine Brustwarze und zog an den darum verteilten Haaren. „Sonst brauchst du noch einen Bypass, wenn du nicht aufpaßt."

Er streckte sich auf mir aus und bedeckte meine Brust mit seiner. „Zu spät. Mein Herz hat bereits irreparablen Schaden genommen."

„Das ist aber wirklich traurig", neckte ich ihn. „*Mein* Herz ist großartig in Form."

„Ach ja? Und warum zitterst du dann?"

Und verdammt noch mal, ich zitterte wirklich. Es gibt doch wirklich nichts Verräterischeres als die Körpersprache, die plaudert immer aus, wie man sich wirklich fühlt.

„Ich zittere nicht. Du hast bloß vergessen, den Wecker auszustellen."

Er küßte mein Herz. „Schwindlerin."

Leider gab uns der „ShakeAwake" nur noch zehn Minuten. Dan hatte versehentlich den „Snooze"- statt des Ausknopfs erwischt. Aber es war sowieso Zeit aufzustehen.

Während Dan unter der Dusche stand, buddelte ich ein graues Top hervor und zog ein Paar schwarze Cordhosen an. Als ich versuchte, den Reißverschluß zuzuziehen, mußte ich mich erst flach aufs Bett legen, bevor ich es schaffte. Aber sowie ich wieder auf die Beine kam und atmen konnte, sah ich großartig aus.

Komisch. Ich fühlte mich auch großartig.

Nachdem ich den Tatort wieder zum Sofa zusammengeklappt und das Schlaf- zum Wohnzimmer gemacht hatte, machte ich schnell zwei Schok-Moks in der Küche. Einen gab ich Dan, als er wieder zum Vorschein kam, und bot ihm an, sich selbst Zimt-Rosinen-Bagels, Kraftmüsli oder Mohntoast zu nehmen. Ich nehme gern ein stark getreidelastiges Frühstück. Was ich auf eine einsame Insel zu essen mitnehmen würde? Einen Schok-Mok, einen Laib Vollkornbrot und ein Glas Erdnußbutter.

Ich stellte die Erdnußbutter auf den Tisch, sowie Dan es sich in der Sitznische bequem gemacht hatte.

„Was denn, kein Ketchup?" fragte er und sah die Erdnußbutter an, als ob es Teichschlamm wäre. „Wie kannst du bloß morgens dieses Zeug essen?"

Ich ignorierte ihn und strich eine dicke Lage auf meinen Mohntoast.

„Übrigens hast du letzte Nacht gestöhnt." Er tauchte sein Messer in die Erdnußmischung.

„Hab ich nicht."

„Hast du doch. Du hattest einen Traum oder sowas. Du hast gestöhnt und ein paar merkwürdige Geräusche gemacht."

Ich fühlte mich aufleuchten wie glühende Asche. „Hab ich irgendwas Interessantes gesagt?"

Dan antwortete nicht. Er strich Erdnußbutter auf seinen Toast und sah mißtrauisch drein.

Ich suchte mein Gedächtnis nach übriggebliebenen Traumfetzen ab. Waren es Piraten gewesen? Mein Freund aus der High School? Hoffentlich nicht wieder diese Bikergang.

„Wahrscheinlich hab ich von Delancy geträumt. Die ganze Sache geht mir ziemlich im Kopf rum."

„Ja, sicher." Dan schwieg und betrachtete mich, als ob er mich zum ersten Mal sähe. Standen meine Haare kreuz und quer? „Wo hast du diese blauen Flecken gekriegt?"

Ich sah an meinen Armen herunter, die von meinem Friedhofserlebnis noch ganz scheckig waren. Es war Zeit, es ihm zu sagen. Er sah mich genau an, während ich die Geschichte von meinem Sturz und dem nachfolgenden tiefschürfenden Erlebnis erzählte. Dann schüttelte er den Kopf.

„Connor! Ich hab's dir doch gesagt. Du mußt vorsichtiger sein. Die Sache wird wirklich ernst."

Ich nickte. Was konnte ich schon sagen?

Dan schüttelte noch einmal den Kopf und biß in seinen Toast. Ich setzte mich und nahm das Foto von der

Grundsteinlegung in die Hand. Ich betrachtete es eine Weile und merkte dann, daß Dan redete, anstatt zu essen.

„... weil ich ja heute nicht zur Arbeit muß. Ich wollte versuchen, die hier zu vergrößern. Mal sehen, ob ich die Details besser rausbringen kann."

„Gute Idee. Miah wollte das von den beiden im Hintergrund im Computer vergrößern, aber wegen meiner Virusattacke hat er es nicht mehr geschafft. Vielleicht kannst du erkennen, was Delancy und Blenda Truax da hinter dem Rücken ihres Ehemanns machen."

Dan griff sich plötzlich an die Taille und zog etwas hervor. Er hielt es hoch.

„Mein Pager. Kann ich dein Telefon benutzen?"

Ich nickte. Er ging ins Wohnzimmer und ich las solange die Zeitung. Nach einer Weile kam er mit gerunzelter Stirn zurück.

„Das war's leider mit meinem freien Tag."

„Was ist denn passiert?"

„Ich weiß nicht. Das war Jake. Irgendein Notfall auf der Baustelle. Ich muß hin und mich drum kümmern."

Er nahm das Foto noch einmal in die Hand und sah es sich genau an, bevor er sagte: „An diesem Bild stimmt irgend etwas nicht. Aber ich krieg's nicht raus."

„Bei Blenda Truax stimmt auch irgendwas nicht. Glaubst du, sie und Delancy hatten vielleicht was miteinander?" Ich hielt mir den glänzenden Serviettenhalter vor den Mund und prüfte, ob ich Mohnsamen zwischen den Zähnen hatte.

„Was wird das denn?" fragte Dan.

„Gar nichts."

„Du siehst wunderschön aus, auch mit Mohn zwischen den Zähnen." Er lächelte. „Na, auf dem Bild kann ich jedenfalls nicht viel erkennen. Sie sieht besorgt aus, oder vielleicht ängstlich. Aber Delancy sieht zu Truax hin, als ob er sicher gehen wollte – ach, ich weiß nicht. Delancy sieht einfach so steif aus. Vielleicht kann ich ja mehr sehen, wenn ich sie vergrößere."

Wir beendeten unser Frühstück. Ich fütterte Casper, checkte alle Schlösser doppelt und fuhr Dan zu seinem Bronco. Er gab mir einen sanften Kuß, der nach Erdnußbutter schmeckte.

„Ich mag diesen Erdnußbuttergeschmack am Morgen." Er klopfte auf das Auto. „Halt mich auf dem laufenden."

Ich sah ihm nach, als er wegging, und schaute zu, wie er sich seine Lederwerkzeugtasche wie ein Cowboyholster um die Hüften schlang. Die Werkzeuge baumelten bei jedem Schritt. Ich drehte mich wieder zur Straße, bog in den schwachen Verkehr ein und wäre fast mit einem Bäckereiwagen zusammengestoßen.

Ich holte mir ein Exemplar der *Eureka!* vom Kiosk vor dem Nugget Café und ging ins Büro. Die Zeitung sah toll aus, auch wenn ich lieber einen gründlicheren Bericht über die Sache mit Delancy gehabt hätte. Aber jedenfalls war das Stadtmaskottchen gut vertreten.

„Morgen." Miah grüßte mich von seinem Platz am Computer und gebärdete dann: „Wir haben grade eine große Story reinbekommen."

Ich hob erwartungsvoll die Augenbrauen. „Was ist denn los?" Ich drehte meine beiden Mittelfinger in der Luft nach oben.

„George und Marion Kirby haben gestern ihre goldene Hochzeit gefeiert, drüben im Sutter's Resort Retirement Village. Ich wette, das haben sie in Schutt und Asche gelegt. Bestimmt gab's ne große Tortenschlacht, ein paar kleingehauene Akkordeons und eine Überdosis Abführmittel. Willst du, daß ich darüber berichte?"

„Komiker. Wenn du dich nicht in acht nimmst, drück ich dir die Haustierecke aufs Auge. Dann wird's dir leid tun."

„Bitte, Chef, das nicht. Alles, nur nicht die Haustierecke. Noch ein Goldfischexposé ertrage ich einfach nicht. Ich bin auch ganz brav. Ich werde schneller tippen und nur noch draußen spucken und ... und ..."

„Eine Woche lang keine blauen Haare. Und nenn mich nicht Chef!"

„Großes Indianerehrenwort!" Er legte die Hand aufs Herz. „Hätt ich fast vergessen." Er hielt einen braunen Briefumschlag hoch. „Der lag heute morgen unter der Tür, als ich reinkam. Du bist übrigens ganz schön spät. Wird das jetzt zur Gewohnheit?"

Bei dem Gedanken daran, warum ich zu spät gekommen war, wurde ich rot, aber ich riß ihm so schnell den Umschlag aus der Hand, daß ihm das wohl nicht auffiel. „Na hör mal, es ist schließlich Samstag! Du wirst ja allmählich zum Sklaventreiber." Ich machte den Umschlag auf und zog den Inhalt heraus.

Es war eine Nachricht von Sheriff Mercer, an einen gelben Durchschlag geheftet. Sie lautete: „C.W., in meinem Büro ist eine offizielle Beschwerde gegen Dich eingereicht worden, wegen Hausfriedensbruch und Werksspionage beim *Monitor.* Kannst Du bitte bei mir vorbeikommen, wenn Du Zeit hast, damit wir darüber reden können?"

Ich versuchte, meinen weit offenstehenden Mund wieder zuzuklappen, aber das war gar nicht so einfach.

„Das ist doch hoffentlich ein schlechter Witz!“ Ich betonte jedes Wort überdeutlich und ließ den Umschlag ungläubig staunend auf meinen Schreibtisch fallen.

„Mußt du ins Gefängnis?“ fragte Miah mit einer hakengleich hochgezogenen Augenbraue. „Soll ich bei meinem Vater meine Beziehungen spielen lassen? Ich kann dich wahrscheinlich auf Bewährung rauskriegen – mit ein bißchen gemeinnützigem Arbeitsdienst. Aber das kostet dich natürlich was.“

„Ich muß nicht ins Gefängnis! Ich will auch nicht, daß du mit deinem Vater sprichst. Und ich mache ganz bestimmt … ach, verdammt!“

Die Telefonklingel blinkte und Miah nahm ab. Er nickte ein paarmal, sagte etwas in den Hörer, das ich nicht ablesen konnte, und legte auf.

„Das war dein Freund“, gebärdete er. „Er ist auf der Baustelle. Er sagt, da wär was passiert. Du sollst so schnell wie möglich hinkommen. Und dabei fällt mir ein – Harmony Malakoff vom *Monitor* hat angerufen. Da war eine Nachricht von der Schreibtelefonvermittlung auf deinem Apparat. Sie sagte, es sei dringend, und daß sie dir eine E-Mail schicken würde.“

Ich wählte mich ins Netz ein und fragte meine E-Mails ab. Harmonys war die letzte von fünf neuen Nachrichten. Ich ging direkt zu ihrer Mail.

„Connor, ich wollte am Telefon keine Nachricht hinterlassen, aber es passieren immer noch merkwürdige Dinge. Von meinem Schreibtisch sind Sachen verschwunden. Ich hatte eine Diskette mit Informationen zu den Truaxes, die ist weg. Jemand war an meinen Dateien zugange. Und als ich gestern abend nach Hause kam, hatte jemand bei mir eingebrochen. Es fehlte nichts, aber es war alles völlig durcheinander. Ich weiß nicht, was das alles soll, aber ich glaube, ich weiß, wer dahinter steckt. Und ich werde langsam ziemlich nervös. Können wir uns bald mal treffen? Es ist besser, wenn wir darüber nicht am Telefon reden. Ich lösche diese Mail, wenn ich sie abgeschickt habe, und ich hoffe, Sie tun dasselbe. H."

Ich schickte Harmony eine Mail, um sie zu fragen, wann sie sich mit mir treffen wollte. Auch ohne Körpersprache und Mimik las sich die Nachricht dringend. Bis ich von ihr hörte, konnte ich nicht viel tun – ich hatte ihre private Telefonnummer und Adresse nicht –, also fuhr ich zur Baustelle hinaus, um mir anzusehen, was Dan mir zeigen wollte.

„Was ist denn los?" rief ich Dan zu, sobald ich ihn entdeckt hatte. Er stand nicht weit von der Stelle, an der man Delancys Leiche gefunden hatte. Einige Schutzhelme standen um ihn herum, wahrten aber Abstand.

Dan winkte mich dringend heran. Ich lief schnell zu ihm hin. „Was ist los?" fragte ich wieder.

Dinkelspiel war am Handy und redete wie wild auf jemanden am anderen Ende ein. Er warf mir einen bösen Blick zu, als ich ankam, und drehte sich dann weg, um sein Gespräch fortzusetzen.

Dan zeigte auf den Teil des Kellerbodens, wo der gerissene Beton wieder aufgegraben worden war. Das hatte heute frisch gegossen werden sollen. Ich konnte den riesigen Betonmischwagen seinen Inhalt umwälzen sehen, während er müßig in der Gegend stand. Die Überstundenkosten würden erheblich sein. Wenn das hier wieder eine neue Verzögerung bedeutete, spuckte Truax bestimmt Gift und Galle.

Dan zog mich dichter heran.

„Ich hab die Erde aufgegraben, um die Bodenprobe für Tom Crosby zu nehmen. Er wollte doch diesen Test auf Giftmüllbelastung für mich machen, du erinnerst dich? Die Jungs wollten das hier grade gießen, und ich hab ihnen gesagt, sie sollen kurz warten, damit ich ein bißchen Erde rausholen konnte. Ich fing an zu schaufeln und da fiel mir auf, daß die Erde ziemlich locker war. Also hab ich nachgesehn und ... hab das da gefunden."

Er zeigte auf eine Kuhle in der Erde, wo er offensichtlich gegraben hatte.

Aus der Erde zeigte ein Finger auf ihn zurück.

22

Jemand tippte mir auf die Schulter. Ich zuckte zusammen und wollte den Angreifer gerade anschreien, als ich die Uniform erkannte.

„Sheriff! Mann, hast du mich erschreckt! Du weißt doch, daß ich es hasse, angetatscht zu werden. Vor allem so mit einem Finger …“ Ich brach ab und sah zu dem Finger zurück, der aus der Erde herausragte. Dann wandte ich mich wieder zu ihm. „Was ist hier eigentlich los?“

„Die Rechtsmedizinerin ist unterwegs. Bevor sie ihre Untersuchung nicht abgeschlossen hat, können wir gar nichts sagen. Ich hoffe doch, ihr habt hier nichts angefaßt.“ Er sah Dan und mich scharf an.

Dan hielt ganz unschuldig eine Hand hoch. Die andere, in der er eine „California Gold“-Kaffeebüchse hielt, ließ er unten. „Ich hab bloß die Erde aufgegraben, Sheriff. Das ist alles. Die Jungs sagten, sie könnten hier nicht schütten, weil die Erde nicht so fest war, wie sie sein sollte. Und dann guckte mir plötzlich dieser Finger entgegen. Danach hab ich gar nichts mehr angefaßt, das können Sie mir glauben.“

Alles drehte sich um, und ich folgte ihren Blicken. Dr. Arthurlene Jackson war gerade angekommen. Sie stand da und sah Dan unverwandt an, in Erwartung einer Erklärung für diesen neuesten Leichenfund. Es war schon das zweite Mal, daß er einen Toten auf der Baustelle entdeckt hatte.

„Wonach haben Sie gegraben, Mr. Smith?“ fragte Dr. Jackson. Sie sah sich den Finger an, während sie sprach.

„Gute Frage", meinte der Sheriff. Er verschränkte offiziell die Arme.

„Nach gar nichts! Ich sagte doch schon, die Erde sah nicht so fest aus, wie sie's hätte tun sollen, also fing ich an zu graben, um das zu prüfen. Ich wollte das hier nicht noch ein drittes Mal schütten müssen …"

„Irgendeine Ahnung, wer es sein könnte?" fragte Dr. Jackson.

„Nein, zum Teufel! Ich hab doch bloß den Finger gefunden. Warum graben Sie ihn nicht aus und sehen nach?" Allmählich wurde Dan leicht unwirsch. Das konnte ich an seinem geröteten Gesicht und angespannten Ausdruck erkennen, ganz zu schweigen von den gereizten Worten.

„He, Dan, was ist los?" Das war Jake.

Der Sheriff und Dinkelspiel, die still daneben gestanden hatten, nahmen sich der wachsenden Zahl von Schaulustigen an, während Dr. Jackson das Spurensicherungsteam herüberwinkte, um die Leiche auszugraben. Nach einer Viertelstunde vorsichtigem Graben gingen die Techniker beiseite. Ich sah genau hin, als Dr. Jackson sich neben den Toten kniete, um besser sehen zu können, und Krumen von dem erdverkrusteten Gesicht herunterbürstete.

Langsam setzte ich mich von der Menge ab, ging außen herum und schlich mich von hinten an den Schauplatz heran. Wir Gehörlosen haben manchmal das Gefühl, unsichtbar zu sein, weil man uns so häufig ignoriert. Ich hoffte sehr, daß das im Moment der Fall war.

„C.W., bleib da weg!" Sheriff Mercer winkte mich zur Seite, als ich gerade auf zwei Meter an den Toten herangekommen war. Aber ich konnte mich nicht bewegen. Ich konnte die Augen nicht von dem erdverstopften Gesicht losreißen. Die Nasenlöcher waren rotbraun, voll feuchter Erde. Die Augen ebenfalls, so daß ich nicht sehen konnte, ob sie offen oder geschlossen waren. Selbst der weit offenstehende Mund war mit Erde vollgestopft.

Ich packte Sheriff Mercer's Schulter.

„Ich hab dir doch gesagt, du sollst hier weggehen, Connor. Das ist kein schöner Anblick. Wann wirst du endlich mal auf das hören –" Er brach ab, unglücklich über seine Wortwahl. Mir machte das nichts aus. Das „hörte" ich dauernd.

„Nein, Sheriff, das ist es nicht. Ich ..." Ich stockte.

„Was denn? Du willst doch nicht etwa sagen, daß du den kennst?"

„Ich ..." Ich versuchte, weiterzureden, aber ein heißer Blitz schoß durch meinen Körper. Mit purzelbaumschlagendem Magen lief ich hinter die nächste Mauer und erbrach mein Frühstück. Ich wischte mir den Mund mit meinem T-Shirt, richtete mich langsam auf und hielt mich an der Mauer fest. Meine Knie zitterten und mein Herzschlag hatte sich verdoppelt. Sheriff Mercer und Dan kamen um die Mauer herum in mein improvisiertes Krankenzimmer.

„Bist du in Ordnung, Connor?" fragte Dan und bot mir seinen Arm als Stütze.

Ich nickte und fragte mich, ob ich so käsig aussah, wie ich mich fühlte.

„Was ist denn, C.W.?" fragte Sheriff Mercer. „Weißt du, wer es ist?"

Ich ging langsam zu der Stelle zurück und sah mir den halb von Erde bedeckten Toten noch einmal an. Ein feuchter Lehmklumpen klebte an seiner Brust.

„Ich … ich glaube, das ist der Typ aus der Bar. Derselbe, den ich auf dem Friedhof getroffen hab.“ Ich zwang die Worte heraus.

„Hast du einen Namen?“ fragte der Sheriff.

„Charles Bolton.“

Dan brachte mich zu meinem Auto und ließ mich ein paar Minuten mit dem Kopf zwischen den Knien sitzen, bis ich mir völlig bescheuert vorkam. Ich setzte mich auf und erklärte ihm, daß ich völlig in Ordnung sei, bloß ein bißchen zittrig.

„Langsam nimmt die Sache hier wirklich verrückte Formen an“, sagte er und streichelte abwesend mein Bein.

So etwas Ähnliches hatte Harmony in ihrer Mail auch geschrieben. Ich spürte das dringende Bedürfnis, nachzusehen, ob bei ihr alles in Ordnung war.

„Was glaubst du ist mit ihm passiert?“ Ich stellte die Frage nur so. Mir war klar, daß Dan darauf auch keine Antwort hatte.

„Wenn die Rechtsmedizinerin erstmal die Autopsie vorgenommen hat, werden wir bestimmt mehr herausfinden. Aber es muß eine Verbindung zwischen diesen beiden Todesfällen geben.“

Wir saßen eine Weile und schwiegen. Dann sagte Dan: „Wenn du wirklich in Ordnung bist, sollte ich lieber diese Erdprobe zu Tom Crosby rüberbringen. Hier wird mich erstmal keiner vermissen. Tom meinte, daß die Analyse einige Zeit dauern würde. Ich werd versuchen, ihn etwas zur Eile anzutreiben, angesichts der neuesten Entwicklungen. Du bist ganz bestimmt okay?“

Ich drückte seine Schulter. „Ja, wirklich. Ich hab einfach bloß einen empfindlichen Magen. Nicht mal die Piratenbahn in Disneyland steh ich ohne Medikamente durch. Ist schon komisch, auch wenn der Kopf völlig rational denkt, kann einem der Körper jederzeit einen Strich durch die Rechnung machen. Geh schon. Nimm die Bodenprobe und finde raus, was du kannst. Ich hab auch ein paar Dinge zu erledigen."

Dan sah mich genau an. „Ich hab dir gesagt, paß auf dich auf, Connor. Hier ist irgendein Verrückter dabei, Leute umzubringen."

„Das mach ich schon. Du aber auch. Du hast beide Opfer gefunden. Du könntest genauso in Gefahr sein, weißt du? Vergiß nicht, was mit deinem Büro passiert ist."

Er lehnte sich vor und küßte mich sanft auf den Mund. Ich wünschte, ich hätte ein Pfefferminz gelutscht, aber es schien ihn nicht zu stören.

„Ach, Dan", sagte ich, „könnte ich mir dein Maßband ausleihen? Ich muß was ... ausmessen."

Dan zog sein gelbes Metermaß aus dem ledernen Werkzeuggürtel und gab es mir. „Fahr vorsichtig", sagte er, als er aufstand. Im Rückspiegel konnte ich beobachten, wie er mir bei der Abfahrt nachsah.

Ich fuhr im Büro vorbei und rief meine E-Mails ab, um zu sehen, ob eine Antwort von Harmony dabei war. Nichts. Miah war weg, also konnte ich ihn auch nicht bitten, eine Rückrufnummer zu notieren, falls sie sich meldete. Ich schloß ab und fuhr direkt nach Thunder Camp.

Ich dachte, daß es am Samstag beim *Monitor* ruhig sein würde, aber die Redaktion fieberte nur so vor Aktivität. Bei den großen Zeitungen gibt es keinen Nachrichtenstop. Gut so. Und da es Mittagszeit war, hoffte ich, daß alle viel zu beschäftigt sein würden, um mich zu bemerken, als ich mein Ziel ansteuerte. Am Wachmann vorbeizukommen war etwas schwierig, aber niemand fragt dich, wo du hin willst, wenn du Pizzas bringst.

Mit drei großen, leeren Pizzakartons im Arm, die ich mir bei dem großen Pizzaladen unten an der Straße ausgeborgt hatte, schlug ich mich zum Fahrstuhl durch – dem einen, der noch funktionierte. Ich drückte den „Aufwärts"-Knopf und wartete unruhig auf die Kabine. Mein Körper fing an, vor Schweißperlen zu kribbeln, während ich mich bemühte, unbekümmert auszusehen. Ich tat sogar so, als ob ich pfiffe.

Der Fahrstuhl kam wenig später, vollgestopft. Drei junge Männer in Jeans und weißen Hemden stiegen aus, aber der Rest rührte sich nicht. Ich kletterte hinein, versuchte, wie eine offizielle Pizzalieferantin auszusehen, und drückte den Knopf für den zweiten Stock. Harmony würde warten müssen, bis ich meine erste Station hinter mir hatte. Eine Schweißspur schlängelte sich kitzelnd meinen Rücken hinunter. Ich las das Schild über der Stockwerksanzeige, um ruhig zu bleiben. PENFIELD ELEVATOR COMPANY. ERBAUT 1881. MAX. PERSONENZAHL 10. MAX. GEWICHT 700 KG. Ich zählte die Menschen in der Kabine. Ich kam auf elf.

Als wir im zweiten Stock ankamen, waren wir nur noch zu zweit. Die andere Frau verschwand im Korridor, kaum daß wir angekommen waren. Ich setzte die Pizzakartons auf einer Skulptur ab, die wie ein mit Goldsäcken beladener Esel aussah, und prüfte die Optionen. Da waren einige unbeschriftete Türen, aber nur eine mit den Worten „HARLAN TRUAX, HERAUSGEBER" in Gold quer über einem Paar Kristallglastüren. Drinnen konnte ich ein gut ausgestattetes Empfangsbüro sehen – dicker rostroter

Teppichboden, Eichenschreibtisch, impressionistische Bilder an den Wänden – ein schockierender Kontrast zu dem trostlosen Kabinengewirr der Redaktionsmannschaft im ersten Stock.

Ich lugte hinein. Eine Sekretärin saß an ihrem Computer und tippte wie wild, ihre rechte Seite zu mir gewandt. Als ich hineinging, machte sie keine Anstalten, ihre Arbeit zu unterbrechen. Ich sah ihre Kopfhörer und fragte mich, ob sie Musik hörte oder Harlan Truax' Stimme.

Ich wußte, daß Truax zur Baustelle unterwegs sein mußte, nachdem er die Neuigkeit von Bolton gehört hatte. Die perfekte Gelegenheit, sein Büro auszuforschen. Aber ich hatte nicht mit MS. MINICHINO, VERWALTUNGSASSISTENTIN, wie das Schild auf ihrem Schreibtisch verkündete, gerechnet. Die mußte ich loswerden. Natürlich nicht endgültig. Davon hatten wir schon genug gehabt.

Ich stellte mich vor ihr auf und sah zu, wie sie eine Zeile fertig tippte. Sie zog die Kopfhörer vom Kopf und sah mit einem geübten Lächeln auf.

„Kann ich Ihnen helfen?"

„Ja, das können Sie, danke. Ich bin Ms. Connors von Eureka-Inneneinrichtungen. Blenda Truax hat mich wegen der Umgestaltung dieses Büros angerufen. Ich bin hier, um schon einmal ein paar Maße zu nehmen, bevor ich mit dem Entwurf anfange."

Ms. Minichino sah mich an, als ich in meinen Rucksack griff und eine von den universell einsetzbaren Visitenkarten herauszog, die ich immer dabei habe. Die sind sehr nützlich, um einer Reporterin Zutritt zu verschaffen, wo sie nichts zu suchen hat. Auf dieser hier stand W. CONNORS UND PARTNER. Allgemein genug, um als

Anwältin, Versicherungsvertreterin, Marketingspezialistin, leitende Konzernmitarbeiterin – oder Innenarchitektin durchzugehen.

„Ich ... ich erwarte niemand. Mr. Truax hat nichts erwähnt ..."

Ich nickte, als ob ich gewußt hätte, daß sie das sagen würde. Hatte ich ja auch. Ich war gut vorbereitet. „Ja, ich weiß. Mrs. Truax sagte schon, daß Sie möglicherweise nicht im Bilde wären. Ich hab den Anruf erst vor einer halben Stunde bekommen. Sie hatte wahrscheinlich keine Gelegenheit, Sie zu informieren, wegen dieser Krise draußen auf der Baustelle. Und außerdem soll das anscheinend eine Überraschung für ihren Mann werden."

Ms. Minichinos gezwungenes Lächeln begann vor Anstrengung zu zittern. „Ich weiß wirklich nicht ..."

Ich lehnte mich vor, als ob ich ihr ein Geheimnis verraten wollte. „Sie will ihn übers Wochenende weglotsen. Ich soll dann herkommen und mich um alles kümmern, während er fort ist. Und wenn er zurückkommt, findet er eine ganz neue Umgebung vor!" Ich richtete mich wieder auf und lächelte breit. „Ist das nicht wunderbar?"

Die Sekretärin nickte abwesend. „Vielleicht sollte ich nur eben schnell anrufen und bei Mrs. Truax nachfragen."

„Gute Idee. Lassen Sie mich dann bitte gleich mir ihr sprechen, wenn Sie sie erreichen, ja? Ich hab da noch ein paar kleine Fragen. Aber ich muß mich beeilen – ich habe nur zwanzig Minuten bis zu meinem nächsten Termin im Country Club. Wissen Sie, ich fange einfach schon einmal an. Sagen Sie mir Bescheid, wenn sie am Apparat ist."

Ich zog Dans Maßband aus dem Rucksack und steuerte auf Truax' privates Büro zu, als ob ich erwartete, daß mir Ms. Minichino ohne jedes Zögern öffnen würde.

Das tat sie auch. Die schwere Eichentür schwang auf und enthüllte ein Büro, das im Stil eines exklusiven englischen Klubs ausgestattet war. Rotbraune Ledersessel, ein Mahagonischreibtisch, Bücherregale voller Sammlerausgaben und drapierte Samtvorhänge mit Goldkordeln ergaben einen dunklen, männlichen Look.

„Du liebe Güte!" rief ich aus, als ich mich umsah. „Kein Wunder, daß sie das hier umdekorieren möchte. Ziemlich archaisch, finden Sie nicht auch?"

Ms. Minichino schien immer noch leicht verwirrt. „Mir gefällt es eigentlich. Es sieht so britisch aus, wissen Sie. Ich kann mir nicht denken, warum sie es ändern will. Ich sollte besser diesen Anruf machen …"

„Ach, eins noch. Könnte ich eben schnell meinen Partner anrufen? Er sollte einen bestimmten Webpelz bestellen, den Mrs. Truax sich heute nachmittag ansehen wollte. Muß ich da einfach eine Neun vorwählen?"

„Webpelz?" Die Sekretärin sah plötzlich unwohl aus. „Ähm, ja, Sie können dieses Telefon benutzen. Es ist doch ein Ortsgespräch?"

„Ja, natürlich", sagte ich und ging schnell hinüber zu dem Telefon auf Harlan Truax' Schreibtisch. „Vielen Dank. Der Pelz wird Ihnen gefallen. Bestimmt."

Aus dem Augenwinkel beobachtete ich, wie die Sekretärin den Raum verließ. Ich nahm schnell den Hörer auf, suchte die Kurzwahltasten nach „Truax" – oder etwas in der Richtung – ab und fand „Privat". Ich drückte die Taste, wartete ein paar Sekunden – und sprach dann dreimal hintereinander „Dringender Anruf – Bitte bleiben Sie am Apparat" in den Hörer. Dann setzte ich ihn ein kleines bißchen schräg auf die Gabel zurück, so daß es nur so aussah, als ob er aufgelegt wäre. Das sollte die

Leitung fürs erste blockieren. Ich begann mit meiner Suche.

Das Auffälligste an dem Raum war eine Sammlung vergrößerter und gerahmter Fotografien – eine Galerie von Vignetten aus Truax' Leben. Da waren Aufnahmen aus seiner Kindheit, von seinen verschiedenen Abschlußfeiern, seiner Hochzeit, der wachsenden Familie und, als neuester Zugang, ein gerahmter Abzug des Fotos, das die Zeitung von der Grundsteinlegung des neuen Redaktionsgebäudes gedruckt hatte. Ich ließ meinen Blick über die Bilder schweifen und machte dann schnell weiter.

Das Büro war voll ausgestattet. Truax hatte ein Miniatur-Putting-Green aufgestellt, einen Whirlpool, einen Stepper, einen Baseballschläger und ein Stereo- und Videocenter. All die Annehmlichkeiten des Reichtums. Nach einem schnellen Rundblick über die Spielsachen ging ich zum Schreibtisch zurück und zog die Schubladen heraus, auf der Suche nach einer Verbindung zwischen Truax und Delancy oder Charles Bolton. Ich hoffte, irgend etwas Offensichtliches zu finden, doch meine schnelle, aber gründliche Suche förderte weder Mordwaffe noch Motiv zutage.

Ich sah auf die Uhr. Viel Zeit hatte ich nicht mehr. Die Sekretärin würde mißtrauisch werden, wenn ich zu lange brauchte. Darum, daß sie Blenda erreichen könnte, machte ich mir keine Sorgen – die Wahlwiederholungstaste, die ich gedrückt hatte, würde den Truax-Privatanschluß hoffentlich noch eine ganze Weile blockieren. Aber ich mußte hier fertig sein, bevor Ms. Minichino aufging, daß etwas nicht stimmte. Oder schlimmer – bevor Truax zurückkam.

Nach ein paar weiteren Minuten ergebnisloser Suche fiel mein Blick noch einmal auf die Fotogalerie. Ich ging näher heran und sah mir jede Aufnahme sorgfältig an, in dem Versuch, Harlan Truax' Leben wie ein Puzzle aus den Bildern zusammenzusetzen.

Die Aufnahmen waren in chronologischer Reihenfolge angeordnet, vom Kleinkindalter bis zur Gegenwart. Truax war als untersetztes, dickes Baby auf die Welt gekommen, und dieses Merkmal hatte ihn bis ins Erwachsenenalter begleitet. Jedes der Bilder war als eine Art Parodie arrangiert. Schon sein erstes Babyfoto zeigte ihn mit einer viel zu großen Brille und einer riesigen Zigarre in der Hand. Beim ersten Haarschnitt hatte er einen Topf auf dem Kopf. Beim College-Abschlußfoto brauchte ich eine Weile – Barett und Talar, ganz normal. Ah, aber keine Schuhe! Zehn plumpe Zehen staken unter dem schwarzen Umhang hervor. Selbst das Hochzeitsbild war eine Parodie seiner selbst, die perfekte Zielscheibe für einen Tortenwurf – traditionell, einfallslos, kitschig.

Kein einziges ernsthaftes Bild dazwischen. Jedes Ereignis wurde auf die Schippe genommen.

Ich ging zu dem Foto davor zurück. Irgend etwas daran irritierte mich. Als ich es noch einmal betrachtete, ging mir auf, daß nicht das Bild selbst mich stutzig gemacht hatte. Es war seine Plazierung. Die Aufnahme von Truax bei der Grundsteinlegung sprang aus der chronologischen Abfolge heraus – und war etwas kleiner als der verblaßte Umriß rundherum.

Da mußte einmal ein anderes Foto gehangen haben. Ein Foto, das dort, nach dem Aussehen der Wand zu urteilen, eine ganze Weile und bis vor nicht allzu langer Zeit gehangen hatte.

Ich wischte mit einem Finger über einige der Rahmen. Staub, jede Menge. Außer auf diesem. Was für ein Bild hatte an dieser Stelle gehangen?

Ich sah mir die Fotos zu beiden Seiten an. Das Bild links von der Grundsteinlegung zeigte Truax in voller Marines-Uniform beim Abschluß der – wie hieß das? Grundausbildung? Auf der anderen Seite war das Hochzeitsbild. Was paßte dazwischen?

Ein Bild von den Furchtbaren Vier? Das wäre die richtige Zeit gewesen, zwischen der Militärausbildung und der Hochzeit. Und damit die richtige Stelle an der Wand. Eine Aufnahme von Truax, Delancy, Bolton und irgendeinem Typen namens Bozo – alle zusammen? Ich war so tief in Gedanken versunken, daß ich nicht sah, wie hinter mir die Tür aufging.

23

Automatisch sah ich zum Telefon – da leuchtete nur ein Lämpchen. Ich drehte mich um und stellte mich dem Eindringling.

„Haben Sie mich denn nicht gehört? Mit dem Telefon stimmt etwas nicht", sagte Ms. Minichino und ging auf Harlan Truax' Schreibtisch zu. „Ich glaube ... ja, genau, Sie hatten nicht richtig aufgelegt. Mrs. Truax habe ich noch nicht erreichen können. Es war dauernd besetzt. Ich versuch's jetzt noch einmal."

Zu meinem Entsetzen ging sie nicht zu ihrem Schreibtisch zurück. Sie nahm den Hörer von Truax' Schreibtisch auf und drückte die Kurzwahltaste für seine Privatnummer.

Oh je.

Ich beobachtete sie aus dem Augenwinkel heraus, während ich so tat, als ich ob den Raum auf mich wirken ließ, das Maßband einsatzbereit an meiner Seite. Jemand hatte sich am anderen Ende der Leitung gemeldet. Ms. Minichino drehte sich weg, als sie zu sprechen begann, so daß ich ihre Lippen nicht ablesen konnte. Ich versuchte, mir eine Strategie zu überlegen, während ich auf ein Anzeichen dafür wartete, daß mein Bluff aufgeflogen war. Es dauerte nicht lange. Ms. Minichino legte die Hand über den Telefonhörer und wandte sich mit einem verwirrten Gesichtsausdruck zu mir.

„Wir haben hier anscheinend ein Problem, Ms. Connors", sagte die Sekretärin. „Mrs. Truax weiß nicht, wer Sie sind."

Ich nickte, als ob ich damit gerechnet hätte. „Ich wette,

sie hat's schon wieder vergessen! Hier, lassen Sie mich mal an den Apparat. Ich kann das klären."

Ich nahm das Telefon, hielt es mir ans Ohr, und begann, drauflloszuschwatzen, als ob wir alte Bekannte wären. „Blenda, ich bin's. Ich hätte Sie nochmal dran erinnern sollen, daß ich heute komme. Sie haben es wohl vergessen." Ich machte eine Pause, als ob ich ihr zuhörte. Natürlich hatte ich keine Ahnung, was sie sagte. Aber das war wahrscheinlich auch besser so, dachte ich mir.

„Hm ... hm ...", sagte ich und nickte. „Ja, natürlich versteh ich das. Nein, der armen Ms. Minichino dürfen Sie keinen Vorwurf machen." Ich warf ihr einen beruhigenden Blick zu. Der verwirrte Gesichtsausdruck war immer noch da. „Sie hat ja bloß ihre Pflicht getan ... Ja, ist gut, ich komm dann gleich mit den Stoffmustern vorbei. Machen Sie's gut. Bye." Ich legte schnell den Finger auf die Gabel, bevor Ms. Minichino eine Chance hatte zu reagieren, und warf ihr ein selbstbewußtes Lächeln zu.

„Sie muß ja auch wirklich viel um die Ohren haben, mit dem ganzen Ärger auf der Baustelle. Hören Sie, ich muß nochmal in meinem Büro anrufen, daß sie flohbraun statt flieder nehmen sollen."

Schnell hob ich meinen Finger wieder an, bevor Mrs. Truax zurückrufen konnte. Ich hatte meine Büronummer schon halb gewählt, um die Leitung zu belegen, als eine zweite Lampe am Telefon aufleuchtete. Natürlich, der Apparat hatte mehr als eine Leitung! Gerade wollte ich die Lampe mit der Hand abdecken, damit Ms. Minichino sie nicht sehen sollte, als mir einfiel, daß sie es natürlich klingeln hören würde. Tat sie auch. Sie sah noch einmal kurz zu mir zurück, stürzte aus dem Büro und ließ die Tür hinter sich offen.

Meine Zeit war abgelaufen. Höchstwahrscheinlich war das wieder Blenda Truax am Telefon – oder der Sheriff. Es konnte nur noch Sekunden dauern, bis die Wachleute eintrafen und ich wegen Hausfriedensbruch ersten Grades – oder wie immer man das nennt – ins Gefängnis befördert wurde.

Ich sah mich schnell nach einer Hintertür oder einem Notausgang um. Nichts. Meine einzige Chance war die Glasschiebetür, die auf einen winzigen Zierbalkon führte – aber zu keinem Ausgang. Ich steuerte darauf los, stoppte dann aber, schnappte mir Dans Maßband vom Schreibtisch und ging schnell wieder zur Eingangstür des Büros. Ms. Minichino war am Telefon, mit dem Rücken zu mir. Ich warf das Maßband mit so viel Schwung wie ich konnte durch die Türöffnung Richtung Fahrstuhl. Ms. Minichino zuckte zusammen. Hoffentlich würde sie das für die paar Sekunden, die ich brauchte, ablenken.

Ich wartete ihre Reaktion nicht ab, sondern rannte zu der Schiebetür zurück, ging auf den Balkon und schloß die Tür hinter mir. Vom Fenster aus war ich immer noch zu sehen, also überquerte ich den kleinen Balkon zu einem schmalen Sims und zog mich außer Sichtweite.

Ich stand flach an ein kleines Milchglasfenster in der Steinfassade gepreßt. Ein reflektierter Lichtschein flackerte hindurch. Das war wahrscheinlich Ms. Minichino, die hereinkam. Ich lugte um die Ecke herum ins Büro. Sie war nicht allein. Zwei Wachleute begleiteten sie. Ich ging wieder in Deckung, preßte mich an die Wand mit dem Fenster und krallte mich links und rechts an zwei unfreundlich dreinschauende Steinfratzen. Sie schienen jede meiner Bewegungen genau zu verfolgen. Das Sims fühlte sich recht sicher an, einen knappen Meter breit mit einem etwa dreißig Zentimeter hohen schmiedeeisernen Gitter.

Ich gebe ja nicht gern zu, daß ich irgendwelche Ängste habe, aber große Höhen gehören nicht unbedingt zu meinen liebsten Aufenthaltsorten. Manchmal habe ich Gleichgewichtsstörungen durch meinen Hörverlust. Das stört meinen Gleichgewichtssinn bei Höhen erheblich. Ein starkes Schwindelgefühl erfaßte mich und mir brach der kalte Schweiß aus. Mir war schlecht und schwindlig. Wie lange würde ich hier draußen bleiben müssen? Nicht sehr lang, hoffentlich. Wenn ich nicht doch noch Bekanntschaft mit dem Straßenpflaster machte, würde mich bald ein Postbote oder Gassigänger entdecken und für eine Lebensmüde halten.

Es gab Schlimmeres. Allerdings. Denn in diesem Moment traf den *Monitor* ein weiteres Nachbeben.

Das Erdbeben grummelte durch das Gebäude und rüttelte es sachte hin und her. Hatte da eine der Steinfiguren mit dem Kopf genickt – oder war das bloß Einbildung? Ich preßte mich fester gegen die Wand und hielt mich mit schweißnassen Handflächen an den steinernen Vorsprüngen fest. Der eine Steinkopf ruckte plötzlich in meiner Hand, so daß ich für einen Moment das Gleichgewicht verlor. Ich fühlte, wie ich schwankte.

Instinktiv ließ ich los und versuchte, mich wieder auszubalancieren, während sich das Gebäude weiter hin und her wälzte. Als ich die Fratze losließ, brach sie ab. Die groteske Figur stürzte zur Erde. Ich duckte mich zusammen und klammerte mich an das Eisengitter.

Der Aufprall ließ eine Staubwolke aufsteigen. Die Steinfigur war auf einem Auto gelandet und in tausend kleine Steinchen zerschellt. Ihr auf dem Fuße folgte ein weiteres Stück Nachbeben-Fallout – meine Sandale. Ich sah sie an der Flanke des Autos abprallen und in einem Busch landen.

Bestimmt war ich als nächste dran.

Langsam hörte das Gebäude auf, sich zu bewegen. Einige Leute, die in der Mitte der Straße zusammengelaufen waren, zeigten mit laserähnlichen Geräten auf die Autos, die am Straßenrand geparkt waren. Alarmanlagen, wahrscheinlich. Die hatten bestimmt Krach geschlagen.

Jetzt mußte ich zwischen zwei Übeln wählen – dem gefährlichen Sims, das das Erdbeben möglicherweise gelokkert hatte, oder dem bedrohlichen Büro, das wahrscheinlich vor Wachleuten wimmelte. Ich drehte den Kopf und sah mir das kleine Fenster hinter mir genauer an. Mit zitternden Fingern versuchte ich, den Fensterrahmen aufzuschieben. Er gab ein paar Zentimeter nach. Ich drückte mit der ganzen Kraft meines einen Arms und schob es ganz auf. Es war knapp, aber ich glaubte, daß ich durch die Öffnung durchpassen würde. Ich wand mich durch und schlüpfte hinein.

Truax' Badezimmer. Es war leer. So weit, so gut.

Ich drehte den Türknauf, zog die Tür auf und suchte das Büro nach irgendwelchen Bewegungen ab. Nichts. Ich schlich hinaus und ging schnell zur Eingangstür. Die Bürotür war halb offen. Um die Tür herum spähte ich in den Empfangsbereich.

Leer. Keine Ms. Minichino. Keine Wachleute. Kein Sheriff.

Ich ging an den Fahrstühlen vorbei und fand die Treppe, vor der immer noch Dans Maßband lag. Ich steckte es schnell ein und verschwand im Treppenhaus. In Windeseile war ich die Treppen hinunter, aus der Tür und auf der Straße.

Es hatte sich zwar viel schlimmer angefühlt, aber im nachhinein stellte sich das Beben bloß als weiteres schwaches

Nachbeben heraus. Der einzige sichtbare Schaden, abgesehen von dem eingedellten Autodach, war die kaputte Steinfratze. Ich erfuhr später, daß die Figuren Ende des neunzehnten Jahrhunderts an dem Haus angebracht worden waren. Der *Monitor* war zuerst ein Warenlager gewesen, dann eine Bank, und schließlich eine Zeitungsredaktion. Septimus Penzance, der ursprüngliche Besitzer, wollte, daß das Gebäude bedrohlicher aussehen sollte, deswegen ließ er die Steinfratzen anbringen, nachdem der Bau schon fertig war. Das Beben hatte den instabilen Betonzierat anscheinend losgerüttelt. Und ich hatte ihm den Stoß gegeben, der noch zum Absturz gefehlt hatte. Glücklicherweise saß niemand in dem Auto, als es der Stein traf.

Die auf der Straße zusammengelaufenen Leute kehrten langsam in ihre Büros zurück, als sie merkten, daß es nicht das Big One war. Ich duckte mich schnell an Ms. Minichino vorbei, die mit dieser zweiten Unterbrechung ihres Arbeitstags offensichtlich nicht einverstanden war, rettete meine Sandale aus dem Gestrüpp und ging zu meinem Auto. Im Innern des kochenden Chevy merkte ich, daß die Hitze schwül geworden war – ungewöhnlich für Kalifornien –, und ein leichter Sprühregen fing an, die Windschutzscheibe zu besprenkeln.

Erdbebenwetter nennen das die Kalifornier.

Bei all der Aufregung hatte ich Harmony völlig vergessen. Ich fuhr zur *Eureka!* zurück, ohne bei ihr im Büro vorbeizusehen. Den Rest des Nachmittags verbrachte ich mit Arbeit für meine Zeitung, um für die nächste Ausgabe schon einmal gut vorzulegen. Erst um vier fiel mir Harmonys E-Mail wieder ein.

Ich wählte die Schreibtelefonvermittlung an und versuchte, sie beim *Monitor* zu erreichen, aber sie war nicht dort und war auch den ganzen Tag nicht dagewesen. Hoffentlich war alles in Ordnung. Ich legte auf und hatte ein schlechtes Gewissen, daß ich ihre Nachricht nicht beantwortet hatte.

Ich beschloß, Feierabend zu machen. Dan würde hoffentlich von Tom Crosbys geologischem Labor zurück sein, wenn ich an der Baustelle ankam. Ich wollte ihm von meiner Suche in Truax' Büro erzählen, soweit es da etwas zu erzählen gab, und schauen, ob ihm vielleicht etwas zu der Fotogalerie einfiel.

Als ich auf den Highway fuhr, war der Sprühregen zu einem leichten Schauer geworden. Kleine Regenexplosionen landeten wie Sommersprossen auf meiner Windschutzscheibe. Ich hoffte doch sehr, daß Mutter Natur nicht über irgend etwas wütend war, sonst konnten wir uns noch auf ein richtiges Sommergewitter gefaßt machen.

Als ich an die Baustelle herankam, mußte ich bremsen. Kurz vor dem neuen Truax-Gebäude hatte sich eine Menschenmenge versammelt und etliche Fahrzeuge parkten am Straßenrand. Als ich näher heranfuhr, konnte ich die blinkenden Lichter einer Feuerwehr, eines Rettungswagens und des Streifenwagens von Sheriff Mercer erkennen. Schaulustige, die meisten von ihnen Bauarbeiter, standen am Straßenrand und sahen in eine steile Schlucht hinunter. Durch das offene Fenster roch ich den scharfen Geruch von Asche.

Regen und Menschenmenge behinderten meine Sicht und ich fuhr ganz langsam weiter, um den Grund für den Aufruhr auszumachen. Das feuchte Wetter verstärkte den beißenden Rauchgeruch noch. Aber da war noch etwas anderes in der Luft – verbranntes Gummi? Ich konnte graue Rauchfetzen aus dem Canyon hochströmen sehen.

Ich fuhr rechts heran und stieg aus. Mit einer Ausgabe der *Eureka!* über dem Kopf rempelte ich mich durch die Schaulustigen zum Straßenrand durch.

„Was ist denn los –?"

Und dann blieb mir das Herz stehen.

Am Boden der Schlucht lag das verkohlte, schwarze Wrack eines Autos, das immer noch qualmte. Der Mann neben mir erzählte, daß da anscheinend ein Fahrzeug ins Schleudern geraten, durch die Luft geflogen und über die Böschung gestürzt sei. Nur ein metallenes Skelett war von dem Auto nachgeblieben. Es lag brutzelnd im Regen. Nichts war mehr übrig als verbrannter, stinkender Schrott.

Auf dem Boden, dicht neben dem Blechhaufen, konnte ich gerade noch ein Trümmerstückchen ausmachen. Eine zusammengedrückte Büchse, leuchtend rot mit goldener Aufschrift. „California Gold"-Kaffee?

Der Wagen selbst war eindeutig zu erkennen, selbst im ausgebrannten Zustand. Die Radkappen hatten ein Speichendesign. Dans Bronco.

Ich konnte nicht mehr klar sehen. Meine Lungen weigerten sich, Luft aufzunehmen. Ich raste zurück durch die gaffende Menge Schaulustiger, die mit Fingern auf die Unfallstelle zeigten und die Köpfe schüttelten. Auf der Suche nach einem Beamten sah ich Sheriff Mercer und packte seinen Arm.

„Sheriff …", versuchte ich zu sagen. Ich glaube nicht, daß irgend etwas herauskam. Meine Beine sackten unter mir weg und Sheriff Mercer stützte mich.

„C.W., du solltest dich besser hinsetzen –"

Ich schnitt ihm das Wort ab. „Dan ..."

Der Sheriff schaute verständnislos.

„Der Mann da drin ..." Ich schnappte nach Luft.

Er wandte sich ab und schüttelte einmal kurz den Kopf. Er versuchte, mich zu halten, als ich auf dem feuchten Boden zusammensank. Tränen strömten mir mit dem Regen übers Gesicht. Er kniete sich hin und legte mir eine Hand auf die Schulter. Ich vergrub das Gesicht in seinem Bauch und er hielt mich fest und tätschelte mir unbeholfen die Schulter.

Nach einer Weile fühlte ich, daß er etwas sagte: sein Kinn bewegte sich auf meinem Kopf. Ich sah zu ihm auf.

„C.W., wir wissen nicht genau –"

„Was ist passiert?"

„Ein Zeuge sagt, daß er die Kontrolle über das Auto verloren hätte. Er meinte, er hätte vielleicht versucht, irgend etwas auszuweichen, aber es sieht so aus, als ob er überhaupt nicht gebremst hätte. Keine Schleuderspuren."

Ich wischte mir Augen und Nase mit meinem regennassen T-Shirt. Sheriff Mercer stand auf. Ich sammelte meine letzten Kräfte zusammen und ließ mich von ihm in die Senkrechte ziehen. Er brachte mich zu meinem Chevy zurück. Mechanisch öffnete ich die Tür, setzte mich und wollte den Zündschlüssel drehen.

„Du solltest nicht fahren, C.W. Laß mich jemand holen, der dich heimbringt."

Ich schüttelte den Kopf. „Nein, das geht schon. Rufst du mich bitte an, sowie du was weißt? Irgendwas. Bitte."

Sheriff Mercer nickte. Jemand rief nach ihm – ich sah ihn sich umdrehen und mit einem Winken antworten. Er gab meinem Auto einen Klaps und kehrte dann zu der Menge Schaulustiger zurück.

Ich saß eine Weile da und starrte blind auf die verschmierte Windschutzscheibe. Ich überlegte, ob ich dableiben und auf weitere Informationen warten sollte. Aber ich war auf einmal todmüde, fast zu erschöpft, um auch nur zu fahren. Ich startete den Wagen und zwang mich auf den Heimweg.

Ich fühlte mich taub und leer, als ich fuhr. Ich sah weder die Straße noch den Regen, nur Dans Gesicht, sein verlegenes Grinsen, seine ausdrucksvollen Hände. Gedanken kamen und gingen, Fetzen von Gesprächen mit Dan, Gesten, Andeutungen, letzte Nacht …

„Wenn du bei mir bist, zittert die Erde."

Ich wußte nicht genau, wie ich nach Hause gekommen war, als ich den Schlüssel ins Schloß steckte. Es kostete mich meine ganze Kraft, die Tür zu öffnen. Casper begrüßte mich mit wedelndem Schwanz und feuchter Zunge und ich setzte mich auf den Linoleumfußboden, umarmte sie und weinte. Sie leckte mir die Tränen von meinem brennenden Gesicht.

Schließlich raffte ich mich auf und ging zum Kühlschrank. Ich griff mir zwei Flaschen *Sierra Nevada* und verzog mich in meinen hinteren Wohnbereich. Eine Flasche an jede heiße Wange gepreßt ging ich auf die Couch zu, als ich das Licht am Anrufbeantworter blinken sah. Ich drückte den Knopf und sah das Schreibtelefon die Nachricht anzeigen.

„Hi Watson, Holmes hier. Falls ich Dich auf der Baustelle verpasse, ruf mich bitte an, wenn Du nach Haus kommst. Hab ein paar Sachen herausgefunden, die Du bestimmt wissen willst. Tom Crosby, der Geologe, hat ein paar Tests mit der Erdprobe durchgeführt, er will aber noch ein paar mehr machen. Die Sache sieht ziemlich ernst aus, und ich möchte, daß Du Dich sehr in acht nimmst. Vergiß nicht, der Typ weiß, wer wir sind, aber wir wissen nicht, wer er ist. Ich komme heute abend bei Dir vorbei, damit ich sicher bin, daß Du in Sicherheit bist. Bis bald. Dan. ENDE"

Die Tränen strömten wieder. Mit verschwommenem Gesichtsfeld sicherte ich die Nachricht und druckte sie aus. Das war alles, was ich noch hatte. Immer noch feucht vom Regen zog ich meine Sachen aus, ließ sie auf den Boden fallen und schlüpfte in ein langes T-Shirt, ohne zu duschen. Ich hatte einfach nicht die Kraft.

Ich ließ mich auf die Couch fallen, machte ein Bier auf und nahm einen langen Zug. Ich steckte einen Finger in die Flasche, um ihn anzufeuchten, und wischte mir die kühle Flüssigkeit unter die Augen. Die Kälte war angenehm. Casper sprang neben mich. Sie spürte meine Stimmung und leckte mir sanft meine feuchten Augen, die laufende Nase und den Hals der Bierflasche.

Was war passiert? Dan war ein vorsichtiger Fahrer. Er sollte nicht gebremst haben? Das ergab überhaupt keinen Sinn. Ob das mit den anderen Todesfällen in der Stadt zusammenhing? Ganz bestimmt tat es das.

Ob Harmony in Ordnung war? Ich nahm mir vor, Sheriff Mercer zu bitten, nach ihr zu sehen, wenn er ins Büro zurückkam.

Ich trank das erste Bier aus, dann das zweite. Ein bißchen schwindlig und völlig ausgelaugt klappte ich das Bettsofa auseinander und kletterte zwischen die zerknitterten Laken. Ich lag im Halbdunkel auf dem Rücken und starrte die Decke an. Erschöpft und vom Alkohol betäubt dauerte es nicht lange, bis ich weg war.

Mitten in der Nacht – jedenfalls fühlte es sich so an – wachte ich auf, verwirrt – und immer noch betrunken. Casper und meine blinkende Türklingel hatten mich aus einem Alptraum über Riesenspinnen und mehrfache Erdbeben herausgerissen. Mühsam setzte ich mich auf und versuchte mich zu orientieren. Ich prüfte noch einmal die grell leuchtende Uhranzeige und sah erstaunt, wie früh es noch war – erst halb zehn. So schnell und tief war ich eingeschlafen. Allmählich wach werdend ging ich Richtung Tür und machte wieder Halt. Angesichts der letzten Ereignisse griff ich mir auf dem Weg lieber noch eine Dose Haarspray, für alle Fälle.

Vielleicht war es Sheriff Mercer, der nach mir sehen wollte, aber ich mußte vorsichtig sein. In letzter Zeit lief nichts so, wie ich es erwartet hatte.

Ich hielt die Dose an der Hüfte und blinzelte durch den Türspion. Es war zu dunkel, um das Gesicht erkennen zu können. Ich hatte die kaputte Glühbirne immer noch nicht ausgewechselt. Ich machte das Verandalicht an und aus – nichts passierte.

Ich sah Casper an, die ungewöhnlich ruhig neben mir stand. War es jemand, den sie kannte? Ich konnte es nicht riskieren, die Tür zu öffnen, bevor ich nicht sicher war. Ich linste noch einmal durch den Spion. Alles, was ich erkennen konnte, war eine massige Gestalt. Eine Dose Haarspray war keine gewaltige Waffe gegen einen Eindringling. Ich stand regungslos.

Das Licht auf der Innenseite blinkte wieder und erschreckte mich. Wer immer es war – er war nur ein oder zwei Meter entfernt, auf der anderen Seite der Tür. Ob er wußte, daß ich hier war? Hatte ich irgendwelche Geräusche gemacht?

Ich sah wieder angestrengt nach draußen. Weg! Ich suchte alles durch das Guckloch ab, aber da war keine

Bewegung, niemand zu sehen. Ich tätschelte Casper, mehr um mich selbst als um sie zu beruhigen, und machte dann einen Rundgang durch meinen Diner, um noch einmal alle Schlösser zu überprüfen. Als ich mich davon überzeugt hatte, daß alles gesichert war, nahm ich zwei Aspirin und kehrte zu meiner Schlafcouch zurück, angespannt, aber immer noch erschöpft.

Ich löschte das Licht und wollte gerade unter die Decke schlüpfen, als Casper, die sich auf ihrem Platz im Bett zusammengerollt hatte, heruntersprang und verschwand. Ich griff nach der Haarspraydose neben dem Bett und schnellte in der Dunkelheit herum, bewaffnet und bereit zum Angriff. Ein Schatten bewegte sich hinter meiner linken Schulter. Wieder schnellte ich herum und sprühte vor mir in die Luft, in der Hoffnung, den Eindringling zu blenden.

Der wuchtige Mann hielt abwehrend die Hände hoch, hustend und nach Luft ringend. Vielleicht würde er in etwa fünfzig Jahren Lungenkrebs bekommen, aber im Moment war es nur ein kurzer Rückschlag. Wahrscheinlich hatte ich ihn bloß wütend gemacht, wie eine Biene, nach der man geschlagen hat. Ich strampelte zum Lichtschalter und machte die Lampe an, als der Fremde sich aufrichtete. Und dann schrie ich.

„Dan!“

24

„Herrgott, brennt das!" sagte Dan und wischte sich mit dem Arm über die Augen. „Das Zeug müßte man vom Markt nehmen. Verdammt nochmal, Connor!"

Ich stand und rührte mich nicht, die Haarspraydose immer noch im Anschlag. „Dan?" flüsterte ich.

Dan sah mich aus blinzelnd zusammengekniffenen Augen an.

„Ja, ich bin's. Wozu zum Teufel hast du das gemacht? Und was ist mit deinem Gesicht los? Hast du wieder geweint?"

Ich ließ den Kopf und die Haarspraydose fallen und fing gleich wieder an zu weinen. Verwirrt kam Dan heran und nahm mich in die Arme. Nach einer Weile lehnte er sich zurück und hielt mich auf Armeslänge von sich weg.

„Was ist denn, Connor? Bist du in Ordnung? Du hast mich ganz schön erschreckt."

Ich preßte mir die Hände auf die Augen und versuchte, mich zusammenzureißen, aber die Erleichterung war einfach zu groß. Wieder flossen Tränen und nieselten mir übers Gesicht, als ich zu sprechen versuchte.

„Ich dachte … ich dachte … der Bronco …"

Eine Welle von Verständnis lief über Dans Gesicht. „Oh Gott. Du hast den Bronco gesehen? Du hast gedacht, ich wäre …"

Ich nickte. Er nahm mich wieder in die Arme und ich schmolz an seiner Schulter. Nach ein paar Trostmomenten löste er sich wieder.

„Ich hab versucht, dich anzurufen, aber es nahm keiner ab. Darum bin ich hergekommen. Ich dachte, dir wär vielleicht was passiert."

„Ich war so erschöpft. Und ich hatte zwei Bier getrunken. Wahrscheinlich bin ich von dem Klingellicht einfach nicht wach geworden."

„Und als du dann die Tür nicht aufgemacht hast, war ich mir sicher, daß etwas nicht stimmt. Also hab ich das Badezimmerfenster aufgebrochen. Da drin ist übrigens der ganze Fußboden voller Glas, da mußt du aufpassen."

Ich ließ mich aufs Bett fallen und wischte mir Augen und Nase mit dem Laken. Dan setzte sich neben mich.

„Tut mir leid, daß ich dich erschreckt hab. Und es tut mir leid, daß du so einen Schock gekriegt hast. Darum hatte ich angerufen. Um dir zu erzählen, was passiert war."

„Wer war es denn? Ich hab die Kaffeedose da liegen sehen, in der du die Erde eingesammelt hattest. Ich war ganz sicher …" Wieder quollen die Tränen.

Dan biß sich stirnrunzelnd auf die Lippen. „Tom Crosby. Der Geologe."

„Oh Gott!" Ich kauerte mich ganz auf das Bett und schlang die Arme um die Beine. Dan zog meine Hand an sich und hielt sie fest.

„Tom kam, um noch eine weitere Bodenprobe zu nehmen. Er meinte, er bräuchte Proben von verschiedenen Stellen, um sicher zu sein. Als er abfahren wollte, merkte er, daß er einen Platten hatte. Über einen Nagel gefahren oder so. Er hatte keinen Ersatzreifen, also hab ich ihm meinen Bronco geliehen. Ich hab ihm gesagt, ich würde auf den Pannendienst warten und dann sein Auto nach Hause fahren. Das war das Mindeste, was ich tun konnte, wo er doch so viel für mich getan hatte."

„Wie ist es passiert?"

Er schüttelte den Kopf. „Ich hab den Unfall nicht gesehen. Jake meinte, er hätte die Kontrolle über den Wagen verloren. Hat anscheinend nicht mal gebremst. Einfach in die Schlucht hineingesegelt."

War Tom Crosby durch irgend etwas abgelenkt worden und hatte deshalb die Kontrolle verloren?

Ich drückte Dans Hand und streichelte die winzigen dunklen Haare auf seinem Arm. „Oh Gott, wie furchtbar. Ist irgendwie … ein merkwürdiger Zufall, oder? Ich meine –"

„Ja, ich weiß, was du meinst. Ich war die ganze letzte Stunde beim Sheriff im Büro und hab versucht, das Ganze zu verstehen. Er hat auch versucht, dich anzurufen."

„Was hat er gesagt?"

„Das Auto war völlig ausgebrannt. Als ob es aus Brennholz gewesen wär. Er hat für morgen einen Brandstiftungsspezialisten angefordert. Aber ich glaube, das waren die Chemikalien, die Tom im Auto hatte. Ist wahrscheinlich hochgegangen wie eine Atombombe."

„Wieso hatte er denn in deinem Auto Chemikalien?"

„Die hatte er in seinem Bronco mitgebracht, damit er zu Hause damit arbeiten konnte. Und als er abfuhr, hat er sie in meinen Wagen getan."

Ich holte tief Luft und lehnte mich gegen den Rücken des Bettsofas.

„Es ist einfach furchtbar. Ich dachte, du wärst es. Ich bin ja so froh, daß du in Ordnung bist. Aber der arme Tom." Ich schloß für einen Moment die Augen.

„Müde?" Er begann, meine Beine zu massieren.

„Hundemüde. Todmüde. So müde bin ich noch nie im Leben gewesen. Aber ich bin unglaublich froh, daß du da bist." Ich zog ihn an mich und er küßte die geschwollenen

Ringe unter meinen Augen. Er sagte etwas – ich konnte die kurzen Atemstöße auf meinem Gesicht fühlen, aber meine Augen waren zu und wollten sich nicht wieder öffnen, also bekam ich die Worte nicht mit. Kurz darauf spürte ich, wie er sich neben mir zusammenrollte. Als ich wieder etwas wahrnahm, war es Morgen.

Mein Kopf dröhnte und ich konnte mich nur mit Mühe aus dem Bett aufraffen. Dan war auf – aus der Küche kam der Duft von Espresso. Nach einem schnellen Blick in den Spiegel und dem Schwur, nie wieder in einen zu schauen, machte ich mich auf den Weg zur Dusche. Das waren keine Ringe unter meinen Augen, das waren dicke Armreifen.

In schwarzen Jeans und einem schlichten weißen T-Shirt stolperte ich zum Schreibtelefon hinüber und wählte eine Nummer. Dan erschien mit zwei schüsselgroßen Tassen – ein Schok-Mok, ein Milchkaffee – und setzte sich auf die Couch, die er wieder zusammengeklappt hatte, während ich unter der Dusche war.

„Ich konnte kein Hundefutter finden, also hab ich deinem Hund ein paar Tortillareste und Käse aus dem Kühlschrank gegeben. Ich hoffe, das war in Ordnung. Sie schien Hunger zu haben."

Ich lächelte. Den könnte man glatt behalten. Wie teuer kam es wohl, ihn zu füttern?

Im Büro des Sheriffs erreichte ich nur die Einsatzbearbeiterin – Sheriff Mercer war nicht da. Ich hinterließ eine Nachricht, daß er mich zurückrufen sollte, und legte auf.

„Danke für den Schok-Mok", sagte ich und hoffte, daß ich nach Duschmassage, extra dicker Schminke und schwarzem Eyeliner nicht mehr ganz so aussah, als ob ich unter einen Lastwagen geraten wäre. War gar nicht so einfach, die Grenze zwischen effektiver Abdeckung und Schaufensterpuppen-Make-up zu finden.

„Was gibt's Neues?“ fragte Dan vom Sofa.

„Ich hab versucht, den Sheriff anzurufen, aber er ist nicht da. Da ist noch ein Anruf, den ich gern machen würde. Aber dazu brauch ich deine Hilfe.“ Ich schaute im Telefonbuch nach, wählte die Nummer und gab Dan den Hörer.

„Wen ruf ich denn an?“ sagte er mit der Hand über der Sprechmuschel.

„Cody, meinen Spezi bei der Autowerkstatt. Ich sag dir, was du fragen sollst.“

Dan nahm die Hand vom Hörer und sagte, „Hallo“, ohne die Augen von mir zu wenden. Er wiederholte meine Fragen, machte sich ein paar Notizen und legte auf.

„Der hielt mich für bescheuert.“

„Wieso?“

„Weil ich alles wiederholt hab, was du sagst. Er meinte dauernd, ‚Mit wem sprechen Sie denn da?‘, als ob ich ein Idiot wäre und nicht selber reden könnte.“

„Daran wirst du dich schon gewöhnen. Was hat er denn gesagt?“

„Er sagte, natürlich wüßte er von dem ausgebrannten Auto. Weiß doch jeder. Und ja, die Bremsleitungen könnten durchgeschnitten worden sein, aber das ließe sich wahrscheinlich nicht feststellen, weil die Schläuche vermutlich im Feuer geschmolzen sind.“

Ich fühlte mich geschlagen und seufzte.

„Glaubst du wirklich, daß jemand die Bremsleitungen zerschnitten hat?“

Ich zuckte die Achseln. „Das war so eine Idee. Aber wenn die Bremsschläuche geschmolzen sind, kann man das wohl nicht rausbekommen."

„Das ist nicht gesagt. Er fragte, ob es Bremsspuren gab. Das würde ihm etwas sagen. Und er meinte, wir sollten uns den Platz ansehen, wo der Wagen geparkt war. Nachschauen, ob da Bremsflüssigkeit ausgelaufen ist."

„Bremsflüssigkeit – wie sieht die denn aus?"

„Schwarzgrün, glänzend, dünnflüssiger als Öl. Aber der Regen gestern könnte sie weggewaschen haben."

„Der war aber nicht so sehr stark ... oder?" Ich dachte einen Moment nach. „Dan, wenn die Bremsleitungen durchgeschnitten worden sind, oder sonst irgendwie an dem Auto manipuliert wurde ... ist dir klar, was das heißen würde? Daß jemand versucht hat ..." Ich konnte es nicht aussprechen.

Er gab keine Antwort.

Ich stand auf und kippte meinen restlichen Schok-Mok herunter. „Komm."

Dan fuhr zur Baustelle, immer noch in Toms Bronco. Ich folgte ihm – nachdem ich schnell die Bremsen an meinem Chevy geprüft hatte. Der Regen war glücklicherweise nie zu einem richtigen Guß geworden, aber er könnte trotzdem die Spuren ausgelaufener Bremsflüssigkeit weggespült haben. Als wir uns der Unfallstelle näherten, lag immer noch der beißende Rauchgeruch in der Luft, mit einem leichten Hauch von Skunk vermischt. Skunkgeruch macht mir nichts aus. Erinnert mich irgendwie an das Bier, das ich im College getrunken hab. Aber der Geruch, der jetzt über der Landschaft lag, war beunruhigend.

Langsam folgte ich Dan die Straße hinauf, mit der

Morgensonne in meinen Augen. Mir graute vor dem Anblick des verkohlten Wracks. Die Menschenmenge war verschwunden und die Reste des Autos schon abtransportiert. Ein paar Leute von der Straßenwacht in orangenen Schutzwesten sammelten gerade die letzten Schrotteile auf. Die Kaffeebüchse war nirgendwo zu sehen.

Wir fuhren weiter zur Baustelle, die am Sonntag völlig verlassen war. Ich parkte neben Dan. Wir suchten das Gebiet minutenlang ab, fanden aber nichts. Ein paar alte Ölflecken, die wahrscheinlich von den verbeulten Pickups der Bauarbeiter stammten – sie machten einen ziemlich dauerhaften Eindruck –, aber nichts, das nach Bremsflüssigkeit aussah. Hatte der Regen sie vielleicht doch weggespült?

„Bist du sicher, daß du hier gestanden hast?“ fragte ich. Noch wollte ich nicht aufgeben.

Dan zog seine Baseballkappe vom Kopf und rieb sich die Stirn. Eine sehr maskuline Geste, die meine Gedanken einen Moment auf Abwege brachte. Er setzte die Mütze wieder auf und sah sich um.

„Moment mal. Jetzt weiß ich wieder. Jemand stand auf meinem Platz. Ich mußte wieder da drüben parken.“ Er zeigte auf die Parkverbotszone weiter oben auf dem Hügel. Wir gingen zügig dorthin und suchten die Straße ab.

Gegen die Sonne konnte ich nicht viel erkennen. Ich drehte mich um, ging die Stelle noch einmal ab und entdeckte, was ich vorher mit der Sonne in den Augen nicht gesehen hatte. Da, am Straßenrand, waren Reste einer grünlichschwarzen Flüssigkeit.

„Dan!“

Ich hockte mich auf den Boden, faßte mit den Fingerspitzen in das immer noch schleimige Zeug und roch daran. Es roch wie mein Automechaniker. Ich sah auf die metallisch glänzenden Regenbogenschlieren, als Dan sich neben mich kniete.

„Hast du etwas da, womit wir das einsammeln könnten?“ fragte er. Ich grub in meinem Rucksack herum und fand mein Notizbuch. Ich riß eine Seite heraus und drückte das Papier auf den schlierigen Fleck. Auf der Erde hatte die Flüssigkeit einen Multicoloreffekt erzeugt. Auf dem Papier sah es aus wie ganz gewöhnliche Schmiere.

Ich stand auf, ging ein paar Meter die Straße hinunter und suchte den Straßenbelag ab.

„Ich muß mit jemand flirten, der was von Bremsflüssigkeit versteht.“

„Mit wem? Der Typ von der Autowerkstatt, mit dem ich gesprochen hab?“

„Cody. Der ist scharf auf mich. Der erzählt mir bestimmt alles, was ich wissen will.“

„Zweifellos. Würde ich an seiner Stelle auch tun.“

25

Ich fuhr bei der Autowerkstatt vorbei, um mir bestätigen zu lassen, daß das, was ich an der Truax-Baustelle gefunden hatte, Bremsflüssigkeit war. Cody, mein Spezi, unterzog die aufgesogene Probe einer mörderischen Batterie wissenschaftlicher Tests.

Erst roch er daran. Und dann schmeckte er es.

Es war Bremsflüssigkeit.

Ich fuhr noch einmal ins Büro, um etwas in meinen Notizen über Liquefaktion nachzusehen. Mit einem schnellen Blick durch den Raum vergewisserte ich mich, daß niemand eingedrungen war. Nachdem ich noch unter den Schreibtisch und um ein paar Ecken geschaut hatte, schrieb ich eine E-Mail an den Sheriff, daß er sich die Bremsflüssigkeit auf der Straße ansehen sollte. Gezeichnet Nancy Drew.

Ich fragte meine Mails ab und sah die Nachrichten durch. Ich hatte nur drei. Eine vom Sheriff, daß ich bitte vorbeikommen sollte. Eine von Miah, daß er das Foto jetzt bearbeitet hätte, ob ich es mir ansehen wollte. Und eine von jemandem namens MisterE. Nichts von Harmony. Ich öffnete die letzte Nachricht und überflog sie schnell.

„*Wirklich schade, was mit Ihrem Lover passiert ist …*"

Meine Nackenhaare stellten sich auf. Was sollte das denn heißen? Ich prüfte die Absenderadresse, aber es war eine anonyme Weiterleitungsadresse bei einem großen Internetprovider. So ähnlich wie ein Nummernkonto in der Schweiz. Ich prüfte die Sendezeit der Mail – 01:32 Uhr nachts.

Der Absender hatte offensichtlich nicht gewußt, daß Dan noch am Leben war.

Ich erschrak fürchterlich, als mir ein knochiger Finger auf die Schulter tippte.

„Harmony!"

„Tut mir leid. Ich hab versucht, Sie auf mich aufmerksam zu machen, als ich reinkam. Ich hab wie verrückt gewinkt. Ich dachte, Gehörlose hätten so eine tolle Rundumsicht."

Ich schloß die Augen und bemühte mich, meinen Herzschlag, der etliche Umdrehungen zugelegt hatte, wieder auf normal zu fahren.

„Ich war grad beschäftigt. Ich hab diese E-Mail-Nachricht hier gekriegt ..." Ich zeigte auf den Bildschirm.

Harmony zog Miahs Stuhl heran und las die kurze Botschaft.

„Oh Gott! Ich hab genau so'n Zeug gekriegt! Allerdings natürlich nicht dieselbe Nachricht. Was soll das denn heißen?" Sie deutete auf den Monitor.

„Ich weiß nicht. Sie haben sicher von dem Unfall draußen bei der Truax-Baustelle gehört?"

„Ja, den hat natürlich John Cross gekriegt. Hörte sich schrecklich an."

„Ich glaube, Dan Smith hätte in diesem Auto sitzen sollen."

„Wie meinen Sie das, hätte sollen? Wovon reden Sie?"

Ich fand, daß ich es ihr genausogut sagen konnte. In ein paar Stunden würde die Information sowieso Allgemeingut sein, auf dieser Datenautobahn namens Flat Skunk wahrscheinlich noch schneller. Ich erklärte ihr, was passiert war.

Harmony sah verblüfft aus. „Und wer ist nun wirklich gestorben?"

„Ein Geologe namens Tom Crosby."

„Wow!" Harmony lehnte sich auf ihrem Stuhl zurück und verarbeitete das alles. Sie sah ganz erstaunt aus.

Ich wollte ihr gerade von der Bremsflüssigkeit erzählen, die ich gefunden hatte, überlegte es mir aber anders. Stattdessen fragte ich sie nach den Nachrichten, die sie bekommen hatte.

„Ja, also, ein paar waren per E-Mail, von einer dieser Weiterleitungsadressen, wo man den Absender nicht rauskriegt. Ich hatte auch welche auf meinem Schreibtisch liegen, es muß also entweder jemand sein, der bei der Zeitung arbeitet oder Zutritt zum Redaktionsraum hat. Dann diese schreckliche Statue, die ich Ihnen gezeigt hab. Und gestern war etwas vor meiner Haustür –"

„Sie machen Witze! Was denn?"

„Jemand hatte verwelkte Blumen auf die Eingangsstufe gelegt. Soll wohl was zu bedeuten haben, hm?"

„Haben Sie Sheriff Gottfried davon erzählt?"

„Zuerst nicht. Aber nach gestern abend hab ich dann doch beschlossen, bei ihm vorbeizuschauen. Er hat sich eine Menge Notizen gemacht und so, aber er meinte, er könnte nichts machen, bevor ich nicht was Spezifischeres hätte."

„Also, mir ist genau dasselbe passiert. Ich hab bloß frische Blumen gekriegt statt welker. Und ich hatte einen Stapel brennende Zeitungen auf meiner Veranda. Mensch, die Sache artet wirklich aus."

Harmony nickte abwesend. Sie schien tief in Gedanken. Nach einer Weile schüttelte sie sich und meinte: „Na, ich sollte besser los. Ich hab nur kurz vorbeigeschaut, ob Sie in Ordnung sind. Ich konnte Sie nicht erreichen und fing an, mir Sorgen zu machen."

„Ich hab mir auch Sorgen um Sie gemacht. Ob wohl noch irgend jemand Opfer dieser merkwürdigen Nachrichten ist?"

„Komisch, John hat nichts in der Art bekommen. Aber er benimmt sich ganz merkwürdig. Ich hab so das Gefühl … ach, egal. Ich werd erstmal ein paar Sachen überprüfen." Sie stand auf und hielt dann inne. „Sind Sie in Ordnung, Connor? Sie sehen ziemlich müde aus. Sie haben doch mit Sheriff Mercer über die Sache gesprochen, oder?"

„Klar, aber ich hab ziemlich genau die gleiche Antwort bekommen wie Sie. Ich bin schon okay. Hab wahrscheinlich einfach zu viele Nächte mit diesem Zeugs verbracht. Aber allmählich fügen sich die Teile zusammen. Harmony, wissen Sie zufällig, wo Sterling wohnt?"

„Soll das'n Witz sein? Das weiß doch jeder in Thunder Camp. Sie wohnt immer noch bei ihren Eltern in diesem Monstrum auf Lightning Hill, von wo aus man die ganze Stadt sieht. Und übrigens, bei der Zeitung läuft ein Gerücht um, daß Sie sie belästigen würden. Glauben Sie, sie ist in die Sache verwickelt?"

„Ich belästige sie nicht! Ich hab ihr bloß ein paar Fragen gestellt. Es war völlig harmlos. Mann, diese Familie ist wirklich paranoisch."

„Das können Sie laut sagen. Aber passen Sie lieber auf sich auf."

Ich verließ das Büro und steuerte die Straße hinunter, auf der Jagd nach etwas, das Sheriff Mercer zufolge allmählich zu einer fixen Idee wurde. Den ersten Stop legte ich beim „Mark Twain Slept Here" ein. Ich schob die Tür auf, wischte meine Schuhe auf der schablonenverzierten Fußmatte ab und betrat die viktorianische Eingangshalle.

„Beau?“ rief ich. Ich wollte ihm ein paar Fragen stellen, bevor ich einem seiner Gäste einen Besuch abstattete. Falls er geantwortet hatte, konnte ich ihn nicht hören. Es erschien jedenfalls niemand. Ich ging die Treppe hinauf.

Das erste Stockwerk leuchtete in der hellen Mittagssonne. Eine Sommerbrise ließ die butterblumengelben Vorhänge wehen wie die Haare eines jungen Mädchens. Frisch geschnittene gelbe Gauklerblumen, scharlachrote Kastileia und himmelblaue Hainblumen standen dichtgedrängt in einer Zinnschüssel auf einem antiken Brotregal. Wie aus dem Bilderbuch.

Alle Gästezimmer standen zum Auslüften offen. Alle bis auf eins – Poppys. Aus purer Gewohnheit hob ich die Hand, um an die Tür zu klopfen und ließ es dann sein. Sie würde das Klopfen nicht hören, genau wie ich. Ich probierte den Türknauf und drehte ihn.

Langsam drückte ich die Tür auf. Ich wollte sie nicht erschrecken oder in einem peinlichen Zustand überraschen. Ich streckte eine Hand durch die Öffnung und winkte damit, in der Hoffnung, sie auf mich aufmerksam zu machen, bevor ich hineinsah. Ich stampfte auch ein paarmal mit dem Fuß auf, weil die Schwingungen in den Dielenbrettern sie vielleicht auch vorwarnen würden. Dann steckte ich den Kopf durch die Tür und schaute kurz hinein.

Poppy Delancy lag im Tiefschlaf auf einem Himmelbett aus Messing, sorgfältig mit einer Wolldecke zugedeckt. Einen Augenblick lang erinnerte sie mich an eine aufgebahrte Tote in einem Sarg, so gerade lag sie da. Ich überlegte, ob ich gehen sollte, beschloß dann aber, daß die Information, die ich brauchte, zu wichtig war. Ich ging an das Bett heran und rüttelte sacht an der Matratze, in der

Hoffnung, sie sanft zu wecken, ohne daß sie einen Schreck bekam. Nach ein paar Rüttelbewegungen gab ich die sanfte Methode auf. Diese Frau schlief den Schlaf der Gerechten.

Ich faßte ihr an die Schulter und schüttelte sie etwas heftiger. Hoffentlich bekam sie von dem plötzlichen Überfall keinen Herzschlag. Keine Reaktion. Ich fragte mich, wie sie morgens wach wurde, und sah dann den tragbaren „ShakeAwake-Wecker", den sie mitgebracht hatte. Ich hatte so das Gefühl, daß sie frühestens beim zweiten Alarm aus dem Bett kam.

Und dann fiel mir etwas Merkwürdiges auf. Die Decke war nicht einfach über Poppy ausgebreitet. Sie war unter ihr festgesteckt.

Mein Rücken verspannte sich und ich fühlte Schweiß auf meiner Stirn ausbrechen. Ich packte Poppy an beiden Schultern und schüttelte sie und tätschelte ihr das Gesicht. Kalt. Ich schüttelte sie noch einmal. Nichts. Langsam hob ich die Wolldecke hoch – und hielt den Atem an.

In der Mitte von Poppys Baumwollbluse war ein kreisrunder Fleck geronnenes Blut, so groß wie ein Fünfzig-Cent-Stück.

Einige Sekunden lang bekam ich keine Luft. Ich lehnte mich benommen an die Wand und versuchte, meine Atmung wieder unter Kontrolle zu bekommen. Nach ein, zwei Minuten klang das Schwindelgefühl ab und ich drückte mich wieder von der Wand los.

Ich mußte den Sheriff anrufen.

Auf der antiken Kommode stand Beaus kunstvolles Telefon im viktorianischen Stil, an dem jetzt Poppys tragbares Schreibtelefon angeschlossen war. Ich schleppte meine wackligen Beine zu der Kommode hinüber und wählte.

„BÜro des SHHeriffs. wAS ist los, C.W.? HAb Deine Mail über die BRemsflüsigkeit bekommen. Was sol das alles?**“

„SHERIFF. NOCH EINE LEICHE. BEI BEAU. SCHNELL …“

Ich hörte auf zu tippen und vergaß das ENDE-Signal.

Mir war schlecht, und ich wäre gern nach draußen gegangen, um auf der Veranda zu warten, bis Sheriff Mercer eintraf, aber irgendwie mochte ich Poppy nicht allein lassen. Ich konnte meine Augen nicht von ihrem ruhigen Körper abwenden, der so gewollt auf dem Bett arrangiert war. Um mich von dem Schrecklichen abzulenken, versuchte ich zu begreifen, was passiert sein könnte.

„Okay“, sagte ich laut. „Okay. So wie es aussieht, wurde sie entweder erschossen oder mit etwas erstochen. Hm …“ Ich ging auf und ab, während ich mit mir selbst sprach und bemühte mich, meine Gefühle zu verdrängen.

„Es sind anscheinend keine Anzeichen für einen Kampf da, also … wurde sie von dem Angriff überrascht. Da sie gehörlos war, wäre das in ihrem Fall auch nicht schwierig gewesen. Oder … oder sie kannte den Angreifer vielleicht.“

Ich blieb stehen und sah die Tote an, ganz auf bewußtes Atmen konzentriert.

Ihre Hände waren nicht zu sehen. Ich zog die Decke zurück und legte ihre Arme frei. Sie lagen mit gekreuzten Händen auf ihrer Brust, knapp unterhalb des Blutflecks. Die Position sah unbequem aus. Hatte der Mörder ihre Handgelenke absichtlich über Kreuz gelegt und dann die Decke ordentlich um sie festgesteckt? Warum? War das irgendein religiöses Symbol? Oder hatte der Mörder vielleicht gar nicht …

Ich hielt inne und sah Poppy scharf an. Die Position ihrer Hände erinnerte mich an die Gebärde für „Liebe“ oder „Ruhe“. Aber ihre Hände bildeten weder eine Faust wie für „Liebe“ noch waren sie ganz geöffnet wie in „Ruhe“. Die Zwischenposition konnte natürlich durch die Muskelerschlaffung nach dem Tod entstanden sein. Aber ich wurde das Gefühl nicht los, daß es wie eine ASL-Gebärde aussah.

Sheriff Mercer platzte plötzlich herein und unterbrach meinen Gedankengang. Er ging schnell zu der Leiche, legte eine Hand an Poppys Hals und drehte sich zu mir um.

„Connor! Hol sofort die Sanitäter rein! Die Frau lebt noch!“

26

Ich rannte aus dem Haus und winkte die Rettungssanitäter herein, die gerade ankamen. Die beiden hasteten in das Zimmer und begannen, Mrs. Delancy wiederzubeleben. Einer gab ihr Sauerstoff, während der andere sich um die blutige Wunde kümmerte. Sheriff Mercer sagte im Krankenhaus Bescheid und schilderte Poppys Zustand über sein Handy. Ich stand an der Wand und sah alles mit an, ganz betäubt davon, daß die Frau noch lebte.

In Windeseile hatten die Sanitäter sie aus dem Zimmer und in den wartenden Krankenwagen befördert.

„Was machen Sie denn hier?“

Arthurlene Jackson stand in der Tür und trug ihren weißen Laborkittel wie den letzten Schrei der Sommermode. Sie sah nicht sehr glücklich aus.

Ich lächelte dämlich, als ob ich irgend etwas angestellt hätte. „Ich … ich …“

„Sie hat das Opfer gefunden“, ergänzte Sheriff Mercer knapp.

Ich nickte.

„Welch Zufall.“

Ich setzte mich auf einen Schaukelstuhl, während die Rechtsmedizinerin sich auf der Bettkante niederließ. Sheriff Mercer blieb an der Tür stehen.

„Also, was ist passiert?“ fragte Dr. Jackson.

„Ich weiß nicht. Ich bin vorbeigekommen, um ihr ein paar Fragen über ihren Enkel zu stellen. Die Tür war offen – na ja, nicht direkt offen –, aber sie war nicht abgeschlossen. Ich wußte, daß sie ein Klopfen nicht hören würde, also bin ich reingegangen. Ich dachte, sie schliefe. Aber sie sah so eigenartig aus, deshalb hab ich versucht, sie zu wekken und –"

Dr. Jackson verzog gequält den Mund, bevor sie sagte: „Die haben Sie auch gekannt?"

„Nicht wirklich gekannt. Ich hab sie vor ein paar Tagen getroffen. Sie ist Cullen Delancys Großmutter. Sie war zu seiner Beerdigung nach Flat Skunk gekommen. Es stellte sich heraus, daß sie gehörlos ist. Und da sind wir eben ins Gespräch gekommen."

„Gehörlos, hm? Interessant. Irgendeine Ahnung, wer ihr das hier angetan haben könnte?"

„Nein, ehrlich nicht. Zumindest –" Ich brach ab und sprach dann schnell weiter, in der Hoffnung, daß sie mein Zögern nicht bemerken würde. „Ich meine, wer würde Poppy umbringen wollen? Sie war doch bloß eine liebe alte Frau."

„Poppy?"

„So hat sie sich selbst genannt. Es ist ein Spitzname für Barbara ..." Poppy. Ich sagte den Namen ein paarmal vor mich hin. Wieder dachte ich daran, wie ihre Arme und Hände gelegen hatten – ihre Handgelenke.

„Kann sie Lippenlesen, so wie Sie?" Dr. Jackson ließ ihren Blick durch den Raum schweifen und entdeckte das Schreibtelefon.

„Nicht sehr gut. Sie benutzt vorwiegend Gebärdensprache."

Dr. Jackson zupfte sich die schützenden Plastikhandschuhe von den Fingern und tat sie zusammengelegt in eine Plastikhülle. „Zwei Tote auf der Baustelle, ein Autounfall und ein Mordversuch – und das alles in nicht mal einer

Woche. Was ist hier los? Was wissen Sie darüber, Ms. Westphal? Ich weiß ja, daß Sie für Ihre Zeitung Nachforschungen über Cullen Delancys Tod angestellt haben."

„Bis jetzt noch gar nichts. Ehrlich. Ich würde es Ihnen und Sheriff Mercer sagen, wenn ich etwas wüßte. Was haben Sie denn übrigens über Charles Bolton herausgefunden?"

„Nicht viel", meinte Dr. Jackson. „Sah aus wie sechzig, war aber tatsächlich erst sechsundvierzig, laut seiner Polizeiakte. Ein paar kleinere Delikte. Hatte fast mehr Alkohol als Blut in seinen Adern – seine Leber hätte bei diesem Mißbrauch nicht mehr viel länger durchgehalten."

Sie hob die Decke auf, die über Poppy ausgebreitet gewesen war, und förderte einen blutgetränkten Fleck zutage. Ein Schauer durchlief mich.

„Irgend etwas neues über seine Ermordung?"

Dr. Jackson nickte kurz. „Da war eine Messerwunde." Sie sah zum Sheriff hinüber, der aber nicht reagierte. „Die genaueste Vermutung, die ich anstellen kann, ist, daß er irgendwann in der Nacht erstochen – wahrscheinlich vor Ort auf der Baustelle – und in dieses Loch im Keller geworfen wurde, und man ihn dann mit Erde bedeckt hat. Sagte Ihr Freund Dan Smith nicht, daß in diesem Bereich Beton gegossen werden sollte? Wenn das planmäßig passiert wäre, hätte man ihn vielleicht nie gefunden."

„Das war wahrscheinlich der Zweck der Übung. Haben Sie seine Brieftasche bei ihm gefunden?" fragte ich.

„Diesmal ja. Nicht viel drin. Und es haben sich keine Angehörigen gemeldet."

Bevor ich das kommentieren konnte, wurde Sheriff Mercer anscheinend nach draußen gerufen. Er machte Dr. Jackson ein Zeichen zum Warten und ging hinaus.

„Sie wissen wohl nicht zufällig, wer der nächste ist?" Dr. Jackson unterhielt sich weiter mit mir.

„Niemand, hoffe ich."

Der Sheriff kam zurück und ich stand auf, um zu gehen. Als ich mit einem Blick um Erlaubnis bat, starrten mich beide unverwandt an.

„Warum sehen Sie mich so an?"

Der Sheriff begann seinen Vortrag. „Erinnerst du dich, was mit dem Typen passiert ist, der das Auto von deinem Freund fuhr? C.W., wenn du irgend etwas über die Sache weißt, was du mir nicht erzählt hast …"

„Ich weiß gar nichts! Das ist es doch grade! Wenn man jetzt alles aufrechnet, würde nicht mal ein Wirtschaftsprüfer daraus schlau werden. Bis auf …"

„Bis auf was?"

Ich beschrieb noch einmal genau, wie wir die Bremsflüssigkeit an der Baustelle gefunden hatten. Der Sheriff hörte stirnrunzelnd zu.

„Sonst noch was?"

Ich erzählte ihm von meinem Zusammenstoß mit Sterling Truax in der Zeitungsredaktion. War wohl seine unbarmherzige Verhörmethode, die mich das alles ausplaudern ließ.

„Das erklärt jedenfalls die erste Beschwerde, die gegen dich vorliegt, die wegen Hausfriedensbruchs. Noch was?"

„Nein, nichts!" Mein peinliches Erlebnis auf dem Friedhof wollte ich nun wirklich für mich behalten. Ich hatte auch meinen Stolz. „Und was meinst du mit erster Beschwerde?"

Er überhörte meine Frage. „Ich hoffe, das war wirklich alles, C.W., aber wenn sonst noch irgendwas ist, kommst du direkt zu mir und sagst es mir, verstanden?" Fehlte bloß noch, daß er „junge Frau“ hinzufügte und mir mit dem Finger drohte.

Der Sheriff verließ das Zimmer, gefolgt von Dr. Jackson. Ich blieb noch ein paar Minuten, um mich wieder zu sammeln. Ich stellte mir Poppy wieder auf dem Bett vor, die Hände an den Gelenken über Kreuz gelegt. Ich hob meine Arme in eine ähnliche Haltung und versuchte, auf mögliche Gebärdendeutungen zu kommen. Einen Moment später erschien Dr. Jackson mit dem Spurensicherungsteam wieder in der Zimmertür und erwischte mich in dieser unglücklichen Position.

„Was machen Sie denn da?“ fragte sie.

Ich ließ die Arme fallen und zuckte die Achseln, eine universelle Gebärde mit vielfältigen Interpretationsmöglichkeiten. Diesmal stand es für „Ach, nichts Besonderes.“

Ich stand draußen und sah Dr. Jackson und Sheriff Mercer abfahren. Gerade wollte ich auch gehen, als Beau mit zwei Milchkaffee in der Tür auftauchte.

„Beau! Wann bist du denn gekommen? Der Sheriff meinte, du wärst nicht zu Hause.“ Ich nahm die angebotene Tasse, als ob ein Lebenselixir darin wäre.

„Ich war die ganze Zeit hier. Ich war im Keller und hab zwischen Wäscheladungen an meinem Manuskript gearbeitet. Bei dem ganzen Lärm von Waschmaschine und Trockner hab ich nichts gehört. Ich war mitten in einer richtig heißen Liebesszene. Na ja, jedenfalls kam ich die Treppe rauf, um mir einen Milchkaffee zur Beruhigung zu machen und hab den ganzen Aufstand gesehen. Aber der Sheriff wollte mich nicht in das Zimmer lassen, also bin ich in die Küche zurück, um für alle Milchkaffee zu machen, einfach, um was zu tun zu haben. Gott sei Dank, daß die arme Frau noch lebt!"

Ich folgte ihm nach drinnen. Er lud mich mit einem Winken ein, mich an den Tisch zu setzen. Anders als in meiner Dinerküche, die umgebaut und mit allen modernen Geräten ausgestattet ist, hat Beau die viktorianische Küche im authentischen Zustand belassen, mit Gasofen, altmodischem Kochgeschirr und sogar einem Eisschrank. Er hat jede Menge moderne Geräte – Espressomaschine, Küchenmaschine, Mixer – aber er versteckt sie hinter hölzernen Schranktüren, um die Atmosphäre des frühen 19. Jahrhunderts zu bewahren. Meine stehen alle offen auf den Arbeitsflächen, einsatzbereit.

„Viel mehr kann ich nicht ertragen", sagte Beau, als er sich zu mir an den Hackklotztisch setzte. „Meine Pension hat schon reichlich mörderische Geschichte aufzuweisen – mehr muß wirklich nicht sein." Damit meinte er die frühen Goldgräbertage, in denen Mord im Mother Lode ein beliebtes Hobby gewesen war. Aber er meinte auch einen Zwischenfall, der sich erst vor ein paar Monaten ereignet hatte, als im Black-Bart-Zimmer ein Gast tot aufgefunden worden war.

„Das wird hier allmählich zur Seuche." Ich zog eine Papierserviette aus einem kleinen Korb, fischte einen Stift aus meinem Rucksack und begann, auf der Serviette Notizen zu machen.

„Was ist denn eigentlich genau passiert?" fragte Beau. „Elvis wollte mir nichts sagen!"

So gut ich Sheriff Mercer kannte, ich konnte es nie über mich bringen, ihn mit seinem Vornamen anzureden – Elvis. Beau schien damit kein Problem zu haben. Ich erzählte ihm die Kurzfassung von dem, was ich wußte, und fing dann an, eine Pyramide auf die Serviette zu zeichnen. An die Spitze schrieb ich den Namen „Delancy". Unten rechts schrieb ich „Bolton". Und unten links schrieb ich „Poppy". In die Mitte malte ich ein großes Fragezeichen.

Ich sah zu Beau auf, der über irgend etwas redete. Mein Blick kehrte zu der Serviette zurück. Ich schrieb drei weitere Namen unter das Dreieck: Sterling Truax, Blenda Truax, Harlan Truax. Darunter fügte ich John Cross, James Dinkelspiel, Jake Passage und „Bozo" hinzu. Und darunter schrieb ich den Namen „Molly".

Wenn Sterling in Delancy verliebt war, könnte sie ihn aus Eifersucht umgebracht haben – aber warum hätte sie Poppy und Charles Bolton ermorden wollen? Blenda könnte Delancy getötet haben, um ihre Tochter an einer Beziehung mit ihm zu hindern – doch das erschien mir ziemlich schwach. Harlan Truax wollte Delancy vielleicht daran hindern, den Giftmüll unter seinem Bauland an die Öffentlichkeit zu bringen – aber wozu Bolton umbringen? Und Poppy?

Und warum hätte er versuchen sollen, Dan umzubringen?

Beau stand auf, um eine zweite Runde Milchkaffee zu machen.

„Kann ich mal eben dein Bad benutzen?"

Er schickte mich mit einem nachlässigen Winken los, ohne sich auch nur umzusehen. Auf dem Weg machte ich schnell einen Schwenk in Poppys Zimmer, das jetzt mit einem Polizeiband abgesperrt war. Die Experten von der Spurensicherung hatten die Anzeichen des Mordversuchs größtenteils beseitigt und den Raum eigentümlich kahl zurückgelassen. Ich setzte mich auf das gestreifte Bettzeug und fuhr mit der Hand über die blutbefleckte Stelle. Der immer noch feuchte runde Fleck ließ meine Fingerspitzen erstarren.

„War noch Papier da?" fragte Beau, als ich kurze Zeit später zurückkam. Der perfekte Gastgeber. Ich nickte und hob die Serviette mit den ganzen Namen auf. Wie paßten der Zeitungsreporter, der Typ vom ASGA und der lüsterne Bauarbeiter ins Bild? Aber ein Name stach aus den anderen heraus, weil er noch schwerer festzumachen war: „Molly". Wer war diese Person, die Bolton vom Friedhof aus angerufen haben sollte? Wer steckte hinter dem Namen, den Poppy „abgelauscht" hatte?

Wieder dachte ich an Poppys Arme und zweifelte allmählich an meiner Theorie. Hätte sie nach dieser brutalen Behandlung überhaupt die Kraft gehabt, ihre Arme in irgendeine bedeutsame Haltung zu bringen?

Ich sah auf die Uhr. Es wurde Zeit. Ich dankte Beau für den Milchkaffee und sagte ihm, ich würde für eine Überdosis von den Zitronen-Mandelstangen wiederkommen, die er gerade in Angriff nahm. In Streßzeiten fing er immer an zu backen. Er hätte dick sein müssen, aber er war viel schlanker als ich.

Um halb fünf war ich wieder im Büro und fand dort einen großen braunen Umschlag vor, der unter der Tür durchgeschoben worden war. Drinnen war eine handschriftliche Nachricht in schwarzem Filzstift auf dem offiziellen Briefpapier des Sheriffs. Es war die Abschrift eines Briefs von der Anwaltskanzlei Sutter und Marshall, der in Juristenchinesisch verlangte, daß ich mich vom Gebäude des *Mother Lode Monitor* fernzuhalten hätte. Dabei lag ein Haftbefehl – mit dem Vermerk „zweite Anzeige" – wegen Hausfriedensbruchs. Die Beschwerde, von Harlan Truax unterzeichnet, führte detailliert einen „Zwischenfall“ in Truax' Privatbüro an, Zeugnis Ms. Camille Minichino.

„Scheiße!“ sagte ich und knautschte das Papier zu einer Kugel zusammen. Ein schneller Wurf in den Papierkorb brachte mir zwei Punkte. Ein Haftbefehl? Da würde ich Sheriff Mercer wohl eine Weile aus dem Weg gehen müssen, wenn ich nicht im Kittchen enden wollte. Auch wenn wir Freunde waren, und er mich gut genug kannte, um zu wissen, daß ich nie etwas … ähm, etwas *richtig* Illegales tun würde. Aber es sah ganz so aus, als ob er diese ganze Truax-Hausfriedensbruchsgeschichte ernst nahm.

Mist, die Sache wurde langsam wirklich kompliziert. Ich war mir sicher, daß es eine Verbindung zur Truax-Familie gab, aber ich wußte nicht genau, welche. Ich wußte nur, daß sie ihr Bestes taten, damit ich mich nicht einmischen sollte.

Ich brach auf, ohne mir darüber im klaren zu sein, was ich als nächstes tun würde. Nachdem ich der Truax-Familie persönlich gegenübergetreten war, um die ganze Sache aufzuklären, hieß das natürlich.

27

Mit einer Wegbeschreibung in der Hand fand ich das Truax-Haus, ein neugotisches Schloß auf der Kuppe eines kleinen Hügels. Kurzgehaltene Rasenflächen, so gepflegt wie ein Golfplatz, umgaben das Haus wie ein Teppich. Auf der vorderen Terrasse stand ein Fuchs aus rotem Stein, die Pfoten in der Luft, als ob er um einen Keks bettelte. Die kalifornische Bärenflagge hing von einem Fahnenmast auf der anderen Seite des Hauses und schlug in der Sommerabendbrise sanft hin und her.

Nervös sah ich auf die Uhr – acht. Ich bog in die lange, von Bäumen gesäumte Auffahrt ein, parkte meinen Chevy und ging den Ziegelpfad zur zweiflügeligen Eingangstür hinauf. Was tat ich da?, dachte ich und wischte mir mit dem Handrücken den Schweiß von der Stirn.

Schluß damit. Im Büro wartete ein Haftbefehl auf mich. Ich hatte nicht mehr viel Zeit. Ich mußte diese Leute stellen und endlich alles aufdecken. Ich konnte erklären, was ich im *Monitor*-Gebäude gemacht hatte. Und sie sollten besser auch eine Erklärung für ihr eigenes merkwürdiges Verhalten in der letzten Zeit haben.

Ich klopfte mit dem Messingklopfer in Form eines Fuchskopfs an und wartete auf Antwort. Ein Hausmädchen in gestärkter schwarz-weißer Uniform öffnete die Tür – nicht einmal einen halben Meter.

„Ja?“ Es sah eher wie „Dscha“ aus. Ich drehte mein Hörgerät auf volle Lautstärke. Schließlich wollte ich kein Wort verpassen.

Ich schaute durch die schmale Öffnung. „Hallo. Ich bin Connor Westphal, eine von Sterlings Vertreterinnen für ihr, äh … Nachtwäscheunternehmen. Ich hab um viertel nach einen Termin mit ihr. Ich bin etwas zu früh."

Das Mädchen nickte. Offenbar war sie über Sterlings Terminkalender nicht informiert, oder es war ihr egal. Die Tür schwang auf und gab den Blick in eine phänomenale Eingangshalle mit Marmor und Fliesen frei, die Wände voller riesiger Gemälde, alle mit Fuchsjagdmotiven. Eine geschwungene Treppe führte zu einer Innengalerie mit einer weißen schmiedeeisernen Brüstung empor.

Ich wurde in ein riesiges kieferngetäfeltes Arbeitszimmer geführt, das einer Kapelle zur Verehrung der Jagd ähnelte. Ausgestopfte Hunde und Füchse waren in Bleiglasreliquiarien – mir fiel wirklich kein anderes Wort dafür ein – und Nischen entlang der astlochgesprenkelten Wände ausgestellt. Schwere Sessel in blauem Samt bildeten in der Mitte des Raums einen Kreis. Eine ganze Wand wurde von einem gut gefüllten Bücherregal eingenommen. Bestimmt alles Literatur über die Jagd. Der einzige Anachronismus befand sich am anderen Ende des Raums, ein Breitbildfernseher vor einer langen schwarz-weiß-karierten Couch mit lauter roten Samtkissen.

Diese Leute verstanden wirklich etwas von Themendekoration. Wie wohl Sterlings Schlafzimmer aussah. Tropisches Paradies? Barbies Traumhaus? Disneyland?

„Warten Sie hier", sagte das Hausmädchen. Ihre Worte waren leicht verzerrt und schwer abzulesen. Ich fragte mich, ob sie einen Akzent oder Sprachfehler hatte. „Ich rufe Miss Sterling. Ich glaube, sie ist unter der Dusche."

„Miss Sterling" sah eher aus wie „Mitscherling" und „sie" wie „tschie", aber ich konnte es mir schon zusammenreimen.

Als das Hausmädchen weg war, machte ich einen Rundgang durch das Zimmer. Mir ein Bild der Truax-Familie aus ihrer Ansammlung von englischen Möbeln, Büchern und Dekorationsobjekten zusammenzubauen, war gar nicht so einfach. Ich fand keine echten Anhaltspunkte, also zog ich eine Visitenkarte vom Twain-Harte Hospital, die ich mir am Nachmittag organisiert hatte, aus meinem Rucksack und steckte sie in die Hosentasche, damit ich schneller darauf zugreifen konnte. Dann machte ich mit einer von mehreren Fernbedienungen den Fernseher an und schaltete mich zu einer Nachrichtensendung durch, in der Hoffnung, Neuigkeiten über Poppys Gesundheitszustand zu erfahren.

Eine Viertelstunde später, während ich angestrengt auf den leider nicht untertitelten Nachrichtensprecher starrte, machte mich eine Schwingung im Fußboden darauf aufmerksam, daß da noch jemand im Raum war. Ich stand von der Couch auf und fand mich Sterling Truax gegenüber.

„Sie? Was wollen Sie hier?" Sie hatte die Arme über der Brust verschränkt und schien mir die Worte ins Gesicht zu spucken.

Sie hatte mich völlig überrumpelt, so sehr hatte ich mich auf die Lippen des Nachrichtensprechers konzentriert. Ich hatte doch die Angreiferin sein wollen. Ich schluckte und versuchte, mich an meine einstudierte Rede zu erinnern.

„Ich, äh, ich wollte mit Ihnen reden. Über Cullen Delancy."

Sterling ließ ihre Arme fallen. „Raus."

„Ich glaube, daß er ermordet wurde."

Komisch. Sie sah gar nicht erstaunt aus. Und sie hatte ihre Antwort schnell parat. „Er ist gestürzt. Es stand in der Zeitung."

„Ich glaube nicht, daß er gestürzt ist. Ich glaube, jemand hat ihn gestoßen. Und ich glaube, Sie waren da, als es passierte.“ Mir war klar, daß ich mich damit ziemlich weit vorwagte und auf ungefähr so wackligem Boden befand wie auf dem Dachsims des *Monitor* während eines Erdbebens. Aber wenn man Leute mit Extremen konfrontiert, sagen sie oft mehr, als sie wollen. In ihrem eigenen Haus, mit dem Hausmädchen in Hörweite, würde sie nichts Unüberlegtes tun. Aber diese Frau hatte anscheinend einen Nervenzusammenbruch gehabt. War ich zu weit gegangen?

Jetzt konnte ich nicht mehr zurück. Ich erzählte ihr von dem Strafmandat im Sheriffsbüro. Das bewies, daß ihr Auto in der Nähe war. Dann zog ich die Karte vom Krankenhaus heraus, die man vermutlich in Delancys Brieftasche gefunden hatte und hielt sie ihr vors Gesicht.

„Das hier wurde in Cullen Delancys Brieftasche gefunden“, bluffte ich. In Wirklichkeit war es eine, die ich mir selbst im Krankenhaus geholt hatte. Ich rechnete damit, daß mein Bluff irgendeine verräterische Enthüllung hervorrufen würde – einen Fehler, einen Hinweis, einen Wutausbruch mit anschließendem Geständnis. Ich hoffte bloß, daß Sterling nicht plötzlich gemeingefährlich werden und versuchen würde, mich umzubringen – Hausmädchen hin oder her.

Aber statt einer gewalttätigen Reaktion sackte sie in einem Sessel zusammen und vergrub das Gesicht in den Händen. Ich konnte die Schluchzer nicht hören, aber ihr ruckender Kopf und die bebenden Schultern waren klare Anzeichen für einen lange aufgestauten Gefühlsausbruch. Ich dachte an ihren Nervenzusammenbruch und fragte mich, ob ich sie vielleicht in den nächsten getrieben hatte.

Instinktiv ging ich zu ihr, kniete mich neben sie und legte vorsichtig eine Hand auf die Schulter der jungen Frau. Die Geste blieb unbemerkt. Eine Weile verging, bevor die Tränen allmählich nachließen. Ich sah mich nach Taschentüchern um, konnte aber keine entdecken. Also grub ich in meinem Rucksack und fand ein kleines Paket. Ich gab ihr eins. Sterling tupfte mit dem Tuch vorsichtig am unteren Rand ihrer Augen entlang, als ob sie die Tränen aufsaugen wollte, anstatt sie wegzuwischen. Dann blinzelte sie ein paarmal, als ob sie nicht klar sehen konnte. Als sie schließlich sprach, kamen die Worte abgehackt und zögernd.

„Ich hab ihn nicht umgebracht. Ich ... hab ihn geliebt ... ich bin nur hingefahren, um –“

Die Tür flog auf und Blenda Truax schoß ins Zimmer wie ein Raubvogel – ihr langes, transparentes Chiffongewand peitschte wie gefiederte Schwingen durch die Luft. Im Sturzflug kniete sie sich neben ihre aufgewühlte Tochter, legte einen Arm um sie und sah anklagend zu mir auf. Mist. Gerade hatte mir Sterling alles erzählen wollen.

„Wer zum Teufel sind Sie?“ wollte sie wissen.

„Mein Name ist Connor Westphal. Ich –“

„Connor Westphal! Den Namen kenne ich. Sie sind die Frau, die im Büro meines Mannes herumgeschnüffelt hat! Was machen Sie hier? Warum hat man Sie noch nicht verhaftet? Ich rufe sofort Sheriff Mer–“

„Vielleicht sollten Sie damit lieber warten, bis Sie mich angehört haben, Mrs. Truax. Ich weiß Bescheid über Delancy.“ Ich formulierte es bewußt vage, denn so sehr viel wußte ich eigentlich auch wieder nicht.

„Was soll das heißen? Ich weiß nicht, wovon Sie reden.“

„Ich habe für meine Zeitung Nachforschungen über seinen Tod angestellt. Ich glaube, daß er ermordet wurde. Und ich glaube, daß Ihre Tochter etwas damit zu tun hat." Wenn ich die Tochter beschuldigte anstatt sie selbst, würde sie vielleicht im Versuch, Sterling zu schützen, etwas ausplaudern.

Blendas Gesicht verzerrte sich vor Wut, die Lippen straff über die Zähne gezogen. Mit einem netten Gesichtsausdruck sah die Frau immer noch gut aus, aber dieser finstere Blick brachte alle Schwachstellen ihres Gesichts zum Vorschein – die Falten, die dunklen Ringe unter den Augen, die schlaffe Haut.

Fast fauchend sagte sie: „Nun, Ms. Westphal, wenn Sie derartige Anschuldigungen in der Öffentlichkeit machen, werden Sie wesentlich mehr Zeit im Gefängnis verbringen als für Einbruch, Hausfriedensbruch, Vorspiegelung einer falschen Identität und Störung unserer Privatsphäre. Verschwinden Sie besser schleunigst, bevor ich zur Selbstjustiz greife."

„So wie Ihre Tochter, meinen Sie? Ich kann beweisen, daß ihr Auto ungefähr zur Zeit des Mordes an der Baustelle war. Und ich habe eine Visitenkarte aus Delancys Brieftasche, die ihn mit ihrer Tochter in Verbindung bringt." Leichte Übertreibung hatte noch niemandem geschadet.

Sterling meldete sich zu Wort. „Ich … ich hab ihn nicht umgebracht. Ich bin hingefahren …"

Blenda drehte sich in panischer Hast zu ihrer Tochter. „Sterling! Sei still! Du hast –"

„Ich hab nichts zu verbergen, Mutter. Und wenn Cullen ermordet wurde, dann möchte ich, daß man seinen Mörder fängt." Sie wandte sich wieder zu mir. „Ich … bin hingegangen, um ihn zu sehen, aber ich konnte ihn nicht finden." Sie schüttelte ihren Kopf und sprach langsam und bedächtig.

Blenda sah ihre Tochter erstaunt an. „Dann war er … schon tot?"

„Ich weiß es nicht." Die Tränen flossen wieder. Sie hob die feuchten Papiertücher an die Augen und tupfte erneut den unteren Rand ab. „Ich bin an diesem Abend hingefahren, um herauszufinden, mit wem er sich treffen wollte. Um herauszufinden, warum er mich nicht mehr sehen wollte. Ich dachte, er wäre mit jemand anders zusammen. Und ich wollte herausfinden, wer das war."

Blenda nahm ihre Hand. „Er hat dich wirklich geliebt, Sterling, wenn dir das noch etwas nützt." In ihren müden Augen standen ebenfalls Tränen.

Sterling sah scharf zu ihrer Mutter auf. „Aber du hast ja dein Bestes getan, das zu unterbinden, nicht wahr, Mutter?" Der verzweifelte Ausdruck in Sterlings Gesicht wich blanker Wut, als sie die Hand ihrer Mutter abschüttelte. „Du konntest den Gedanken nicht ertragen, daß er mich lieben könnte, nicht wahr?"

Blenda Truax stand auf und ging zu dem riesigen Wurzelholzbücherschrank an der Wand hinüber. Sie zog einen großen Kunstband über Monet heraus, ein Buch, das zwischen all den Werken über den englischen Jagdsport leicht deplaziert wirkte, und schlug es auf. Genau in der Mitte ragte ein großer Umschlag hervor. Sie nahm ihn heraus, stellte das Buch wieder an seinen Platz und kehrte zu ihrer Tochter zurück. Beide schienen für einen Moment vergessen zu haben, daß ich da war.

„Sterling, ich weiß, daß wir uns nicht sehr nah gewesen sind. Vielleicht hab ich nicht alles richtig gemacht, aber ich möchte, daß du weißt, wie lieb ich dich habe." Sie gab Sterling den Umschlag. Ihre Tochter machte ihn auf und zog eine 18x24-Schwarzweißfotografie heraus. Das Bild sah leicht verblaßt aus.

Mir fiel die Fotogalerie in Harlan Truax' Büro ein.

Ich lehnte mich vor und sah einen sehr viel jüngeren Harlan Truax. Er saß in einem Militärjeep neben seinem besten Kumpel, Cullen Delancy. Es war eine Großaufnahme, die Gesichter waren gut zu erkennen. Auf dem Rücksitz saßen zwei weitere Männer. Einer kam mir vage bekannt vor. Charles Bolton. Der andere war ein Fremder. Alle trugen Uniform, bis auf die fehlenden Mützen. Truax hielt mit übertrieben entsetztem Gesichtsausdruck ein losgerissenes Lenkrad hoch. Delancy schnitt ebenfalls eine Grimasse für den Fotografen.

„Wer hat das Bild gemacht?" fragte ich.

Blenda sah zu Boden.

„Sie?" fragte ich erstaunt.

Sterling schien nicht sehr beeindruckt. „Ja, und?" Sie gab ihrer Mutter den Schnappschuß zurück.

Blenda nahm das Foto mit einem schmerzlichen Gesichtsausdruck, als ob es ihr weh täte, das Bild in der Hand zu halten. Sterling sah ihre Mutter an. Sie schien plötzlich aus einer Trance zu erwachen.

„Oh mein Gott! Ihr wart ein Liebespaar!"

Einen Moment war ich verwirrt. Natürlich waren Blenda und Harlan ein Liebespaar. Sie hatten schließlich geheiratet. Aber Sterlings Wut schien sich zu vervielfachen.

„Was ist denn passiert, Mutter?" sagte sie boshaft. „Hat er dich auch abserviert? Hast du Daddy aus Trotz geheiratet, weil du den, den du eigentlich wolltest, nicht kriegen konntest? Hast du darum versucht, uns auseinanderzubringen? Du konntest den Gedanken nicht ertragen, daß deine kleine Tochter mit deinem Exlover zusammen war, stimmt's? Du warst eifersüchtig auf Cullen und mich!"

Über Blendas Gesicht liefen Tränen, während sie starr auf das Foto blickte. „Ich habe deinen Vater geheiratet", sagte sie, „weil er mich heiraten wollte. Und Cullen wollte nicht."

„Wußte ich's doch! Bestimmt hast du Daddy nur geheiratet, um Cullen weh zu tun. Nur leider hat es nicht funktioniert, nicht wahr, Mutter? Cullen ist nicht reumütig zu dir zurückgekrochen, wie du dir das gedacht hattest, stimmt's? Und Jahre später, als er sich in mich verliebt hat, da konntest du es nicht aushalten, oder?"

Blenda holte tief Luft, bevor sie antwortete. Obwohl ich ihre Lippen sehr genau beobachtete, dachte ich zuerst, ich hätte mich verlesen. Aber Sterlings Blick, entsetzt, angeekelt und ungläubig, bestätigte mir, was Blenda gesagt hatte:

„Sterling, ich war schwanger."

Noch zeigte Sterling keine Reaktion auf die Enthüllung ihrer Mutter.

Blenda fuhr fort. „Mit dir."

28

Sterling blieb stumm. Aus ihrem Gesicht konnte ich nur wenig ablesen. Schließlich wurden ihre Augen schmal, als ihr dämmerte, was das Geständnis ihrer Mutter zu bedeuten hatte. Die Farbe wich aus ihrem Gesicht und ich dachte, sie würde vielleicht in Ohnmacht fallen, aber sie blieb steif und aufrecht.

Blenda erinnerte sich plötzlich daran, daß da noch ein drittes Rad am Wagen war. Sie sah mich an. „Ich glaube, Sie sollten jetzt wirklich gehen."

„Nein, Mutter, ich möchte eigentlich, daß sie bleibt", sagte Sterling. Blenda schien überrascht.

„Wozu um alles in der Welt? Sie hat uns nichts als Schwierigkeiten gemacht. Ich finde, sie sollte –"

„Ich möchte, daß sie hierbleibt. Ich will wissen, was mit Cullen passiert ist. Und ich glaube, daß sie darauf ein paar Antworten weiß."

Die Tränen liefen ihr ungehemmt über die Wangen und schwemmten eine Kontaktlinse aus einem Auge. Sie nahm sie in die Hand und hielt sie sanft im Schoß. Dann blinzelte sie die letzten Tränen weg und blickte zu mir hinüber.

Ich hielt das Foto hoch und sah Sterling noch einmal in das tränenverschmierte Gesicht. Es war direkt vor mir.

„Da ist etwas auf diesem Bild, das wir noch nicht richtig gesehen haben ... Ms. Truax?"

Immer noch mit der Kontaktlinse in einer Hand nahm Sterling mit der anderen den Schnappschuß und betrachtete ihn. „Was denn?"

„Sehen Sie genauer hin."

Blenda verkrampfte sich sichtlich, als Sterling auf das Bild starrte. „Wonach sollte ich suchen, Mutter?" Sterling warf Blenda einen fordernden Blick zu.

„Sehen Sie sich seine Augen an", sagte ich.

„Er ... hat fast immer eine Sonnenbrille getragen. Fast immer."

Sterling nahm das Bild dichter vor die Augen. Plötzlich erschlaffte ihr Arm und das Foto fiel zu Boden. Blenda sackte auf einen Stuhl, als ob ihre Beine sie nicht länger tragen wollten. Ich hob das Schwarzweißfoto auf und betrachtete es noch einmal. Es war nur ein feiner Unterschied, einer, den ein Lichtstrahl, ein Schatten oder auch nur seine Kopfhaltung verursacht haben könnte. Eins von Cullens Augen war erheblich dunkler als das andere. Das zweite war fast durchsichtig.

Live und in Farbe hatte Cullen Delancy ein blaßblaues und ein grünes Auge gehabt.

Sterling öffnete ihre Hand und sah starr auf die Kontaktlinse hinunter. Dann streckte sie ihrer Mutter die Handfläche hin. Gerade eben hatte Sterling noch zwei grüne Augen gehabt. Jetzt war ein Auge blau.

Sie hatte den Augenfehler ihres Vaters geerbt. Des Mannes, in den sie sich verliebt hatte.

Cullen Delancy.

Plötzlich sprang Sterling von ihrem Sitz auf und stürzte sich auf ihre Mutter. Mit geballten Fäusten, tobend und schreiend, schlug sie auf die Frau ein.

„Warum hast du mir das nicht gesagt?" Ihr Mund war ganz verzerrt. Ich wußte, daß sie kreischte. Blenda fing Sterlings Hände ab und versuchte sie festzuhalten, aber ihre Tochter riß sich los. „Warum mußte ich dieses ganze

… dieses ganze Leid durchmachen?“

Allmählich hörte sie auf, um sich zu schlagen, und sank neben dem Stuhl ihrer Mutter auf dem Fußboden zusammen. Die Tränen strömten ihr übers Gesicht. Blenda weinte ebenfalls.

„Liebes, früher war einfach alles ganz anders, als ich jung war. Wir … wir haben unsere Fehler nicht öffentlich zur Schau getragen – wir haben versucht, sie zu begraben. Ich … wollte deinem Vater – Harlan nicht weh tun. Er liebte mich und wollte mich heiraten. Ich hab ihn zwar nicht auf dieselbe Art geliebt, aber ich hielt es trotzdem für das beste – um deinetwillen.“

Blenda wischte sich mit dem Handrücken die Tränen ab. Ich langte in meinen Rucksack und grub darin herum, bis ich noch mehr Taschentücher fand. Sie nahm das angebotene Tuch, ohne mich anzusehen. „Es fällt mir nicht leicht, darüber zu sprechen.“

„Na, für mich ist das auch alles andere als einfach, Mutter.“

Blenda nickte. „Als Cullen und Harlan aus der Armee ausschieden, haben sie sich über irgend etwas gestritten – Harlan wollte mir nie sagen, worüber. Wir haben dann nicht mehr viel von Cullen gesehen – bis er hier der leitende Bodenmechaniker wurde. Da kamen sich Harlan und Cullen auf einmal wieder näher … Ich hab nie verstanden, warum.“

„Sie haben keine Ahnung, was zwischen den beiden vorgefallen ist?“ warf ich ein. Blenda sah mich kurz an und schüttelte den Kopf. Sie wandte sich wieder zu ihrer Tochter.

„Als du vom College zurückkamst, hätte ich nie damit gerechnet, daß du Cullen treffen könntest … ganz zu schweigen davon, daß du dich in ihn verlieben würdest." Eine einsame Träne zog eine Zickzackspur über ihre Wange.

Sterling hörte zu wie in Trance. Ich fragte mich, ob sie das alles überhaupt aufnahm. Schließlich sah sie zu ihrer Mutter auf. „Wußte es Cullen? Daß ich …" Sie schien den Satz nicht beenden zu können.

„Von seiner Vaterschaft? Nein." Blenda schüttelte den Kopf. „Jahrelang nicht. Ich war fest entschlossen, daß er nichts von dir erfahren sollte, Harlans wegen. Harlan hatte so viel für mich getan – und für dich auch."

„Aber Cullen hat es rausgefunden?" fragte ich.

Blenda setzte sich aufrecht hin, als ob sie Mut sammeln wollte. „Lange Zeit nicht. Dafür hab ich gesorgt."

„Was meinst du damit, ‚dafür gesorgt'?" fragte Sterling.

„Ich habe bezahlt."

„Bezahlt … was hast du bezahlt?"

Mir war es inzwischen klar geworden. „Erpressung."

Blenda nickte.

„O Gott! Wer, Mutter?" Sterling starrte sie mit weit offenem Mund an.

Blenda schien sich innerlich zurückzuziehen.

„Mutter! Das kann doch jetzt nichts mehr machen! Wen hast du bezahlt?" drängte Sterling.

„Du … kennst ihn nicht. Er war bloß noch einer von den Kumpeln deines Dads bei den Marines."

„Charles Bolton", sagte ich leise. Wieder fand ein Puzzleteil seinen Platz.

Blenda sah mich an. „Woher wissen Sie das?"

Sterling unterbrach uns, bevor ich antworten konnte. „Wie lange ging das, Mutter?"

„Sechs Monate, seitdem du von der Universität zurück warst."

„Aber warum?"

„Charles hatte ... ein paar Fotos gefunden. Von mir und Cullen. Cullen hatte sie offenbar die ganzen Jahre aufbewahrt. Sie waren ... na ja, wenn dein Vater sie gesehen hätte, hätte ihn das umgebracht. Und ich wollte auch nicht, daß du es erfährst." Sie biß sich auf die Lippe und sprach mich an. „Ich muß Sie bitten, nichts davon weiterzuerzählen, Ms. Westphal. Ich möchte Harlan nicht weh tun. Ich wollte überhaupt niemandem weh tun ..."

Das Puzzleteil, das sich gerade so schön eingefügt hatte, wackelte wieder. Jemand hatte Charles Bolton ermordet. War es Blenda, die kein Schweigegeld mehr bezahlen wollte? Oder hatte Harlan Truax die Sache mit der Erpressung herausbekommen und Bolton getötet, um seine Frau und Tochter zu schützen?

Ich beantwortete ihre Bitte mit einem Nicken. Sie wandte sich wieder an Sterling.

„Erinnerst du dich noch an die Grundsteinlegung im Frühjahr? Da hat Cullen dich zum ersten Mal gesehen. Er wollte, daß ich ihn dir vorstellen sollte, aber das hab ich natürlich abgelehnt. Er glaubte, ich wäre nachtragend, daß ich nach all den Jahren immer noch wütend war, weil er mich sitzengelassen hatte. Als er sich damals weigerte, mich zu heiraten, hab ich ihm eine ganz schöne Szene gemacht. Das hatte er nicht vergessen. Er dachte, daß ich mich jetzt irgendwie an ihm rächen wollte."

Blenda war einen Moment still, aber Sterling drängte sie fortzufahren. „Was dann, Mutter? Was ist passiert?"

„Er meinte, daß er mich treffen wollte, um über die alten Zeiten zu reden. Er gab mir seine Visitenkarte. In Wirklichkeit wollte er bestimmt nur mehr über dich erfahren."

Für eine Weile folgte ich ihren Erklärungen nicht mehr,

weil ich zu sehr damit beschäftigt war, mir Dans Schnappschuß von der Grundsteinlegung wieder ins Gedächtnis zu rufen. Cullen hatte Blenda etwas gegeben. Konnte das die Visitenkarte gewesen sein?

„… ihn nicht angerufen“, sagte Blenda gerade. „Aber trotz meiner ganzen Bemühungen hat er es irgendwie geschafft, dich zu treffen. Er konnte immer schon sehr gut seinen Willen durchsetzen. Vor allem bei Frauen. Er wurde älter, aber die Frauen wurden immer jünger.“

Sterling war aufgestanden und sah aus dem Fenster. Wahrscheinlich dachte sie an ihre erste Begegnung mit Cullen Delancy. Ich fragte mich, wie er das wohl gedeichselt hatte.

„Als ich herausbekam, daß er dich kennengelernt hatte, geriet ich in Panik. Ich mußte eure Beziehung beenden, bevor …“ Blenda schauderte bei dem schrecklichen Gedanken. „Ich beschloß, mich irgendwo allein mit ihm zu treffen – ich wollte nicht, daß dein Vater etwas davon erfuhr. Du weißt ja, wie klatschsüchtig die Leute hier sind. Aber nun hatte Cullen ganz plötzlich keine Zeit mehr für mich.“

„Hast du ihm von mir erzählt?“

Blenda nickte. „Als mir klar wurde, daß ihr euch … näher kamt. Da bin ich in sein Büro gegangen und hab ihm alles erzählt. Ich wollte es nicht, aber mir blieb keine andere Wahl. Er glaubte, ich hätte mir das ausgedacht, um es ihm heimzuzahlen. Und dann hab ich ihm von deinen Augen erzählt.“

Sterling nickte langsam, als ob ihr allmählich alles klar wurde. „Und von da ab wollte er mich nicht mehr sehen. Er nahm meine Anrufe nicht an. Wollte nicht mit mir reden. Wollte nicht mal zugeben, daß ich existiere. Ich hab das nicht verstanden …“ Sie setzte sich wieder.

„Damals hattest du deinen … Zusammenbruch.“

Es war höchste Zeit, mich einzuschalten, solange die Wahrheitsdroge noch wirkte. „Wissen Sie, wer ihn umgebracht hat, Mrs. Truax?" fragte ich.

„Nein!" rief Blenda, etwas zu hastig. „Ich bin an dem Abend in sein Büro gefahren, aber da ging er gerade. Ich bin ihm gefolgt – ich hoffte, daß er irgendwo anhalten würde, damit ich mit ihm reden konnte. Ich konnte es nicht ertragen, dich so leiden zu sehen. Ich wollte, daß wir beide uns der Wahrheit stellen und es dir sagen. Aus irgendeinem Grund fuhr er zu dem neuen Zeitungsgebäude – ich hab nie erfahren, warum. Er war schon drin, als ich dort ankam. Aber es war dunkel und ich wollte ihm nicht nachgehen. Ich wußte ja nicht, was er da vorhatte, also hab ich im Auto gewartet ..."

„Und dann?" fragte ich.

„Er kam nicht wieder."

„Also sind Sie hineingegangen, um nach ihm zu suchen", sagte ich.

Sie nickte. „Das wollte ich ..."

„Sprechen Sie weiter, Mrs. Truax. Haben Sie ihn gefunden?" fragte ich.

„Nein, hast du nicht, nicht wahr, Mutter?" unterbrach Sterling.

„Sterling! Nicht!" Blenda sah entsetzt aus.

„Du hast mich da drin gesehen, nicht Cullen, stimmt's, Mutter? Du hast mich rauslaufen sehen!"

Blendas Gesicht verzog sich vor Schmerz. „Ich ... ich dachte ..."

„Sie dachten, daß Ihre Tochter ihren leiblichen Vater getötet hätte, nicht wahr, Mrs. Truax?" sagte ich.

Sterling sah wie betäubt aus. „Mutter! Wie konntest du sowas denken? Ich hab ihn nicht umgebracht!"

„Aber Sie waren dort“, warf ich ein.

„Ja, ich … ich war da. Ich mußte einfach sehen, mit wem sich Cullen traf, wer meinen Platz eingenommen hatte. Ich … ich hab ihm immer nachspioniert. An dem Tag hatte ich morgens mitgehört, wie er sich mit irgendeiner Frau unterhielt.“

„Sind Sie sicher, daß es eine Frau war?“ fragte ich.

Sterling nickte. „Das konnte ich an der Art hören, wie er am Telefon sprach, wie er flirtete. Ich hab gehört, daß er sie auf der Baustelle treffen wollte. Ich weiß nicht, warum sie sich ausgerechnet da verabreden wollten, mitten in der Nacht. Aber ich bin hingefahren, hab mein Auto so abgestellt, daß er es nicht sehen würde, und mich im Gebäude versteckt, bis er kam. Ich mußte einfach wissen, wer die Frau war und warum das alles so geheimnisvoll ablief. Es war so dunkel, daß ich zuerst nicht viel erkennen konnte, aber ich hörte ihre Stimmen, wenn auch zuerst nur gedämpft. Die eine war ganz eindeutig eine Frauenstimme. Ich konnte die Worte nicht verstehen, aber sie klangen beide wütend. Ich hab versucht, näher heranzukommen, aber dann hab ich plötzlich einen dumpfen Stoß gehört, und danach gar nichts mehr.“

Blenda streckte eine tröstende Hand nach Sterling aus, aber ihre Tochter machte sich steif. Blenda zog die Hand wieder zurück.

„Als es so still war, bekam ich Angst. Ich hab nach ihm gesucht, aber es war so dunkel … Ich konnte nicht sagen, woher die Stimmen gekommen waren. Es hallt da überall. Und dann hörte ich ein Geräusch. Ich hatte Angst und lief weg.“

Sterling saß regungslos auf ihrem Stuhl. Ihre Augen sahen irgend etwas in weiter Ferne. „Warst du es, Mutter? Hast du ihn umgebracht?“

„Nein! Ich hab's dir doch gesagt. Ich bin ihm nur nachgefahren. Das ist die Wahrheit."

War es wirklich die Wahrheit, aus dem Munde einer Frau, die alles tun würde, um ihre Tochter zu schützen?

Sterling hob das Foto mit ihren beiden Vätern vom Fußboden auf und spielte nervös damit herum.

„Mrs. Truax, hat dieses Foto bei Ihrem Mann im Büro gehangen?"

Blenda nickte. „Ich … ich mußte es da rausholen. Als Cullen plötzlich in Sterlings Leben einbrach, wollte ich nicht, daß sie das Bild sah. Ich hab mir Sorgen gemacht, daß sie vielleicht mehr sehen würde, als ich wollte."

„Wer ist der Mann auf dem Rücksitz, neben Charles Bolton?"

Sie schüttelte den Kopf. „Er heißt Geoff Zebulon. Ich hab ihn seit fünfundzwanzig Jahren nicht gesehen. Er sitzt im Gefängnis, irgendwo unten im Süden. Lebenslänglich, wenn ich mich recht erinnere. Wurde in der Armee beim Drogendealen erwischt."

Sterling meldete sich zu Wort. „Cullen und Dad – Harlan, meine ich …"

Blenda sah ihre Tochter scharf an. „Harlan ist dein Vater, Sterling. Das ist er immer gewesen, und er wird es auch immer bleiben."

Sterling nickte zögernd. „Bist du sicher, daß Daddy nichts davon weiß?"

„Er hat jedenfalls nie etwas gesagt."

Mir fiel etwas ein. „Mrs. Truax, besitzen Sie ein Messer?" fragte ich.

„Ja, natürlich. In der Küche sind jede Menge. Warum?"

„Nicht die Art Messer. Sowas wie ein Taschenmesser, meine ich."

Blenda Truax schüttelte den Kopf.

„Sterling?“

„Nein.“

„Wissen Sie, wer ein Messer mit der eingravierten Nummer 5150 besessen haben könnte? Es hatte einen Kompaß an einem Ende.“

Blenda runzelte die Stirn. „Ja, natürlich. Alle vier.“

„Alle ...?“

„Harlan, Cullen, Charles und Geoff. Sie haben sie gemeinsam gravieren lassen, als Symbol für ihre kleine Bande.“

5150 – die Furchtbaren Vier.

Mir fiel ein, wie Blenda am nächsten Morgen den Rinnstein abgesucht hatte, und ich fragte sie danach.

„Auf dem Weg zum Auto hatte ich an dem Abend etwas verloren. Ich hatte Angst, daß mich das kompromittieren könnte ...“

„Was war es denn?“ fragte ich.

„Eine kleine Taschenlampe.“

„Mrs. Truax, Sie sagten, daß Sie Sterling an diesem Abend aus dem Rohbau kommen sahen?“

Irgendwo war da noch eine Lücke, die ich füllen mußte, aber ich hatte das Gefühl, völlig im Dunkeln zu tappen, eher blind als gehörlos.

„Ich sah sie herausrennen. Sie sah sehr aufgeregt aus. Ich machte mir Sorgen, seit ihrem Nervenzusammenbruch ... daß, na ja ...“ Sie wandte sich zu ihrer Tochter. „Ich wußte nicht, was du da gewollt hattest.“

„Also sind Sie hineingegangen, nachdem Sterling weg war“, sagte ich. „Mit der Taschenlampe.“

Blenda nickte. „Und da hab ich Cullen gefunden.“

Sterling hob langsam den Kopf und sah ihrer Mutter

in die Augen. „Und du dachtest, ich hätte ihn umgebracht?“

„Ich … ich hab ihn unten im Fahrstuhlschacht liegen sehen. Ich dachte, daß zwischen euch beiden vielleicht etwas vorgefallen wäre. Ich bin in den Keller hinuntergegangen, um nachzusehen, ob … ob ich irgend etwas tun konnte.“

„War er tot?“ fragte ich.

Blenda preßte die Lippen zusammen.

„Was haben Sie gemacht, Mrs. Truax, als Sie seine Leiche gefunden hatten?“

„Gar nichts!“ Hilflos sah sie zu Sterling und wieder zu mir. „Ich … ich hab seine Uhr genommen. Ich hab die Zeit verstellt, damit Sterling nicht dadurch belastet werden sollte. Dann hab ich sie auf den Beton geschmissen. Ich hab seine Brieftasche mitgenommen, falls etwas darin war, das sie mit ihm in Verbindung bringen würde. Aber ich konnte nichts finden. Es war dunkel. Wahrscheinlich hab ich die Karte von Sterlings Krankenhaus übersehen. Als ich ging, hab ich die Brieftasche auf die Straße geworfen.“

Sterling sah ihre Mutter an. „Du … du hast die ganze Zeit geglaubt, ich hätte Cullen umgebracht? Und hast nichts gesagt?“

Blendas Augen quollen erneut über. Sterling ging zu ihr, kniete sich neben sie und legte den Kopf in ihren Schoß. Blenda streichelte das lange, blonde Haar ihrer Tochter. Beide weinten.

„Ich bereue es wirklich, mich in Cullen Delancy verliebt zu haben“, sagte Blenda nach einer Weile. Die Tränen liefen ihr beim Sprechen in den Mund. „Aber daß ich dich bekommen habe, bereue ich nicht, keinen einzigen Augenblick. Trotz der ganzen Folgen – Schuldgefühle, Betrügereien,

Geheimnisse, Erpressung, selbst Cullens Tod – das würde ich alles noch einmal durchmachen, um dich zu haben."

Die ganzen Folgen? Sie kannte ja noch nicht einmal die Hälfte davon. Ich dachte an Charles Bolton, Poppy Delancy, Tom Crosby und an Dan, der nur knapp davongekommen war.

Ich war mir ziemlich sicher, daß die beiden die Wahrheit sagten. Aber ich wußte immer noch nicht, wer drei Menschen ermordet und es bei zwei weiteren versucht hatte.

In diesem Augenblick kam der Verdächtige Nummer drei herein.

29

Harlan Truax' rundes, aufgedunsenes Gesicht war gerötet und fleckig. Er atmete schwer. Als er ins Zimmer hereinkam, blieb er abrupt stehen und sah uns drei an. Wir starrten zurück.

„Du lieber Himmel! Was zum Teufel ist hier denn los? Ist irgendwas passiert?"

Ich dachte blitzschnell nach. Meine Nachforschungen führten anscheinend in eine neue Richtung. Vielleicht hatte Dan recht mit der Giftmüllvertuschung.

„Mr. Truax, ich bin Connor Westphal. Ich –"

„Westphal? Sind Sie die Frau, die meine Büroleute und meine Familie belästigt und sich Informationen über den *Monitor* erschleichen will? Raus mit Ihnen! Ich rufe sofort Sheriff Mercer an. Elvis wird sich schon darum kümmern." Er ging auf den Rolladensekretär mit dem Telefon zu.

„Nur zu. Er interessiert sich bestimmt brennend für Ihre Mauscheleien."

Die Hand schon am Hörer drehte er sich um. „Wovon in Gottes Namen reden Sie da?"

„Sie und Cullen Delancy haben zusammengearbeitet."

„Ja, natürlich. Ich bin Bauherr, er der Bodenmechaniker. Na und?" Er nahm den Hörer hoch und begann zu wählen.

„Sie waren zusammen beim Militär."

„Ja, und?" Er drückte die letzte Zahlentaste.

„Mr. Truax, ich glaube, Sie und Cullen Delancy hatten eine Art gegenseitiger Vereinbarung bezüglich Ihres Neubaus." Diese Worte würden ihn doch hoffentlich in die Knie zwingen. Er rührte sich nicht. Ich preschte weiter vor. „Es stimmt doch, daß Sie auf einer zugeschütteten Mülldeponie bauen, auf der früher mal eine Münze gestanden hat?"

Harlan Truax lief rot an, sagte aber nichts. Dann schien ihn etwas am anderen Ende der Leitung abzulenken. „Ja, Rebecca, gib mir mal Elvis." Er legte seine Hand über die Sprechmuschel und wandte sich an mich. „Und? Da ist nichts Illegales dran." Er verlagerte sein beträchtliches Gewicht.

„Das nicht, aber es ist illegal, einen Prüfbericht zu fälschen. Sie hätten die verseuchte Erde unter dem Gebäude entfernen müssen, und das haben Sie anscheinend nicht getan. Stattdessen haben Sie Delancy dafür bezahlt, das für Sie zu vertuschen, nicht wahr?"

Harlan knallte den Hörer auf den Schreibtisch. Mir brach der kalte Schweiß aus. Ich hoffte nur, daß meine Fragen nicht nach hinten losgingen. Er würde mich ja wohl nicht vor seiner Familie umbringen. Oder doch?

„Was wollen Sie? Er hat den Bericht doch unterschrieben, oder? Sie haben überhaupt keine Beweise."

Höchste Zeit, die Daumenschraube etwas fester anzuziehen. „Ja, er hat ihn unterschrieben. Und dann mußten Sie vielleicht etwas tun, um Ihre illegale Partnerschaft zu schützen."

Harlan Truax verfärbte sich dunkelrosa. Die Innenarchitektin Connors hätte diesen Farbton wahrscheinlich Magenta genannt. Einen Moment lang machte ich mir Sorgen, daß er vielleicht einen Schlaganfall bekam.

„Was wollen Sie damit sagen –" Er zuckte plötzlich zusammen, nahm den Telefonhörer hoch und sagte: „Wie bitte? … Ach, es ist gar nichts, Elvis. … Ja, ja, ich hab angerufen, aber es ist alles in Ordnung.“ Er legte auf.

„Sie sind völlig verrückt, Westphal. Wenn Sie behaupten, daß ich irgendwas mit seinem Tod zu tun habe, sind Sie behämmert. Und wenn meine Anwälte Sie erst zu fassen kriegen, wandern Sie nicht bloß wegen Hausfriedensbruch ins Gefängnis, sondern haben auch noch eine Verleumdungsklage am Hals, wenn Sie diese Anschuldigungen drucken. Ich hab niemand umgebracht. Er ist gestürzt. Das stand im Pathologiebericht. Und den hab ich nicht gefälscht.“

„Ich glaube, er wurde gestoßen.“

Truax lockerte seine Krawatte. Das war auch besser so – es sah ganz so aus, als ob sie ihn würgte. Mit einem Zug an einem vorstehenden Buch in der Regalwand öffnete er eine Schranktür und gab den Blick auf ein Spirituosensortiment frei.

„Na, ich hab ihn jedenfalls nicht gestoßen. Mann, tot konnte ich ihn doch gar nicht brauchen. Ich wollte nächsten Monat noch ein Projekt mit ihm durchziehen. Ein großer alter Countryclub unten am Lake Miwok. Und das war erst der Anfang. Ich halte mich vielleicht nicht immer an alle Regeln, aber ein Mörder bin ich nicht.“ Er schenkte sich ein großes Glas Whiskey ein.

„Und was ist mit Charles Bolton? Und Geoff Zebulon?“

„Ich habe keinen von beiden gesehen, seit ich aus der Armee weg bin. Bolton ist ein Säufer und Zebulon sitzt. Wissen Sie, Ms. Westphal, mir reicht's jetzt wirklich. Am besten gehen Sie jetzt einfach still und leise, dann brauch ich den Sheriff nicht einzuschalten. Sagen wir, wir sind quitt. Ich ziehe die Anzeigen wegen Hausfriedensbruchs zurück, wenn Sie bloß verschwinden. Das geht Sie sowieso alles gar nichts an."

„Charles Bolton haben Sie gestern gesehen", sagte ich.

Truax runzelte die Stirn. „Wie bitte?"

„Charles Bolton – den haben Sie gestern gesehen."

Blenda und Sterling warteten auf Harlans Reaktion. Er stürzte seinen Drink in einem Zug hinunter und knallte das leere Glas auf die Theke der Hausbar. Sehr melodramatisch, diese ganze Knallerei.

Er sah seine Frau an, dann seine Tochter, schließlich mich.

„Was ist? Schaut mich doch nicht so an! Ich hab Delancy nicht umgebracht und Bolton genausowenig. Was ist denn bloß mit euch los?" Er drehte sich zu mir. „Herrgott noch mal, Lady, was glauben Sie eigentlich, wer Sie sind? Lois Lane? Natürlich hab ich Bolton gesehen. Er lag tot in meinem Neubau. Das heißt noch lange nicht, daß ich sein Mörder bin!"

„Er kann Cullen nicht umgebracht haben", meldete sich Blenda zu Wort. „Er war hier und hat sich den Spätfilm im Fernsehen angeguckt. Cullen war schon tot, bevor Harlan hätte da sein können."

Nicht unbedingt, dachte ich. Er könnte auch unmittelbar nach ihr aufgebrochen sein.

Harlan klappte die Kinnlade nach unten. Die Farbe war jetzt vollständig aus seinem Gesicht gewichen. „Woher … weißt du … das?" brachte er gerade noch heraus. „Was zum Teufel geht hier vor?"

Blenda setzte zu einer ausführlichen Erklärung an. Da ich ja schon wußte, was sie zu sagen hatte, schweifte ich zu den wechselnden Bildern auf dem großen Fernseher ab. Das gab mir die dringend notwendige Gelegenheit, ein bißchen nachzudenken. Drei Menschen waren tot. Einer war schwer verletzt. Und ich wußte immer noch nicht, wer dafür verantwortlich war. Konnte es sein, daß alle drei Truaxes die Wahrheit sagten?

Ich starrte unverwandt auf den Bildschirm, ganz gebannt von den Lippenbewegungen des Nachrichtensprechers. Er sagte etwas über die neuesten Erdbebenschäden in San Francisco. Ein Beben der Stärke 5,3 hatte eine Klitsche in Chinatown beschädigt. Die Minikatastrophe war hinter ihm im Bild zu sehen. Das ausdruckslose Gesicht des Sprechers gab keinerlei Informationen preis. Seine Fähigkeit, solche ernsten Nachrichten ohne jede Körpersprache mitzuteilen, fand ich wirklich faszinierend. Körpersprache trägt beim Ablesen sehr viel zum Verständnis bei. Ich hatte Glück, daß ich diese Kunst gelernt hatte – nicht alle Gehörlosen können das.

Poppy zum Beispiel.

Ich sah sie im Geiste vor mir, wie sie auf dem Bett lag, die Arme in einer Geste erstarrt, die ich nicht deuten konnte. Poppy meinte, Charles Bolton hätte am Telefon mit jemandem namens Molly gesprochen. Vielleicht war das die Frau, mit der sich Delancy an dem Abend treffen wollte, als er starb. An dem Abend, an dem ihm Sterling zur Baustelle nachfuhr. Und Blenda auch.

Molly. Ich ließ den Namen über meine Lippen wandern, als der Sprecher wieder im Bild erschien. Molly. Molly. Ich dachte daran, wie leicht man sich bei Namen verliest, weil man sie nicht aus dem Redekontext erschließen kann. Ich versuchte mir den Namen auf Boltons Lippen vorzustellen, wie Poppy ihn gesehen haben könnte.

Was, wenn Poppy sich geirrt hatte? Wenn sie sich völlig vertan hatte? Als Kind hatte sie ihren eigenen Namen falsch ausgesprochen, weil sie ihn nicht richtig ablesen konnte. „Barbie“ war in ihren unerfahrenen Augen als „Poppy“ angekommen. Und mich hatte sie zuerst sogar „Carla“ statt „Connor“ genannt, weil sie die nicht sichtbaren Laute nicht richtig erkennen konnte. Was, wenn das auch bei anderen Namen passiert war?

Lautlos wiederholte ich den Namen Molly und probierte dann Sterling. Keinerlei Ähnlichkeit. Blenda. Schon näher dran, aber noch nicht ganz. Harlan. Nein.

Ich probierte noch ein paar andere Namen aus. Wahrscheinlich war es ein ungewöhnlicher Name, einer, den Poppy nicht kannte. Etwas, das sie leicht falsch ablesen konnte. Vielleicht fehlte eine Silbe. Manche sind schwer zu erkennen.

Ich ging an den Spiegel über dem Kamin heran und wiederholte den Namen noch einmal lautlos. „Molly.“ Ich fügte eine stumme Silbe hinzu, die man beim Ablesen leicht übersehen könnte. „Molly-a. A-Molly.“ Dann probierte ich es mit einzelnen Silben statt mit ganzen Namen. „Mo–li–a.“ Maria? Das „Mo“ könnte auch ein „ma“, oder sogar „bo“ gewesen sein. „Bo–li“. Und das „li“ konnte genausogut „ri“ oder „ni“ oder „ti“ geheißen haben. „Ba-ri-a. Ba-ni-a. Ba-ti-a.“ Verdammt noch mal.

Wie die sprichwörtliche Nadel im Heuhaufen, wenn man noch nicht einmal sicher ist, daß es da überhaupt eine Nadel gibt. Ich stellte die unsichtbare Silbe um. „A-ma-li. A-bi-ti. A-pa-ri.“

Und dann wußte ich es plötzlich. Den Namen auf Boltons Lippen. Die Gebärde auf Poppys Brust. Ich wußte nur nicht, warum.

Jetzt brauchte ich dringend einen Beweis. Mir kam ein Gedanke. Es war riskant, aber irgendwo mußte man ja anfangen. Und ich mußte den Beweis finden, bevor die Nacht vorüber war. Mir war jetzt klar, daß ich mich tatsächlich in Lebensgefahr befand. Mich würde man als nächste mundtot machen, und das war absolut wörtlich zu nehmen.

Ich wandte mich wieder zu den Truaxes, die sich in einer Ecke zusammendrängten, und sah auf die Uhr. Neun. Es war spät. Vielleicht schon zu spät.

„Mr. Truax, ich glaube, ich weiß, wer Delancy umgebracht hat. Wenn Ihnen das irgend etwas bedeutet, brauche ich Ihre Hilfe."

Harlan Truax zog die Stirn kraus. „Haben Sie nicht schon genug Schaden angerichtet, Westphal? Mir wäre es lieber, wenn Sie verschwinden würden, und zwar sofort. Sie begehen Hausfriedensbruch, und ich gehe wie gesagt davon aus, daß sowieso schon ein Haftbefehl gegen Sie ausgestellt wurde."

„Und der Giftmüll? Dafür könnten Sie ins Gefängnis wandern."

„Ich hab's Ihnen doch gesagt. Da gibt's keinen Giftmüll."

„Aber ich hab den Prüfbericht für das Grundstück gesehen. Da steht –"

„Ist ja gut! Okay, ja. Delancy hat eine falsche Genehmigung ausgestellt, aber das hatte nichts mit dem Boden zu tun. Dieser Bezirk hat eine Höhenbeschränkung für Bauvorhaben. Der Bezirksrat will nämlich nicht, daß das hier ein zweites New York wird. Mein Gebäude kratzte da ein bißchen an der Grenze. Ich wollte eine schönere Aussicht auf das Mother Lode haben."

Kein Giftmüll?, dachte ich leicht enttäuscht. Keine Arsenbelastung im Grundwasser?

Truax fuhr fort. „Delancy und ich hatten so eine Art Abkommen, könnte man sagen. Es war ein Handel. Er unterschrieb die Prüfberichte, und ich bezahlte ihn dafür. Und zwar ziemlich gut. Wenn da Arsen unter dem Bau ist, weiß ich nichts davon."

„Aber für diesen Teil der Bauvorschriften war er doch gar nicht zuständig. Wie konnte er denn für jemand anders unterschreiben?"

„Ganz einfach. Die haben Unterschriftenstempel. Er hat sich eben ein paar ausgeliehen. Gar kein Problem. Wenn man uns erwischt hätte, hätte es keine Möglichkeit gegeben, festzustellen, wer den Stempel benutzt hat. Und bis dahin wäre der Bau längst abgeschlossen gewesen."

„Ziehen Sie den Haftbefehl gegen mich zurück", sagte ich schlicht.

Er nickte. „Wenn Sie sich von meinem Eigentum fernhalten."

Das ließ ich erst einmal so stehen.

30

Um kurz nach elf kam ich in Thunder Camp an. Das Zifferblatt der Turmuhr leuchtete gegen den dunklen Horizont und gab dem *Mother Lode Monitor* einen einsamen Anstrich. Gebäude haben keine Körpersprache, sagte ich mir. Aber ich hätte schwören können, daß mir dieses hier gerade etwas erzählen wollte.

Ich parkte den Chevy auf der verlassenen Straße vor dem *Monitor.* Unwillkürlich sah ich mich nach merkwürdigen Gestalten um, bevor ich auf die schweren Holztüren zuging – vorbei an den mobilen Zeitungsständen, die die neuesten Nachrichten anpriesen. Ich drehte den gläsernen Türknauf, aber die Eingangstür war fest verschlossen. Durch die Buntglasfenster sah ich drinnen eine schemenhafte Bewegung und klopfte.

Ich wartete darauf, daß der Wachmann mir die Tür öffnete, und schaute weiter über meine Schulter, als ob ich noch jemand erwartete. Kein Wachmann erschien. Ich klopfte noch einmal, diesmal kräftiger. Nichts. Ich spähte durch das Fenster. Er war verschwunden.

Ich ließ meinen Blick über den Türrahmen wandern und prüfte, ob ich die Tür vielleicht irgendwie aufbrechen konnte. Wenn Truax die Klage wegen Hausfriedensbruchs fallenließ, konnte ich auch gleich noch Einbruch drauflegen, damit sich das auch lohnte. Der Kitt war gerissen und vergilbt, aber er hielt. Da würde man schon eine Machete brauchen, um durchzukommen.

Ich ging um das Gebäude herum und prüfte die Seitenwand auf offene Fenster, Türen, Geheimgänge und sonstige Zugangsmöglichkeiten. Als ich auf der Rückseite angekommen war, war es schon so dunkel, daß ich kaum die Hand vor Augen erkennen konnte. Ich stolperte, fiel über einen Stapel Zeitungen und schürfte mir die Hände auf, als ich mich abfing.

Ich klopfte mich ab und sah an dem dreistöckigen Gebäude hoch. Die beiden oberen Stockwerke waren offensichtlich nachträglich hinzugefügt worden. Das Design war anders, und höher waren sie auch. Ein paar Lichter waren an, eins im ersten Stock, und eins im zweiten. Das Erdgeschoß war hinten durchgehend zugemauert. Das Fenster im ersten Stock – das mit dem Licht dahinter – war einen Spaltbreit geöffnet. Wo hatte ich bloß meine Saugnapfschuhe, wenn ich sie brauchte?

Ich setzte mich auf einen Zeitungsstapel, um mir die brennenden Handflächen zu massieren und nachzudenken. Ein Blick auf meinen improvisierten Hocker genügte. Halb nach Tastsinn begann ich, die Bündel zu einer Art Stufenpyramide zusammenzustellen, hoch genug, um auf den Müllcontainer zu kommen und von da aus zu dem Fenster im ersten Stock. Von meinem Standort aus schien der erste Stock durchaus in Reichweite.

Ich schob die letzten beiden Bündel oben auf den Müllcontainer und kletterte vorsichtig hinauf. Indem ich mich auf diesen letzten, wackligen Stapel stellte, konnte ich das Fensterbrett erreichen. Ich zerrte und schob an dem Kippfenster, bis die Öffnung groß genug für meinen Körper war. Einen Arm über das Fensterbrett gehakt, hievte ich mich nach oben und quetschte mich durch. Ich kam mir vor wie eine dicke, fette Schlange. Mal abgesehen von zwei Schrammen an Wange und Knöchel fand ich, daß ich einen prima Fassadenkletterer abgeben würde. Wenn das hier vorbei war, mußte ich mich mal mit Einkommensperspektiven und Arbeitsplatzsicherheit im Juwelenklau befassen.

Der erste Stock war nur schwach beleuchtet, mit Notlampen auf halber Leuchtkraft. Von der dunklen Straße aus hatten die Lampen heller ausgesehen. Jetzt verbreiteten sie ein unheimlich kaltes Licht, das wie ein Nebel über dem Raum lag.

Ich hatte das merkwürdige Gefühl, mich in einem Geisterbüro zu befinden. Die Computerbildschirme waren dunkel, keine Menschen hasteten von Kabine zu Kabine, nichts von der fast greifbaren Energie, die bei Tag in der Nachrichtenredaktion so deutlich zu spüren war.

Ich ging zu Harmonys Kabine hinüber. Ihr Computer lief und der Monitor zeigte einen psychedelischen Bildschirmschoner. Hatte sie vergessen, ihn abzuschalten, als sie nach Hause ging? Oder hatte jemand ihre Dateien durchsucht ... gerade eben erst?

Ich stupste die Maus an und sah den Bildschirmschoner verschwinden. Ein Haufen Ziffern erschien, wie eine Buchungsaufstellung mit Soll und Haben. Nach den Zahlen zu urteilen bekam da jemand eine Menge Geld aus verschiedenen Quellen – alle verschlüsselt. Ich überprüfte die E-Mails und gesicherten Dateien, fand aber nichts, das von Bedeutung zu sein schien.

Doch irgend jemand hatte diese Informationen aufgerufen und hielt sie offenbar für bedeutsam.

Ich ging noch einmal ins Dateiverzeichnis zurück und las die abgekürzten Namen: „ANNI, BEZIRKSR, BOYKOTT, BRENNEN, CCLUB, CORONER, ENTWICKL, FIT, FUELLER, GESELL1, GESELL2,

GRUEN, JURY, P-MANN, PROZESS, RICHTER, RES, SCHULE, WASSER, X-FILE."

Ich öffnete jede Datei und überflog den Inhalt. Die einzig vielversprechende, „X-FILE", bestand überwiegend aus einer Sammlung von Informationshäppchen – wieder codiert –, die ich nicht entschlüsseln konnte. Nur eine Zahl in der Flut von Notizen hatte für mich eine Bedeutung – die Ziffern 5150. Die kannte ich.

Ich sah mir „X-FILE" noch einmal genauer an.

„STaRrLaNG, HeRhoLeN, BLonDie, BuLleTiN, DochLuNCh."

Wieder irgendeine Liste. Aber die Tippkünste waren verbesserungsfähig. Ich rief jedes Wort in der Datenbank auf. Wieder Zahlen, Daten, finanzielle Transaktionen. Ich ging noch einmal auf die obere Ebene zurück. Noch mehr schlecht getippte Wörter: „BRadBuRy, CaraMeLl, DieNStMoTHer ..." Es mußten mindestens zwei Dutzend sein.

Das letzte hieß „CaNcanNummeR."

Ist schon komisch, wie einem der eigene Name sofort ins Auge springt, selbst, wenn er verschlüsselt ist. Wenn man die kleinen Buchstaben wegließ, blieb CNNR übrig. Connor.

Ich las die Worte davor noch einmal durch. STaRrLaNG. Sterling? HeRhoLeN. Harlan. Blenda. Bolton. Delancy. Ich prüfte die restlichen Namen und erkannte Barbara und Camille. Sogar Dan Smith. Die anderen kannte ich nicht.

Aber ein Name fehlte: John Cross, Harmonys Nemesis beim *Monitor*.

Ich ging die Liste noch einmal durch. Zu jedem Namen gehörten Nummern, Daten, Summen. Bei einigen standen verschlüsselte Informationen dabei. Aber kein John Cross.

Stammten diese Daten vielleicht von der Diskette, die ich in Harmonys Schreibtisch gesehen hatte? Die mit der Aufschrift TRUAX und „John Cross“ auf dem Etikett? Die, von der sie erzählt hatte, sie sei verschwunden?

Ich rief meinen eigenen Namen auf. Da stand nur sehr wenig. Ein paar neuere Daten, ein paar Zusammenfassungen von Artikeln, an denen ich gearbeitet hatte, Telefon- und Schreibtelefonnummer, E-Mail-Adressen. Was hatte das zu bedeuten?

War die Diskette doch noch in ihrem Schreibtisch?

Ich zog an der obersten Schublade. Sie rührte sich nicht. Ich zerrte kräftig daran, aber sie ließ sich nicht öffnen. Abgeschlossen? Das war merkwürdig. Als ich das letzte Mal hier war, war sie unverschlossen. Aber da war die Diskette auch noch nicht verschwunden.

Ich bückte mich und schaute unter den Schreibtisch, um zu sehen, wie die Schublade angebracht war. Das Schloß war hinten mit zwei kleinen Schrauben auf einer Metallplatte fixiert. Ich griff in meinen Rucksack und holte die Nagelfeile heraus. Man weiß ja nie, wann bei Nägeln eine Notreparatur fällig ist.

Unter dem Schreibtisch zusammengekauert, steckte ich das Ende der Feile in den Schraubenschlitz. Die Schrauben waren so winzig, daß ich sie nur mit der Spitze der Feile drehen konnte, und dann auch immer nur ein paar Millimeter auf einmal. Nach einigen langen Minuten Knochenarbeit im Schneckentempo fiel die erste Schraube zu Boden. Als ich die zweite Schraube los hatte, kletterte ich wieder auf Harmonys Stuhl und zog die Schublade auf.

Ich sah sofort, warum sie sie abgeschlossen hatte. Da drinnen lagen *Dove*-Pralinen für etliche Dollars herum. Das Zeug konnte man fast mit Gold aufwiegen.

Zwischen den Edelpralinen waren Kaugummipapiere, Bleistifte in der Größe von Zahnstochern, Lipgloss, Pfefferminzbonbons, Zahnseide, bunte Büroklammern und ein Paar Ohrringe mit Perlen verstreut. Nicht das, worauf ich gehofft hatte. Frustriert knallte ich die Schublade wieder zu. Ich machte mir keine Sorgen, daß das Geräusch eine neugierige Menge auf den Plan rufen würde. Da war keine Menschenseele. Bis auf den Wachmann. Aber der war im Erdgeschoß und hatte mich nicht einmal klopfen gehört.

Zu allem Überfluß ließ sich die Schublade nicht einmal wieder richtig schließen. Sie stand etwa einen Zentimeter vor, als ob sie mich auslachte. Ich versetzte ihr einen wütenden Tritt. Sie rückte keinen Millimeter. Irgend etwas hatte sie blockiert. Ich zog die Schublade heraus und untersuchte die Unterseite, ob da vielleicht etwas herausguckte. Ich ließ meine Finger an den Seiten und dann innen an der Bodenplatte entlanggleiten, und fühlte den Boden nach hinten hin ansteigen. Ich drückte darauf.

Er federte.

Ich nahm die Schublade ganz heraus und schlug sie umgekehrt auf der Schreibtischplatte auf. Der falsche Boden klatschte auf den Tisch. Ich drehte die Schublade um und sah mir den versteckten Inhalt an: Ein DIN-A4-Umschlag. Und ein Messer, das ich nur zu gut kannte. Beide sorgfältig vor neugierigen Augen verborgen.

Daß ich das Messer lieber nicht anfassen sollte, wußte ich. Ich ließ es vorsichtig von dem Umschlag auf die Tischplatte herunterrutschen. Dann hielt ich den Atem an, als ich die Umschlagklappe mit den Fingerspitzen anhob und aufriß.

Ich nahm den Inhalt heraus. Da waren etliche auf den Namen Charles Bolton ausgestellte Schecks, unterschrieben von Blenda Truax. Darunter lag das Foto, das indirekt den Tod von drei Menschen verschuldet hatte: Blenda Truax und Cullen Delancy – in einer ziemlich kompromittierenden Situation.

Dann war da noch ein Computerausdruck mit der Familiengeschichte der Truaxes – Geburtsdaten, ärztliche Gutachten, berufliche Laufbahn. Alles ordentlich und sauber auf Papier gesammelt. Und das war noch nicht alles. Da waren Fotos, Quittungen und andere belastende Unterlagen von etlichen sehr bekannten Persönlichkeiten im Bezirk.

Bevor ich mich noch fragen konnte, wie das alles zusammenpaßte, erhaschte ich aus dem Augenwinkel eine Bewegung über mir. Ich blickte auf und sah gerade noch eine unförmige Skulptur – ein Riesenpenis? – heftig und schmerzhaft auf meinen Kopf niederkrachen. Um mich wurde es nicht nur still, sondern auch dunkel.

31

Mein Rücken brannte wie Feuer. Lichterloh, sozusagen. Ich versuchte, die Augen zu öffnen. Unter den geschlossenen Lidern merkte ich, wie das Licht abwechselnd heller und dunkler wurde. Meine Knöchel taten so weh, als ob sie in einem Fangeisen säßen.

Jemand schleifte mich über den Boden. Die Reibung auf dem Teppich verbrannte meine Haut.

Auf einmal fühlte ich meine Beine in der Luft baumeln und zwang mich, die Augen zu öffnen. Gedämpftes Licht über mir. Eine Schallschluckdecke. Ich lag auf dem Rükken. Um mich drehte sich alles. Ich versuchte, mich aufzusetzen, aber etwas Schweres knallte auf meine Brust und drückte mich zu Boden. Ich rang nach Luft.

Die Gestalt über mir sah in dem merkwürdigen Licht verfärbt und skelettartig aus. Aber die Schatten sorgten für ein Kontrastleuchten auf den Lippen, das sie einfach abzulesen machte. Ich bemühte mich, meine Augen scharfzustellen, und erhaschte die Worte mitten im Satz.

„... durch ungewöhnlichen Unfall. Eine der schillerndsten Persönlichkeiten des Mother Lode kam letzte Nacht durch einen zwei Stockwerke tiefen Sturz in einen Fahrstuhlschacht um. Connor Westphal, Herausgeberin der *Eureka!*, stürzte in ihr frühes Ende, als sie über die Kante einer defekten Fahrstuhltür stolperte. Offenbar wollte sie sich bei ihrem Konkurrenten, dem *Mother Lode Monitor*, Betriebsgeheimnisse aneignen. Sie war sofort tot."

Ich versuchte noch einmal, mich auf einen Ellbogen aufzustützen, aber der Druck hielt mich unten. Harmony ragte bedrohlich über mir auf, ihren Fuß auf meinen Brustkorb gestemmt. Ich fühlte meine Beine im kühlen Fahrstuhlschacht baumeln. Als ich aufblickte, sah ich, daß die Türen mit einem Besenstiel eingeklemmt waren.

Ich versuchte, die Beine anzuheben und drehte und wand mich, um Halt zu finden, aber mein gekrümmter Rücken tat auf dem harten Boden zu weh. Wenn ich nicht bald irgend etwas unternahm, würde ich den Fahrstuhlschacht hinunter in den Tod stürzen.

Mit einem scharfen Ruck drehte ich mich auf den Bauch. Zu spät. Ihr schwerer Fuß landete mit Macht auf meiner Schulter. Ich geriet ins Rutschen und schlug mit den Armen um mich, um irgend etwas zu fassen zu bekommen, den dünnen Teppichboden, den Türrahmen, den über mir ausholenden Fuß …

Und dann fühlte ich, daß ich fiel.

Der Aufprall kam schneller als erwartet. Selbst halb bewußtlos, wie ich war, wußte ich, daß ich nur ein kurzes Stück gefallen war. Ich fühlte den Boden mit einem Ruck durch den Schacht nach oben steigen.

Ich war auf dem Dach der Fahrstuhlkabine gelandet!

Als die Kabine das Stockwerk passierte, sah ich Harmonys wutverzerrtes Gesicht. Sie drückte wie wild auf den Knopf, um den Fahrstuhl anzuhalten, aber er fuhr weiter. Ich sah, wie sich ihre Lippen in einem stummen Schrei weiteten, als ich an ihr vorbeizog.

Gerade konnte ich sie nicht mehr sehen, da hielt die Kabine abrupt an. Ich fand mich in völliger Dunkelheit wieder. Jetzt war ich nicht nur gehörlos, sondern auch noch blind.

Immer noch durcheinander von meinem Sturz waberte mein Gehirn zwischen Bewußtsein und Dämmerzustand, bis mir deutlich klar wurde, was vor mir lag. In der totalen Dunkelheit konnte ich es nicht sehen. Aber ich wußte es.

Die Decke.

Ich fühlte Panik in mir aufsteigen. Die Kabine war stehengeblieben, aber ich wußte, daß das nicht lange dauern würde. Sowie der Angreiferin klar wurde, was sie dagegen tun konnte, würde ich meinen Weg Richtung Decke fortsetzen.

Mit meinen aufgeschürften und geschwollenen Händen tastete ich die Plattform unter mir ab und fühlte einen Gitterrost. Zentimeterweise schob ich die Finger am Rand entlang, in der Hoffnung, irgendeinen Riegel oder Griff zu ertasten. Ich fand ihn schließlich neben meinem linken Bein, das inzwischen gefühllos war. Eine Klappe.

Ich mußte meinen Körper etwas zur Seite bewegen, wenn ich sie öffnen wollte. Keine leichte Aufgabe, wenn ein Bein nicht mitmacht. Ich kroch schnell hinüber und versuchte, nicht zu sehr über den alten, drahtseilgetriebenen Fahrstuhl nachzudenken, der am oberen Ende wahrscheinlich knochenzermahlende Seilrollen besaß.

Ich stieß und rollte mich auf die Seite, halb ängstlich, daß ich vom Dach der Kabine herunterrollen und durch den schmalen Spalt in den Schacht stürzen würde. Ich war gerade weit genug gekommen, um die Klappe öffnen zu können, als der Fahrstuhl sich wieder in Bewegung setzte.

Ich fuhr langsam aufwärts.

O Gott, sagte ich bestimmt ein Dutzendmal, während ich meine Finger in den Rost grub und wie wild daran zog. Es gelang mir, ihn ein paar Zentimeter in die Höhe zu hieven, bevor ich einen Luftzug im Haar spürte.

Der Fahrstuhl wurde schneller.

Es war so dunkel, daß ich nicht wußte, ob meine Augen offen oder geschlossen waren. Ich zog den Rost langsam höher und keilte den rechten Fuß in den Zwischenraum. Gerade war ich dabei, den Rost ganz anzuheben, da packte jemand meinen Fuß!

Instinktiv zog ich ihn zurück und keuchte erschrocken. Wie war sie in den Fahrstuhl hineingekommen? Ich versuchte, mich wegzurollen, aber der Rost schoß neben mir nach oben – ich spürte wieder einen Luftzug, als er aufflog. Eine kräftige Hand packte mich am Bein, dann um die Taille und zerrte mich grob zu der Öffnung hin. Ich wollte mich wehren, aber meine Arme und Beine gehorchten mir nicht.

Hatte sie einen Komplizen? John Cross?

Mit einem Ruck wurde ich durch die offene Klappe gezogen. Ich fiel in die Fahrstuhlkabine, gerade, als sie wieder abrupt stehenblieb, und landete auf einem Bein und dem Hintern. Ich drehte mich zu meinem Häscher um und sah das Gesicht eines Mannes im schwachen Fahrstuhllicht.

„Dan!" Ich fing an zu zittern.

„Wir müssen hier raus, Connor. Sie ist zu allem fähig. Wir müssen diese Tür aufkriegen – und zwar schnell."

Er faßte seinen linken Arm an, während er sprach. Aus dem Ärmel sickerte Blut.

Mir stockte der Atem. „Was ist passiert?"

„Nichts. Sie hat mich bloß ein bißchen angestochen. Komm schon, du mußt mir helfen. Mit einem Arm schaff ich das nicht."

Plötzlich ging das Licht in der Kabine aus. Jetzt funktionierte die Kommunikation zwischen Dan und mir nur noch in einer Richtung. Er konnte mich hören, aber ich ihn nicht.

Dan nahm meine Hände, legte sie an den Spalt zwischen den Türen und zog sie seitwärts auseinander. Ich sollte versuchen, die Tür aus meiner Sitzposition heraus aufzuziehen. Ich zog mit aller Kraft. Der Schweiß kullerte mir den Rücken herunter, als ich verzweifelt versuchte, einen guten Ansatzpunkt zu finden. Nach ein paar Sekunden gelang es mir, die Türen einen guten Zentimeter auseinanderzubringen. Das reichte, um meinen rechten Zeh dazwischenzuklemmen.

Das linke Bein war immer noch taub. Ich zog und zerrte an der Öffnung und schob ein Körperteil nach dem anderen dazwischen, um die Tür offen zu halten. Es war immer noch dunkel und ich hatte keine Ahnung, was Dan machte, aber wenn sein Arm so schlimm verletzt war, wie er aussah, konnte er wahrscheinlich nicht viel tun.

Als ich die Tür einen halben Meter weit offen hatte, spürte ich, wie Dan sich über mir in die Öffnung schob. Die Öffnung war jetzt so groß, daß ich mich durchschlängeln konnte. Ich wollte mich hinauslehnen und landete an einer Wand.

Der Fahrstuhl war zwischen den Stockwerken stehengeblieben!

Dan hielt immer noch die Tür auf und legte eine Hand unter meinen Hintern, um mich nach oben über das Hindernis zu schieben. Ich streckte die Hand aus und fühlte den Boden auf der Höhe meines Halses. Auf seine Schulter gestützt schob ich mich auf den Absatz hinauf und quetschte mich durch die Tür. Ich setzte mich schnell auf, drehte mich zu Dan um und klemmte mich in die Türöffnung, das linke Bein lahm an meiner Seite. Ich streckte die

Hand nach Dans Arm aus und zog. Er kletterte aus dem Fahrstuhl heraus.

Als ich die Türen losließ, kam plötzlich ein Luftschwall aus dem Fahrstuhlschacht und die Kabine verschwand nach unten. Ich fühlte den Aufprall, als die Fahrstuhlkabine nach freiem Fall abrupt und heftig auf dem Kellerboden zum Stehen kam.

In der schummrigen Nachtbeleuchtung aus Truax' Büro sah ich Dan an und schauderte bei dem Gedanken, wo wir beinahe gelandet wären.

„Mein Gott!" sagte Dan. „Sie hat das Drahtseil durchgeschnitten. Sie ist verrückt!"

„Konnte sie das denn?" Ich hätte keinen blassen Schimmer, wie man ein Fahrstuhldrahtseil durchschneidet. Aber Harmony hatte ja mehrmals gesagt, daß sie übers Internet alles herausbekäme.

„Ich hab den Drahtschneider gesehen, als ich mit dem Fahrstuhl hochkam. Die arbeiten wahrscheinlich grade an dieser Kabine. Es gehört nicht viel dazu, mit dem Ding ein Seil durchzuschneiden."

Mich überlief wieder ein Schauer, als ich an den häßlichen Klatsch dachte, den wir auf dem Kellerboden verursacht hätten.

„Wahrscheinlich ist sie auf dem Weg hierher. Sehen wir zu, daß wir hier wegkommen. Ich stütz dich", sagte Dan und nahm meine Hand. Der andere Arm hing schlaff und blutend herunter.

„Warte, Dan! Ich muß noch mal an Harmonys Schreibtisch zurück. Sie hat da Dokumente drin und das Messer, mit dem vielleicht Charles Bolton erstochen wurde."

Dan ließ mich los und drückte die Hand leicht auf seinen blutgetränkten Ärmel. „Das Messer ist da nicht mehr."

Ich sah ihn fragend an. „Woher weißt – oh, mein Gott! Damit hat sie dich gestochen? Dan – wir müssen dich sofort ins Krankenhaus bringen."

„Ich bin schon okay. Zuerst sollten wir hier mal rauskommen."

Ich brach ab. „Na gut, aber ich muß diese Unterlagen haben, sonst war alles umsonst."

Ich wollte aufstehen, aber mein linkes Bein war dagegen. Ich fing an, über den Boden durch das weiche, dämmrige Licht Richtung Treppe zu kriechen.

Weit kam ich nicht, bevor Dan mich sanft auf die Füße zog.

„Mann, du bist wirklich stur. Aber wenn du das durchziehen willst, müssen wir uns beeilen. Die ist bestimmt noch nicht fertig mit uns."

Ich schlang einen Arm um seine Taille und er legte mir seinen gesunden Arm um den Rücken. Gemeinsam kamen wir ganz gut voran, solange wir uns gegenseitig stützen konnten. Mühsam und unter Schmerzen arbeiteten wir uns zu Harmonys Arbeitsplatz vor.

„Was sind denn das für Unterlagen, die du unbedingt haben mußt?" fragte Dan.

„Was über die Truaxes. Über die hatte Harmony eine ganze Akte. Und ein Foto – damit hat Bolton jemand erpreßt. Und lauter andere Unterlagen über alle möglichen Leute – den Bürgermeister, den Besitzer des Fitneßstudios, diesen Antiquitätenhöker in der Stadt."

„Was ist auf dem Bild?"

„Ich –"

Plötzlich ging auch noch die Notbeleuchtung aus und verwandelte den Raum in ein schwarzes Loch. Ich tastete nach Dan. Er war direkt neben mir, ich konnte seinen schweren Atem fühlen.

„Dan?" flüsterte ich. Wieder einmal war ich taubblind.

Er drückte meine Hand. Das war nur mäßig beruhigend.

„Sie ist hier, nicht wahr?" Ich bemühte mich, leise zu sprechen. Eine Hand bedeckte meinen Mund.

Dan zog mich vom Schreibtisch fort. Wahrscheinlich dachte er dasselbe wie ich. Wir mußten da weg. Aber als ich mein Bein belastete, fiel ich hin und verlor Dans Hand aus meinem Griff. Verzweifelt schwang ich meine Arme durch die Luft und suchte nach ihm.

„Dan?" flüsterte ich. Nichts. Wo war er?

Schnell tastete ich den Boden um mich herum ab und kroch unter einen anderen Schreibtisch. Ich langte nach oben, grabbelte nach einer Computertastatur, fand das Spiralkabel und zog die Tastatur zu mir herunter. Mit zitternden Händen tippte ich eine Kombination ein, die Miah mir an seinem ersten Arbeitstag bei mir gezeigt hatte. Damals hatte ich ihm gesagt, er solle gefälligst mit dem Blödsinn aufhören. Jetzt hätte ich am liebsten eine Party für ihn veranstaltet.

Ich ließ meinen Arm wieder auf die Tischplatte wandern, bis ich am Computermonitor ankam. Stück für Stück tastete ich mich vor, fühlte die Knöpfe ab und versuchte, den „Ein"-Schalter zu finden. Schließlich erwachte der Monitor flackernd zum Leben und tauchte den Raum um mich herum in einen grünen Cyberschimmer. Alle anderen Monitore im Raum, die über Nacht angelassen worden waren, fingen ebenfalls an, ein hell pulsierendes grünes Licht zu erzeugen. Es waren nicht mehr als eine Handvoll, aber es reichte, um sehen zu können.

Gerade noch rechtzeitig, um Harmony und die blinkende Messerklinge über mir zu erleuchten.

Instinktiv hielt ich die Tastatur hoch, als sie das Messer auf mich niedersausen ließ. Die Tastatur lenkte den Schlag ab und schlug ihr das Messer aus der Hand. Aber da hatte sie schon eine schöne Kerbe in mein Handgelenk geschnitzt.

Harmony hechtete nach dem Messer und riß es unter dem Schreibtisch hervor. Sie hob es über ihren Kopf und wollte gerade wieder zustoßen, als Dan auf sie lossprang und das Messer diesmal in die andere Schulter bekam. Blut spritzte wie aus einem kaputten Rasensprenger, als er auf den Boden rollte.

Harmony sah Dan vorübergehend außer Gefecht, stand wieder auf und ging erneut auf mich los. Diesmal war ich gewappnet. Ich wich dem Schlag aus und schlug ihr die Computertastatur ins Gesicht.

Die Wucht meines Schlags warf sie gegen die Schreibtischkante, so daß ihr der Atem wegblieb. Sie krümmte sich und schnappte nach Luft, zu benommen, um irgend etwas anderes zu tun, als auf dem Boden zusammenzusinken.

Das konnte natürlich nicht anhalten. Wenn sie wieder zu Atem kam, würde sie weiter versuchen, uns lahmzulegen. Bevor sie sich erholen konnte, kroch ich zu ihr hinüber, ein Bein nachziehend, und schubste sie flach auf den Bauch.

Und dann setzte ich mich auf sie drauf. Ich zog ihr die Arme auf den Rücken und hielt sie fest, während ich hinter meinem Rücken unter meine Bluse griff und meinen BH aufhakte. Indem ich die Träger aus den Ärmeln und dann die Ellbogen aus den Trägern zog, schlüpfte ich aus dem unbequemen Ding heraus, wickelte es um Harmonys Handgelenke und band sie mit meinem 75C zusammen. Paßte perfekt.

Dan lächelte, während er sich langsam am Schreibtisch hochschob – beide Arme blutig, schlaff und unbrauchbar.

Als Harmony sichergestellt war, zog ich das Telefon herunter, wählte den Sheriff an und wiederholte mehrmals einen Hilferuf. Ich konnte nur hoffen, daß mich jemand am anderen Ende hörte.

32

„Was macht dein Bein?“ Dan formte die Worte sorgfältig im Licht des Computermonitors. Ich hatte ihm beide Arme mit seinem zerrissenen, blutigen T-Shirt verbunden, während er mir erzählte, wie Harmony ihn an ihrem Schreibtisch angegriffen hatte. Er lag aufgestützt neben mir, barbrüstig, mit dem Kopf auf Harmonys Schulter, während ich auf ihrem Rücken saß. Gemeinsam hatten wir sie gut im Griff.

„Würde ein nettes Dekorationsstück abgeben. Viel fühlen tu ich nicht.“ Ich drückte meinen Knöchel, an dem nicht einmal ein blauer Fleck zu sehen war. Das machte mir Sorgen.

„Wahrscheinlich gebrochen. Halt durch. Sie müssen ja gleich hier sein.“ Er wollte die Hand heben und mir beruhigend das Gesicht streicheln, krümmte sich aber vor Schmerz, als er den Arm zu bewegen versuchte. Stattdessen strich ich ihm übers Haar.

Harmony zappelte unter mir. Ich stützte mich auf mein gesundes Bein, hob mich ein paar Zentimeter vom Boden ab und setzte mich dann mit Wucht wieder hin. Ich konnte fühlen, wie die Luft schlagartig aus ihrem Körper wich. Sie schüttelte den Kopf und stammelte irgend etwas, das ich nicht sehen konnte.

„Hat sie was Wichtiges gesagt?“ fragte ich Dan.

„Nee. Irgendwas von ‚Sie bringen mich um‘. Der geht's prima.“

„Wollen Sie reden?“ fragte ich ihren Hinterkopf.

Sie schüttelte ihn. Ich hob mich wieder leicht an und kam diesmal etwas kräftiger herunter. Sie stammelte wieder etwas und legte ihr Gesicht auf den Boden.

„Sie haben Cullen Delancy umgebracht. Ich will wissen, warum! Und warum all die anderen?" Ich holte wieder aus.

Sie schüttelte verzweifelt den Kopf. Dan sah mich an. Seine Augen sagten mir, daß es genug war.

Über ihr hockend rollte ich sie auf den Rücken und setzte mich auf ihre Oberschenkel. Dan benutzte ihren Bauch als Kopfkissen. Mit den auf dem Rücken gefesselten Armen reichte diese Position wahrscheinlich schon aus, um sie ruhig zu halten, aber ich wollte es nicht darauf ankommen lassen. Ich langte nach der Computertastatur und band ihr das Spiralkabel um die Knöchel. Schließlich packte ich ihr als letzte Absicherung noch einen Stuhl auf die Beine und setzte mich auf ihren Oberkörper.

„Okay, Harmony. Reden Sie, sonst hüpfe auf Ihrem Brustkorb herum statt auf dem Rücken. Ich will wissen, warum Sie das getan haben."

Harmony hustete und spuckte. „Ja, ist ja gut! Hören Sie bloß auf, mich zu zermatschen! Mann! Sie wiegen mindestens zwei Zentner!"

„Das werd ich jetzt mal als Kompliment auffassen. Nun erzählen Sie schon."

Eine Speichelspur trocknete auf ihrem Gesicht, als sie sprach. Ich sah wie gebannt auf ihre Lippen. Schließlich wollte ich kein einziges Wort verpassen.

Harmony schaute verdrießlich drein. „Klar, ich erzähl's Ihnen, aber das wird Ihnen nichts nützen. Sie können nichts davon beweisen. Und das hier kann wohl kaum als Geständnis gelten. Es ist ganz einfach. Ich wollte das Geld haben. Truax hatte reichlich, der konnte gut was abgeben. Aber das Ganze sollte nicht so … ausarten."

„Sie hatten rausgefunden, daß Truax Delancy dafür bezahlte, die Bauaufsicht zu umgehen, stimmt's?" fragte ich.

Harmony schüttelte den Kopf. „Nein. Das zuerst nicht. Andere Sachen."

„Zum Beispiel?"

Harmony holte Luft. Ich sah deutlich, daß sie mit uns beiden auf ihr drauf nur schwer atmen konnte, aber das hinderte sie nicht am Reden. Nicht bei den kleinen Aufmunterungshüpfern, die ich ihr hin und wieder zukommen ließ.

„Ich hab was über Sterling rausgefunden."

„Daß sie nicht seine leibliche Tochter ist?"

Harmony guckte erstaunt. Dan ebenfalls.

„Woher wissen Sie das?"

„Reden Sie weiter."

„Ich bin irgendwann in Truax' Computerdaten reingekommen, nachdem ich mich mal mit dem Waschlappen unterhalten hatte, der hier für den Großrechner zuständig ist. Der schuldete mir noch'n Gefallen. Tut jetzt nichts zur Sache. Na, jedenfalls fand ich raus, daß Truax in letzter Zeit eine Menge Geld an einen Typen namens Charles Bolton gezahlt hatte."

Also hatte Truax es doch gewußt! „Weiter." Ich hüpfte.

„Verdammt, hören Sie endlich auf damit! Sie bringen mich noch um!"

Ich wartete. Sie fuhr fort.

„Als Reporterin hab ich mich natürlich gefragt, was da los war. Ich fand raus, wer dieser Bolton war, hab mich mit ihm in einer Bar getroffen und ihn besoffen gemacht und dann nach Haus gebracht. Er fing an, was über Truax, Blenda und Delancy auszuplaudern. Alkohol hatte auf ihn die gleiche Wirkung wie eine Wahrheitsdroge. Als er hinüber war, hab ich seine Sachen durchsucht. Ich fand ein paar Fotos …"

„Das, was Sie in Ihrem Schreibtisch versteckt hatten."

Ich fühlte, wie Harmony ein Achselzucken versuchte. „Da wurde ich dann neugierig, was es mit Sterlings Nervenzusammenbruch auf sich hatte. Ich dachte, da wär vielleicht irgendwo ne Leiche im Keller. Und ich dachte mir, daß ich ein bißchen mehr Geld machen könnte, wenn ich etwas über die Truaxes rausfand. Abgesehen vom Internet ist ja auch im Firmencomputer jede Menge Zeug drin, wenn man erstmal weiß, wie man rankommt."

„Und was haben Sie rausgefunden?"

„Harlan Truax hatte Mumps, als er in der High School war. Das stand in seiner Krankengeschichte."

Ich zog die Stirn kraus. Dan quittierte die Andeutung, die ich nicht verstand, mit einem Nicken, und erklärte: „Jeder Mann kann dir sagen, daß Mumps nach der Pubertät gefährlich ist. Kann zu Unfruchtbarkeit führen."

Allmählich fügten sich die Teile zusammen. „Also war Truax nicht zeugungsfähig, und Sie dachten sich, daß Sterling nicht seine Tochter sein konnte."

„Das war nicht schwierig. In diesem Beruf lernt man, nach den Dingen unter der Oberfläche zu gucken. Ich hab gelernt, nach den Hintergründen einer Story zu suchen – und das dann bestmöglich einzusetzen. Es gibt eine Menge Leute, die dafür zahlen, ihre Geschichten nicht in der Zeitung wiederzufinden. Und das ist wesentlich lukrativer als mein mageres Gehalt beim *Monitor*, das können Sie mir glauben."

„Also deshalb konnten Sie sich das Auto leisten, den Country Club und die Klamotten. Sie bekommen gar keine Schecks aus dem Erbe ihrer Eltern. Sie hatten ein Nebeneinkommen."

„Ich hatte keine Lust auf das Leben, das meine Hippie-Eltern führten, immer hart an der Armutsgrenze. Die haben bloß den ganzen Tag rumgesessen und Hasch geraucht, und auf kleinen Märkten ihr lausiges Kunsthandwerk verkauft. Bis mein Dad wegen Drogenhandel ins Gefängnis gewandert ist und Mom einen Monat später an einer Überdosis Heroin starb. Echt hippe Eltern."

„Ihr Vater ist nicht tot? Er sitzt im Gefängnis? Aber ich dachte –"

„Ganz recht. Er sitzt in San Quentin, lebenslänglich, dank Harlan Truax. Er hat für Chopper Drogen verkauft und wurde erwischt. Dafür haben sie ihn eingebuchtet. Deshalb hab ich diesen Job bei der Zeitung gekriegt, obwohl ich keinen Collegeabschluß hab. Truax' Schuldgefühle. Er hatte versprochen, sich um mich zu kümmern."

„Aber Sie heißen doch Malakoff, nicht Zebulon."

„Ich hab den Namen meiner Mutter angenommen."

„Und das Zeitungsgehalt reichte Ihnen nicht."

„Soll das'n Witz sein? Aber der Beruf war ideal, um anderer Leute Geheimnisse rauszukriegen. Geheimnisse, für die sie zahlen würden."

„Also sind Sie als Vollzeitschnüfflerin an die Arbeit gegangen. Sie haben etwas über Leute herausgefunden und zu Ihrem Vorteil benutzt. Und so haben Sie das über die Truaxes rausbekommen."

Sie fing an zu lachen, ich konnte ihre Schultern zucken sehen. „Das war wirklich komisch, wissen Sie. Die ganze Familie hatte Geheimnisse, und keiner wußte von denen der anderen. Schließlich hab ich alle drei erpreßt. Truax wegen Sterling und später wegen des Baubetrugs, Blenda wegen des Fotos und Sterling wegen ihres Nervenzusammenbruchs."

„Und was war mit Bolton?"

„Ich wollte bloß seine Informationen – irgendwas Belastendes über Delancy."

„Und wie kam es, daß Delancy in den Fahrstuhlschacht gefallen ist?"

„Das weiß ich nicht." Harmony wand sich in ihrer unbequemen Lage, aber weder Dan noch ich gingen von ihr herunter.

„Sie haben ihn da hingelockt, oder? Und dann haben Sie ihn über die Kante gestoßen."

Zum ersten Mal standen Tränen in Harmonys Augen. Eine lief an ihrer Wange herunter, und ihre Nase fing an zu laufen. Ich wischte ihr mit einer Falte ihres langen Rocks das Gesicht ab.

„Ich hab Cullen nicht umgebracht. Jedenfalls hab ich's nicht gewollt. Es war ein Unfall. Ich hab ihn angerufen und gesagt, daß er sich an der Baustelle mit mir treffen sollte. Ich erzählte ihm, daß ich etwas hätte, das ihn interessieren würde. Ich fand, es war ziemlich viel wert. Als er hinkam, hab ich ihm das Foto gezeigt. Zuerst war er völlig fassungslos, daß ich es hatte. Dann wurde er wütend. Hat versucht, mir das Bild aus der Hand zu reißen. Er zog ein Messer heraus, aber dann ist er gestolpert, als er auf mich losging, und ließ es fallen. Als er aufstand, hab ich versucht, ihn wegzustoßen, und … da ist er gestürzt."

„Dann war's ein Unfall. Notwehr. Sie hätten zum Sheriff gehen können."

„Und was hätt ich ihm erzählen sollen? Jetzt machen Sie mal halblang! Das hätte er mir doch nie abgekauft. Und wenn er den Fall untersucht hätte, wären andere Sachen ans Licht gekommen. Es durfte keiner wissen, daß es eine Verbindung zwischen mir und Cullen gab. Das hätte alles kaputtgemacht. Also hab ich mir das Foto geschnappt und bin weggelaufen."

„Warum haben Sie Bolton umgebracht?"

Sie antwortete nicht. Ich stützte mich auf, um ihr wieder etwas Antrieb zu geben. Sie schüttelte heftig den Kopf.

„Hören Sie auf! O Gott! Ich … ich hab das nicht gewollt." Wieder liefen ihr Tränen über das verschmierte Make-up. Ich war nicht sicher, ob sie fortfahren würde, aber nach einer Weile begann sie wieder zu sprechen.

„Er hatte gemerkt, daß ich mich in seine Erpressung eingeklinkt hatte. Dann hörte er von Delancys Tod und dachte sich, daß ich etwas damit zu tun hatte. Er rief mich an und wollte sich mit mir treffen. Idiot. Man soll nie versuchen, einen Erpresser zu erpressen. Ich sagte, ich würde ihm das Foto und etwas von dem Geld wiedergeben, und hab mich mit ihm auf der Baustelle verabredet. Er war natürlich betrunken, als er ankam. Als er nach dem Foto fragte, wollte ich es ihm geben und … und …"

Sie fing wieder an zu weinen.

„Was ist passiert, Harmony?"

„Wenn ich's Ihnen sage, helfen Sie mir dann? Sagen Sie dem Sheriff, daß es ein Unfall war? Wir waren doch grade dabei, Freundinnen zu werden, Connor. Auf Sie wird er hören."

„Was ist passiert, Harmony?"

Sie schniefte ein paarmal und fuhr dann in abgehackten Stößen fort. „Er … hat versucht, mich zu packen, genau wie Delancy. Da hab ich Panik gekriegt. Ich hatte Delancys Messer, das ich bei Ihnen gefunden hatte … ich hab's rausgezogen und ihm gesagt, daß er das lassen soll …" Ihr Atem stockte. „Es … es war gar nicht so schwer, wie ich gedacht hatte …"

Ich schüttelte den Kopf. Ich konnte mir nicht einmal *vorstellen*, ein Messer in jemanden hineinzustoßen.

„Was haben Sie dann gemacht?"

„Ich … ich mußte die Leiche irgendwie loswerden, sonst hätte vielleicht jemand nach mir gesucht. Ich wußte, daß er ein Einzelgänger war, daß niemand ihn wirklich vermissen würde. Mir fiel die Stelle im Kellerboden ein, die wieder aufgestemmt worden war. Ich wußte, daß das am nächsten Tag geschüttet werden sollte. Also hab ich ihn da hingeschleift, ein Loch gegraben – das war nicht schwer, weil die Erde ja schon aufgegraben war – und ihn hineingerollt."

„Warum haben Sie Dans Büro und mein Haus durchwühlt? Warum wollten Sie Dan umbringen?"

Harmony schloß kurz die Augen. Ich hob meinen Hintern wieder an. Warum die Polizei das wohl nicht als Verhörmethode einsetzte.

„Okay, okay! Mann, Sie brechen mir die Knochen. Ich hab Sie ja gar nicht umbringen wollen", sagte sie zu Dan. „Ich wollte Ihnen beiden bloß einen Schreck einjagen. Die Sache wurde mir zu heiß. Ich dachte, alles wäre vorbei, nachdem ich Bolton losgeworden war, aber das war es nicht. Connor erzählte, daß Sie ein Bild von Delancy mit irgendeiner Frau hätten. Ich dachte, daß das vielleicht ein Bild mit mir war. Also hab ich das Büro und den Diner danach durchsucht. In Ihrem Büro konnte ich nicht suchen, Connor, weil dieser Typ immer da war."

Miah. Der war besser als ein Wachhund.

„Aber ich hab bloß das Messer gefunden."

„Und was war mit dem Anschlag auf Dan?"

Sie sah Dan an. „Ich ... ich hab die Bremsleitung durchgeschnitten, weil ich Ihnen Angst einjagen wollte, Sie vielleicht ein bißchen lahmlegen, ins Krankenhaus befördern und außer Gefecht setzen. Ich dachte, wenn Sie ans Bett gefesselt wären, würde Connor mehr Zeit mit Ihnen verbringen und die Untersuchung aufgeben. Und wenn nicht, na ja, dann wär mir irgendwas anderes eingefallen, um sie auch zu stoppen. Ich wußte ja nicht, daß Sie Ihr Auto jemand anders leihen würden. Und das ist dann auch schiefgelaufen ..."

„Sie waren das, die mich auf dem Friedhof begraben wollte."

„Sie waren einfach zu dicht dran. Ich hab versucht, Sie abzuschrecken, mit den Nachrichten, mit der Durchsuchung Ihres Diners und dem Computercrash."

„Sie haben mir die Blumen geschickt. Und die brennenden Zeitungen."

Sie nickte.

„Sie haben gar keine verwelkten Blumen gekriegt, oder Drohnachrichten oder sonstwas, stimmt's? Das haben sie alles erfunden, damit ich denken sollte, daß Sie auch verfolgt werden. Und Sie haben John Cross die Schuld daran gegeben, um mich von der Fährte abzubringen."

Sie rührte sich nicht.

„Aber warum Poppy? Warum haben Sie auch versucht, sie umzubringen? Was hat sie denn getan? Sie hatte kein Geld. Sie wußte nichts. Warum?"

„Sie wußte doch etwas. Sie wußte von mir."

„Wie? Und wann?"

„Sie hat ein Gespräch zwischen mir und Charles Bolton auf dem Friedhof gehört, als wir über Delancy sprachen. Wir haben mit unseren Handys telefoniert."

Mir fiel wieder ein, wie Harmonys Pager losging und sie sagte, daß sie jemanden anrufen müsse.

„Aber was wußte sie?"

Harmony runzelte die Stirn. „Ich stand hinter einem Baum und beobachtete ihn. Dann hab ich sie gesehen, und daß sie belauschte, was er sagte. Ich war ganz sicher, daß sie meinen Namen gehört haben mußte, weil er den immer wieder gesagt hat. Ich mußte etwas tun. Ich hab mir gedacht, daß sie irgendwann zwei und zwei zusammenzählen und es jemand sagen würde. Es sah ja ganz so aus, als ob ihr beide ziemlich dicke wärt."

Ich schüttelte ungläubig den Kopf. „Mein Gott, Harmony. Sie hat Ihren Namen nicht gehört. Sie kann gar nicht hören. Sie ist gehörlos."

Harmonys Mund klappte weit auf. „Taub? Wie Sie? Sie machen Witze! Na, dann hat sie ihn eben von seinen Lippen abgelesen –"

„Sie kann nicht gut ablesen. Sie benutzt Gebärden."

„Aber ich dachte ..." Sie stutzte einen Moment und sprach dann weiter. „Das wußte ich nicht. Ich bin in die Frühstückspension gegangen, um mit ihr zu reden. Ihre Tür war nicht abgeschlossen, also bin ich reingegangen. Ich wollte ihr auch Angst einjagen, sie überrumpeln und so rausfinden, was sie wußte. Aber sie schlief. Ich konnte einfach nicht das Risiko eingehen, daß sie über mich Bescheid wußte. Also ... hab ich mir gedacht, daß ich das auch gleich erledigen könnte ... Sie war alt ... es schien mir das einfachste ..."

„Also haben Sie sie auch erstochen."

„Sie verstehen das nicht! Ich mußte mich doch schützen. Es war eigentlich … Notwehr. Ich mußte sie zum Schweigen bringen."

„Gehörlose kann man nicht zum Schweigen bringen."

Harmony sagte nichts.

„Poppy – Mrs. Delancy – ist noch am Leben", fuhr ich fort.

„Das weiß ich inzwischen. Aber sie kann mir nichts anhaben. Sie hat geschlafen, als ich ins Zimmer kam. Sie hat mich gar nicht gesehen. Und ich werde mit Sicherheit kein Geständnis ablegen. Alles, was Sie gehört haben, ist bloß aus zweiter Hand, und ich werde alles leugnen. Ich werde sagen, daß Sie mich unter Druck gesetzt haben. Schließlich haben Sie auf mir gesessen, um Himmels willen!"

„Poppy Delancy wußte, wer Sie sind."

„Was meinen Sie damit?" fragte sie.

„Sie hat eine Botschaft mit Ihrem Namen hinterlassen."

„Das ist völlig unmöglich! Sie … sie –"

„Offenbar hat sie Sie doch gesehen. Und sie wußte, wer Sie sind. Nachdem Sie weg waren, hat sie es noch geschafft, ihre Handgelenke zu kreuzen. Das ist der Anfang der Gebärde für ‚Ruhe'."

„Ja, und?"

„Die Gebärde kann auch Harmonie bedeuten – Harmony."

„Woher wußte sie denn, wie ich heiße?"

„Sie hat Ihr Gesicht von dem Bild im *Monitor* wiedererkannt, das, was immer neben Ihrer Kolumne abgedruckt ist."

33

Als man uns ins Calaveras County Hospital in Thunder Camp brachte, war es nach zwei Uhr morgens. Dans Verletzungen waren ernsthafter als meine. Beide Messerwunden mußten mit mehreren Stichen genäht, schwer bandagiert, und die Arme in Schlingen verfrachtet werden. Aber er würde schnell wieder gesund werden – in ein paar Wochen konnten diese Arme bestimmt schon wieder durchgegangene Lokomotiven anhalten.

Ich weiß nicht, ob Sie mitgezählt haben, aber ich hatte mehr Schürfwunden, Prellungen, Schnitte, blaue Flecken, Schrammen, Verbrennungen und sonstige Wehwehchen als Dan, so daß die Reparatur bei mir fast doppelt so lange dauerte. Ach ja, und einen gebrochenen Knöchel, in einem schicken Gehgips. Dan saß geduldig in einem Rollstuhl im Wartebereich und las eine alte Ausgabe vom *MAD*-Magazin, als ich in Mull gehüllt zurückkam.

„O je. Rückkehr der Mumie." Dan ließ das Heft auf den Tisch neben sich fallen, aber es rutschte auf den Boden. Mit beiden Armen in Schlingen war er nicht ganz so treffsicher wie sonst. Er musterte mein neues Outfit mit einem entsetzten Grinsen.

„Es fühlt sich viel schlimmer an, als es aussieht", sagte ich, um ihm das Grinsen auszutreiben. „Ich verletze mich sehr leicht. Am schlimmsten ist der gebrochene Knöchel. Darum konnte ich mein Bein nicht benutzen. In den nächsten Tagen gibt's erstmal kein Bullenreiten. Der Schnitt am Handgelenk ist bloß oberflächlich. Zum Glück haben sie beim Bandagieren meine Finger freigelassen, so daß ich jedenfalls noch gebärden und mit diesen Krücken hantieren kann. Wie geht's dir? Mit den Schlingen siehst du aus wie ein Zinnsoldat."

Ich sah mir die Bandagen an, die beinahe unter den weißen Schlingen verschwanden. Eine war fast um seinen ganzen linken Arm gewickelt, die andere um seine rechte Schulter.

„Ich werde nie wieder Akkordeon spielen."

„Gottseidank", murmelte ich. Ich wußte zwar nicht, wie ein Akkordeon klingt, aber so wie es aussah, konnte es nicht gut sein.

Dan stand aus dem Rollstuhl auf und half mir auf die Beine. Er versuchte mir zu helfen, als ich mit den unbequemen Krücken kämpfte. Ich brauchte fast die ganze Strecke zum Auto, bis ich herausgefunden hatte, wie man die blöden Dinger koordiniert. Da meine Arme besser in Schuß waren als seine, setzte ich mich ans Steuer. Den linken Fuß brauchte ich beim Fahren nicht, das ging also ganz gut.

Wir fuhren schweigend nach Hause. Es war zu dunkel zum Ablesen. Als wir beim Diner ankamen, machte ich uns einen koffeinfreien Schok-Mok. Kastrierten Kaffee nenne ich das immer. Dan bestand darauf, die Tassen ins Wohnzimmer zu tragen. Er ging wie Frankensteins Monster. Casper leckte uns fast zu Tode, als wir uns auf die Couch fallenließen.

„Hat Sheriff Mercer mit dir gesprochen?" fragte ich, nachdem ich mir den Hundesabber aus dem Gesicht gewischt hatte. Ich legte mein eingegipstes Bein auf den Couchtisch und ließ Casper an meinen Zehen lecken. Das kitzelte.

„Hat er", sagte Dan. „Harmony wird ziemlich lange unter Verschluß bleiben. Echt clever von dir, den kleinen Kassettenrecorder anzuschalten und Harmonys Geschichte aufzunehmen. Gut, daß du das Ding immer mit dir rumschleppst."

„Du solltest mal hören, was ich aufgenommen hab, als du neulich über Nacht hier warst."

„Was nimmst du für eine Kopie?"

Ich lachte, obwohl das weh tat. „Sie haben den Wachmann gefunden. Harmony hat ihm etwas auf den Kopf gehauen, das wie eine Sexstatue aussah, meinte der Sheriff, und ihn dann in einen Wandschrank gesperrt. Er war auch im Krankenhaus."

„Er hat Glück, daß er lebt", sagte Dan.

„Wir haben Glück, daß wir leben", fügte ich hinzu.

„Harmony dachte wahrscheinlich, sie hätte das Gebäude für sich, bis sie dich im ersten Stock durch das Fenster kommen hörte. Du mußt einen ganz schönen Lärm gemacht haben."

Ich mußte lernen, beim Einbrechen leiser zu sein.

„Nein, sie wußte, daß ich da hinwollte, sie hatte mir nachspioniert. Sie hat versucht, schneller als ich am Computer zu sein, um das Beweismaterial zu vernichten."

„Truax ist auch ins Krankenhaus gekommen. Hast du ihn gesehen?" fragte Dan.

Das überraschte mich. „Das ist nicht dein Ernst. Was hat er denn gesagt?"

„Nicht viel. Wollte bloß sehen, ob wir irgend etwas brauchen. Hat angeboten, die Rechnung zu bezahlen."

„Tatsächlich? Hm. Aber Poppy hab ich gesehen. Ihr Zustand ist ernst – sie hat eine Menge Blut verloren und das Messer hat auch die Lunge verletzt –, aber der Doktor meinte, sie würde bestimmt noch hundertzwanzig werden. Sie ist eine zähe alte Lady. Ich bewundere sie wirklich."

Ich saß einen Moment still da und versuchte, die letzten fehlenden Teile zusammenzubekommen. „Dan, wie hast du mich eigentlich gefunden?"

„Das war ein Klacks", sagte er selbstgefällig.

Ich war mir nicht ganz sicher, was das Wort bedeutete, aber durch seinen Gesichtsausdruck hatte ich eine ungefähre Vorstellung. Gehörlose bekommen häufig nicht alles vom Jargon und Slang der Hörenden mit. Es gibt eine Menge „trendige" neue Ausdrücke, die ich nicht kenne, und ich staune immer wieder über die Kreativität der englischen Sprache. Nicht so kreativ wie ASL natürlich, aber man kann ja nicht alles haben.

„Ich bin zu deinem Diner gefahren und hab nach dir gesucht. Du warst natürlich nicht da. Aber du hattest einen Fingerzeig hinterlassen."

„Was war das?"

„Die Adresse. Die hattest du neben dem Schreibtelefon notiert. Hat nicht lange gedauert, rauszufinden, wer da wohnt. Ich dachte mir, daß du wahrscheinlich da rübergefahren warst, um mit den Truaxes zu reden und zu sehen, was du rausfinden konntest, auf deine unverwechselbare Art. Ich mußte nur versuchen, so wie du zu denken, da wußte ich auch schon, was du vorhattest. Aber es hat mir natürlich fast das Gehirn verrenkt."

Ich langte hinüber, um ihm eins auf die Nase zu geben, zog den Arm aber gleich wieder zurück, weil das zu weh tat. Ich schnitt eine Grimasse, er grinste.

„Hat doch schließlich funktioniert, oder? Ich hab mir gedacht, daß du Sterling bestimmt damit konfrontieren wolltest, daß sie in der Nähe der Baustelle war, als Delancy starb. Also bin ich da rausgefahren, um dich einzuholen und daran zu hindern, in Schwierigkeiten zu geraten."

„Aber ich war nicht da."

„Nee, du warst schon weg. Und hattest bloß einen Haufen völlig verheulter Leute zurückgelassen. Als ich sie schließlich einigermaßen beruhigt hatte, erzählten sie mir, daß du da dagewesen wärst. Aber sie wußten nicht, wo du hingegangen warst. Ich hab ihnen gesagt, sie sollten mir ganz genau erzählen, was du gesagt hattest, bevor du gingst. Sie meinten, es wäre irgendetwas über Dateien einer Konkurrentin gewesen. Das deutete auf den *Monitor*. Ich fand, daß ich dem lieber nachgehen sollte. Und bei dem Gedanken, daß wir das ganze leere Gebäude für uns gehabt hätten, wurde mir richtig heiß, weißt du?"

Ich unterdrückte ein Lachen. „Wie bist du reingekommen?"

„Ich bin deinen Brotkrumen gefolgt. Haben mich direkt ins Gebäude geführt. Aber eins muß ich dir gestehen: Ich hab dabei ein paar von den Zeitungen umgestoßen. Auf dem Weg wären wir nicht wieder rausgekommen."

Ich nahm einen Schluck von meinem Schok-Mok. „Also ist Delancy *doch* gestoßen worden", faßte ich die Ereignisse zusammen.

„Genau. Das Erdbeben war doch nicht schuld an seinem Sturz."

„Das Komische ist, daß das alles nicht passiert wäre, wenn die Leute einfach alle die Wahrheit gesagt hätten. Dann hätte es keinen Grund für Erpressung gegeben, keinen Grund, irgend jemand umzubringen, keinen Grund für diese ganze Misere."

„Stimmt. Sieht so aus, als ob Harlan Truax die ganze Zeit wußte, daß er nicht Sterlings Vater war. Er wußte, daß er zeugungsunfähig war. Aber er hat Bolton dafür bezahlt, den Mund zu halten und seiner Familie nichts davon zu sagen. Wahrscheinlich wollte er das einfach nicht öffentlich machen. Zu peinlich für alle Beteiligten. Blenda hat gezahlt, um Sterling und ihren Mann zu schützen. Und Delancy hat gezahlt, damit Sterling nichts erfahren sollte. Verrückt."

Ich dachte wieder an Sterling. Das blaue und das grüne Auge waren wirklich eine merkwürdige Laune der Natur. Ob sie wohl die Welt mit zwei verschiedenen Augen verschieden sah?

„Und was war jetzt mit dem Giftmüll?" unterbrach Dan meine Gedanken.

„Truax sagt, es gibt keinen. Er meint, er hätte Delancy dafür bezahlt, die Prüfberichte zu bestätigen, weil das Gebäude höher ist als erlaubt. Es hatte gar nichts mit dem Boden zu tun."

Ich stand auf, um die Tassen in die Küche zurückzubringen, und Dan nahm sie mir aus der Hand. Ich packte meine Krücken und folgte ihm zur Spüle, um beim Abwasch zu helfen. Er stellte die Tassen auf den Tresen und drehte sich zu mir um. Wir sahen uns eine Weile an und lehnten uns dann in einem sanften, lockenden Kuß zueinander. Dan legte mir seine Arme um die Taille, so gut das mit den Schlingen ging.

„Du bist wirklich was Besonderes", sagte er langsam.

Ich lächelte. Wir küßten uns wieder, erst vorsichtig, dann richtig. Mitten im Kuß hörte Dan auf und zog sich abrupt zurück.

„Hast du das gespürt?"

„Was?" fragte ich verwirrt.

„Dieses Zittern! Ich glaub, wir kriegen schon wieder ein Erdbeben."

Ich sah mich im Raum nach einer Bestätigung um. Nichts bewegte sich. Ich blickte wieder in seine blauen Augen, in deren Tiefe ein Licht funkelte, und lächelte. „Ach, das. Das war gar nichts. Mach dir keine Sorgen."

„Gar nichts?" Er mimte ein Schmollen.

„Nee, höchstens Stärke vier. Vielleicht fünf. Ich würde sagen, das war bloß ein Vorbeben."

„Wie wär's mit Stärke zehn?" Er lehnte sich wieder vor.

Und dann erklommen wir die Richterskala in ungeahnte Höhen.